KB141960

DAS LAVENDELZIMMER
by Nina George

종이약국

니나 게오르게 장편소설

김인순 옮김

종이약국

2015년 11월 26일 1쇄 | 2020년 11월 20일 7쇄 발행

지은이 니나 게오르게 **옮긴이** 김인순
펴낸이 김상현, 최세현 **경영고문** 박시형

마케팅 양근모, 권금숙, 양봉호, 임지윤, 조히라, 유미정
디지털콘텐츠 김명래 **경영지원** 김현우, 문경국
해외기획 우정민, 배혜림 **국내기획** 박현조
펴낸곳 박하 **출판신고** 2006년 9월 25일 제406-2006-000210호
주소 서울시 마포구 월드컵북로 396 누리꿈스퀘어 비즈니스타워 18층
전화 02-6712-9800 **팩스** 02-6712-9810 **이메일** info@smpk.kr

ISBN 978-89-6570-289-4(03850)

• 이 책의 국립중앙도서관 출판시도서목록은 서지정보유통지원시스템 홈페이지(http://seoji.nl.go.kr)와 국가자료공동목록시스템(http://www.nl.go.kr/kolisnet)에서 이용하실 수 있습니다.
(CIP제어번호 : CIP2015031166)

• 잘못된 책은 구입하신 서점에서 바꿔드립니다.
• 책값은 뒤표지에 있습니다.
• 박하는 (주)쌤앤파커스의 브랜드입니다.

길 잃은 이들과
그런데도 여전히 그들을 사랑하는 이들에게 바친다.

일러두기

1. 이 책의 외국 인명이나 지명은 국립국어연구원 외래어표기법을 따라 표기했다.
2. 내용의 이해를 돕기 위해 옮긴이의 부연 설명을 주석으로 곁들였다.
3. 이 책에 등장하는 책 중 일부는 허구의 작품이다.

1

도대체 어떻게 내가 그들의 설득에 넘어갔던 걸까?

몽타냐르 길 27번지의 실세인 집주인 베르나르 부인과 관리인 로잘레트 부인이 복도에서 페르뒤 씨와 마주치자 붙잡고 몰아붙이기 시작했다.

“그 르 P.라는 놈이 자기 부인에게 아주 몹쓸 짓을 했대요.”

“아주 파렴치한 짓을 했어요. 마치 좀이 신부의 면사포를 갉아먹듯이 말이죠.”

“때로는 자기 아내를 그런 식으로 취급하다니, 입이 있어도 할 말 없는 사람들이 있어요. 남자들이요? 하나같이 괴물들이라고요.”

“저, 도대체 무슨 말인지 저는…….”

"당신은 물론 아니에요, 페르뒤 씨. 남자들이 옷감으로 만들어졌다고 한다면 당신은 캐시미어 같은 사람이죠."

"아무튼 이 집에 새 사람이 이사 올 거예요. 4층, 페르뒤 씨가 사는 층으로요."

"사실 그 부인은 맨몸이나 다름없어요. 너덜너덜 거리는 환상 쪼가리 말고는 가진 게 아무것도 없다니까요. 하나부터 열까지 전부 필요해요."

"그러니 페르뒤 씨도 외면하지 말아요. 성심껏 도와주세요."

"당연히 도와야죠. 좋은 책을 한 권……."

"그보다는 좀 더 실용적인 게 낫지 않겠어요? 가령, 식탁 같은 게 말이죠. 그 부인은 그야말로……."

"……가진 게 전혀 없다는 말씀이죠? 알겠어요."

서점 주인은 책보다 더 실용적일 수 있는 게 무엇인지 알 수 없었지만, 어쨌든 새로 이사 오는 사람에게 식탁을 기부하기로 약속했다. 남는 식탁이 하나 있었다.

그의 집 한쪽 벽면은 책장으로 완전하게 가려져 있었다. 그 책장 뒤 너머에는 21년 전부터 열지 않은 방이 있었다. 무려 21년 동안 여름에도, 새해 아침에도 열어보지 않았다. 바로 그 방에 식탁이 있었다.

페르뒤 씨는 빳빳하게 다림질한 하얀 와이셔츠의 맨 위 두 단추 틈 사이로 넥타이를 집어넣고 소맷부리를 조심스럽게 걷어붙였다.

한 단 한 단씩, 팔꿈치까지 접어 올렸다.

페르뒤 씨는 숨을 한 번 크게 내쉬고는 손에 닿는 대로 아무 책이나 집었다. 조지 오웰의 《1984》였다. 책은 손에서 낱낱이 흩어지지 않았다. 성난 고양이처럼 손을 물지도 않았다. 그는 두 번째 책을 꺼내고 나서, 다른 두 권은 한꺼번에 꺼냈다. 그러더니 두 손을 뻗어 책을 한 무더기 들어내고는 바로 옆에 쌓아두었다. 책 더미가 나무처럼 쑥쑥 자라났다. 탑이 되고 마법의 산이 되었다. 페르뒤 씨는 손에 마지막으로 남은 책을 바라보았다. 《한밤중 톰의 정원에서》. 시간 여행에 대한 동화였다. 만약 앞날을 예시하는 징조라는 것이 있다면, 이게 바로 그런 징후 중 하나였을까. 페르뒤 씨는 책장 칸의 널판지를 두 주먹으로 두드리고는 한 걸음 뒤로 물러섰다. 책장을 벽에 고정시킨 장치가 풀렸다.

거기. 거기에서 그것이 모습을 드러냈다. 낱말들로 이루어진 장벽 너머에서, ○○○ 방으로 통하는 문이.

그냥 새 식탁을 하나 사면 되는 거 아닐까?

페르뒤 씨는 코 아래를 손가락으로 문질렀다. 그래, 책들의 묵은 먼지나 털어 다시 책장에 가지런히 꽂아두고 문은 잊어버리는 거야. 식탁은 새로 사서 주고. 지난 20년처럼 계속하는 거라고. 20년 후면 나도 일흔이야. 나머지 인생은 그때부터 또 어떻게 되겠지. 어쩌면 일찍 죽을 수도 있어.

겁쟁이.

그는 파르르 떨리는 손으로 문손잡이를 감싸 쥐었다. 키 큰 남자는 천천히 문을 열었다. 문을 살며시 안쪽으로 밀면서 눈을 가늘게 떴다. 방안에는 오로지 달빛과 메마른 공기뿐이었다. 그는 건조한 공기를 코로 들이마시며 킁킁거렸지만, 아무것도 찾지 못했다.

○○의 냄새는 사라지고 없다.

스물한 번의 여름 동안 페르뒤 씨는 마치 열린 맨홀을 피해가듯 ○○에 대한 생각을 능란하게 피해 다녔다. 그는 그녀의 이름을 ○○으로 생각하곤 했다. 부유하는 생각의 흐름을 끊는 침묵으로, 과거 기억 장면 속의 하얀 여백으로, 감정 한가운데의 어둠으로 생각하곤 했다. 그는 그 이름을 온갖 종류의 공백으로 생각해낼 수 있었다.

페르뒤 씨는 방 안을 둘러보았다. 이 얼마나 고요한가. 그리고 연보랏빛, 라벤더 색 카페트가 깔려 있는데도 이 얼마나 창백하게 느껴지는가. 꼭꼭 닫힌 문 뒤의 세월만이 벽지의 색깔을 탈색시켰다.

복도에서 비추는 빛에 그림자로 드리울 만한 것도 별로 없었다. 등받이가 없는 의자 하나. 식탁 하나. 스무 해도 더 전에 발랑솔고원에서 훔친 라벤더 꽃병 하나. 그리고 이제 의자에 앉아 두 팔로 자신의 몸을 감싸는 쉰이 된 남자.

원래 커튼이 있었다. 그림과 꽃과 책이 있었고, 카스토르라는 이름의 고양이가 소파에서 자고 있었다. 촛대와 속삭임, 와인을 가득 따른 잔과 음악이 있었고 벽에 춤을 추듯 어른거리는 그림자들이 있었다. 하나는 키가 훤칠하게 컸고 하나는 곡선이 무척 아름다웠다. 그 방에는 사랑이 있었다.

이제는 나만 남아 있어.

페르뒤 씨는 눈물이 왈칵 치솟을 것만 같아 불끈 쥔 두 주먹으로 눈을 꾹 눌렀다. 눈물을 참으려고 침을 꿀꺽 삼키고 또 삼켰다. 목이 메면서 등이 열기와 통증으로 뜨겁게 달아오르는 듯했다. 하지만 이내, 편안히 숨 쉴 수 있게 되었다.

그는 의자에서 일어나 창문을 열었다. 뒷마당에서 온갖 냄새들이 어지러이 소용돌이치며 올라왔다. 골덴베르 가족이 사는 집의 작은 정원에서 자라는 로즈메리와 백리향 같은 허브 향기, 눈먼 발 치료사 세의 마사지오일 냄새도 어우러져 있었다. 향긋한 팬케이크 냄새가 코피의 아프리카식 고기 구이 냄새와 뒤섞여 요동쳤다. 톡 쏘는 고기 요리 냄새 위로 파리의 6월 향기가 맴돌았다. 보리수 꽃향, 가슴 설레게 하는 향기.

하지만 페르뒤 씨는 그 향긋한 내음들이 마음속으로 뚫고 들어오지 못하게 저지했다. 온 힘을 다해 그 마법에 저항했다. 그는 마음속에 어떤 식으로든 그리운 감정을 일으킬 수 있는 모든 것을 무시하는 데 단련되어 있었다. 냄새, 멜로디, 사물들의 아름다움 같은 것에.

그는 휑뎅그렁한 주방 옆 창고에서 세제를 가져와 나무 식탁을 깨끗이 닦기 시작했다. 그리고 그 식탁에 앉아 있었던 자신의 흐릿한 장면에 저항했다. 혼자가 아니라 ○○과 함께 앉아 있었던 과거의 장면에.

그는 식탁을 벅벅 닦고 문지르며 그동안 자신의 모든 사랑과 꿈 그리고 과거를 묻어두었던, 방의 문을 열었으니 이제 어떻게 될 것인가, 하는 집요한 질문을 애써 무시했다.

추억은 늑대 같은 거야. 추억들이 다가오지 못하도록 막을 수도 없고 나를 못 본 체하길 바랄 수도 없어.

페르뒤 씨는 긴 식탁을 문쪽으로 들고 가 책으로 가득 찬 벽과 책으로 쌓은 마법의 산을 지났다. 그리고 계단을 가로질러 맞은편 집으로 끌고 갔다.

막 문을 두드리려 하는데 구슬프게 우는 소리가 들렸다. 베개로 입을 막은 듯이 흐느끼는 소리. 누군가가 초록색 문 너머에서 울고 있었다. 여인의 울음소리였다. 누구에게도, 절대 그 누구에게도 우는 걸 들키고 싶지 않은 것 같은 울음.

2

그 부인, 르 P. 부인이었다.

페르뒤 씨는 그 부인에 대해 알지 못했다. 그는 원래 파리의 가십 기사 따윈 전혀 읽지 않는 사람이었다. 카트린 르 P. 그녀는 예술가인 남편의 에이전시에서 홍보 일을 맡고 있었다. 그러던 어느 목요일 저녁, 그녀는 일을 마치고 늦게 집에 돌아왔다. 그런데 현관문

열쇠가 자물쇠에 맞지 않는 것이 아닌가. 계단에는 트렁크 하나가 덩그러니 있었고, 그 트렁크 위에는 이혼서류가 올려 있었다. 그녀의 남편은 모든 살림과 새 여자를 데리고 쥐도 새도 모르게 종적을 감춰버렸다.

비열한 남자의 전처가 될 운명에 처한 카트린은 결혼할 때 가져온 옷가지 말고는 가진 게 아무것도 없었다. 남편에 대해서 더 이상 놀랄 일이 없을 만큼, 속속들이 안다고 자부한 자신이 참 멍청했다는 깨달음만이 남아 있었을 뿐이다. 그래도 한때 사랑했던 사이니, 설령 헤어지더라도 인간적인 배려는 해주리라 믿었는데.

"그런 착각에 빠진 사람이 어디 한둘인가요." 집주인인 베르나르 부인은 파이프 담배를 빠끔거리며 설교조로 말했다. "버림받고 나서야 남편이 어떤 인간인지 제대로 알게 된 거죠."

페르뒤 씨는 자신의 삶으로부터 그토록 비정하게 내쫓긴 사람을 이제껏 본 적이 없었다.

그는 그 여인이 필사적으로 억누르려는 외로운 울음에 귀를 기울였다. 손이 아니면 수건으로 입을 틀어막은 듯했다. 굳이 인기척을 내서 저 여인을 당황하게 할 필요가 있을까? 그는 그냥 꽃병과 의자를 가져오기로 했다. 페르뒤 씨는 자신의 집과 그녀의 집 사이를 조용히 오갔다.

그는 이 낡고 거만한 집에서 마루청 어디가 삐걱거리고 벽 어디가 얇아졌고 어느 벽속의 보이지 않는 구멍이 확성기처럼 작용하는지 정확히 꿰뚫고 있었다. 덩그러니 빈 거실에서 18000개의 조각으로 이루어진 지도 퍼즐 위에 몸을 숙이고 고요하게 있으면, 그에게 그 건물이 마치 무전을 치듯 다른 사람들의 삶을 전해주었다.

가령, 골덴베르 부부 싸움의 사연 같은 것을 알려준다. 남편이 "당신도 한번쯤 …… 할 수 있지 않아? 왜 당신은 …… 거야? 내가 …… 하지 않았어?"라고 하면, 부인은 "당신은 늘 …… 해야 직성이 풀리잖아! 당신은 절대로 …… 하지 않아. 난 당신이 …… 하면 좋겠어." 라고 받아치는 것들을 말이다. 페르뒤 씨는 두 사람이 갓 결혼했을 때부터 봐왔다. 그 무렵 두 사람은 자주 함께 웃었다. 그러다 아이들이 태어났고 부부는 두 대륙처럼 서로에게서 멀어져갔다.

페르뒤 씨는 피아니스트인 클라라 비올렛의 전동 휠체어가 카페트를 넘고 마루와 문지방을 지나는 소리들도 들었다. 예전에는 그 여류 피아니스트가 즐겁게 춤추는 것을 보았다.

그는 셰와 코피가 요리하는 소리도 들었다. 셰는 유난히 오래 냄비 안을 휘저었다. 셰는 태어날 때부터 앞을 보지 못했다. 하지만 사람들에게서 느껴지는 감정이 남기는 여운과 냄새로 세상을 본다고 말했다. 셰는 방 안에서 사람들이 사랑을 나눴는지 싸움을 했는지 감지할 수 있었다.

일요일마다 봄므 부인이 참석하는 미망인 클럽 회원들이 야한 이야기의 책을 읽으며 수줍은 소녀들처럼 킥킥 웃는 소리도 들렸다. 그 책들은 페르뒤 씨가 봄므 부인의 빈정대는 친척들 모르게 그녀에게 건네준 것이었다.

이 집은 페르뒤 씨가 사는 침묵의 섬에 부딪치는 삶의 표정들로 이루어진 바다였다. 그는 이웃들에 대해 너무 잘 알고 있어서, 때로는 이웃들이 자신에 대해 거의 모르는 것이 의아할 정도였다. 이웃들은 페르뒤 씨가 침대 하나, 의자 하나, 옷걸이 하나 외에 살림살이가 거의 없다는 것을 전혀 알지 못했다. 소파도 장식품도 전혀 없었다. 그의 두 방은 그야말로 텅 비어서 기침소리가 방 안에 울릴 정도였다. 거실은 거대한 지도 퍼즐만이 바닥을 메웠고 침실은 매트리스와 다림판, 스탠드, 옷걸이만이 자리를 채웠다. 옷걸이에는 옷 세 벌이 걸려 있었다. 회색 바지, 하얀 와이셔츠, 갈색 스웨터. 부엌에는 모카 포트와 커피통, 선반이 있었고 전부 알파벳 순서로 정돈되어 있었다. 그걸 보는 사람이 없는 편이 차라리 다행일 정도로 몹시 무미건조했다.

사실 페르뒤 씨는 27번지 사람들에게 각별한 애정을 품고 있었다. 그들이 잘 지내는 것을 보면 마음이 편해졌다. 그리고 이웃들이 잘 지내도록 자신이 눈에 띄지 않게 나름대로 애썼다. 그러기엔 책들이 큰 도움이 되었다. 그는 늘 밑그림처럼 뒤에서 움직였고, 그 앞에는 다른 이들의 삶이 전개되었다.

하지만 새로운 세입자인 막시밀리안 조당은 페르뒤 씨가 조용히 있게 두지 않았다. 그는 첫 작품으로 단박에 유명해진 후, 광팬들을 끊임없이 피해 다니는 젊은 작가였다. 조당은 늘 귀에 딱 맞는 귀마개를 하고 그 위에 귀덮개를 썼다. 쌀쌀한 날에는 털모자까지 덮어

쓰곤 했다. 그리고 조당은 페르뒤 씨에게 남다른 관심을 보였다.

페르뒤 씨가 맞은편 집의 문 앞에 의자를 놓고 식탁에 꽃병을 내려놓자 흐느끼는 소리가 멎고 마루청이 삐걱거리는 소리가 들렸다. 누군가가 삐걱거리지 않게 발걸음을 조심스럽게 디디려고 애쓰는 듯했다.

페르뒤 씨는 초록색 문에 달린 뿌연 유리를 들여다보고 두 번 살짝 문을 두드렸다. 어떤 얼굴이 가까이 다가왔다. 흐릿하고 희끄무레한 둥근 얼굴.

"누구세요?"

둥근 얼굴이 속삭이듯 말했다.

"의자와 식탁을 가져왔습니다."

둥근 얼굴은 침묵했다.

조용조용 말해야겠어. 너무 많이 울어서 바싹 말라버렸을지도 몰라. 내가 너무 크게 말하면 바스라질 수도 있어.

"그리고 꽃병도 가져왔어요. 꽃을 꽂을 수 있도록. 그러니까 붉은 꽃 같은 걸 꽂을 수 있을 겁니다. 하얀 식탁에 잘 어울릴 거예요."

그는 한쪽 뺨을 유리에 바싹 갖다 댔다. 그리고 속삭였다.

"제가 책도 한 권 드릴 수 있어요."

"어떤 책인데요?"

둥근 얼굴이 속삭였다.

"위로가 되는 책이죠."

"하지만 저는 더 울고 싶어요. 그러지 않으면 물에 빠져 죽어버릴 거 같아요. 이해하시겠어요?"

"물론이죠. 눈물을 참으면 그 가슴에 고인 눈물 속에서 허우적거리다 가라앉아버리죠."

그리고 저는 그런 눈물의 바다 밑바닥에 있답니다.

"그러면 마음껏 울 수 있는 책을 가져다드릴게요."

"언제요?"

"내일요. 그때까지 계속 울지만 말고 뭐든 좀 먹고 마시겠다고 약속할 수 있겠어요?"

페르뒤 씨는 자신이 왜 그런 주제넘은 짓을 하는지 몰랐다. 분명 두 사람 사이를 문이 가로막고 있었기 때문일 것이다.

그녀의 입김으로 유리가 더 뿌예졌다.

"네."

계단에 꺼졌던 불이 다시 켜지자 둥근 얼굴이 움찔, 뒤로 멀어졌다. 페르뒤 씨는 잠깐 유리에 손을 댔다. 방금 전 그녀의 얼굴이 있었던 곳에.

감자 깎는 칼이나 서랍장 같은 것도 필요하지 않을까. 내가 사다줘야겠어. 그리고 원래 집에 있던 거라고 말해야지.

그는 휑한 자신의 집으로 돌아가 문을 걸어 잠갔다. 책들로 뒤덮인 벽 너머 방으로 통하는 문은 여전히 열려 있었다. 방 안을 오래 들여다보고 있자니 1992년 여름이 벌떡, 바닥에서 일어나는 것만 같았다.

하얗고 보드라운 신발을 신은 고양이가 소파에서 폴짝 내려와 몸을 쭉 폈다. 햇살이 벌거벗은 등을 비추었다. 맨살의 등이 몸을 돌리자 ○○이 되었다. 그녀는 페르뒤 씨를 향해 미소를 지었다. 읽다만 책을 한 손에 든 채 몸을 일으켜 알몸으로 그에게 다가왔다.

"드디어 마음의 준비가 된 거야?"

○○이 물었다.

페르뒤 씨는 방문을 닫았다.

아니.

3

"아니요."

이튿날 아침에도 페르뒤 씨는 이렇게 말했다.

"이 책은 손님에게 팔고 싶지 않습니다."

그는 여자 손님의 손에서 살며시 《밤》을 빼냈다. 그 여자 손님은 페르뒤 씨의 서점 '종이약국'의 많고 많은 소설 중에서 하필이면 막스 조당이라는 이름으로 알려진 막시밀리안의 평판 나쁜 베스트셀러를 골라 집어들었다. 몽타냐르 길 27번지 4층에 사는, 귀덮개를 쓰고 다니는 남자의 소설을.

그러자 그 여자 손님은 서점 주인을 멍하니 바라보았다.

"왜요?"

"막스 조당은 손님에게 맞지 않아요."

"막스 조당이 나한테 맞지 않는다고요?"

"네. 손님에게 맞는 타입이 아니에요."

"내 타입이라고요? 아, 그렇군요. 지금 나는 이 서점에서 책을 찾고 있다는 사실을 상기시켜드리고 싶군요. 남편감을 찾으려는 게 아니라고요."

"실례지만, 손님께서 어떤 남자와 결혼하느냐는 것보다는 어떤 책을 읽으시냐는 것이 장기적으로 더 중요합니다."

그녀는 눈을 가늘게 뜨고 페르뒤 씨를 바라보았다.

"그 책 주시고, 돈이나 받으세요. 날씨도 좋은데, 서로 좋은 게 좋은 거 아니겠어요."

"날씨는 좋죠. 아마 내일쯤 여름이 시작될 것 같군요. 하지만 이 책은 팔지 않겠습니다. 아무튼 저는 팔지 않습니다. 다른 책을 몇 권 소개해드릴까요?"

"그래요? 곰팡이가 지독하게 펴서 물속에 던지면 물고기들이 떼죽음을 당할 정도로 케케묵은 책을 나한테 떠넘길 셈인가 보죠?"

처음에는 낮았던 그녀의 목소리가 점점 높아졌다.

"책은 달걀이 아닙니다. 몇 년 되었다고 해서 금방 상하지 않아요."

페르뒤 씨의 어조도 날카로워졌다.

"그리고 지금 오래되었다는 것은 무슨 뜻입니까? 오래된 것은 병이 아닙니다. 뭐든 오래되기 마련이죠. 책도 마찬가지입니다. 손님은 누군가가 이 세상에 좀 더 오래 존재했다는 이유로 가치가 떨어지고 중요하지 않다고 생각하시나 보죠?"

"지금 나한테 《밤》을 주지 않으려고 말도 안 되는 소리를 늘어놓다니, 정말 웃기는 군요."

여자는 우아한 핸드백 속에 지갑을 던져 넣고 지퍼를 거칠게 닫았다. 하지만 뭔가에 걸려 잘 잠기지 않는 것 같았다.

페르뒤 씨는 속이 부글부글 끓어올랐다. 스스로 다스리기 어려운 사나운 감정과 분노 그리고 긴장감. 사실 그건 그 여자와 아무 상관없었다. 그런데도 그는 가만히 입을 다물고 있을 수 없었다. 페르뒤 씨는 서점을 쿵쾅쿵쾅 가로질러 가는 그 여자 뒤를 쫓아가, 어스름한 불빛 속에 길게 늘어선 서가에 대고 외쳤다.

"손님, 선택권은 손님에게 있습니다! 제 말을 무시하고 이대로 가실 수도 있어요! 아니면 바로 지금 이 순간부터 앞으로 수천 시간 동안 고통을 피할 수 있어요!"

"말은 고맙지만, 나에게 고통 같은 건 없어요."

"손님은 자신을 아무렇게나 대하는 남자들과 쓸모없는 관계를 맺는 대신 책으로 도피하는 거겠죠. 아니면 손님이 더 날씬해야 한다고 생각하는 남자들에게 휘둘려 쓸데없는 다이어트에 집착하면서 말이죠."

그 여자는 센 강이 바라보이는 커다란 창가에서 걸음을 멈추고 매섭게 페르뒤 씨를 노려보았다.

"어떻게 그런 말을 할 수가 있어요?"

"책은 손님을 어리석음으로부터 보호해줍니다. 잘못된 기대로부터. 잘못된 남자들로부터. 책은 사랑과 강인함과 지식으로 손님의 껍질을 벗겨내죠. 그것은 내면으로부터의 삶입니다. 선택하십시오, 책이냐 아니면……."

페르뒤 씨가 말을 마치자마자 파리의 유람선 하나가 지나갔다. 유람선 난간에 우산을 받쳐 든 중국 여자들 한 무리가 보였다. 그들은 강물에 떠 있는 파리의 명물인 종이약국을 보자 너도나도 앞다투어 사진을 찍기 시작했다.

유람선이 지나가면서 강변까지 물보라를 일으키는 바람에 수상서점이 흔들거렸다. 멋진 하이힐을 신은 손님이 비틀거렸다. 하지만 페르뒤 씨는 손을 내밀어 부축하는 대신, 책《고슴도치의 우아함》을 내밀었다. 그녀는 반사적으로 책을 붙잡고 매달렸다. 페르뒤 씨는 책을 손에서 놓지 않고, 너무 크지 않은 목소리로 부드럽게 진정시키듯 그녀에게 말했다.

"손님에게는 혼자만의 방이 필요합니다. 방은 너무 밝지 않아야 하고 손님에게 친구가 될 고양이가 있어야 하죠. 그리고 이 책을 천천히 읽으세요. 책을 읽는 틈틈이 푹 쉴 수 있도록 말이죠. 손님은 많은 생각을 하게 되고 어쩌면 눈물이 치솟을 수도 있어요. 자신 때문에, 지난 세월 때문에. 하지만 그러고 나면 마음이 편해질 겁니다. 그 남자가 손님을 소중하게 대하지 않아서 죽을 것 같은 기분이 들어도, 지금 죽을 필요가 없다는 걸 알게 될 겁니다. 자신을 다시 좋아하게 될 겁니다. 자신을 추하고 멍청하다고 생각하지 않게 될 겁니다."

페르뒤 씨는 조언을 끝까지 마치고 나서야 비로소 책을 놓았다. 그녀는 그를 멍하니 바라보았다. 페르뒤 씨는 자신을 보는 그녀의 눈길에 깜짝 놀라 자신이 정곡을 찔렀다는 것을 알았다. 상당히 정확하게. 손님의 손에서 책이 바닥으로 떨어졌다.

"당신 완전히 미쳤어요."

그녀는 나즈막한 소리로 내뱉고 홱 몸을 돌렸다. 그러고는 고개를 떨군 채 서점을 가로질러 선착장으로 향해 걸어갔다. 페르뒤 씨는 《고슴도치의 우아함》을 바닥에서 집어 들었다. 책등이 바닥에 부딪쳐 찌그러져 있었다. 뮈리엘 바르베리가 쓴 이 소설을 부둣가의 헌책 장수들에게 일이 유로에 넘겨야 할 것이다.

그는 서점을 나간 여자 손님을 바라보았다. 북적거리는 사람들 사이를 헤집고 가는 모습. 어깨가 들먹이는 것 같았다.

그녀는 울고 있었다. 물론 자신이 이런 작은 사건 따위로 좌절하지 않으리라고 잘 아는 사람처럼. 그러나 하필이면 자신에게, 하필이면 지금 일어난 부당함에 마음을 다쳐버렸다. 그렇지 않아도 이미 잔인하게 마음 깊숙이 상처를 입었는데 말이다. 그 정도로 충분하지 않아서 인정머리 없는 서점 주인까지 한몫 거들어야 했을까?

페르뒤 씨는 만약 그녀가 얼간이의 등급을 1단계부터 10단계까지 매긴다면, 자신은 허접한 종이약국의 시시껄렁한 주인으로 대략 12단계일 거라고 예상했다. 그래도 싸다는 생각이 들었다. 감정

폭발, 무정한 독선적인 말은 틀림없이 어젯밤의 그 방과 어떤 식으로든 관계 있었을 것이다. 평소에는 훨씬 더 인내심이 있었다.

서점을 찾는 손님들이 아무리 어처구니없는 요구를 해도, 욕설을 퍼붓고 괴팍하게 굴어도 원칙적으로 그는 동요하지 않았다. 페르뒤 씨는 손님들을 세 부류로 분류했다.

첫 번째 부류의 사람들은 책을 숨 막히는 일상으로부터 벗어날 수 있는 신선한 공기로 여겼다. 그들은 그가 가장 좋아하는 타입이었다. 그들은 자신에게 필요한 걸 페르뒤 씨가 말해줄 거라고 믿었다. 아니면 그들은 페르뒤 씨에게 자신의 약점을 털어놓았다. 예를 들어 그들은 이렇게 말했다. "엘리베이터를 타고 올라가는 것이나 높은 곳의 전망이나 산이 등장하는 소설은 안 돼요. 저는 고소공포증이 있거든요." 때로는 페르뒤 씨에게 동요를 불러주거나 아니면 곡조를 흥얼거리는 사람들도 있었다. "음음음, 음음, 랄랄라, 이런 노래 알죠?" 그들은 키 큰 서점 주인이 자신을 위해 기억을 더듬어 자신이 어린 시절에 들었던 멜로디가 등장하는 책을 건네줄 거라고 기대했다. 그리고 페르뒤 씨는 실제로 그런 책을 알았다.

두 번째 부류의 손님들은 순전히 샹젤리제 선착장의 배 룰루에 자리 잡은 종이약국이라는 서점 이름에 이끌려 찾아오는 사람들이었다. 그들은 독서에 대한 독특한 메시지를 담은 엽서 몇 장을 사거나 갈색 약병 속의 작은 책 몇 권을 구입하거나 그 사진을 찍기 위해 찾아왔다. 그래도 그들은 왕처럼 거들먹거리면서 유감스럽게도, 왕처럼 품위를 갖추고 처신할 줄 모르는 세 번째 부류에 비하면 매력적이었다.

세 번째 부류의 사람들은 인사말도 없이 불쑥 들어와, 페르뒤 씨에게 눈길조차 주지 않은 채, 방금 감자튀김을 먹은 기름 번들거리는 손으로 이 책 저 책 만지작거리며, 잔뜩 나무라는 어조로 물었다. "시가 쓰인 반창고는 없어요? 추리소설이 연재되는 붕대는요? 공기주입형 여행용 베개는 왜 안 팝니까? 종이약국이라면 그런 게 뜻깊지 않겠어요?"

페르뒤 씨의 어머니, 리라벨 베르니에는 와인과 혈전증용 양말을 팔아보라고 제안했다. 어느 정도 나이 든 여자들은 소파에 앉아 책을 읽으면 다리가 묵직해진다는 것이었다. 때로는 대중소설보다 그 양말이 더 많이 팔리는 날들이 있었다.

페르뒤 씨는 한숨을 내쉬었다.

그 마음 여린 여자 손님은 어째서 굳이 《밤》을 읽으려고 고집했을까? 좋아, 그 손님에게 해가 되진 않았을 거야. 적어도 많이는 아니야.

〈르몽드〉는 그 소설과 막스 조당을 '성난 젊은 세대의 새로운 목소리'라고 칭송했다. 여성 잡지 매체들은 그 '마음이 굶주린 젊은이'를 극성스럽게 뒤쫓아 다니며 작가의 사진을 대문짝만하게 찍어 실었다. 책 표지보다도 크게. 막스 조당은 그런 사진들에서 늘 좀 놀란 듯 보였다. 그리고 상처 입은 듯 보이기도 했다.

조당의 데뷔작에는 자아 상실에 대한 두려움에 질려 사랑 앞에서 증오심과 냉소적인 무관심만을 내보이는 남자들이 우글거렸다. 어느 평론가는 《밤》을 '새로운 남성주의의 선언'이라고 추켜세웠다.

사실 페르뒤 씨는 그렇게까지 거창한 소설이라고 여기지 않았다. 그저 처음 사랑에 빠진 젊은 남자의 내면을 필사적으로 샅샅이 묘사한 것일 뿐이었다. 자신의 의지와는 상관없이 어떻게 사랑이 시작되고 또 어떻게 자신도 모르는 사이 사랑이 끝나버릴 수 있는지 이해하지 못한 젊은이. 자신이 누구를 사랑하고 싶고 누구에게 사랑받고 싶은지, 사랑이 어디서 시작되고 어디서 끝나는지 그리고 한참 사랑하는 동안 전혀 예측할 수 없는 그 모든 일이 어디서 벌어지는지, 스스로 결정할 수 없다는 사실에 당황한 젊은이.

사랑, 남자들이 두려워하는 독재자. 그러니 남자들이 그런 폭군과 마주치면 달아나는 것도 놀라운 일은 아니다. 남자들이 왜 자신에게 그토록 잔인한지 이해하기 위해 수백만 명의 여자가 그 책을 읽었다. 왜 현관 열쇠를 바꾸고, 왜 문자메시지로 이별을 통보하고, 왜 내 가장 친한 친구와 잤는지. 그들의 모든 만행은 오로지 그 독재자를 조롱하기 위해서였다. 잘 봐, 넌 나를 절대 굴복시키지 못해. 암, 난 절대 아니고말고.

그런데 그 책이 정말로 여자들에게 위로가 되었을까?

《밤》은 29개 언어로 번역되었다. 로잘레트 부인의 말에 따르면, 심지어는 벨기에로도 판권이 팔렸다. 그게 벨기에 사람들하고 무슨 상관이 있을까. 아무렴 어떠랴. 어쨌든 건전한 선입견을 가진 건 토박이 프랑스 사람들뿐이다.

7주 전, 막스 조당은 몽타냐르 길 27번지로 이사왔다. 4층, 골덴베르네 맞은편 집으로. 팬레터와 전화, 일방적인 사랑 고백으로 그를 쫓아다니던 팬들은 아직까지는 이 사실을 알아내지 못했다. 심지어 그들은 막스 조당이 여자를 사귀었는지 아닌지, 사귄 적이 있다면 그게 누구인지부터 그의 유별난 취미들, 예상되는 주소들에 대해 온라인상으로 의견을 주고받았다.

《밤》의 열광적인 팬들은 종이약국도 벌써 여러 차례 다녀갔다. 그들은 그처럼 귀덮개를 하고 다녔고 숭배하는 그 아이돌을 위해 낭송회를 열어달라고 애원했다. 페르뒤 씨가 새로 이사 온 이 이웃에게 낭송회를 제안하자, 스물하나 먹은 청년은 백짓장처럼 하얗게 질렸다. 무대공포증이 있나 보다, 라고 페르뒤 씨는 짐작했다.

페르뒤 씨의 눈에 조당은 도망치는 젊은이로 보였다. 어느 날 갑자기 예고도 없이 문학가로 칭송받은 애송이나 다름없었다.

조당이 남성들의 격렬한 감정 싸움을 누설했다고 여기는 사람도 많았다. 심지어는 조당에 대한 증오심을 표출하는 온라인 커뮤니티들도 있었다. 그곳에서 사람들은 익명으로 조당의 소설을 갈기갈기 찢어 분해하고 조롱했다. 그들은 작가에게, 스스로 사랑을 제어할 수 없음을 깨닫고 절망한 소설 속 주인공이 코르시카 절벽에서 바다로 투신한 대로 따라 할 것을 촉구하기까지 했다.

사실《밤》의 매혹적인 점은 바로 작가를 위협하는 것이기도 했다. 남자의 내면세계에 대해 그토록 솔직하게 이야기한 사람은 지금껏 아무도 없었기 때문이다. 그는 문학의 모든 낯익은 남성상과 이상을 짓밟았다. '매사에 빈틈없는 존재', '감정에 흔들림 없는 남자', '어눌한 노인', '외로운 늑대' 같은 남성상들을. "남자들도 사람일 뿐이다." 어느 페미니즘적인 잡지가 조당의 데뷔작에 대해 이런 적절한 해석을 내렸다.

조당이 감행한 일은 페르뒤 씨의 감탄을 자아내긴 했다. 그래도 한편으로 페르뒤 씨에게 그의 소설은 금방이라도 넘칠 듯 찰랑거리는 과일 펀치처럼 여겨졌다. 그 소설을 쓴 사람도 넘실거리는 감정에 완전히 무방비상태였을 것이다. 페르뒤 씨가 음각이라면 그는 양각이었다.

페르뒤 씨는 그렇듯 강렬한 감정 속에서 살아남은 기분이 어떨까 궁금했다.

4

"얼마 전 이곳에서 초록색과 흰색 표지의 책을 본 적이 있어요. 그 책, 번역본 있습니까?"

한 영국 남자가 물었다. 페르뒤 씨는 그 책이 출판된 지 이미 17년이 지난 작품인 것을 생각해냈다. 페르디 씨는 그에게 그 책 대신, 시집 한 권을 팔았다. 곧이어 그는 주문한 책들을 핸드카트에 실어와 배로 날라주는 택배원을 거들었고, 건너편 센 강변에 있는 초등학교의 여선생님이 신간 아동 도서 몇 권 고르는 것을 도왔다. 그 여선생님은 뭔가에 쫓기는 사람처럼 서둘렀다.

페르뒤 씨는 판타지 소설 《황금나침반》에 푹 빠져 있는 어린 여자아이의 코를 풀어주었다. 늘 과로에 시달리는 여자아이의 어머니는 30권짜리 백과사전을 할부로 구입했고, 페르뒤 씨는 그녀에게 영수증을 써주었다. 어머니는 딸을 가리키며 말했다.

"글쎄, 이 엉뚱한 아이가 스물하나가 될 때까지 이 사전들을 전부 읽겠다는 거예요. 그래서 제가 말했어요. 백가사전인지 백기사전인지 하는 걸 어쨌든 사주겠다고. 대신 생일 선물도 없고 크리스마스 선물도 없다고 했어요."

페르뒤 씨는 일곱 살짜리 여자아이를 바라보며 고개를 끄덕였다. 여자아이도 페르뒤 씨를 바라보며 진지하게 고개를 끄덕였다.

"이게 정상이라고 생각하세요? 이 나이에 말이에요."

어머니는 걱정스러운 표정으로 물었다.

"제가 보기에는 용기 있고 영리하고 아주 괜찮은 생각인데요."

"그러면 남자들에게 너무 똑똑해 보이지 않을까요?"

"손님, 틀림없이 멍청한 남자들에게는 그럴 겁니다. 하지만 어떤 여자가 멍청한 남자를 원하겠어요? 멍청한 남자는 여자의 인생을 망가뜨릴 뿐이죠."

이 말에 깜짝 놀란 듯, 어머니는 매일 빵 반죽을 주물러 불그스름하게 튼 자신의 두 손을 바라보았다.

"왜 저에게 그런 말을 해준 사람이 지금까지 아무도 없었을까요?"

어머니는 살며시 미소 지으며 물었다.

"아직 모르시죠?"

페르뒤 씨는 말했다.

"따님의 생일에 선물할 만한 책을 하나 고르세요. 오늘 우리 종이 약국은 특별 할인을 하고 있거든요. 백과사전을 사시면 소설을 하나 덤으로 드립니다."

"하지만 애 할머니가 밖에서 기다리고 있어서 가야 해요."

어머니는 페르뒤 씨의 거짓말을 아무 생각 없이 받아들이며 한숨 지었다.

"어머니가 양로원에 가시겠다는 거예요. 저더러 이제 당신 걱정은 그만하래요. 하지만 그럴 수 없잖아요. 사장님은 그러실 수 있겠어요?"

"제가 한번 할머님을 만나볼게요. 그동안 손님께서는 아이 선물을 고르시고요."

어머니는 미소를 띈 얼굴로 고마워하며 페르뒤 씨의 말을 따랐다.

페르뒤 씨는 선착장에 있는 아이의 할머니에게 물 한 컵을 가져다주었다. 할머니는 겁이 나는지 배와 뭍을 연결하는 사다리에 발을 디디려 하지 않았다. 페르뒤 씨는 노인들이 무서움이 많다는 것을 잘 알고 있었다. 일흔이 넘은 손님들도 서점을 자주 찾았는데,

그런 노인들에게는 배를 벗어나 공원의 벤치에서 응대했다. 아이의 할머니도 거기 벤치에 앉아 있었다. 노인들은 삶이 앞을 향해 나아갈수록, 편안한 날들을 더욱 조심스럽게 지키려 한다. 그 어느 것도 앞으로 남은 시간을 위험에 빠뜨려서는 안 된다고 생각한다. 그래서 노인들은 멀리 여행 가려 하지 않고, 행여 지붕을 덮칠까 두려워 집 앞의 늙은 나무들을 베어버리고, 강물 위에 떠 있는 5밀리미터 두께의 사다리 통로에 발을 올려놓으려 하지 않는다. 페르뒤 씨는 할머니에게 잡지 크기만 한 신간 소개 팸플릿을 가져다주었다. 할머니는 그것을 여름의 더위를 식히는 부채로 사용했다.

할머니는 벤치를 톡톡 두드리며 페르뒤 씨에게 옆에 앉으라고 권했다. 페르뒤 씨는 이 노부인을 보며 어머니 리라벨을 떠올렸다. 아마 눈 때문이었을 것이다. 두 눈이 어머니처럼 초롱초롱하고 사려 깊어 보였다. 페르뒤 씨는 벤치에 앉았다. 센 강이 반짝였고, 여름의 하늘이 머리 위로 푸르게 펼쳐졌다.

"댁도 이따금 그럴 때가 있소?"

할머니가 뜬금없이 물었다.

"자신이 곧 죽을 것을 예감했는지 알아보려고 옛 사진 속의 죽은 사람들 얼굴을 찬찬히 살펴본 때가 있느냐 말이오."

페르뒤 씨는 고개를 저었다.

"아니요."

노부인은 검버섯이 가득 핀 손가락으로 목걸이 펜던트의 뚜껑을 열었다.

"이 사람이 내 남편이에요. 쓰러지기 2주 전에 찍었지. 나는 창창하게 젊은 나이에 어느 날 갑자기 독수공방 신세가 되었지 뭐요."

노부인은 검지 끝으로 남편의 사진을 쓰다듬고 사진의 코 부분을 살짝 눌렀다.

"이 사람 참 침착해 보이지 않아요? 자신이 세운 계획대로 모두 실현할 수 있는 사람처럼 보이죠. 우리는 카메라를 보며 모든 게 언제까지나 계속될 거라고 생각했어요. 그런데……. 떠나고 말았어요, 영영."

노부인은 입을 다물었다.

"이젠 나도 더는 사진을 찍지 않아요."

노부인은 해를 향해 얼굴을 내밀었다.

"죽음에 대한 책도 있나요?"

"아주 많이 있죠."

"나이를 먹는 것, 불치병에 걸리는 것, 천천히 죽는 것, 빠르게 죽는 것, 어느 병실 바닥에서 외롭게 죽는 것에 대한 책들도 있어요."

"사람들이 왜 사는 것에 대해서는 더 이상 책을 쓰지 않을까 종종 의아한 생각이 들었다오. 누구나 죽기 마련이잖아요. 하지만 사는 것은 어떻소?"

"부인 말씀이 맞습니다. 삶에 대해 이야기할 게 아주 많을 겁니다. 책과의 삶, 아이들과의 삶, 초보자들을 위한 삶."

"댁이 한 권 쓰시오."

설마 내가 삶에 대해 사람들에게 충고할 수 있다고 생각하시는 건 아니겠지.

"저는 그보다는 평범한 감정들에 대한 백과사전을 쓰고 싶습니다."

페르뒤 씨는 솔직한 마음을 털어놓았다.

"히치하이킹에 대한 두려움이나 아침 일찍 일어나는 것에 대한 자부심, 눈을 들지 못하고 발끝만 내려다보는 소심함, 내 발 모양새 때문에 상대방의 마음이 변하지 않을까 하는 불안. 그런 모든 감정에 대해 말이죠."

왜 생면부지의 노부인에게 그런 이야기를 하는지 페르뒤 씨 자신도 알지 못했다. 그 방문만 열지 않았더라면 괜찮았을 텐데.

할머니가 그의 무릎을 토닥거렸다. 페르뒤 씨는 움찔했다. 신체 접촉은 위험했다.

"감정의 백과사전."

할머니는 미소를 머금은 얼굴로 페르뒤 씨의 말을 따라했다.

"발끝만 내려다보는 소심함, 그건 나도 잘 알아요. 평범한 감정의 백과사전……. 그 독일 사람 아시오, 에리히 캐스트너?"

페르뒤 씨는 고개를 끄덕였다. 유럽이 전쟁이라는 침울한 어둠 속으로 가라앉기 전인 1936년, 캐스트너는 자신이 그동안 집필한 작품들의 시적인 표현을 약장처럼 모아 《서정적 가정약방》이라는 책을 냈다. 시인은 서문에서 "개인의 생활을 치유하는 데 이 책을 바친다. 이 책은 존재의 크고 작은 어려움에 대처할 수 있도록 대부분 동종요법으로 조제되었으며, 평범한 생활의 내면 치유에 도움이 될 것이다."라고 했다.

"캐스트너는 제가 이 서점을 종이약국이라고 이름 짓게 된 이유였지요."

페르뒤 씨가 말했다.

"저는 의사들이 결코 진단하지 못하는 감정들, 고통으로 인정받지 못하는 감정들을 치유하고 싶었어요. 너무 사소하거나 이해하기 어렵다는 이유로 치료사들이 전혀 관심을 보이지 않는 그런 모든 감정이요. 또다시 여름이 끝나갈 때의 감정. 또는 내 자리를 찾아낼 시간이 평생 더는 없을 거라고 깨달을 때의 감정. 또는 마음을 터놓을 친구가 없어서 믿고 의지할 수 있는 사람을 계속 찾아야 하는 작은 슬픔. 또는 생일 아침에 느끼는 우울한 기분. 어린 시절 숨을 들이마시며 느꼈던 공기와 내음을 향한 그리움. 그런 것들 말입니다."

페르뒤 씨는 언젠가 어머니에게서 도저히 달랠 길 없는 고통에 시달렸다는 이야기를 들은 기억이 났다. "다른 여자들의 발부리만을 바라볼 뿐, 결코 얼굴은 쳐다보지 못하는 여자들이 있단다. 반면 늘 다른 여자들의 얼굴만을 쳐다보지 발부리는 좀처럼 보지 않는 여자들도 있어."

페르뒤 씨는 설명하기 어렵지만 실제로 존재하는 고통들을 덜어주기 위해 배를 한 척 샀다. 그 배는 원래 룰루라는 이름의 화물선이었다. 그는 배를 직접 개조해서 규정하기 어려운, 무수히 많은 영혼의 병을 치유할 수 있는 유일한 약인 '책'으로 채웠다.

"그 책을 써요. 문학의 약사들을 위한 감정의 백과사전이요."

노부인은 몸을 똑바로 세우고 앉아 점점 활기에 넘쳐 흥분했다.

"낯선 사람들에 대한 신뢰에 대해서도 써봐요. 기차 안에서 마주 앉아 있는 전혀 모르는 사람에게 마음의 문을 가족보다 활짝 열 때 느끼는 그 기이한 감정 말이에요. 그리고 손주에게서 얻는 위안에 대해서도 쓰시오. 그것은 삶이 계속 이어진다고 느끼는 감정이라오."

노부인은 꿈꾸는 듯 아득한 표정으로 침묵을 지켰다.

"주눅이 들어 발끝만 내려다보는 여자들. 나도 그중의 하나였어요. 그런데 그 사람은……. 그 사람은 내 발을 좋아했죠."

할머니와 어머니와 여자아이가 가고 나서, 페르뒤 씨는 서점 주인들이 책을 돌본다는 건 틀린 말이라고 생각했다. 서점 주인은 사람들을 돌보는 것이다.

정오 무렵 북적거리던 서점 안이 한산해지자, 페르뒤 씨는 빗살이 촘촘하고 단단한 비로 서점 입구부터 지면까지 이어진 통로를 쓸고 거미줄을 걷어냈다. 그러고는 린드그렌와 카프카가 강변 근처 가로수 아래로 어슬렁어슬렁 다가오는 걸 지켜보았다. 그는 날마다 자신을 찾아오는 두 길고양이를 린드그렌과 카프카라고 이름 붙였다. 그 고양이들이 유독 좋아하는 책들이 있었기 때문이다. 목둘레에 흰 줄무늬가 있는 회색 수고양이는, 개의 관점에서 인간 세상을 해석하는 우화인 프란츠 카프카의 《어느 개의 연구》를 발톱으로 긁는 걸 좋아했다. 귀가 길고 붉은 색과 흰색 털이 어우러진 암고양이는 여류작가 아스트리드 린드그렌의 《말괄량이 삐삐》 옆에 머무르곤 했다. 다정한 눈빛을 가진 린드그렌은 책장 깊숙한 곳에 들어가 밖을 빠끔히 내다보며 모든 손님을 주의 깊게 관찰했다. 린드그렌과 카프카는 책꽂이 위에 있다가 기름이 번들거리는 손가락으로 책을 뒤적이는 '세 번째 부류의 손님'에게 사전 경고 없이 냅다 몸을 날리며, 종종 페르뒤 씨에게 호의를 베풀었다.

이 유식한 길고양이들은 조심성 없는 인간들의 무식한 발에 치이지 않고 무사히 배에 오를 수 있는 타이밍이 올 때까지 기다렸다. 그렇게 서점에 오르면 다정하게 야옹야옹 하며 서점 주인의 바짓가랑이를 스치듯이 바짝 붙어서 맴돌았다. 페르뒤 씨는 가만히 서 있었다. 그는 고양이들의 온기를 즐겼다. 그 부드러움을. 몇 초 동안 눈을 감고 한없이 부드러운 감촉에 몸을 맡겼다. 잠깐, 아주 잠깐, 방어용 갑옷을 벗는 자유를 누렸다. 거의 애무에 가까운 이 접촉은 페르뒤 씨의 인생에서 유일한 신체 접촉이었다. 그가 허용한 유일한 신체 접촉.

대도시를 특징짓는 다섯 종류의 불행, 분주함과 무관심, 열기, 소음 그리고 사디즘적인 버스 운전기사에 대처하는 책들이 있는 책장 뒤에서 누군가가 극심한 기침발작을 일으키는 바람에 그의 소중한 순간이 사라져버렸다.

5

고양이들은 쏜살같이 어스름한 곳으로 몸을 피하고는 페르뒤 씨가 주방 안에 준비해둔 참치 통조림을 찾아냈다.

"안녕하세요?"

페르뒤 씨는 크게 말했다.

"제가 도와드릴까요?"

"뭘 사려는 게 아닙니다."

막스 조당이 헉헉거리며, 양손에 멜론을 하나씩 들고 주춤주춤 앞으로 걸어 나왔다. 귀덮개가 언제나처럼 귀를 꼭 덮고 있었다.

"조당 씨, 그렇게 멜론을 들고 거기 오랫동안 서 있었던 거요?"

페르뒤 씨는 짐짓 근엄하게 물었다.

조당은 고개를 끄덕였다. 어쩔 줄 몰라 하며, 검은 머리카락 끝까지 새빨개졌다.

"페르뒤 씨께서 그 여자 손님에게 제 책을 팔려고 하시지 않았을 때 왔어요."

그는 처량하게 말했다.

참나, 하필이면. 타이밍 하고는.

"제 책이 그렇게 형편없습니까?"

"아뇨."

페르뒤 씨는 바로 대답했다. 단 1초만 망설였더라도 조당은 그걸 "네."라고 해석할 것이다. 조당을 그런 식으로 괴롭힐 필요가 없었다. 게다가 페르뒤 씨는 정말로 그 책을 형편없다고 여기지 않았다.

"그렇다면 왜 그 여자에게 제 책이 적절하지 않다고 하신 건가요?"

"조당 씨…… 그건, 음……."

"그냥 막스라고 부르세요."

이 말은 이 젊은이도 나를 성이 아닌 이름으로 부를 수도 있다는 뜻이겠지.

그를 성이 아닌 이름으로 부른 마지막 사람은 ○○이었다. 초콜릿처럼 달콤한 목소리로.

"일단 조당 씨라고 부르기로 합시다. 괜찮죠, 조당 씨? 우선 나는 책들을 약처럼 팝니다. 수백만 명의 사람이 소화할 수 있는 책이 있는가 하면, 겨우 백 명의 사람만 소화할 수 있는 책도 있어요. 심지어는 단 한 사람을 위해 쓰인 약도, 아니 그러니까 책도 있죠."

"네? 한 사람을 위해서요? 단 한 사람? 그걸 위해 그 오랜 시간 일을 한단 말인가요?"

"한 생명을 구할 수만 있다면 그렇고 말고요! 그 손님, 그 여자분에겐 지금 《밤》이 필요 없어요. 아마 소화하지 못했을 겁니다. 부작용이 너무 심했을 거예요."

조당은 깊이 생각에 잠겼다. 이 화물선에, 서가에, 소파에 수북이 쌓인 수천 권의 책을 쭉 보았다.

"하지만 사람들이 어떤 문제에 시달리고 또 어떤 부작용이 발생할지, 페르뒤 씨는 어떻게 알 수 있죠?"

이런, 어떻게 알 수 있는지는 페르뒤 씨 자신도 잘 모른다는 걸 조당에게 어떻게 이해시킬 것인가?

페르뒤 씨는 귀와 눈과 직관을 이용했다. 그는 대화를 나누면서 상대방 영혼에게 무엇이 필요한지 알아낼 수 있었다. 상대방의 몸에서, 태도와 움직임, 작은 몸짓에서 어떤 감정이 그를 굴복시키고 압박하는지 읽어낼 수 있었다. 그는 그의 아버지가 '꿰뚫어 보고 듣는 것'이라고 부르던 능력을 지니고 있었다. "너는 대부분의 사람이 숨기는 것을 꿰뚫어 보고 들을 수 있어. 사람들을 근심에 빠지게 만드는 것, 사람들이 꿈꾸고 아쉬워하는 모든 것을 간파해낼 수 있지." 누구나 제각기 타고난 재능이 있었다면, 페르뒤 씨의 재능은 바로 '꿰뚫어 보고 듣는 것'이었다.

페르뒤 씨의 서점을 찾는 단골손님 중에는, 정부 관료들을 상대로 하는 심리치료사인 에릭 랑송이 있었다. 그는 페르뒤 씨가 "상대방 말의 속뜻에 귀 기울이는 30년 경력의 심리치료사보다 더 정확하게 영혼을 읽는 사이코메트리 능력"을 가진 게 부럽다고 솔직히 털어놓았다. 매주 금요일 오후, 랑송은 종이약국에서 시간을 보냈다. 그는 검과 용이 등장하는 판타지물을 즐겨 읽었으며, 등장인물들의 정신 분석 이야기로 페르뒤 씨의 웃음을 끌어내려고 했다.

랑송은 과도한 긴장에 시달리는 관료들과 정치가들을 페르뒤 씨에게 보냈다. 그의 '처방전'에는 다양한 신경증이 대중 문학을 이용한 암호로 적혀 있었다. 가령 '토머스 핀천의 분위기를 풍기는 카프카적 증세', '셜록, 완전 예측불가' 또는 '계단 아래 해리포터 망상

증후군'과 같은.

탐욕과 권력 남용 그리고 끝도 없이 반복되는 단조로운 사무에 찌든 사람들을 책의 삶으로 인도하는 것은 페르뒤 씨에게는 도전 과제였다. 기계처럼 주어진 업무에만 충실하던 사람 중 한 사람이라도 자신에게 남은 마지막 개성마저 빼앗길 뻔한 일을 내팽개치는 순간, 페르뒤 씨는 얼마나 흐뭇했던가! 책 한 권이 종종 그런 해방을 가져다줄 때가 있었다.

"조당 씨."

페르뒤 씨는 다른 식의 설명으로 접근했다.

"책은 의사인 동시에 약이기도 해요. 진단을 내리고 치료를 하죠. 손님이 안고 있는 고통에 맞는 적절한 소설을 소개하는 것, 바로 내가 책을 파는 방식입니다."

"무슨 말인지 알겠어요. 그 여자에게는 부인과의사가 필요한데, 제 책은 치과의사라는 말인가요?"

"음…… 그건 아니에요."

"아니라고요?"

"책은 물론 의사만은 아니에요. 삶의 다정한 동반자인 소설이 있죠. 따귀를 갈기는 소설도 있고 기분이 울적한 가을날 따뜻하게 목욕 수건을 둘러주는 여자친구 같은 소설도 있어요. 그리고 소설은…… 뭐랄까, 장밋빛 솜사탕이죠. 3초 동안 머릿속을 짜릿하게 하다가 멍한 행복감을 남기죠. 마치 빠르게 지나가는 열렬한 정사情事와도 같죠."

"그러니까 《밤》은 문학의 원 나잇 스탠드란 말인가요? 바람둥이 아가씨 같은?"

젠장. 작가하고 다른 작가들의 책에 대해 이야기해서는 안 된다. 예로부터 내려오는 서점 주인들의 규율인 것을.

"아뇨. 책은 사람과 같고, 사람은 책과 같아요. 내가 어떻게 하는지 말해줄게요. 나는 혼자 마음속으로 이렇게 묻죠. 이 남자가, 이 여자가 자기 인생의 주인공일까? 이들의 삶의 동기는 무엇일까? 이들은 자신 이야기의 조연일까? 자신의 스토리에서 남편, 직업, 아이들, 일이 텍스트를 야금야금 모조리 차지하는 바람에 자신을 몰아내고 있는 것은 아닐까?"

막스 조당의 눈이 더욱 커졌다.

"내 머릿속에는 약 삼만 가지의 이야기가 들어 있어요. 그다지 많은 건 아니죠. 현재 프랑스에서만 백만 권 이상의 책이 유통되고 있거든요. 그중에서 제일 많은 도움이 되는 8000권이 이 서점에 있어요. 비상약으로. 하지만 나는 치료법도 작성해요. 말하자면 알파벳으로 약을 조제한다고 할까. 온 가족이 화목하게 보내는 아름다운 일요일 같은 레시피들이 적힌 요리책. 여주인공이 책을 읽는 여성 독자와 닮은 소설. 억지로 참으면 독이 되는 눈물을 흐르게 하는 서정시. 나는 손님들의 말을 여기로 듣지요……."

페르뒤 씨는 자신의 가슴 정가운데를 가리켰다.

"또 여기로도 들어요."

그는 뒤통수를 문질렀다.

"그리고 여기로도."

그는 윗입술의 보드라운 부분을 가리켰다.

"어떻게 그럴 수 있어요?"

"할 수 있어요."

페르뒤 씨는 정말 그렇게 할 수 있었다. 하지만 그가 꿰뚫어 보고 들을 수 없는 사람도 몇몇 있었다. 예를 들어 자신 말이다. 조당이 이 자리에서 그걸 알 필요까지는 없었다.

페르뒤 씨가 조당을 설득하는 동안, 한 가지 위험한 생각이 은근슬쩍 고개를 들고 나와 그의 의식 속에서 어슬렁거렸다.

나는 아들을 갖고 싶었어. ○○이 낳은 아들을. 그녀와 함께 모든 걸 갖고 싶었어.

페르뒤 씨는 숨을 헐떡였다. 출입 금지된 방문을 연 후로, 뭔가 혼란이 일었다. 그의 방탄유리에 균열이 생겼다. 몇 개의 아주 미세한 균열이. 그가 다시 마음을 다잡지 않는다면 모든 게 산산이 부서질 것이다.

"지금 숨 쉬기가 매우…… 곤란하신가 봅니다."

막스 조당의 목소리가 페르뒤 씨의 귀에 들렸다.

"저는 페르뒤 씨의 기분을 상하게 할 생각은 없었어요. 다만 페르뒤 씨가 '손님에게는 그 책을 팔지 않아요. 손님하고 어울리지 않아요'라고 말하면, 손님들이 어떻게 반응하는지 알고 싶을 뿐이에요."

"그런 손님들요? 그냥 가죠. 그런데 조당 씨는 어떤가요? 다음 원고는 얼마나 진척이 되었나요?"

젊은 작가는 양손에 멜론을 든 채 책 더미로 둘러싸인 소파에 털썩 주저앉았다.

"망했어요. 단 한 줄도 쓰지 못했어요."

"저런. 원고를 언제 넘겨줘야 하는데요?"

"반년이나 지났어요."

"출판사 쪽에서는 뭐라던가요?"

"출판사 사장은 내가 어디에 있는지도 몰라요. 아무도 몰라요. 그 누구도 알아선 안 돼요. 더 이상 글을 쓸 수 없거든요. 더는 한 줄도 써지지가 않아요."

"저런."

조당은 멜론에 이마를 갖다 댔다.

"페르뒤 씨는 앞날이 막막하면 어떻게 하세요?"

그는 기가 죽어 물었다.

"아무것도 안 해요."

거의 아무것도.

나는 밤에 지칠 때까지 파리 시내를 배회하지. 이 배의 엔진과 외벽, 창문을 닦지. 20년 전부터 움직이지 않는데도 나사 하나하나까지 점검하며 출항 준비를 하지.

책을 읽지. 한 번에 내리 20권을. 곳곳에서. 화장실에서, 부엌에서, 음식점에서, 지하철에서. 방바닥을 온통 차지하는 커다란 퍼즐을 펴놓고 다 맞추면 흐트러뜨려서 다시 시작하지. 주인 없는 고양이들에게 먹이를 주지. 식료품을 알파벳순으로 정돈하지. 이따금 수면제를 먹지. 잠에서 깨기 위해 릴케를 손에 들지. ○○ 같은 여자들이 등장하는 책은 절대 안 읽지.

나는 돌처럼 굳어가고 있어. 하루하루를 연명하고 있어. 날이면 날마다 같은 일을 하면서. 그래야만 살아갈 수 있어. 하지만 그밖에는, 그래. 그밖에는 아무것도 하지 않아.

페르뒤 씨는 마음을 단단히 추슬렀다. 젊은이는 도움을 요청한 것이지 페르뒤 씨가 어떻게 지내는지 묻지 않았다. 그러니 일을 시작하자. 서점 주인은 판매대 뒤에 있는 고풍스러운 작은 금고에서 소중하게 아끼는 보물을 꺼냈다.

사나리의 《남녘의 빛》. 사나리가 쓴 유일한 책. 적어도 '사나리'라는 이름으로는. '사나리'는 한때 많은 작가가 프로방스 남쪽 해안의 사나리 쉬르 메르에서 망명생활을 하고 난 후 쓰이던 필명으로, 실제 어떤 인물인지는 알려지지 않았다.

그 혹은 그녀의 책을 출판한 출판사 사장 뒤프레는 파리 외곽의 양로원에 있었다. 알츠하이머에 걸린 뒤프레는 명랑했다. 페르뒤 씨가 찾아갔을 때, 그는 사나리가 누구이고 그 원고를 어떻게 입수하게 되었는지 서로 다른 수십 가지 버전의 이야기를 들려주었다.

페르뒤 씨는 사나리의 흔적을 추적했다. 20년 전부터 이야기 흐름의 속도, 어휘 선택, 문장의 리듬을 분석했으며 문체와 주제를 다른 작가들과 비교했다. 그렇게 페르뒤 씨는 사나리일지 모를 12명의 이름을 찾아냈다.

7명의 여자와 5명의 남자. 그는 그중 한 사람에게 기꺼이 감사의 마음을 표하고 싶었다. 사나리의 《남녘의 빛》은 그의 마음을 아프게 하지 않고 감동을 안겨준 유일한 책이었기 때문이다. 《남녘의 빛》을 읽는 것은 동종요법에 의한 '행복' 조제였다. 그것은 페르뒤 씨의 고통을 덜어준 단 하나의 평온이었고, 그의 영혼이 불타버린 대지를 흐르는 신선한 작은 냇물이었다.

《남녘의 빛》은 전형적인 소설이 아니라 사랑의 여러 종류에 대한 짧은 이야기였다. 기발하고 참신한 언어로 쓰였으며 삶을 반기는 마음으로 넘쳤다. 하루하루를 진정으로 살 수 없고 하루하루를 있는 그대로 유일무이한 것, 두 번 되풀이 될 수 없는 것, 소중한 것으로 받아들이지 못하는 것에 대해 이야기하는 멜랑콜리. 그 특이한 우울이 페르뒤 씨는 너무도 친숙했다. 그는 마지막 남은 한 권을 조당에게 건네주었다.

"이 책을 읽어봐요. 매일 아침 3쪽씩, 아침을 먹기 전 침대에 누운 채로. 이 책이 조당 씨의 마음을 파고드는 첫 번째여야 해요. 이삼 주 지나면, 더는 그렇게 상처 입는다고 느끼지 않을 거예요. 오로지 성공했다고 해서 작가의 벽으로 대가를 치를 필요는 없어요."

조당은 깜짝 놀란 듯 페르뒤 씨를 바라보았다. 이내 곧 폭발했다.

"당신이 뭘 안다고 그래요? 난 이 돈도, 이 지긋지긋한 성공의 열기도 정말 참을 수 없다고요. 차라리 이 모든 일이 일어나지 않았더라면 더 좋았을 뻔했어요. 뭔가를 하는 사람은 이래저래 미움만 받고 사랑은 받지 못해요!"

"막스 조당, 내가 당신 아버지라면 이런 어리석은 말을 하는 당신을 두들겨 팼을 거요. 당신의 책이 성공을 거둔 건 잘 된 일이요. 당연히 성공할 만하니까 성공한 것이고, 한 푼 한 푼이 힘겹게 일한 대가요."

조당은 갑자기 당혹감과 자부심이 엉킨 묘한 기쁨으로 얼굴이 빛났다.

뭐라고? 내가 뭐라고 말했지? '내가 당신 아버지라면.'

조당은 엄숙한 표정으로 멜론을 페르뒤 씨에게 내밀었다. 향긋한 냄새가 났다. 위험한 냄새. ○○과의 여름에 지나치게 가까운 내음이었다.

"우리 점심 먹을까요?"

조당이 물었다.

페르뒤 씨는 귀덮개를 한 녀석이 신경에 거슬리긴 했지만, 누군가와 함께 음식을 먹기는 참으로 오랜만이었다.

○○는 이 녀석을 좋아했을 거야.

두 사람이 멜론을 먹기 좋게 잘랐을 때, 날렵한 하이힐이 또각거리는 소리가 들려왔다. 아침에 왔던 여자 손님이 주방문 쪽에서 나타났다.

"좋아요. 나에게 맞는 책들을 주세요. 나한테 무관심한 남자들 따윈 신경 쓰지 않겠어요."

조당의 입이 벌어진 채로 다물어질 줄 몰랐다.

6

페르뒤 씨는 하얀 와이셔츠 소매를 접어 올리고 검은 넥타이가 제대로 매어 있는지 확인하고 최근에 맞춘 안경을 서둘러 꺼내 썼다. 그리고는 정중한 태도로 그 여자 손님을 문학의 심장부로 인도했다. 에펠탑이 보이는 높이 2미터, 너비 4미터의 선창 맞은편 독서용 소파로. 소파 아래는 발을 올려놓을 발판이 있었다. 물론 핸드백을 내려놓을 작은 탁자도 있었다. 탁자는 페르뒤 씨의 어머니 리라벨이 기증한 것이었다. 그 옆에는 낡은 피아노가 있었다. 페르뒤 씨는 피아노를 칠 줄 몰랐지만 해마다 두 번 조율했다.

손님의 이름은 안나였다. 페르뒤 씨는 손님에게 몇 가지 질문을 했다. 직업이 무엇이고 아침 시간을 어떻게 보내고 어린 시절에 어떤 동물을 좋아했고 최근 몇 년 동안 어떤 악몽을 꿨고 마지막으로 어떤 책을 읽었는지……. 그리고 예전에 어떤 옷을 입으라고 어머니가 말했는지.

친밀하면서도 지나치게 가까이 다가가지 않는 질문들. 이런 질문들을 한 다음 굳게 침묵을 지킬 필요가 있었다. 침묵하는 가운데 귀를 기울이는 것은 그녀의 영혼을 깊이 탐색하는 토대였다.

안나는 텔레비전 광고 회사에서 일한다고 말했다.

"광고에이전시인데, 여자들을 에스프레소 커피머신과 소파의 기능을 탑재한 하이브리드쯤으로 여기는 꼰대 같은 남자들이 판을 치는 곳이죠."

안나는 매일 아침 깊은 잠에서 깨어나려고 알람 시계를 3개나 맞춰놨다. 그리고 냉혹한 하루에 대비해 미리 몸을 덥히려고 매일 뜨거운 물로 샤워했다. 그녀는 어렸을 때 늘보로리스 원숭이를 무척 좋아했다. 매혹적일 정도로 느긋하고 늘 코가 축축한 작은 원숭이. 그리고 어린 시절 빨간색 가죽 반바지를 고집스럽게 좋아해 엄마를 경악시키곤 했다. 안나는 속옷만 입은 채 오만한 남자들 앞에서 모래구덩이 속으로 깊이 빨려드는 꿈을 자주 꿨다. 모두, 하나같이 전부 그녀의 속옷만을 원했을 뿐 아무도 구덩이 속에서 그녀를 구해주려 하지 않았다.

"아무도 나를 구해주지 않았어요."

그녀는 혼잣말하듯 한 번 더 말했다. 나지막이 씁쓸하게. 그러고는 반짝이는 눈으로 페르뒤 씨를 바라보았다.

"어때요? 정말 바보 같죠?"

"꼭 그렇지만은 않아요."

그가 대답했다.

안나는 대학 시절에 읽은 주제 사라마구의 《눈먼 자들의 도시》를 끝으로 다시는 책을 읽지 않았다. 그녀는 소설을 읽고 나서 참 당혹스러웠다고 했다.

"당연하죠."

페르뒤 씨는 말했다.

"그 책은 인생을 시작하는 사람들이 아니라 인생의 중반에 이른 사람들을 위한 책이죠. 제기랄, 내 인생의 절반이 어디로 사라져버렸지, 하고 묻는 사람들이요. 앞을 향해 부지런히 내딛는 발 앞꿈치만 바라보고 자신이 어디를 향해 열심히 성실하게 달려가는지는 보지 않는 사람들이요. 눈이 보이는데도 보지 못하는 사람들이요. 사라마구의 소설은 누구보다도 삶에 눈먼 자들에게 제일 필요한 책이죠. 안나, 당신은 아직 볼 수 있어요."

그 후로 안나는 책을 읽지 않았고 오로지 일에 매진했다. 지나치게 많이, 지나치게 오래 일했다. 그녀 안에 피로가 점점 쌓여갔다.

그녀는 지금까지 세제나 기저귀 광고에 남자를 출연시키는 데 단 한 번도 성공한 적이 없었다.

"광고는 가장들의 최후의 보루예요."

안나는 페르뒤 씨와 엄숙한 표정으로 귀 기울여 듣는 조당에게 털어놓았다.

"세상은 오로지 광고 속에서만 아직 질서를 유지하고 있어요."

안나는 소파에 푹 잠기 듯 등을 뒤로 기댔다.

"어때요? 나는 치료가 가능한가요? 인정사정 보지 말고 진실을 말해주세요."

사실 그녀가 답한 것들은 페르뒤 씨가 책을 선택하는 데 조금도 영향을 미치지 않았다. 그것들은 다만 안나의 목소리, 목소리의 높낮이, 말하는 습관을 친숙하게 인지시켜주었을 뿐이다. 페르뒤 씨는 평범한 문장들의 흐름 속에서 반짝이며 떠오르는 낱말들을 모았다. 반짝이는 낱말들은 그 여인이 인생을 어떻게 보고 냄새 맡고 느끼는지 알려주었다. 그 여인이 실제로 무엇을 중요하게 여기고 무엇에 관심이 있고 현재 어떤 상태인지. 뜬구름 같은 말들 아래 무엇을 숨기고 싶어 하는지 알려주었다. 아픔과 갈망이었다.

페르뒤 씨는 그 낱말들을 끄집어냈다. 안나는 자주 말했다. “원래는 그럴 계획이 아니었어요.” 그리고 “그렇게 될 줄 전혀 예상하지 못했어요.” 그녀는 ‘수많은’ 시도와 그보다 ‘두 배나 더 많은 악몽들’에 대해 이야기했다. 안나는 비합리성과 추측성 판단을 배제하는 수학과 기술 문명에 묻혀 살았다. 그리고 그녀는 직관적인 판단이나 불가능한 걸 가능하게 여기는 사고를 기피했다. 하지만 그것은 페르뒤 씨가 귀담아들어 알아낸 일부에 지나지 않았다. 그중에는 영혼을 불행하게 만든 것이 있었고, 영혼을 행복하게 만드는 것이 있었다.

페르뒤 씨는 사랑하는 일들의 속성이 그 사람의 언어에 배어 있다는 걸 알고 있었다. 그의 이웃들만 보아도 그렇다. 몽타냐르 길 27번지 집주인 베르나르 부인은 옷감에 대한 열정을 집과 사람들에게 전이시켰다. ‘다림질이 잘못된 폴리에스테르 셔츠 같은 품행’은 베르나르 부인이 애호하는 문구 중 하나였다. 여류 피아니스트 클라라 비올렛은 음악으로 표현했다. “골덴베르 씨네 딸은 그 어머니의 인생에서 세번째 비올라에 지나지 않아요.” 식료품가게 주인 골덴베르는 미각을 통해 세상을 보기 때문에, 성격은 ‘곯았고’ 성질은 ‘푹 익었다’고 표현했다. 그의 딸 브리지트, ‘세번째 비올라’는 감상적인 사람들을 자석처럼 끌어당기는 바다를 사랑했다. 막스 조당은 그

열네 살의 예쁘장하고 조숙한 소녀를 '바다를 바라보는 까막까치밥 나무의 눈빛', '깊고 아득한 눈빛'에 비유했다. 물론 세번째 비올라는 이 젊은 작가에게 반해 있었다. 얼마 전까지만 해도 사내아이가 되고 싶다고 하더니, 이제는 어서 빨리 여자가 되고 싶어 했다. 페르뒤 씨는 첫사랑이라는 망망대해에서 구원의 섬이 되어줄 책을 어서 브리지트에게 가져다줘야겠다고 다짐했다.

"원래 미안하다는 말을 자주 하시죠?"

페르뒤 씨가 안나에게 물었다. 여자들은 늘 잘못한 것 이상으로 죄책감을 느끼니까.

"솔직하게 다 말하지 않아서 미안해, 아니면 나의 사랑이 당신을 곤란하게 만들어서 미안해. 어느 쪽을 말씀하시는 건가요?"

"둘 다요. 어떤 식으로든 미안해 하는 걸 말합니다. 당신은 당신이란 존재와 관련한 모든 것에 미안해 하는 습관이 있을 수 있어요. 우리가 말을 만들어내는 것이 아니라, 우리가 자주 사용하는 말이 종종 자신을 만들어내죠."

"참 별난 서점 주인이시네요. 알고 계세요?"

"그래요. 나도 알아요, 안나."

페르뒤 씨는 조당에게 '감정의 도서관'에서 책을 이삼십 권 가져오게 했다.

"이것들을 보세요. 고집 부리는 경우를 위한 소설들, 생각을 바꾸는 법에 대한 안내서들, 품위를 지키도록 도와주는 시집들."

꿈에 대한 책들, 죽음에 대한 책들, 예술가로서의 삶과 사랑에 대한 책들. 페르뒤 씨는 신비한 서사시, 심연과 추락, 위험과 배신으로 얽힌 옛이야기들을 안나에게 대령했다. 흔히 여자들이 구둣가게에서 신발 상자에 에워싸이듯, 안나는 금세 책 더미에 둘러싸였다. 페르뒤 씨는 안나가 둥지에 있는 새처럼 편안하게 느끼고 책들이 선사하는 무한한 힘을 깨닫길 바랐다. 책은 항상 충분할 것이다. 책은 읽는 사람을 언제까지나 사랑할 것이다. 책은 예측 불가능한 모든 것 속에서 믿고 의지할 수 있는 것이다. 삶에서. 사랑에서. 죽음에서도.

린드그렌이 대담하게 폴짝, 안나의 무릎으로 뛰어올라 앞발을 한데 모으고 갸르릉 거리며 편안하게 자리 잡았다. 그러자 일에 지치고 사랑의 수심과 늘 죄책감에 시달리는 광고회사 여직원은 몸을 뒤로 기댔다. 치켜세운 어깨에 긴장이 풀리고, 주먹 쥔 손 안에 숨어 있던 엄지손가락이 빠끔히 나왔다. 얼굴이 여유로워졌다.

그녀는 책을 읽었다.

페르뒤 씨는 안나가 읽는 것이 그녀의 마음에 어떤 형체를 부여하는 과정을 지켜보았다. 안나가 말에 반응하는 울림판을 자신 안에서 발견하는 것이 보였다. 그녀는 스스로 연주하는 법을 깨달은 바이올린이 되었다. 페르뒤 씨는 안나가 작은 행복을 느끼는 걸 보았다. 그의 가슴속에서 뭔가 파르르 옴츠러들었다.

나에게 삶의 노래를 연주하는 법을 가르쳐줄 책은 없는 걸까?

7

페르뒤 씨는 몽타냐르 길을 향해 걸음을 옮기면서, 카트린이 이 분주한 마레 한복판의 밝고 고요한 거리를 어떻게 느낄지 궁금해졌다.

"카트린."

그는 웅얼거렸다.

"카—트—린."

그 이름을 입 밖에 내어 말하기는 아주 쉬웠다. 놀라운 일이었다.

그녀에게 몽타냐르 길 27번지는 달갑지 않은 유배지였을까? 그녀는 남편이 자신에게 난 당신 꼴을 더 이상 보고 싶지 않아, 라고 뒤집어씌운 오명으로 세상을 보았을까?

이 동네에 살지 않는 사람이 몽타냐르 길에 발을 들여놓는 일은 드물었다. 5층짜리밖에 안 되는 집이 대부분이었고 집집마다 각기 다른 파스텔 색을 띠고 있었다. 몽타냐르 길 아래쪽으로는 미용실과 빵집, 포도주 가게, 알제리 담뱃가게가 이어졌다. 그리고 그 길 끝까지 주택들과 병원, 사무실이 있었다. 거기에 붉은 차양을 친 브르타뉴 음식점 티 브레츠가 자리하고 있었다. 티 브레츠의 갈레트는 부드럽고 향긋했다.

페르뒤 씨는 어느 얼빠진 출판사 직원이 서점에 두고 간 전자책 단말기를 티 브레츠의 종업원인 티에리에게 건네주었다. 티에리는 주문 받는 틈틈이 책을 읽고 등이 굽을 정도로 책을 한 아름 들고 다니는 책벌레였다. 그런 책벌레에게 전자책 기계는 세기의 발명품이었다. 서점 주인에게는 또 다른 장애물이었지만.

티에리는 고마움에 겨워 페르뒤 씨에게 브르타뉴 지방의 사과 브랜디인 램빅을 한 잔 사겠다고 했다.

"오늘은 안 돼요."

페르뒤 씨는 거절했다. 그는 늘 그렇게 말했다. 페르뒤 씨는 알코올을 입에 대지 않았다. 마시지 않았다. 술을 한 모금 넘길 때마다, 생각과 감정이 너울대는 호수를 가까스로 가두는 높은 제방의 틈이 조금씩 벌어졌기 때문이다. 그는 그걸 잘 알고 있었다. 그 당시 술로 마음을 달래려고도 해봤다. 가구들을 때려 부수던 시절이었다.

하지만 오늘은 티에리의 초대를 거절하는 특별한 이유가 있었다. 카트린에게 '눈물을 흘릴 수 있는 책'을 빨리 가져다주고 싶었다.

티 브레츠 옆에 골덴베르가 운영하는 식료품 가게의 초록색과 흰색으로 어우러진 차양이 튀어나와 있었다. 골덴베르는 페르뒤 씨가 오는 것을 보고 길을 막아섰다.

"페르뒤 씨, 그게 말이죠……."

골덴베르는 당혹스러운 표정으로 말을 꺼냈다.

이런 안 돼. 설마 지금 포르노 같은 걸 물으려는 건 아니겠지?

"브리지트 말입니다. 그 아이가, 나 참. 음, 그러니까 어른이 되려나 봐요. 그래서 몇 가지 문제가 있는데 말이죠. 무슨 말인지 아시죠? 그에 대한 좋은 책이 있나 해서요."

남자들끼리 주고받는 포르노 같은 것이 아니어서 천만다행이었다. 골덴베르는 딸아이의 사춘기에 좌절감을 느끼는 아버지, 딸아이가 남자를 잘못 만나기 전에 어떻게 성교육 문제를 해결할 수 없을까 고민하는 보통의 아버지였다.

"부모들을 위한 상담 시간에 한번 가보시죠."

"차라리 우리 집사람이 가는 편이 더……."

"좋아요, 그러면 두 분이 함께 가세요. 매달 첫 번째 수요일 저녁 8시예요. 그럼 두 분이 함께 모처럼 식사하러 갈 수도 있고요."

"내가 우리 집사람하고? 아니, 왜요?"

"부인이 기뻐하실 것 같은데."

골덴베르가 반박하면서 길게 말하기 전에 페르뒤 씨는 얼른 걸음을 옮겼다.

내가 무슨 말을 더 해도 어차피 골덴베르 씨는 반박하겠지.

물론 부모들을 위한 상담시간에는 결국 어머니들만 앉아 있을 것이고, 또 그들은 성숙한 자녀들의 성교육에 대해서는 말하지 않을 것이었다. 대부분은 여자들의 어디가 위고 어디가 아래인지 알려주는, 남자들을 위한 성교육서를 원하니까.

페르뒤 씨는 현관 출입문의 비밀번호를 누르고 문을 열었다. 몇 걸음을 옮기기도 전에, 로잘레트 부인이 퍼그를 팔에 안고 관리실에서 쿨렁쿨렁 달려 나왔다. 퍼그 에디트는 심드렁한 표정으로 로잘레트 부인의 풍만한 가슴에 들러붙어 있었다.

"페르뒤 씨, 이제야 오시는군요!"

"부인, 머리를 또 염색하셨나 봐요."

페르뒤 씨는 엘리베이터 스위치를 누르며 물었다.

여기저기 쓸고 닦느라 불그스름해진 로잘레트 부인의 손이 불룩한 머리카락을 나풀거리면서 쓸어내렸다.

"에스파냐 장밋빛이에요. 셰리 브뤼[1] 빛깔보다 좀 살짝 진하죠. 하지만 더 우아하지는 않아요. 역시 페르뒤 씨는 늘 금방 알아본다니까요! 그건 그렇고, 페르뒤 씨에게 실토할 게 있어요."

로잘레트 부인의 눈꺼풀이 파르르 떨리며 깜박거렸다. 그러자 에디트도 헥헥, 숨을 헐떡였다.

"만일 비밀 이야기라면, 이 자리에서 들은 즉시 잊어버릴게요."

로잘레트 부인은 모든 일을 연대기처럼 줄줄 꿰서 말하는 데 소질이 있었다. 그녀는 이웃들의 신경증, 은밀한 사건, 습관들을 관찰하고 나름대로 예의범절의 등급을 매긴다. 그리고 자신의 견해를 확실한 정보인 양 다른 이웃들에게 퍼트리는 걸 좋아했다. 그 점에서 만큼은 인심이 아주 후했다.

"아이 참, 페르뒤 씨도! 걸리버 부인이 그 젊은 남자들하고 행복해지든 말든 나하고 무슨 상관이겠어요. 아니, 그건 아니에요. 그…… 그러니까……, 책…… 책 말인데요."

---

1) 스페인 산 중 가장 단맛이 없는 담백한 화이트 와인.

페르뒤 씨는 다시 엘리베이터 스위치를 눌렀다.

"책을 다른 서점에서 사셨어요? 괜찮습니다, 로잘레트 부인. 괜찮아요."

"아니, 사실 그보다 더 나빠요. 몽마르트의 노점상에서 샀어요, 엄청 싸게 50센트에. 하지만 페르뒤 씨도 말했잖아요. 20년이 넘는 낡은 책이라면, 불 속에 들어가는 걸 몇 푼으로라도 막아야 된다고요."

"물론이죠. 그렇게 말했어요."

이 엘리베이터는 눈치도 없지, 어떻게 된 거야!

로잘레트 부인이 몸을 앞으로 숙여 가까이 하자, 커피와 코냑 냄새 풍기는 숨결에 개의 숨결까지 더해졌다.

"하지만 그 책을 괜히 샀어요. 그게 바퀴벌레 이야기라 얼마나 끔찍한지! 어머니가 자기 아들을 빗자루로 몰아대는 장면은 정말 소름끼쳤어요. 며칠 동안이나 결벽증에 시달렸다니까요. 그 카프카란 남자 정상이에요?"

"부인은 그걸 이해했군요. 다른 사람들은 그걸 알아내려고 몇 년 동안이나 연구를 한답니다."

로잘레트 부인은 그게 무슨 말인지 알아듣지 못했지만 행복하게 미소 지었다.

"아 맞다. 엘리베이터 고장 났어요. 또 골덴베르 씨 집과 걸리버 부인 집 사이에 멈춰 있어요."

그 말은 오늘 밤 여름이 온다는 뜻이었다. 엘리베이터가 어딘가에 멈춰 있을 때마다 늘 여름이 오곤 했으니까.

페르뒤 씨는 계단으로 올라갔다. 브르타뉴와 멕시코와 포르투갈 산 타일들이 화려하게 깔린 계단을 한 번에 두 칸씩 성큼성큼 올랐다. 집주인 베르나르 부인은 집을 장식하는 무늬를 사랑했다. 베르나르 부인에게 무늬는 '집의 구두'와 같았다. "여자들도 그렇잖아요. 그 사람의 구두를 보면 어떤 성격인지 짐작할 수 있죠." 만일 몽타냐르 길 27번지에 도둑이 침입한다면 집의 계단을 보고 집주인이 엄청 변덕스러운 사람이다, 라고 하고도 남을 것이다.

페르뒤 씨의 발길이 거의 2층에 이르렀다. 그때 위쪽 층계참에서 태슬이 달린, 노란 옥수수 빛깔의 슬리퍼 한 쌍이 불쑥 시야에 들어왔다.

2층에는 발 치료사인 시각장애인 셰가 살았다. 셰는 맞은편 집에 사는 봄므 부인이 골덴베르의 가게로 물건을 사러 가면 종종 함께 가서 시장바구니를 들어주었다. 봄므 부인은 젊었을 때 유명한 카드 점쟁이의 비서로 일했다. 셰는 보행기를 미는 노부인의 팔짱을 끼고 함께 인도를 걸었다. 코피도 종종 그 두 사람과 동행했다.

코피는 가나 말로 '금요일'이란 뜻인데, 어느 날 파리 교외에서 몽타냐르 길 27번지로 이사 왔다. 그는 까만 피부에 커다랗고 둥근 귀걸이를 하고 힙합스타일 후드 티셔츠 위에 금목걸이를 차고 다녔다. 매끈하게 잘생긴 젊은이였다. 봄므 부인은 "가수이자 배우인 그레이스 존스와 젊은 재규어를 섞어놓은 듯하다."고 했다. 코피가 종종 봄므 부인의 흰색 핸드백을 들어줄 때면 의심에 찬 눈초리의 표적이 되었다.

하지만 페르뒤 씨의 길을 막아선 사람은 셰도 코피도 보행기를 미는 봄므 부인도 아니었다.

"어머, 페르뒤 씨, 만나서 정말 반가워요! 있잖아요, 그 도리언 그레이에 대한 책이요. 엄청 흥미진진하더라고요. 그 책을 권해줘서 얼마나 감사한지 몰라요. 마침 시타 토라지의 《밀애》를 다 읽은 참이었거든요."

"그렇다니 다행입니다, 걸리버 부인."

"아이 참, 그냥 클로딘이라고 부르세요. 아니면 걸리버 양이라고 하거나. 제가 아직 부인이라고 할 만한 나이는 아니잖아요. 그 그레이를 2시간 만에 읽었어요. 정말 재미있었어요. 하지만 제가 도리언이라면 절대 그 그림을 보지 않았을 거예요. 그게 너무 우울해요. 그땐 보톡스도 없었잖아요."

"걸리버 부인, 오스카 와일드는 그 책을 쓰는 데 6년 넘게 걸렸어요. 그 작품 때문에 유죄판결까지 받았고 그 얼마 후 세상을 떠났죠. 2시간보다는 좀 더 많이 투자할 가치가 있지 않을까요?"

"에이, 말도 안 돼요. 그래봤자 오스카 와일드도 기뻐하지 않을 거예요."

클로딘 걸리버. 40대 중반의 독신녀로 루벤스 그림에 나올 법한 풍만한 몸매의 소유자, 대형 경매회사의 서기. 그녀는 날마다 지나치게 많은 돈과 탐욕에 찌든 수집가들과 상종해야 했다. 인간이란 종種의 특이한 부류. 그녀도 예술품을 수집했다. 주로 굽이 달린 앵무새 색깔의 예술품으로. 그녀가 수집한 배클리스 샌들이 176켤레나 돼 방 하나를 온통 채우고도 남았다.

그녀의 취미 가운데 하나는 페르뒤 씨를 숨어서 기다리고 있다가 함께 나들이 가자고 하거나, 자신의 새로운 연수 교육이나 새롭게 문을 여는 파리의 레스토랑들에 대해 이야기하는 것이었다. 또 다른 취미로는 여주인공들이 나쁜 남자의 널찍한 가슴에 꼭 안겨서 그가 박력 있게, 그러니까 덮칠 때까지 앙탈과 교태를 부리는 내용의 소설 읽기였다. 그녀가 다시 재잘거렸다.

"있잖아요, 오늘 저녁에 함께……."

"안 돼요, 그러고 싶지 않아요."

"일단 제 말을 들어보세요! 소르본의 다락방 축제에 같이 가요. 늘씬하게 쭉쭉 뻗은 예술대학 여대생들이 졸업시험을 끝내고 그동안 살던 셰어하우스를 정리하면서 책이나 가구를 내놓는다니까요. 누가 알아요, 애인도 내놓을지?"

그녀는 눈썹을 요염하게 살짝 위로 치켜 올렸다.

"어때요?"

페르뒤 씨는 젊은 남자들이 괘종시계나 문고판 책이 가득 찬 상자 옆에 쪼그리고 앉아 있는 광경을 상상했다. 이마에는 "한 번 사용. 새것이나 다름없음. 마음은 조금 수선할 필요 있음." 또는 "두 번 사용했음. 기본적인 기능은 온전함." 같은 메모가 붙어 있을지도 모른다.

"저는 정말, 가고 싶은 마음, 전혀 없어요."

그녀는 깊이 한숨을 쉬었다.

"어째서 그렇게 원하는 게 전혀 없을 수 있어요? 한번쯤 뭔가에 관심 쏠린 적이 있긴 했어요?"

"그런 적……."

있었죠.

"……부인을 싫어하는 게 아니에요. 그건 아닙니다. 부인은 매력적이고 용감하고……, 음……."

그렇다. 그는 나름대로 그녀를 좋아했다. 그녀는 삶을 두 손 가득 받아들이는 사람이다. 어쩌면 자신이 필요한 그 이상으로.

"그리고 좋은 이웃이죠."

이럴 수가. 페르뒤 씨가 여자에게 상냥한 말을 할 정도로 자제력을 잃다니! 그녀는 엉덩이를 흔들며 굽 높은 신발로 계단을 내려오기 시작했다. 노란 옥수수 빛 배클리스 샌들로 또각또각 거리며. 그녀는 페르뒤 씨가 있는 곳으로 내려와서는 한 손을 들었다. 페르뒤 씨의 탄탄한 위팔에 손을 얹으려다가, 그가 움찔하고 물러나자 멋쩍은 듯 손을 난간에 올려놓았다.

"페르뒤 씨, 우리는 다시 젊어지지 않아요."

그녀는 싸늘한 어조로 나지막이 말했다.

"우리 인생의 절반은 이미 오래 전에 지나갔죠."

또각또각, 또각또각.

페르뒤 씨는 자신도 모르게 손으로 뒤통수를 훑어 내렸다. 나이가 들면 굴욕스럽게도, 그 부분이 대머리가 되는 남자들이 많았다. 다행히 그는 아직 그 정도는 아니었다. 그래, 그는 쉰 살이었다. 서른 살이 아니었다. 검은 머리카락은 차츰 은발이 되어가고, 얼굴엔 주름살이 늘어갔다. 배는…… 그는 배를 집어넣었다. 아직은 괜찮았다. 엉덩이는 좀 걱정되긴 했다. 해가 갈수록 조금씩 처지는 게 느껴졌다. 그리고 이제는 책 상자도 한 번에 2개를 나르긴 버거웠다. 하지만 그것들은 중요하지 않았다. 여자들이 더 이상 그에게 눈길을 주지 않았다. 걸리버 부인만 빼고. 하지만 걸리버 부인은 모든 남자를 그런 식으로, 가능성 있는 연인으로 보았다.

페르뒤 씨는 혹시 계단참에서 봄므 부인이 그를 붙잡고 토론에 끌어들이지 않을까 싶어 위를 흘끔 올려다보았다. 아나이스 닌과 그녀의 성적 강박관념에 대해, 그것도 보청기를 프랄린 상자 속에 넣고 깜박 잊어버린 바람에 큰소리로.

페르뒤 씨는 찾아오는 자녀와 손자도 없이 텔레비전 앞에서 시들어가는 몽타냐르 길의 미망인들과 봄므 부인을 위해 독서클럽을 조직했다. 그녀들은 책을 사랑했다. 하지만 그보다 그녀들에게 문학은 집 밖으로 나와 다양한 색깔의 여성용 리큐어를 연구하기 위한 구실같은 것이었다.

부인들은 대부분 에로틱한 작품에 호감을 보였다. 페르뒤 씨는 그런 책들을 다른 책표지에 감춰 조심스럽게 배달했다. 예를 들어

《카트린 M.의 성생활》은 《알프스의 식물》에, 마르그리트 뒤라스의 《연인》은 《프로방스의 자수본》에, 아나이스 닌의 《비너스의 삼각주》는 《요크의 전통 잼 만드는 법》으로 위장했다. 리큐어 여류 연구가들은 그렇게 위장하는 그의 요령을 높이 평가했다. 미망인들은 친척들이 독서를 텔레비전 따윈 보지 않는 사람들의 이상한 취미로 여긴다는 걸 알고 있었다. 또 그들이 예순 넘은 여자들에겐 성애가 부적합한 것이라고 여기는 것도 알고 있었다.

하지만 어쨌든, 페르뒤 씨의 앞을 막는 봄므 부인의 보행기는 나타나지 않았다.

3층에 오르자 이 층에 사는 피아니스트 클라라 비올렛의 연주 소리가 들렸다. 단순한 음계조차 그녀의 손가락 아래에서는 멋지게 들렸다. 그녀는 세계에서 다섯 손가락 안에 드는 피아니스트였다. 하지만 연주하는 동안 누군가가 같은 공간에 있는 것을 참지 못하는 탓에 큰 명성을 얻지는 못했다. 그녀는 여름이 되면 발코니 앞에서 연주했다. 모든 창문을 활짝 열고, 페르뒤 씨가 그녀의 플라이엘[2] 그랜드피아노를 발코니 문 옆으로 옮겨 피아노 아래에 확성기를 설치했다. 클라라는 2시간 동안 연주했다. 27번지 사람들은 집 앞 계단이나 인도에 깐 접이식 의자들에 앉았고 낯선 이들은 티브레츠의 야외 테이블로 몰려들어 그녀의 연주를 감상했다. 클라

2) 맑고 아름다운 소리를 내는 피아노를 만드는 것으로 유명한 세계적 피아노 회사.

라가 연주를 끝내고 발코니로 나와 수줍게 고개를 숙여 인사하면, 박수갈채로 온 동네가 떠나갈 듯했다.

페르뒤 씨는 나머지 길을 방해받지 않고 무사히 지났다. 5층에 이르자, 식탁이 놓였던 자리가 비어 있었다. 아마 코피가 카트린을 도운 모양이었다. 페르뒤 씨는 카트린의 초록색 문을 노크하며, 자신이 그 순간을 기다렸다는 걸 깨달았다.

"안녕하세요."

그는 나지막하게 속삭였다.

"책을 몇 권 가져왔어요."

그는 책이 든 종이봉투를 문에 기대 놓았다. 서서히 몸을 일으키는데, 카트린이 문을 열었다. 짧은 금발 그리고 섬세한 눈썹. 눈빛은 의심이 어려 있었지만 진주 빛깔처럼 부드러웠다. 맨발에 쇄골이 살짝 드러난 원피스 차림이었다. 그리고 손에는 편지봉투가 들려 있었다.

"편지를 발견했어요."

8

한 번에 너무나 많은 것이 시야에 들어왔다. 카트린, 그녀의 눈, 연한 초록색 글씨가 적힌 봉투 그리고 그녀의 숨결, 그녀의 체취와 쇄골, 그녀의 삶 그리고…….

편지라고?

"뜯어 보지 않은 편지가 있었어요. 저에게 주신 식탁에 흰색으로 덧칠한 서랍 안이요. 제가 서랍을 열었거든요. 코르크 따개 옆에 편지가 있었어요."

"그럴 리가요."

페르뒤 씨는 정중하게 말했다.

"거기에 코르크 따개가 있을 리 없습니다."

"하지만 제가……."

"그럴 리 없다니까요!"

그렇게 큰 소리로 말하려는 것은 아니었다. 그러나 그는 카트린이 들고 있는 봉투에 눈길조차 주지 못하고 있었다.

"미안합니다, 큰 소리를 내서."

그녀는 페르뒤 씨에게 봉투를 내밀었다.

"하지만 그 편지는 제 것이 아닙니다."

페르뒤 씨는 자신의 집 쪽으로 뒷걸음질 쳤다.

"그것은 불태워버리는 게 좋을 겁니다."

카트린이 그를 따라왔다. 그녀는 그의 눈을 응시했다. 순간 뜨거운 열기가 회초리처럼 그의 얼굴을 때렸다.

"아니면 버리시든가요."

"제가 읽을 수도 있어요."

그녀는 말했다.

"저하고는 상관없는 일입니다. 어차피 제 것이 아니니까요."

페르뒤 씨가 카트린을 편지와 함께 복도에 둔 채 집안으로 들어가 현관문을 닫을 때까지도, 그녀는 그에게서 시선을 떼지 않았다.

"저기요, 페르뒤 씨!"

카트린이 문을 두드렸다.

"여기에 당신 이름이 적혀 있는 걸요!"

"그냥 가주세요, 제발!"

그는 소리쳤다. 그는 그 편지를 알아보았다. 그 글씨체를. 그의 안에서 뭔가가 산산조각 났다.

검은 곱슬머리의 여자가 기차의 객실 문을 열고 들어온다. 그녀가 차창 밖을 내다본다. 오랫동안. 눈물이 글썽거리는 그녀의 눈은 그에게로 향한다. 그녀는 프로방스를 지나고 파리를 지나고 몽타냐르 길을 지나, 결국 그의 집에 발을 들여놓는다. 샤워를 하고 알몸으로 방안을 가로지른다. 어스름 속에서 입술이 그의 입술에 가까이 다가온다. 젖은, 물에 젖은 피부. 그의 숨결을 앗아가고 그의 입술을 들이마시는, 물에 젖은 입술. 오랫동안 들이마신다.

그녀의 보드랍고 작은 배 위로 달빛이 드리운다. 붉은 창틀 사이에서 두 그림자가 춤을 춘다. 그다음 어떻게 그녀의 몸이 그의 몸을 덮었던가.

○○는 소파에서 잠을 잔다. 라벤더 방에서. 그녀는 그 금지된 방을 그렇게 불렀다. 그녀가 약혼 기간 동안 직접 만든, 패치워크 이

불에 몸을 둘둘 말고.

○○가 그 포도밭 주인과 결혼하기 전에, 그리고…… 내 곁을 떠나기 전에. 그러고는 또 다시 내 곁을 떠났다.

그들이 5년 가까이 만나는 동안, ○○는 모든 방에 이름을 붙였다. 여름 방, 꿀 방, 정원 방. 그 방들은 그녀의 숨은 연인, 제2의 남자였던 그에게 전부를 의미했다. 그의 방은 '라벤더 방'이라고 이름 지었다. 라벤더 방은 낯선 객지에서 그녀의 안식처였다.

1992년 8월의 어느 무더운 밤, 그들은 그곳에서 마지막으로 함께 밤을 보냈다. 두 사람은 함께 샤워를 했고 서로의 몸이 축축하게 젖어 있었다. 그녀는 물에 젖은 차가운 손으로 그를 애무했다. 그러고는 그의 위로 미끄러지듯 올라와 그의 양손을 그의 머리 양옆으로 올리고 그를 소파에 푹 잠기도록 눌렀다. 그리고 격렬한 눈빛으로 바라보며 속삭였다.

"당신이 나보다 먼저 죽었으면 좋겠어. 그렇게 하겠다고 약속할 수 있어?"

그녀의 몸은 그의 몸을 받아들였다. 그 어느 때보다 거침없이. 그리고 속삭였다.

"약속해. 약속하라니까."

그는 약속했다.

밤이 이슥해지고 그녀 눈의 흰자위가 어둠에 묻혀 보이지 않았을 때, 그는 그녀에게 이유를 물었다.

"주차장에서 나의 무덤까지 이르는 길을 당신 혼자 가게 하고 싶지 않아. 당신을 슬픔에 잠기게 하고 싶지 않아. 그보다는 차라리 내가 남은 인생 동안 당신을 그리워하는 게 나아."

"당신을 사랑한다는 말을 난 왜 한 번도 하지 않았을까?"

그가 나지막이 중얼거렸다.

"왜 하지 않았을까? 마농? 마농!"

그는 한 번도 마농에게 사랑을 고백한 적이 없었다. 마농을 당황하게 하지 않으려고. 그녀가 쉿, 하고 그의 입술에 손가락을 대게 하지 않으려고.

그 당시 페르뒤 씨는 자신이 그녀의 인생에서 하나의 퍼즐 조각일 수 있다고 생각했다. 아름답게 빛나지만, 조각은 조각일 뿐이다. 온전한 그림이 아니다. 그는 마농에게 온전한 그림이고 싶었다.

마농. 활기에 넘치지만 결코 어여쁘지, 결코 완벽하지 않은 프로방스 여인. 그가 손으로 붙잡을 수 있을 것만 같은 언어로 말했던 여인. 그녀는 절대 계획을 세우지 않았다. 언제나 오롯이 현재에 충실했다. 메인요리를 먹으며 디저트에 대해 말하지 않았고, 잠이 들면서 내일에 대해 말하지 않았고, 헤어지면서 재회에 대해 말하지 않았다. 그녀는 언제나 지금이었다.

페르뒤 씨는 그 8월의 밤, 7216일 전의 밤에 마지막으로 곤히 잤다. 잠에서 깨어났을 때, 마농은 가고 없었다.

그는 그런 일이 있을 줄 전혀 예상하지 못했다. 몇 번이고 수없이 곰곰이 되돌아보고 마농의 몸짓과 눈빛, 말들을 수천 번도 더 더듬어보았다. 하지만 아무런 낌새도 찾아내지 못했다. 그런데 그녀는 떠난 것이다. 그리고 다시는 오지 않았다.

대신 몇 주 후 편지가 왔다. 그 편지가.

그는 편지봉투를 이틀 동안 테이블에 그대로 두었다. 혼자 앉아 혼자 술을 마시고 혼자 담배를 피우면서 편지봉투를 보았다. 그리고 울면서. 눈물이 양 볼을 타고 줄줄 흘러내려 테이블 위 종이에 뚝뚝 떨어졌다.

그는 편지를 뜯어보지 않았다.

그는 너무 울어서, 그녀 없는 침대가 너무 크고 너무 휑하고 너무 허전했다. 도저히 잠을 잘 수 없어서 지칠 대로 지쳐 있었다. 그는 그리움에 지쳐 있었다.

페르뒤 씨는 분노와 절망감에 휩싸여 편지를 뜯지 않은 채 식탁 서랍 안에 던져 넣었다. 마농이 메네르브의 어느 작은 음식점에서 '빌려' 파리로 가져온 코르크 따개 옆에. 그때 두 사람은 카마르그에서 오는 길이었다. 마치 남쪽의 햇빛이 유약을 발라준 듯 눈이 밝게 빛났던 겨울이었다. 그들은 루베롱의 어느 여인숙에 묵었다. 여인숙은 가파른 산중턱에 벌집처럼 달라붙어 있었는데, 욕실이 층계 중간에 있었고 아침 식사에 라벤더 꿀이 나왔다. 마농은 그에게 자신의 모든 걸 보여주려 했다. 자신이 어느 곳에서 왔고 자신의 핏

속에 어떤 땅이 스며 있는지. 그렇다, 심지어 자신의 남편이 될 루크까지도 페르뒤 씨에게 보여주려 했다. 멀찌감치 떨어진 곳에서. 본뉴 아랫녘 골짜기의 포도나무 사이로 높다란 트랙터를 몰고 있는 모습을. 루크 바셋은 포도 재배인, 포도원 주인이었다. 마치 그들 세 사람이 친구가 되길 바라는 듯. 서로가 서로에게 자신의 기쁨을, 자신의 사랑을 나누어줄 수 있는 듯. 페르뒤 씨는 거부했다.

페르뒤 씨의 팔에서 힘이 피를 흘리 듯 빠져 나가는 듯했다. 어둠 속에서 문 뒤에 선 채로 꼼짝도 할 수 없을 것만 같았다. 페르뒤 씨는 마농의 몸이 그리웠다. 잠을 자는 동안 그의 엉덩이 아래로 파고 들었던 마농의 손이 그리웠다. 그녀의 숨결도 그리웠고, 아침에 너무 일찍 깨우면 어린아이처럼 투덜거리던 것도 그리웠다. 몇 시에 깨우든 그녀에게는 늘 너무 이른 시간이었다. 그리고 그를 사랑스럽게 바라보던 그녀의 눈, 그의 목을 비비던 보드랍고 매끄럽고 짧은 곱슬머리. 그 모든 게 마음을 허전하게 했다. 너무 허전해서 텅 빈 침대에 누울 때마다 온몸이 경련으로 뒤틀렸다. 또 날마다, 잠에서 깨어날 때마다.

그는 마농 없는 삶 속으로 깨어나는 걸 증오했다. 그는 맨 먼저 침대를 때려 부쉈다. 그런 다음 서가와 발판을 때려 부수고 카펫을 갈기갈기 자르고 그림들을 불태우고 방을 난장판으로 만들었다. 옷가지를 모조리 내다버리고 음반도 모조리 사람들에게 줘버렸다.

그래도 마농에게 읽어주었던 책들만은 보관했다. 매일 저녁 페르뒤 씨는 그녀에게 책을 읽어주었다. 그녀가 그토록 으스스하고 삭막하게 느끼는 세계, 싸늘하게 꽁꽁 얼어붙은 이 북쪽 도시에서 잠들 수 있도록. 시, 희곡의 한 장면, 소설의 한 대목, 칼럼, 전기와 실용서의 짧은 구절, 링겔나츠의 어린이 기도(아, 〈작은 알뿌리〉, 마농은 그걸 얼마나 사랑했던가)를 읽어주었다. 차마 그 책들만은 내다 버릴 수 없었다. 페르뒤 씨는 그 책들로 라벤더 방을 막아버렸다. 하지만 그것으로 끝이 아니었다. 허전함, 빌어먹을 그것은 끝이 없었다. 그는 오로지 삶을 피하면서 허전함을 이겨낼 수 있었다. 그는 사랑을 허전함과 함께 가슴속 아주 깊숙이 가둬버렸다.

그런데 이제 그것이 엄청난 힘으로 그를 덮쳤다. 페르뒤 씨는 비틀거리는 걸음으로 욕실에 가서 얼음장처럼 차가운 물을 머리에 뒤집어썼다.

그는 카트린을 증오했다. 그 잔인한 망할 놈의 남편을 증오했다. P.인가 뭔가 하는 자식은 왜 하필 그 여자를 버리고 가면서 식탁 하나도 남겨주지 않은 거야! 쓰레기 같은 놈!

그는 관리인과 베르나르 부인과 조당과 걸리버 부인을 증오했다. 모두를, 그래, 모두를 증오했다.

그는 마농을 증오했다.

그는 물에 흠뻑 젖은 손으로 문을 확 열어젖혔다. 그 카트린이 알고 싶다면, 말해줄 참이었다.

"그래요, 젠장! 그건 내 편지요! 하지만 뜯어보고 싶지 않았다고요. 자존심 때문에, 확신했기 때문이었소!"

확신해서 저지르는 모든 잘못에는 의미가 있는 법이다.

페르뒤 씨는 마음의 준비가 되면 편지를 읽을 셈이었다. 1년 후. 아니면 2년 후. 20년을 기다리며 쉰 살이 될 생각은, 괴팍하게 늙어갈 생각은 없었다. 마농의 편지를 읽지 않은 건 그에게 가능한 유일한 정당방어였다. 그녀의 변명을 거부하는 건 그에게 주어진 유일한 무기였다.

그렇고말고.

버림받은 사람은 침묵으로 대답할 수밖에 없다. 떠나버린 사람에게 더 이상 어떤 것도 주어서는 안 되고, 상대방이 외면했듯 미래를 외면해야 한다. 그래, 정확히 그랬다.

"아니, 아니, 아니!"

페르뒤 씨는 외쳤다. 앞뒤가 맞지 않았다. 페르뒤 씨는 그걸 느꼈다. 도대체 그게 뭐였을까? 그 생각만 하면 미칠 것 같았다.

페르뒤 씨는 맞은편 집을 향했다. 초인종을 눌렀다. 문을 두드리고는 적당한 시간을 두고 다시 초인종을 눌렀다. 일반적으로 샤워기 아래에서 나와 귓속의 물을 털어내는 데 필요한 시간만큼. 왜 카트린이 집에 없지? 방금 전까지 있었는데.

그는 집으로 돌아가, 수북이 쌓여 있는 책 더미에서 아무 책이나 손에 집히는 대로 집어 들었다. 첫 장을 뜯어내어 휘갈겼다.

편지를 저에게 돌려주시길 부탁드립니다. 늦은 밤 시간이어도 좋으니 오늘 즉시 돌려주십시오. 편지를 읽지 마십시오. 번거롭게 해드려 죄송합니다. 안녕히 계십시오.

페르뒤.

페르뒤 씨는 자신의 서명을 응시하며, 언젠가는 자신의 성[姓] 아닌 이름을 생각할 수 있는 날이 올까 생각해봤다. 이름을 생각하면 마농의 목소리가 들렸기 때문이다. 마농은 그의 이름을 어떻게 탄식하듯 부를 수 있었던가. 그리고 어떻게 웃으며 불렀던가. 또 어떻게 속삭였던가. 아, 어떻게 속삭이며 불렀던가.

그는 '안녕히 계십시오.'라는 말과 '페르뒤' 사이에 자신의 이름 첫 글자 'J'를 끼워 넣었다. 장의 이니셜인 J를. 그러고는 종이를 반으로 접은 뒤 눈높이에 맞추어 카트린의 현관문에 테이프로 고정시켰다.

편지. 그건 어차피 여자들이 싫증나면 연인에게 건네는 그 속수무책의 설명 따위일 것이다. 그 때문에 흥분할 이유가 없었다.

그럼, 없고말고.

페르뒤 씨는 자신의 덩그러니 빈 집으로 돌아가 기다렸다. 그는 자신이 이루 말할 수 없이 외롭다는 생각이 들었다. 짓궂게 조롱하는 바다에 떠 있는 무지하고 작은 배처럼 생각되었다. 돛도 없이, 노도 없이, 이름도 없이.

9

밤이 자취를 감추며 파리를 토요일 아침에게 넘겨주었을 때, 페르뒤 씨는 등에 통증을 느끼며 일어났다. 그는 독서용 안경을 벗고 콧대 옆에 부풀어 오른 부분을 문질렀다. 지난 밤 몇 시간 동안이나 방바닥의 퍼즐 위에 무릎 꿇고 앉아, 맞은편 집의 카트린이 움직이는 소리를 놓치지 않으려고 소리 없이 퍼즐 조각을 맞췄다. 하지만 맞은편 집에서는 아무 소리도 들리지 않았다.

셔츠를 벗는데 가슴과 엉치뼈, 목덜미가 아팠다. 그는 피부가 시퍼레질 때까지 찬물로 샤워하고, 이어서 다시 시뻘게질 때까지 뜨거운 물을 들이부었다. 온몸에서 뜨거운 김을 내뿜으며, 집 안에 단 2개뿐인 수건 중 하나로 허리를 두르고 부엌 창문에 다가갔다. 모카포트가 보글보글 끓는 동안, 팔굽혀펴기와 윗몸일으키기를 했다. 페르뒤 씨는 하나밖에 없는 잔을 씻어 커피를 따랐다.

간밤에 여름이 파리를 덮쳤다. 유리 찻잔처럼 따뜻한 공기.

그 여자가 편지를 내 우편함에 넣지 않았을까? 페르뒤 씨의 그런 행동을 보고, 그를 두 번 다시 보고 싶어 하지 않을 수 있었다.

페르뒤 씨는 수건을 허리에 꼭 묶고 맨발로 우편함까지 가파른 층계를 달려 내려갔다.

"이보세요, 그러시면 안…… 어머, 페르뒤 씨 아니세요?"

로잘레트 부인이 실내가운 차림으로 관리실에서 내다보았다. 페르뒤 씨는 그녀의 눈길이 자신의 피부와 근육, 수건 위로 미끄러지는 걸 느꼈다. 그는 왠지 오그라드는 듯한 느낌이 들었다. 또 로잘레트 부인이 실제로 좀 지나치게 오래 바라본다고 느껴졌다. 그러고는 아마 흐뭇한 표정으로 고개를 끄덕였던가? 페르뒤 씨는 볼이 화끈거리는 걸 느끼며 허둥지둥 계단을 올라갔다.

집 앞에 이르자, 현관문에 뭔가 붙어 있었다. 조금 전까지만 해도 아무것도 없었는데. 그것은 쪽지였다.

페르뒤 씨는 서둘러 종이를 펼쳤다. 매듭이 풀어지면서 수건이 바닥에 떨어졌다. 그는 자신의 알몸이 계단실에서 훤히 보인다는 사실을 의식하지 못하고, 쪽지를 읽으며 치미는 분노를 가누지 못했다.

> 친애하는 J.
>
> 오늘 저녁 우리 집에 식사하러 오세요. 그리고 편지를 읽으세요. 그렇게 하겠다고 저에게 약속하세요. 그렇지 않으면 편지를 드리지 않겠어요. 미안해요.
>
> 카트린.
>
> PS. 접시를 하나 가져오세요. 요리하실 수 있나요? 전 못하거든요.

페르뒤 씨가 분통을 터트리는 동안, 어이없는 일이 일어났다. 그의 왼쪽 입가가 씰룩거렸다. 그러더니…… 웃음이 나왔다. 웃음을 참지 못하고 당황해서 그는 중얼거렸다.

"접시를 하나 가져오세요. 편지를 읽으세요. 페르뒤, 절대로 뭔가 원하지 마. 그러겠다고 약속해. 나보다 먼저 죽지 마. 그러겠다고 약속해!"

약속. 여자들은 하나같이 모두 언제나 약속을 원했다.

"난 이제 약속 같은 거 안 해. 절대로 안 해!"

페르뒤 씨는 텅 빈 계단을 향해 외쳤다. 벌거벗은 채, 갑자기 치미는 분통을 억누르지 못하고. 무심한 침묵만이 답변으로 돌아왔다. 그는 씩씩거리며 현관문을 꽝 닫고는 그 시끄러운 소리에 통쾌해 했다. 요란한 소리에 다들 침대에서 벌떡 일어났기를 바랐다. 그러고는 현관문을 다시 열고, 조금 부끄러워하며 수건을 주워들었다. 콰당, 두 번째로 문을 거세게 닫았다. 이제 다들 침대에 꼿꼿이 앉아 있게끔.

페르뒤 씨는 몽타냐르 길을 빠르게 걸으며 마치 앞면이 없는 집들을 보는 듯한 기분이 들었다. 인형의 집처럼 벽이 하나 없는 듯했다. 페르뒤 씨는 집집마다 어떤 장서들이 있는지 훤히 꿰고 있었다. 그의 손길이 모아준 것들이었다. 오래 세월에 걸쳐.

14번지. 클라리사 므네페셰. 그 육중한 몸속에 얼마나 여린 영혼이 들어 있는가! 그녀는《얼음과 불의 노래》에 등장하는 여전사 브리엔을 사랑했다. 2번지 커튼 너머의 아르노 실레트. 그녀의 꿈은 1920년대에 사는 것이었다. 베를린에서 예술가로서. 그 맞은편의 5번지에는 노트북 앞에 등을 똑바로 세우고 앉아 있는 번역가 나디라 델 파파스가 살았다. 그녀는 여자들이 남자로 변장하고서 주어진 환경을 넘어서는 역사소설을 애호했다. 그녀는 책을 한 권도 가지고 있지 않았다. 모조리 다른 사람들에게 선물했다.

페르뒤 씨는 걸음을 멈추고 5번지 집을 올려다보았다. 여든둘의 미망인 마고 부인. 그 부인은 한때 동갑내기 독일 병사를 사랑했다. 전쟁이 그들의 젊음을 앗아갔을 때. 열여섯의 나이에. 독일 병사는 참호로 돌아가기 전에 그녀를 얼마나 사랑했던가! 그는 거기서 자신이 살아남지 못할 걸 알고 있었다. 그녀는 그의 앞에서 옷을 벗는 걸 얼마나 부끄러워했던가……. 그때 부끄러워하지 않았기를 지금도 얼마나 바라는가! 마고 부인은 67년 전에 놓쳐버린 그 기회를 못내 아쉬워했다. 나이가 들수록, 둘이 손을 꼭 잡고 파르르 떨며 나란히 누워 있던 그날 오후에 대한 기억은 쪼그라들었다.

내가 늙었고 또 늙은 걸 알아채지 못하는 것도 알고 있어. 시간이 얼마나 빨리 지나가는가. 그 빌어먹을 잃어버린 시간. 마농, 내가 끔찍이 어리석은 짓을 하지 않았을까 두려워.

난 너무 늙었어. 단 하룻밤 사이에. 당신이 그리워.

나 자신을 잃어버렸어.

내가 누구인지 더 이상 모르겠어.

페르뒤 씨는 천천히 걸음을 옮겼다. 리오나의 와인가게 진열장 앞에서 발길을 멈췄다. 거기 진열장 유리에 비친 사람. 그게 페르뒤 씨였을까? 소박한 옷차림의 키 큰 남자. 사람의 손길이 닿지 않은 몸, 사용되지 않은 몸을 가진 남자. 눈에 띄고 싶지 않은 듯 고개를 숙이고 걷는 남자.

토요일마다 으레 그렇듯이 아버지에게 드릴 봉지를 페르뒤 씨에게 건네려고 상점 뒤편에서 나오는 리오나를 보았을 때, 그는 자신이 그곳을 얼마나 자주 지났으며 잠깐 한 잔 마시고 가라는 청을 얼마나 자주 거절했는지 되돌아보았다. 리오나 또는 다른 누군가하고, 친절한 여느 사람들하고 한마디 나누고 가라는 청을. 지난 21년 동안 걸음을 멈추고 친구들을 찾고 여자에게 접근하는 대신 얼마나 자주 그냥 지나쳤던가?

반시간 후, 페르뒤 씨는 라빌레트 호숫가 우르크 바의 테이블 옆에 서 있었다. 바는 아직 문이 닫혀 있었다. 페탕크[3] 놀이꾼들의 물병과 치즈나 햄을 얹은 바게트가 거기 놓여 있었다. 키가 작고 어깨가 넓은 남자가 깜짝 놀란 듯 페르뒤 씨를 쳐다보았다.

"이렇게 이른 시간에 웬일이냐? 베르니에 양에게 무슨 일이라도 있느냐? 혹시 리라벨……."

"아뇨, 어머니는 잘 계셔요. 진정한 파리 지성인들의 대화를 배우고자 하는 독일군 연대를 지휘하고 있어요. 아무 걱정 마세요."

"독일군이라고 했냐? 아, 그렇지. 베르니에 양께서는 최상의 건강을 유지하며 틀림없이 앞으로 몇십 년은 더 가르칠 게다. 예전에 우리를 가르쳤듯이 말이다."

---

3) 금속 공을 가능한 한 표적에 가깝게 던져 우열을 가리는 프랑스의 전통 경기.

아버지와 아들은 아들이 학교에 다니던 소년 시절, 리라벨 베르니에가 아침 식탁에서 감정이 들어가는 프랑스어 접속법과는 반대로 거리를 두는 독일어 접속법의 우아함에 대해 설명했던 기억을 함께 떠올리며 침묵을 지켰다. 리라벨 베르니에는 집게손가락을 치켜세우며 말했고, 손가락 끝의 금빛 매니큐어가 반짝이는 손톱은 그 말에 더욱 힘을 실어주었다.

"프랑스어 접속법은 마음으로 말을 한단다. 이 말 명심해."

리라벨 베르니에. 페르뒤 씨의 아버지는 결혼생활 8년 동안, 처음에는 그녀를 앙큼한 고양이라고 부르다 나중에는 페르뒤 부인이라고 불렀고, 지금은 다시 처녀 시절 이름으로 불렀다.

"그래, 이번엔 네 어머니가 나한테 뭐라고 전하라 하더냐?"

조아킨 페르뒤는 아들에게 물었다.

"비뇨기과에 가시라고요."

"간다고 전해라. 6개월마다 그걸 상기시킬 필요 없어."

그들은 양가 부모님의 화를 돋우려고 스물하나의 나이에 결혼했다. 리라벨 베르니에, 철학자와 경제학자 집안 출신의 인텔리 여성은 금속공과 사귀었다. 불결한 여자. 조아킨 페르뒤, 아버지는 순찰경찰이었고 어머니는 신앙심 깊은 봉제공장 여공이었던 프롤레타리아 계급의 청년은 상류계급 출신 여자의 손을 잡았다. 계급의 배신자.

"다른 일은 없냐?"

조아킨은 페르뒤 씨가 내민 봉지에서 뮈스카 와인을 꺼내며 물었다.

"중고차가 새로 필요하시대요. 아버지더러 한 대 찾아주시래요. 하지만 지난번처럼 요상한 색깔은 안 된대요."

"요상하다고? 그건 흰색이었어. 어휴, 정말로 네 엄마는……."

"그럼, 아버지가 찾아주실 거죠?"

"그야 찾아보지. 자동차중개상이 네 엄마와 다시 이야기 나누지 않았냐?"

"아뇨. 자동차중개상이 늘 남편 분만 찾아요. 그래서 어머니가 돌아버리겠대요."

"나도 알아, 장. 코코는 절친한 내 친구란다. 우리는 같은 페탕크 팀이거든. 실력이 아주 출중한 친구지."

조아킨은 씩 웃었다.

"어머니가 물어보라고 하시던데요. 아버지의 새 쪼그만 여자친구가 요리를 잘할 수 있는지. 아니면 아버지가 7월 14일에 어머니 집에서 함께 식사할 수 있으시냐고요?"

"내 새 쪼그만 여자친구가 요리를 무척 잘한다고 네 엄마에게 전하렴. 하지만 우리가 만나게 되면 할 이야기가 있어."

"그건 아버지가 어머니에게 직접 말하는 게 좋겠어요."

"그럼 7월 14일에 내가 베르니에 양에게 말하마. 아무튼 네 엄마가 요리는 잘해. 혀에도 뇌가 있는 게 분명해."

조아킨은 숨 넘어갈 듯 웃었다.

부모님이 일찍 이혼한 후로, 페르뒤 씨는 매주 토요일마다 머스

캣 와인과 어머니의 이런저런 질문사항을 안고 아버지를 찾아갔다. 그리고 매주 일요일마다 어머니에게 가서, 이혼한 남편의 답변을 전해주고 건강이나 여자관계 상황에 대해 적당히 보고했다.

"아들아, 만일 네가 여자로서 결혼을 한다면, 너는 어쩔 수 없이 영원한 감독체계에 들어서게 된단다. 모든 걸 감시하게 되지. 남편이 무얼 하고 어떻게 지내는지. 그리고 나중에 아이들이 태어나면, 아이들도 감시하게 돼. 너는 감독관인 동시에 하녀이고 외교관이란다. 그건 확실히 이혼 같은 진부한 것에 의해 끝나지 않아. 그럼, 아니고말고. 사랑은 떠날지 모르지만, 배려하는 마음은 남는 법이란다."

아들과 아버지는 강변을 따라 조금 걸었다. 아들보다 키가 작은 조아킨은 몸이 꼿꼿하고 어깨가 넓었다. 그는 흰색 바탕에 연보라색 체크무늬 셔츠 차림이었으며 반짝이는 눈빛으로 이 여자 저 여자 흘끔거렸다. 금속공인 조아킨의 아래팔에 난 금발의 털이 햇살에 춤을 추었다. 조아킨은 70대 중반이었지만 20대 중반처럼 굴며 유행가를 휘파람 불고 마음 내키는 대로 술을 마셨다.

페르뒤 씨는 아버지 옆에서 땅바닥만 내려다보며 걸었다.

"그 여자 이름이 뭐냐?"

아버지가 불쑥 물었다.

"뭐라고요? 뭐가요? 아버지, 왜 꼭 여자여야 하죠?"

"장, 늘 여자가 문제지. 그밖에는 남자를 얼빠지게 할 만한 게 없어. 그런데 지금 네 꼴이 완전히 얼빠진 사람처럼 보인다."

"아버지 경우에는 여자 때문일 수 있어요. 하지만 대개는 꼭 여자 때문만은 아니에요."

조아킨은 꿈꾸듯 미소 지었다.

"나는 여자들이 좋아."

그는 셔츠 호주머니에서 담뱃갑을 꺼내며 말했다.

"넌 아니냐?"

"그건 그렇지만, 왠지……."

"뭐가 그렇지만이야? 너 혹시 남자 좋아하냐?"

"아, 왜 그러세요. 난 게이는 아니에요. 말들 이야기나 하죠."

"좋아, 아들아, 네가 원한다면. 여자하고 말은 공통점이 많아. 그게 뭔지 알고 싶지 않냐?"

"아뇨."

"그래. 그러니까 말이 싫다고 하면, 그건 오로지 네가 잘못했기 때문이야. 여자들도 마찬가지야. 우리 식사하러 갈까요? 이렇게 물으면 안 돼, 내가 당신을 위해 요리할까요? 이렇게 물어야지. 그러면 여자가 싫다고 대답할 수 있겠냐? 아니지, 아니고말고."

페르뒤 씨는 자신이 어린 소년처럼 생각되었다. 이제 아버지는 실제로 여자들 문제에 대해서까지 페르뒤 씨에게 가르쳤다.

그렇다면 내가 오늘 저녁 카트린을 위해 요리해야 한단 말인가?

"마치 말을 대하듯 여자들에게 '드러누워, 여자야, 마구를 매'라고 속삭이는 대신, 여자들의 말에 귀를 기울여야 해. 여자들이 뭘 원하는지 귀담아들어야 한다니까. 원래 여자들은 자유를 갈구하고 하늘을 날고 싶어 한단다."

카트린은 자신을 훈련시켜서 제2친위대에 배치하려고 하는 기병 같은 존재에 진절머리가 났을 것이다.

"여자들의 마음을 상하게 하는 데는 말 한마디, 몇 번의 순간적인 일들, 한 번의 어리석고 성급한 채찍으로 충분해. 하지만 여자들의 신뢰를 다시 얻는 데는 몇 년이 걸리지. 때로는 영영 때를 놓치기도 한단다."

자신의 계획에 맞지 않으면 사람들이 사랑받는 것에 얼마나 무심한지 참으로 놀랍다. 그러면 사랑을 부담스러워하며 자물쇠를 바꾸거나 사전에 아무런 말도 없이 종적을 감춰버린다.

"그리고 말이 사랑을 하면, 장……. 우리는 거의 그 사랑을 받을 자격이 없단다. 여자들이 사랑을 할 때처럼 말이지. 여자들은 우리 남자보다 숭고한 존재야. 여자들이 사랑을 하면 그건 은총을 베푸는 것과도 같아. 우리에게는 사랑받을 이유가 별로 없거든. 나는 그걸 네 엄마에게서 배웠어. 유감스럽게도, 참 유감스럽게도 그 점에선 네 엄마가 옳아."

그래서 그렇게 마음이 아픈 거구나. 여자들이 사랑을 그만두면, 남자들은 원래의 무가치한 존재로 추락하기 때문이야.

"장, 여자들은 우리 남자보다 훨씬 더 현명하게 사랑할 수 있어! 여자들은 결코 절대 몸뚱이 때문에 남자를 사랑하지 않아. 남자의 몸뚱이가 아무리 마음에 들어도 그건 아니야. 절대 아니고말고."

조아킨은 느긋하게 한숨을 내쉬었다.

"여자들은 네 성격 때문에 너를 사랑한단다. 네가 지닌 힘 때문에, 현명함 때문에 아니면 네가 아이를 보호할 수 있기 때문에. 네가 좋은 사람이고 명예롭고 품위 있는 사람이기 때문에. 여자들은 절대로 남자들이 여자를 사랑하듯 아둔하게 사랑하지 않아. 네 다리가 무척 근사하거나 양복 입은 모습이 멋져서 네 모습을 본 직장 동료들이 부러워하는 눈길로 쳐다보기 때문이 아니야. 물론 그런 여자들도 있긴 하지만, 그건 다만 다른 여자들에게 경고의 역할로서 존재할 뿐이지."

나는 카트린의 다리를 좋아한다. 카트린이 나를 누군가에게 보여주고 싶어 할까? 내가 그 정도로…… 충분히 현명할까? 명예로운 사람일까? 나에게 여자들이 가치 있게 여기는 뭔가가 있을까?

"말은 있는 그대로의 너라는 사람을 경탄해."

"말이라고요? 왜 하필 말이죠?"

페르뒤 씨는 당황해서 물었다. 그는 한 귀로 흘려듣고 있었다.

두 사람은 모퉁이를 돌아 다시 우르크 강변의 페탕크 게임꾼들에게로 다가갔다. 공 놀이꾼들은 조아킨을 악수로 맞이하고 페르뒤 씨에게는 고개를 끄덕였다. 그는 아버지가 공을 던지려고 원 안에 들어서는 모습을 지켜보았다. 아버지는 몸을 옴츠리고 오른팔을 추처럼 흔들었다.

아버지는 늘 낙천적이고 팔을 움직이는 데 달인이시지. 난 이런 아버지가 계셔서 운이 좋아. 아버지는 결코 완벽하진 않으셨지만 항상 나를 아끼고 소중하게 여기셨어.

쇠공이 쇠공을 맞췄다. 조아킨 페르뒤 씨는 노련하게 상대 팀의 공 하나를 맞춰서 멀리 내보냈다. 여기저기서 잘했다고 웅성거렸다.

내가 여기 주저앉아서 엉엉 울면 다신 울음을 그칠 수 없을 거야. 어째서 나는 친구 하나 없는 얼간이일까? 그때 제일 친하게 지냈던 비자야처럼 다들 어느 날 가버릴까 봐 두려웠을까? 아니면 내가 마농을 잊지 못하는 걸 비웃을까 봐 두려웠을까?

페르뒤 씨는 아버지를 보며 말하고 싶었다.

"마농은 아버지를 좋아했어요. 아버지도 마농을 기억하시죠?"

하지만 그 순간 아버지가 페르뒤 씨를 돌아보며 말했다.

"네 엄마에게 말해라, 장. 어휴. 네 엄마 같은 여자는 또 없다고 말해라. 어디에도 없다고."

남편이 끔찍하게 신경에 거슬리면 아무리 사랑해도 남편을 벽에 못 박아버리고 싶은 마음은 어쩔 수 없다는 것을 안다는 애석함이 순간 조아킨의 얼굴을 스쳤다.

10

카트린은 그가 가져온 노랑촉수[4]와 싱싱한 채소, 엉덩이가 넓적한 노르망디 젖소로 만든 생크림을 꼼꼼히 살펴보았다. 그러고는

---

4) 농어목 촉수과의 바닷물고기.

자신이 준비한 작은 감자를 높이 들어 보이고 치즈와 향긋한 배와 와인을 가리켰다.

"이걸로 뭔가 만들 수 있겠죠?"

"그럼요. 하지만 하나씩 차례로, 한꺼번에 섞지 말고."

그는 말했다.

"전 종일 무척 기뻤어요."

카트린은 속마음을 털어놓았다.

"그리고 조금 두렵기도 했고요. 당신은요?"

"전 그 반대였습니다."

그는 대답했다.

"무척 두려웠고 조금 기뻤죠. 당신에게 사과해야 합니다."

"아뇨. 사과하실 필요 없어요. 당신은 지금 뭔가 특별한 충격을 받았어요. 그런데 무엇 때문에 그렇지 않은 척해야 하는 거죠?"

카트린은 파란색과 회색 체크무늬 수건을 앞치마용로 쓰라며 그에게 던졌다. 그녀는 푸른색 여름 원피스를 입고 있었으며 앞치마처럼 두른 수건을 붉은 허리띠에 단단히 집어넣었다. 그녀의 관자놀이 금발이 희끗희끗하고 눈빛이 더 이상 당혹과 경악으로 가득 차 있지 않은 것이 페르뒤 씨에게 느껴졌다.

곧 유리창에 김이 서리고 냄비와 프라이팬 아래서 가스 불꽃이 혀를 날름거리며 타오르고, 화이트 와인과 셜롯[5]과 생크림으로 만

5) 백합과의 다년초이며 양념이나 향신료로 이용된다.

든 소스가 보글보글 끓고, 올리브유가 묵직한 프라이팬 위에서 로즈메리와 소금을 넣은 감자를 노릇노릇하게 구워냈다.

그들은 벌써 몇 년 전부터 대화를 나누다가 어쩌다 한 번 잠깐 말이 끊겼던 사람들처럼 이야기했다. 수컷이 새끼를 배주머니에 넣어 다니는 해마와 사르코지의 부인인 카를라 브루니에 대해. 유행에 대해. 맛을 첨가한 소금에 대해. 그리고 27번지 사람들에 대해 이야기했다.

무겁고 가벼운 주제들이 불쑥불쑥 떠올랐다. 포도주와 생선 사이에서, 나란히 서 있는 두 사람에게서. 페르뒤 씨는 두 사람이 무슨 말을 하든 서로 내적으로 깊이 이끌린다고 느꼈다.

그는 계속 소스를 저었고, 카트린은 소스 속에 생선을 한 조각씩 집어넣어 익혔다. 두 사람은 선 채로 프라이팬의 음식을 먹었다. 카트린의 집에는 아직 의자가 하나밖에 없었다.

카트린은 와인을 따랐다. 가스코뉴 지방의 타피에. 페르뒤 씨는 정말로 와인을 마셨다. 조심스럽게 한 모금씩. 그것은 1992년 이후 페르뒤 씨가 자신과 한 첫 번째 약속을 어겼다는 것으로, 스스로 가장 놀라운 점이었다. 그는 카트린의 집에 발을 들여놓으면서 안전하게 푹 감싸여 있다고 느꼈다. 평소 그를 공격하던 생각들이 그녀의 영역까지 따라오지 못했다. 마치 현관문의 마법이 그것들을 가로막은 듯 했다.

"요즘 무엇으로 시간을 보내시죠?"

두 사람이 하느님과 세상, 대통령의 재단사들에 대한 이야기를 섭렵하는 도중, 문득 페르뒤 씨가 물었다.

"저요? 찾는 것으로 시간을 보내요."

카트린이 대답했다. 그녀는 바게트 한 조각을 집었다.

"저를 찾고 있어요. 전에…… 이런 일이 일어나기 전에, 저는 남편의 조수, 비서, 홍보 매니저였고, 남편을 숭배했죠. 지금은, 남편을 만나기 전에 제가 할 수 있었던 것을 찾고 있어요. 정확히 말하면, 내가 아직도 그걸 할 수 있는지 시험하는 거죠. 거기에 정신을 집중하고 있어요. 시험하는 것에."

카트린은 바게트 껍질 속 보드라운 속살을 뜯어 늘씬한 손가락으로 조물거렸다. 서점 주인은 소설을 읽듯 카트린을 읽었다. 카트린은 그가 책장을 넘겨 자신의 이야기를 들여다보도록 허용했다.

"전 지금 마흔여덟 살인데 마치 여덟 살짜리 아이처럼 느껴져요. 그땐 무시당하는 게 너무너무 싫었어요. 그러면서도 누군가가 저에게 조금 관심을 보이면 너무 당황했죠. 게다가 저한테 주목하는 사람들은 '괜찮은' 사람들이어야 했어요. 머릿결이 매끄러운 부잣집 딸이 저를 친구로 삼아야 했고, 마음씨 좋은 선생님은 제가 얼마나 겸손하고 많은 걸 알고 있는지 알아채야 했어요. 그리고 우리 어머니, 아, 우리 어머니."

카트린은 말을 멈췄다. 그러면서 바게트의 속살을 주물러 뭔가를 만들었다.

"저는 늘 지독한 이기주의자들에게 관심받고 싶었어요. 다른 사람들은 아무래도 상관없었죠. 우리 아버지, 늘 땀을 뻘뻘 흘리던 1층의 뚱보 올가. 그들이 훨씬 더 상냥했는데도 그랬어요. 상냥한 사람들이 절 마음에 들어 하면 곤혹스러웠어요. 어리석었어요, 그렇죠? 저는 결혼하고도 그 어리석은 여자아이에게서 벗어나지 못했어요. 남편, 그 나쁜 놈이 저에게 관심을 쏟길 바랐고, 나머지 모든 건 무시했어요. 하지만 이제 달라질 준비가 되었어요. 후추 좀 주시겠어요?"

카트린은 바게트 속살을 작고 늘씬한 손가락으로 해마 모양을 만들어, 후추를 박아 두 눈으로 만들었다.

"저는 조각가였어요. 언젠가 한때. 제 나이 지금 마흔여덟이에요. 이제라도 새로 시작해서 모든 걸 다시 배우고 싶어요. 남편하고 잠자리를 같이 한 지가 까마득해 언젠지 모르겠어요. 저는 남편에게 충실했고 아둔했고 끔찍이 외로웠어요. 그래서 지금 당신이 친절하게 대하면 당신에게 푹 빠질지도 몰라요. 아니면 그걸 참을 수 없어서 당신을 죽일 수도 있어요."

페르뒤 씨는 참 놀라운 일이라고 생각했다. 이런 여자하고 단둘이서 현관문을 걸어 잠그고 있다니. 그는 카트린 안으로 기어들어서 그 안에 뭔가 흥미로운 것이 있는지 살펴보는 듯이 그녀의 얼굴, 그녀의 몸을 골똘히 바라보았다. 카트린의 귀에 귀걸이 구멍은 뚫려 있었지만 귀걸이는 없었다. 카트린은 이따금 뭔가를 찾는 듯 목덜미를 더듬었다. 어쩌면 이제 다른 여자도 차고 있을, 전 남편이 채웠던 옛 목걸이를 찾는지도 몰랐다.

"그런데 당신은 지금 무슨 일을 하세요?"

카트린이 물었다. 페르뒤 씨는 종이약국에 대해 설명했다.

"선복과 주방, 선실 2개, 욕실 하나, 8000권의 책이 있는 하천용 배에요. 이 세상에서 자리를 차지하는 하나의 독특한 세계죠."

육지에 묶여 있는 배들이 그렇듯 억제된 모험. 하지만 그는 이 말은 하지 않았다.

"그리고 그 세계의 왕은 사랑의 괴로움에 처방을 내리는 페르뒤 씨. 문학의 약제사."

카트린은 페르뒤 씨가 전날 저녁에 가져온 책 꾸러미를 가리켰다.

"도움이 돼요."

"처녀 시절에 무엇이 되고 싶었습니까?"

그는 당혹감이 공기를 덮기 전에 물었다.

"아, 사서가 되고 싶었어요. 그리고 해적도 되고 싶었고. 당신의 수상 서점이야말로 저한테 필요했을 거예요. 낮에는 책을 읽으면서 세상의 모든 비밀을 알아내는 일이요."

페르뒤 씨는 더 깊은 호의를 느끼며 그녀의 말에 귀 기울였다.

"그래서 나쁜 사람들이 착한 사람들을 속여 빼앗아 간 것들을 밤에 전부 도로 훔쳐오는 거죠. 그리고 그들의 마음을 정화시키고 후회하도록 강요해서 착한 사람으로 변하게 하는 책 한 권만 딱 남겨두는 거예요. 당연히 그러지 않았을까요."

카트린은 까르르 웃었다.

"물론 그랬겠죠."

페르뒤 씨는 그녀의 아이러니컬한 농담에 맞장구쳤다. 그것이 책의 유일한 비극성이었기 때문이다. 책은 사람을 변화시켰다. 그런데 정말 나쁜 사람들만은 변화시키지 못했다. 그들은 좋은 아버지, 다정한 남편, 사랑스러운 여자친구가 되지 않았다. 그들은 폭군으로 남아 있었고, 직원들과 자식들과 개들을 계속 괴롭혔다. 작은 일에서 비열했고 큰 일에서 비겁했으며, 자신들에게 당한 피해자들이 부끄러워하면 기뻐했다.

"책은 제 친구였어요."

카트린은 요리하면서 붉게 달아오른 뺨을 와인잔을 대고 식히며 말했다.

"저는 모든 감정을 책에서 배우지 않았나 싶어요. 읽히지 않은 제 인생보다는 책에서 더 많이 사랑하고 더 많이 웃고 더 많이 배웠어요."

"저도 그래요."

페르뒤 씨는 웅얼거렸다.

두 사람은 서로 마주보았다. 저절로 그렇게 되었다.

"J는 원래 어떤 이름의 약자예요?"

카트린이 목소리를 낮춰 물었다. 페르뒤 씨는 대답하기 전에 헛기침했다.

"장."

그는 속삭였다. 혀가 이에 부딪쳤다. 그 낱말은 혀에 그만큼 낯설었다.

"제 이름은 장입니다. 장 알베르 빅토르 페르뒤. 알베르는 친할아버지의 이름을 땄고, 빅토르는 외할아버지의 이름을 땄죠. 우리 어머니는 교수이시고, 외할아버지 빅토르 베르니에는 독물학자毒物學者, 사회주의자, 시장이셨죠. 카트린, 저는 쉰입니다. 저는 그다지 많은 여자를 알지 못했고, 그러니 여자와의 잠자리는 더욱 말할 것도 없죠. 그래도 한 여자를 사랑했어요. 그 여자는 저를 두고 떠났지만요."

카트린이 그를 유심히 살펴보았다.

"어제, 21년 전 어제. 그 여자에게서 그 편지가 왔어요. 저는 편지에 무엇이 쓰여 있을지 두렵습니다."

그는 카트린이 자신을 내쫓길 기다렸다. 따귀를 갈기고 외면하길. 하지만 카트린은 그러지 않았다.

"아, 장."

그 대신 연민에 가득 찬 표정으로 속삭였다.

"장."

그 순간 다시 돌아왔다. 자신의 이름을 듣는 달콤함이.

두 사람은 서로 마주보았다. 페르뒤 씨는 그녀의 눈빛이 파르르 떨리는 걸 보았다. 자신도 더욱 부드러워져서 그녀가 자신 안으로 들어오도록, 뚫고 들어오도록 하고 있음을 느꼈다. 그렇다, 그들은 눈빛과 못 다한 말로 서로의 안으로 뚫고 들어갔다.

바다 위 두 척의 작은 배. 닻을 잃어버린 채 혼자 외로이 떠돌아다닌다고 생각한 두 척의 배. 하지만 지금은…….

카트린이 그의 뺨을 살며시 어루만졌다. 부드러움이 따귀처럼 그를 휘갈겼다. 더없이 아름다운, 역설 같은 따귀.

한 번 더, 한 번 더!

카트린이 와인잔을 내려놓으며 맨살이 드러난 아래팔이 서로 스쳤다. 살갗. 솜털. 따사한 온기. 누가 더 많이 놀랐는지는 분명하지 않았다. 하지만 그것이 낯섦에 대한 놀라움이 아니라 갑작스러운 친밀감, 신체 접촉에 대한 놀라움이라는 걸 두 사람은 의식했다. 그 즉석에서. 그들은 너무나 기분 좋은 느낌에 깜짝 놀랐다.

11

그가 그녀에게 한 걸음 다가갔다. 그녀의 등 뒤에 서서 그녀의 머리카락 향기를 맡고 그녀의 어깨가 가슴에 닿아 전율을 느꼈다. 그의 심장이 빠르게 질주했다. 그는 두 손을 천천히, 그리고 아주 살포시 그녀의 가느다란 손목 위에 놓았다. 카트린을 부드럽게 안고 그녀의 팔을 아래에서 위로 쓰다듬었다. 그의 손가락이 그녀의 살갗에 온기로 이루어진 원을 그렸다.

카트린의 숨이 거칠어졌다. 그의 이름을 담은 새 소리가 났다. 아주 작게 접힌 새 소리.

"장?"

"네, 카트린."

페르뒤 씨는 그녀의 안에서 번져가는 떨림을 느꼈다. 파르르 떨고 구르는 듯한 움직임이 그녀의 배꼽 아래 한가운데서 시작되었다. 그것은 둥그런 물결무늬처럼 퍼져나갔다. 그는 카트린을 잡아주려고 뒤에서 껴안았다.

그녀의 몸이 파르르 떨렸다. 그녀의 몸은 오랫동안, 아주 오랫동안 손길에 닿지 않았음을 알려주었다. 그녀는 각질처럼 굳은, 고치 속에 단단히 갇힌 꽃봉오리였다.

그렇듯 외로이. 그렇듯 혼자서.

카트린이 살며시 그에게 몸을 기댔다. 그녀의 짧은 머리에서 향긋한 냄새가 났다. 페르뒤 씨는 그녀를 더욱 부드럽게 어루만졌다. 솜털의 끝만을, 맨살이 드러난 팔 위의 공기만을 쓰다듬었다.

이렇게 근사할 수가.

더 해줘요, 카트린의 몸이 간청했다.

제발 더. 너무 오랜만이에요, 난 무척 목말라요. 그리고 제발, 아니, 세게 하지 말아요. 이건 너무 심해요, 너무 심해요. 견딜 수 없어요! 이런 일은 아주 오랫동안 겪어보지 못했어요. 그리고 그걸 지금까지 참았어요. 나 자신에게 너무 가혹했어요. 그런데 지금 바스라지고 있어요. 모래처럼 주르르 흘러내리고 있어요. 이대로 사라져버릴 거만 같아요. 도와줘요. 계속해요!

내가 이 여인의 감정을 귀로 듣는 건가?

그녀의 입에서는 오로지 그의 이름을 다양하게 부르는 소리만이 나왔다.

"장……. 장! 장?"

카트린은 그에게 완전히 몸을 기대고 그의 손에 자신을 맡겼다. 그의 손가락에서 열기가 뿜어져 나왔다. 그는 자신이 동시에 손이고 꼬리이고 감정이고 육체이고 영혼이고 남자이고 모든 근육인 듯 느꼈다. 그는 손가락 끝에 집중했다. 그녀의 옷을 밀치지 않은 채 손에 닿는 살결만을 건드렸다. 소맷부리 끝까지 갈색의 탄탄한 두 팔로 카트린을 포옹하며 그녀의 몸을 따라 손을 움직였다. 그녀의 목, 흑갈색의 목을 부드럽고 다정하게 어루만졌다. 그리고 아름답게 곡선을 그리는, 최면을 거는 듯한 쇄골. 그는 손끝으로, 엄지손가락 끝으로 어루만지며 근육의 윤곽을 좇았다. 단단한 윤곽, 부드러운 윤곽, 모든 걸 엄지손가락 끝으로.

카트린이 점점 더 뜨거워졌다. 그는 그녀의 살갗 아래의 근육이 팽팽해지는 걸 느꼈다. 카트린의 온몸이 점점 더 생기로 넘치고 더 유연하게 부드러워지고 더 뜨거워지는 게 느껴졌다. 꽃봉오리를 뚫고 나오려는, 촘촘하고 탄력 있는 꽃잎. 밤의 여왕.

페르뒤 씨는 그녀의 이름을 혀로 굴렸다.

"카트린."

오랫동안 잊고 있던 감정들이 그의 안에서 세월의 딱지를 떨어냈다. 아랫배가 당기는 게 느껴졌다. 그의 손은 자신이 카트린에게 무엇을 하는지 더 많이 느꼈을 뿐 아니라, 그녀의 피부가 어떻게 응답하고 그녀의 몸이 그의 손을 어떻게 애무하는지도 느꼈다. 그녀의 몸은 그의 손바닥에 키스하고 그의 손끝에 키스했다.

이 여인은 어떻게 이럴 수 있는 거지? 이 여인은 나와 무엇을 하고 있지?

그는 그녀의 떨리는 무릎이 편히 쉴 수 있는 곳으로 그녀를 안고 갈 수 있었을까? 그녀의 피부가 어떻게 느끼는지 알아내고 싶은 곳으로. 종아리에서, 오금에서. 그녀에게서 더 이상의 멜로디를 이끌어낼 수 있었을까?

페르뒤 씨는 그녀가 앞에 누워 있는 모습을 보고 싶었다. 눈을 뜨고, 서로의 눈을 응시하며. 그는 그녀의 입술을, 그녀의 얼굴을 손가락으로 더듬고 싶었다. 그녀의 온몸이 그의 손에 키스하기를 원했다. 온몸 구석구석이.

카트린이 몸을 돌렸다. 폭풍우가 휘몰아치는 하늘 같은 회색 눈을 크게 뜨고 격렬하게 움직였다. 페르뒤 씨는 그녀를 안아 올렸다. 그녀가 페르뒤 씨에게 바싹 휘감겼다. 그는 그녀를 살며시 흔들며 침실로 안고 갔다. 그녀의 방은 페르뒤 씨의 삶을 비추는 영상이었다. 바닥에 매트리스 하나, 한쪽 구석에 옷걸이와 책, 독서용 전등 그리고 레코드플레이어가 있었다.

높은 창문들에서 페르뒤 씨의 영상이 그를 마주 보았다. 얼굴 없는 실루엣. 하지만 반듯했다. 강인했다. 두 팔에 한 여인을 안고 있었다. 그런 여인을. 페르뒤 씨는 자신의 몸이 뭔가를 떨쳐내는 것을 느꼈다. 감정을 듣지 못하는 귀먹음을, 자신을 보지 못하는 눈멂을. 사람들 눈에 띄고 싶어 하지 않음을.

나는 남자다…… 나는 다시 남자다.

그는 카트린을 소박한 잠자리, 매끄럽고 하얀 시트 위에 내려놓았다. 그녀는 거기 누워 있었다. 두 다리를 붙이고 두 팔을 곧게 뻗은 채. 그는 그녀 옆에 누워 몸을 쭉 폈다. 그녀가 어떻게 숨을 쉬고, 마치 피부 아래서 작은 지진이 이어지듯 그녀의 몸이 어떻게 여기저기 떨리는지 지켜보았다. 이를 테면 거기 목덜미 끝부분. 가슴과 턱 사이 목 아래. 페르뒤 씨는 몸을 앞으로 숙여 입술로 진동을 덮었다. 다시 새 소리가 났다.

"장……."

그녀의 맥박. 그녀의 심장 박동. 그녀의 온기. 그는 카트린이 자신의 입술을 통해 자신 안으로 밀려들어오는 걸 느꼈다. 그녀의 내음. 그것은 얼마나 농축되었는가. 그녀의 몸에서 뿜어져 나오는 열기가 그에게로 옮겨왔다.

그런 다음…….

아! 숨이 멎을 거 같다.

그녀의 손길이 그에게 닿았다. 손가락이 옷에 닿고 살갗에 닿았다. 그리고는 와이셔츠 아래 넥타이를 뒤쫓았다. 그녀의 손이 그에게 닿았을 때 그의 아주 오래된 감정이 고개를 쳐들었다. 그 감정은 넓게 퍼져 페르뒤 씨 안에서 페르뒤 씨에게 윤곽을 부여하고 높이, 더 높이 올라갔다. 모든 힘줄과 세포 속으로 파고 들어가 결국 목구멍에 이르러 페르뒤 씨의 숨을 막히게 했다. 그 근사하고 무섭고 무조건적으로 독점하는 감정을 방해하지 않으려고, 그는 숨을 멈췄다.

욕망. 강한 쾌감. 그리고 또…….

페르뒤 씨는 자신이 얼마나 황홀함에 마비되었는지 드러내지 않으려고. 그리고 자신이 지나치게 가만히 있으면 혹시라도 카트린을 불안하게 하지 않을까 싶어 천천히, 가능한 한 천천히 숨을 내쉬려 애썼다.

사랑.

이 낱말에 그리고 그 감정에 대한 기억이 그의 안에서 솟구쳤다. 그는 눈에 물기가 어리는 걸 느꼈다.

나는 사랑이 너무 그리웠어.

카트린의 눈가에서도 물방울이 굴렀다. 그녀 자신을 위해 우는 걸까? 아니면 그를 위해 우는 걸까?

그녀는 페르뒤 씨의 와이셔츠 속에서 손을 빼어 아래쪽에서부터 단추를 풀고 넥타이를 벗겼다. 페르뒤 씨는 그녀의 손길을 쉽게 해주려고 그녀 위로 반쯤 몸을 일으켰다. 카트린이 그의 목을 붙잡았다. 누르지는 않았다. 잡아당기지도 않았다. 그녀의 입술이 작은 틈을 내며 벌어졌고, 그 틈새가 말했다.

"키스해줘요."

그는 손가락으로 카트린의 입술을 따라가며, 다양한 형태의 보드라움 위로 거듭 미끄러졌다. 그렇게 계속하는 건 간단했을 것이다. 아래쪽을 향한 한 번의 움직임으로 최후의 거리를 넘어서는 것. 카트린에게 키스하는 것. 혀의 유희. 새로움에서 친밀함으로 넘어가는 것, 호기심에서, 행복에서…….

수치심? 불행? 흥분으로?

그녀의 원피스 아래에 손을 넣어 서서히 옷을 벗기는 것. 먼저 속옷에 이어 원피스를. 그래, 그는 그렇게 할 것이다. 그는 원피스 아래 그녀의 벗은 몸을 알고 싶었다. 하지만 그는 그렇게 하지 않았다.

두 사람의 몸이 닿은 후, 카트린은 처음으로 눈을 감았다. 그녀의 입술이 벌어진 순간에 눈이 감겼다. 그녀는 페르뒤 씨가 들어오지 못하도록 가로막았다. 그녀가 실제로 무엇을 원하는지 페르뒤 씨는 더 이상 볼 수 없었다. 그는 카트린 안에서 뭔가가 일어난 것을 감지했다. 그것은 카트린에게 고통을 안기려고 기다리고 있었다.

남편에게 받았던 키스에 대한 기억이었을까? 그런데 그건 오래전의 일이 아니던가? 그리고 그에게는 벌써 새 여자가 있지 않았던가? 그리고 그는 이런 말들, 이런 비열한 말들을 하지 않았던가? 당신 아프다는 소리 이제 지긋지긋해 또는 남자가 잠자리를 함께 하지 않는다면 그건 여자 탓 아니야? 라고 했던. 그녀의 몸은 남편에게 얼마나 무시당했는지 기억했다. 다정한 애무도 더듬거리는 손길도 받지 못했던 걸. 남편에게 받았던 취급에 대한 기억. 까다롭게 굴지 마, 그는 말했다. 까다롭게 구는 여자들은 사랑하는 게 아니야. 그녀가 더 무엇을 원했겠는가. 그는 이미 멀어질 대로 멀어졌는데. 언젠가는 다시 여자가 될 수 있을까, 언젠가는 다시 남자의 손길을 받고, 언젠가는 다시 아름답다는 말을 들으며 방안에 남자와 단둘이 있을 수 있을까? 이런 의심에 시달렸던 밤들에 대한 기억. 카트린이 외면하고 싶었던 기억의 망령들이 찾아왔다. 그것들은 페르뒤 씨의 망령들도 이 파티에 데려왔다.

"우리만 있는 게 아닌가 봐요, 카트린."

카트린이 눈을 떴다. 눈 속의 폭풍이 은빛으로 빛나는 순간에 바랜 체념의 장면으로 변화시켰다. 그녀는 고개를 끄덕였다. 두 눈에 눈물이 글썽였다.

"그래요. 아, 장. 그 자식이 왔어요. 마침내, 마침내 내가 늘 원했던 대로 남자의 손길이 날 더듬고 있어, 그 자식하고는…… 달라, 바로 이런 생각을 한 순간에."

카트린은 옆으로 돌아누웠다.

"심지어 내 예전의 자아도 왔어요. 어리석고 하찮고 비굴한 카트린이. 남편이 혐오스럽게 굴거나 어머니에게 며칠씩 무시당할 때마다 늘 자신에게서 책임을 찾던 카트린이. 그러면 분명 내가 뭔가 실수했거나…… 뭔가 게을리 한게 있었어요……. 나는 충분히 평온하지 않았어요. 충분히 행복하지 않았어요. 난 남편과 어머니를 충분히 사랑하지 않았어요. 만일 그랬더라면 두 사람이 나한테 그렇게 하지……."

카트린은 울었다. 처음에는 소리 죽여 울었다. 하지만 페르뒤 씨가 그녀를 이불에 감싸 더 꼭 부둥켜안고 다정하게 뒷머리에 손을 대자, 크게 흐느꼈다. 구슬프게.

페르뒤 씨는 그녀가 생각 속에서 이미 수천 번 날아다녔던 어두운 골짜기 곳곳을 자신의 품속에서 거니는 걸 느꼈다. 추락하지 않을까, 자제력을 잃어버리지 않을까, 고통 속에 익사하지 않을까 겁에 질려 날아다녔던 곳을. 하지만 이제 실제로 그렇게 되었다. 그녀는 추락했다. 카트린은 비애와 슬픔과 굴욕감에 짓눌려 바닥에 닿았다.

"언제부턴가 나한텐 친구도 하나 없었어요……. 그 사람은 친구들이 오로지 자신의 광채를 누리려 한다고 말했어요. 그 사람의 광채를. 그 사람은 친구들이 나한테 관심을 보인다고는 상상도 할 수 없었어요. 또 그 사람은 말했어요, 나한테는 자신이 필요하지만, 자신에겐 내가 전혀 필요하지 않다고. 심지어 나를 한 번도…… 그 사람은 오로지 자기 자신만을 위해 역량을 발휘하길 원했어요……. 난 그 사람의 사랑을 위해 내 사랑을 포기했어요. 하지만 그것만으론 그 사람에게 너무 미미했어요. 그 사람이 나에게 전부였다는 걸 증명하기 위해 목숨을 내놓아야 했을까요? 내가 이룰 모든 것보다 그 사람이 더 나은 존재라는 걸 증명하기 위해?"

그러다 결국 카트린은 쉰 목소리로 속삭였다.

"20년 동안, 장. 나는 20년 동안 살아 있지 않았어요……. 난 나 자신의 삶을 경멸하고 경멸받게 만들었어요."

언제부턴가 그녀의 숨소리가 조용해졌다. 그리고 이내 잠이 들었다. 그녀의 몸이 페르뒤 씨의 품속에서 부드러워졌다.

그러니까 이 여인도 그랬구나. 20년 동안. 스스로 삶을 망가뜨리는 몇 가지가 있는 게 분명해.

페르뒤 씨는 이제 자신의 차례가 되었다는 걸 알았다. 이제 그가 바닥에 닿아야 했다. 거실에, 그의 흰색 낡은 식탁 위에 마농의 편지가 놓여 있었다. 자신만 주어진 시간을 허비한 게 아니라는 생각이 처량하게도 위로가 되었다.

그는 카트린이 르 P.가 아니라 자신을 알게 되었더라면 어땠을까 잠깐 생각했다. 그리고 그 편지를 읽을 준비가 되었는지에 대해서는 좀 더 오래 헤아렸다.

물론 아니었다.

그는 봉투를 뜯고 종이 냄새를 맡았다. 오래오래 맡았다. 두 눈을 감고 한 순간 고개를 숙였다.

페르뒤 씨는 의자에 앉아 21년을 묵은 마농의 편지를 읽기 시작했다.

12

1992년 8월 30일, 본뉴

장, 벌써 수천 번 당신에게 편지를 썼어. 그리고 번번이 같은 낱말,

'사랑하는'이라는 낱말로 시작할 수밖에 없었어. 그건 그 무엇도 부정할 수 없는 사실이기 때문이야.

사랑하는 장, 이토록 사랑하는데도 멀리 있는 나의 장.

내가 멍청하게 굴었어. 나는 왜 당신 곁을 떠나는지 말하지 않았어. 지금 그걸 후회하고 있어. 당신 곁을 떠난 것과 그 이유를 말하지 않은 것, 두 가지를.

부탁이야, 끝까지 읽어줘. 나를 불태워버리지 마. 당신 곁에 머물고 싶지 않아서 떠난 게 아니야.

당신 곁에 머물고 싶었어. 지금 나에게 일어나는 일보다 그걸 원했어. 훨씬 더 많이.

장, 나는 죽어. 곧. 아마도 크리스마스 무렵이라고 들었어.

난 당신 곁을 떠나면서, 당신이 날 증오하길 바랐어.

내 사랑, 당신이 머리를 절레절레 젓는 게 보여. 하지만 난 사랑이 올바르다고 여기는 걸 하고 싶었어. 그리고 사랑은 상대방을 위해 좋은 일을 하라고 말하잖아? 난 당신이 분노 속에서 나를 잊는 편이 좋을 거라고 생각했어. 당신이 슬퍼하고 염려하기보다는 죽음에 대해 아무것도 모르는 편이. 도려내고 분통을 터트리고 끝장을 내고, 계속 사는 편이.

하지만 내가 잘못 생각했어. 그건 아니야. 나에게, 당신에게, 우리에게 일어난 일을 당신에게 말해야겠어. 그건 아름다우면서도 끔찍해. 한 통의 짧은 편지에 담기엔 너무 커. 당신이 이곳에 오면, 우리 함께 모든 것에 대해 말할 수 있을 거야.

그래서 당신에게 부탁하는 거야. 장, 나에게 와줘.

죽는 게 너무 무서워.

당신이 올 때까지 죽지 않고 기다릴게.

당신을 사랑해.

마농.

PS. 당신의 마음이 내 부탁을 들어줄 만큼 충분하지 않아서 당신이 오지 않는다면 받아들일게. 당신은 나에게 아무 책임 없어. 동정할 필요도 없어.

PPS. 의사들이 나더러 더 이상 여행하면 안 된대. 루크가 당신을 기다리고 있어.

페르뒤 씨는 어둠 속에 앉아 마구 두들겨 맞은 기분이었다. 가슴 속에서 모든 것이 경련을 일으키며 오그라들었다.

이럴 수가?

눈을 껌벅일 때마다 자신의 모습이 보였다. 지난 21년의 모습이. 바로 그 식탁에 앉아 돌처럼 굳은 듯이 편지를 읽기 거부하던 모습이.

그럴 리 없어. 마농이 그럴 수는……!

그녀는 그를 두 번 배신했다. 그는 그렇다고 굳게 확신했다. 그리고 이 추론을 바탕으로 삶을 쌓아올렸다. 그는 토할 것만 같았다. 이제 그는 배신한 사람이 바로 자신이었다는 사실을 인정해야 했다. 마농은 그가 오기를 헛되이 기다렸다. 그러는 동안 그녀는…….

아냐. 제발, 제발…… 아냐.

전부 그의 잘못이었다. 편지 끝에 남긴 덧말. 마농에게는 틀림없이 그의 마음이 충분하지 않은 것처럼 보였을 것이다. 페르뒤 씨가 그 격렬한 소망을, 그 간절하고 절실한 마지막 소원을 들어줄 만큼 충분히 마농을 사랑하지 않은 것처럼. 이걸 깨닫는 순간, 그는 이루 말할 수 없이 참담했다.

마농의 모습이 눈앞에 보였다. 편지를 보내고 몇 주 동안 자동차가 집 앞에 멈추고 그가 문을 두드리길 기다리는 모습이. 여름이 가고 가을이 하얀 서리로 낙엽에 그림을 그리고 겨울이 나무들을 발가벗겼다. 하지만 그는 오지 않았다.

페르뒤 씨는 두 손으로 얼굴을 쳤다. 자신을 마구 두들겨 패고 싶었다.

이제 너무 늦었어.

그는 마구 떨리는 손가락으로 바스러질 듯이 낡은 편지를 접었다. 신기하게도 편지에서 아직 마농의 내음이 났다. 그는 편지를 도로 봉투에 집어넣었다. 그러고는 지나칠 정도로 꼼꼼하게 와이셔츠 단추를 채우고 멍하게 구두를 찾아 두리번거렸다. 밤의 창문을 거울 삼아 머리카락을 매만졌다.

뛰어내려. 이 역겨운 얼간이야. 그게 해답일 거야.

눈을 들자, 문틀에 기대 서 있는 카트린이 보였다.

"그녀는 나를……."

그가 편지를 가리키며 말문을 열었다.

"나는 그녀를……."

그는 말을 잇지 못했다.

"하지만 그땐 모든 게 정말 달랐어요."

이런 경우 뭐라고 말하지?

"……사랑했어요?"

이윽고 카트린이 물었다.

그는 고개를 끄덕였다.

맞아, 바로 그 말이었어.

"그럼 좋은 일이잖아요."

"너무 늦었어요."

그는 말했다.

그게 모든 것을 망가뜨려. 나를 망가뜨려.

"그녀는 내 곁을 분명……."

어서 말해.

"사랑해서요. 그래요, 사랑해서. 떠났어요."

"다시 만날 거죠?"

카트린이 물었다.

"아뇨. 그녀는 죽었어요. 마농은 벌써 오래 전에 죽었어요."

그는 카트린을 보지 않으려고 눈을 감았다. 자신이 그녀의 마음을 상하게 하는 걸 보지 않으려고.

"나는 그녀를 사랑했어요. 그녀가 떠났을 때 사는 걸 포기할 만큼 많이 사랑했어요. 그녀는 세상을 떠났어요. 그런데도 나는 그녀가 나한테 야멸차게 굴었다는 생각만 하고 있었어요. 난 멍청한 놈이였어요. 그리고 카트린, 미안해요. 난 여전히 어리석네요. 그런 일에 대해 말도 제대로 하지 못해요. 당신 마음을 더 아프게 하기 전에 가야겠어요, 그렇죠?"

"물론 당신은 갈 수 있어요. 그리고 당신은 내 마음을 아프게 하지 않아요. 삶이란 원래 그래요. 그리고 우린 열네 살도 아니잖아요. 사랑할 사람이 없는 게 오히려 이상하죠. 새로운 감정 속에 예전의 감정이 한동안은 같이 떠돌기 마련이에요. 사람은 원래 그래요."

카트린은 조용히 사려 깊게 속삭였다. 그녀는 그 모든 일을 야기한 원인, 식탁을 바라보았다.

"난 남편이 날 사랑해서 떠났길 바랐어요. 그건 버림받는 가장 아름다운 방식이잖아요."

페르뒤 씨는 뻣뻣하게 카트린에게로 걸어가 어색하게 그녀를 안았다. 무척 낯설게 느껴졌다.

13

모카포트가 보글보글 끓는 동안, 그는 팔굽혀펴기를 100번 했다. 커피를 한 모금 마신 후, 근육이 부르르 떨릴 때까지 윗몸일으키기를 200번이나 했다.

그는 찬물과 뜨거운 물로 샤워했다. 면도를 하면서 여러 번 깊이 살을 벴다. 그는 피가 멎을 때까지 기다렸다가, 흰 와이셔츠를 다림질하고 넥타이를 맸다. 지폐 몇 장을 바지 주머니에 집어넣고 양복 상의를 팔에 걸쳤다.

집을 나서면서 카트린의 현관문 쪽은 바라보지 않았다. 그의 몸은 카트린의 포옹을 몹시 갈망했다.

그런 후엔? 나는 나를 위로하고 그녀는 그녀를 위로하고, 결국 우리 둘은 써버린 휴지조각 두 장에 불과할걸.

그는 이웃들이 그의 우편함에 넣은 책 주문서를 꺼냈다. 그리고 테이블의 밤이슬을 닦는 티에리에게 인사했다.

페르뒤 씨는 뭘 먹는지 제대로 의식하지 못했거나 아니면 무슨 맛인지 모른 채 치즈오믈렛을 먹었다. 고집스럽게 조간신문을 읽었기 때문이다.

"어때요?"

티에리가 물었다. 그는 한 손으로 페르뒤 씨의 어깨를 짚었다. 그 몸짓은 무척 경쾌하고 친절했다. 페르뒤 씨는 티에리의 손을 떨쳐버리지 않으려 자제해야 했다.

그녀는 어떻게 죽었을까? 무엇 때문에 죽었을까? 많이 아팠을까, 나를 불렀을까? 날마다 문을 바라봤을까? 왜 나는 그토록 오만했을까? 왜 이런 일이 일어나야 했을까? 나는 어떤 벌을 받아 마땅할까……? 스스로 목숨을 끊는 게 가장 낫지 않을까? 한 번은 올바르게 처신해야 하지 않을까?

페르뒤 씨는 서평을 응시했다. 병적일 정도로 주의를 집중해 읽었다. 낱말 하나, 의견 하나, 정보 하나라도 놓치지 않으려고. 그는 밑줄을 긋고 메모를 하고, 방금 읽은 걸 까먹었다. 그는 다시 읽었다. 티에리가 말을 걸었을 때도 눈길조차 들지 않았다.

"저 자동차 말이요. 밤새도록 저기 서 있었어요. 저 안에 사람들이 자고 있을까요? 또 그 작가 때문에 온 사람들일까요?"

"막스 조당 말인가요?"

페르뒤 씨는 물었다.

그 젊은이는 이런 멍청한 짓을 하지 않아야 할 텐데.

티에리가 가까이 다가가자, 자동차는 서둘러 그 자리를 떴다.

그녀는 죽음에 대한 말을 들었을 때 두려웠어. 그래서 내가 보호해주길 바랐어. 하지만 나는 곁에 없었어. 나 자신만을 불쌍하게 여겼어.

페르뒤 씨는 속이 울렁거렸다.

마농. 그녀의 손. 그녀의 편지, 그녀의 냄새, 그녀의 필치는 늘 생기가 넘쳤어. 마농이 너무 그리워. 내가 한심해. 그녀를 증오해! 왜 그녀는 죽음이 찾아오게 내버려둔 거야? 이건 틀림없이 오해야. 그녀는 틀림없이 아직 살아 있어. 어딘가에.

그는 화장실로 달려가 구토를 했다.

조용한 일요일은 아니었다.

페르뒤 씨는 갑판을 쓸고 지난 며칠 동안 팔기를 거부한 책들을 도로 제자리에 꽂아놓았다. 1밀리미터도 어긋나지 않도록 정확하게 꽂았다. 그는 금전등록기에 새 종이 두루마리를 넣고는 두 손을 어디에 둬야 할지 몰랐다.

내가 오늘만 무사히 넘긴다면 나머지 인생도 무사히 넘길거야.

그는 한 이탈리아 남자가 책을 찾는 걸 도와주었다.

"겉표지에 안경 쓴 까마귀 그림이 그려진 책을 요 얼마 전에 봤거든요. 그 책 벌써 번역되었나요?"

페르뒤 씨는 어느 관광객 부부와 함께 사진을 찍고 이슬람교에 비판적인 시리아 도서를 주문받고 스페인 여자에게 혈전방지용 양말을 팔고 카프카와 린드그렌에게 먹이를 주었다. 그리고 고양이들이 배 안을 어슬렁거리는 동안, 사무용품 카탈로그를 뒤적였다. 카탈로그는 헤밍웨이부터 하루키에 이르는 작가들의 그 유명한 여섯 낱말 이야기[6]를 식탁용 매트로 추천하고, 머리 모양의 소금통과 후추통, 양념통도 광고했다. 실러, 괴테, 콜레트, 발자크, 버지니아 울프 들의 정수리에서 소금, 후추, 설탕이 흘러나왔다.

뭐 이런 게 있어?

'비도서 분야의 절대적인 베스트셀러. 전 서점에서 구입 가능한 새로운 북마크. 또한 헤세의 《단계들》 독점 판매. 시 분야의 인기 만점 북엔드!'

페르뒤 씨는 그 페이지를 멍하니 응시했다.

너희들이 뭘 알아? 이젠 지겨워. 너희들이 언젠가 이 괴테 양념

---

6) 여섯 낱말로 이루어진 아주 짧은 이야기로, 헤밍웨이의 'For sale: baby shoes, never worn'에서 시작되었다고 한다.

통으로 날 붙잡을 수 있을 거 같아? 언젠가는 이 추리소설 화장지로 날 붙잡을 수 있을 거 같으냐고. 그리고 헤세의 《단계들》—"모든 시작에는 마법이 깃들어 있네"—서가 장식용으로 딱 안성맞춤이지! 이젠 지겨워!

서점 주인은 창문 밖의 센 강을 응시했다. 강물이 반짝이고 하늘이 굽이지는 풍경. 이 얼마나 아름다운가, 정말로.

마농은 이런 식으로 내 곁을 떠날 만큼 나에게 화가 났던 걸까? 내가 이렇게 생겨먹은 인간이라 다른 가능성이 없어서? 나와 이야기할 수 있지 않았을까? 자신이 어떤 상황인지 그냥 말할 수 있지 않았을까? 나에게 도움을 청하고, 나에게 사실을 말할 수 있지 않았을까?

"나는 그럴 만한 남자가 아닌가? 나는 도대체 어떤 남자인가?" 그는 큰 소리로 말했다.

페르뒤 씨는 카탈로그를 탁 소리 나게 덮고 둘둘 말아서 회색 바지 뒷주머니에 쑤셔 넣었다.

지난 21년 동안 정확하게 카탈로그에 맞춰 살아온 듯한 기분이었다. 자신이 무엇을 해야 했는지 명확하게 깨달은 1분 전까지. 그 오랜 세월 동안 무엇을 했어야 했는지. 마농의 편지가 없었어도.

페르뒤 씨는 무척 꼼꼼하게 정리해둔 기관실 공구함을 열어 충전식 드라이버를 꺼내고 나사 비트를 와이셔츠 주머니에 넣어 갑판으로 갔다. 카탈로그를 갑판의 금속판 위에 놓고 컬러 인쇄된 아트지 위에 무릎 꿇은 채 비트를 드라이버 본체에 끼웠다. 그러고는 수상 서점과 땅을 연결한 통로 끝 바닥에 고정시킨 커다란 나사를 풀기 시작했다. 하나씩 차례로.

부두의 물탱크에 이어진 호스도 떼어내고 배전반의 분전기 플러그를 뽑고 종이약국을 20년 전부터 강변에 묶어놓은 밧줄을 풀었다. 페르뒤 씨는 몇 차례 힘껏 발로 차서 배를 부두에서 분리시켰다. 그는 그 널빤지를 들어 올려 통로를 밀어넣고는 배에 뛰어 올라 출입문을 닫았다. 페르뒤 씨는 배의 뒷자리 조타장치로 가서 몽타냐르 길을 향해 이런 마음을 보냈다. 카트린, 날 용서해줘요.

그러고는 시동열쇠를 예열단계로 돌렸다. 기분 좋게 10초를 센 후, 시동열쇠를 계속 돌렸다. 엔진은 망설임 없이 즉시 시동이 걸렸다.

"페르뒤 씨! 페르뒤 씨! 잠깐 기다려요!"

페르뒤 씨는 어깨 너머로 돌아보았다.

조당? 조당이었다! 그는 귀덮개에 선글라스까지 쓰고 있었다. 봄므 부인의 선글라스라는 걸 알 수 있었다. 인조보석으로 장식된 집파리 푸크 스타일.[7]

조당은 수상 서점을 향해 달려왔다. 초록색의 선원용 배낭을 어깨에 둘러메고, 흥분해서 걸음을 내달릴 때마다 겅중겅중 뛰어올

---

7) 집파리 푸크는 애니메이션 〈꿀벌 마야〉에서 크고 까만 눈이 튀어 나온 집파리이며, 집파리 푸크 스타일은 알이 엄청 큰 미러 선글라스를 말한다.

랐다. 그리고 잡다한 물건들이 팔에서 대롱거렸다. 두 사람이 그의 뒤를 쫓아왔다. 둘 다 카메라를 들고 달려왔다.

"어디 가세요?"

조당이 겁에 질려 울부짖었다.

"여기를 떠날 거요!"

페르뒤 씨도 울부짖었다.

"잘 됐어요, 나도 같이 가요!"

조당은 짐을 갑판을 향해 훌쩍 던졌다. 룰루는 낯선 진동에 놀라 와들와들 부들부들 떨며 강변으로부터 이미 1미터 멀어져 있었다. 조당의 짐 절반이 물속으로 떨어졌고, 그중에는 휴대전화와 지갑이 든 주머니도 있었다.

엔진이 쿵쿵거렸고, 디젤 연료가 검은 연기를 내뿜으며 타고 있었다. 강은 이미 절반쯤 푸른 연무에 덮여 있었다. 페르뒤 씨는 멀리서 부두 관리소장이 욕설을 퍼부으며 달려오는 걸 보았다. 그는 가속장치를 '전속력'으로 올렸다. 그때 작가가 배를 향해 돌진했다.

"안 돼요!"

페르뒤 씨는 외쳤다.

"조당 씨! 안 돼요, 이건 절대 안 돼요! 나는 매우……!"

막스 조당이 힘차게 뛰어올랐다.

14

"……제발!"

페르뒤 씨는 막스 조당이 무릎을 문지르며 몸을 일으켜서 자신의 잃어버린 물건 절반을 눈으로 뒤쫓는 걸 지켜보았다. 그 물건들은 한순간 물 위를 맴돌다가 가라앉았다. 조당은 벌쭉 웃으며 조타대 쪽으로 절뚝절뚝 걸음을 옮겼다. 물론 귀덮개를 하고 있었다.

"안녕하세요."

쫓기던 작가는 행복한 표정으로 말했다.

"이 배로 여행도 하세요?"

페르뒤 씨는 눈을 부릅떴다. 나중에 막스 조당을 심하게 나무라고 정중하게 배에서 내쫓을 생각이었다. 하지만 우선은 주의를 집중해야 했다. 무슨 이런 온갖 것이 마주 오는지! 유람선, 화물선, 하우스보트, 새, 파리, 물거품…… 예전에 어땠더라, 어느 쪽에 우선통행권이 있었지? 그리고 도대체 속도는 어느 정도까지 낼 수 있었지……? 그리고 다리 아래를 통과할 때의 저 노란 마름모들은 무슨 뜻이었지?

조당은 뭔가를 기다리는 듯 여전히 그를 바라보고 있었다.

"조당 씨, 고양이들하고 책들을 한번 살펴보도록 해요. 그리고 커피 좀 끓여요. 그동안에 나는 이 물건으로 잘못해서 누군가를 죽이는 일이 없어야 하니까."

"뭐라고요? 누구를 죽이려 한다고요? 고양이들?"

작가는 어리둥절한 표정으로 물었다.

"이제 그 물건 좀 치워요."

페르뒤 씨는 조당의 귀덮개를 가리켰다.

"그리고 커피나 좀 끓여요."

조당이 스테인레스 컵에 진한 커피를 담아 타이어 크기만 한 조타륜 옆 컵홀더에 내려놓았을 때, 페르뒤 씨는 이미 물살을 거슬러 조종하는 것과 배의 진동에 어느 정도 익숙해 있었다. 마지막으로 배를 조종한 것은 오래 전이었다. 그가 앞으로 밀고 가는 뱃머리만 해도 화물차 트레일러 3개를 합한 것만큼 길었다. 그런데도 수상 서점은 신중하게 서서히 물살을 가르고 나갔다.

페르뒤 씨는 두려움과 쾌감을 동시에 느꼈다. 그는 노래를 부르고 크게 소리치고 싶었다. 조타륜을 잡은 손가락들이 파르르 경련을 일으켰다. 그가 벌인 짓은 미친 짓이었다, 어리석은 짓이었다. 그건…… 엄청난 짓이었다!

"화물선 운항은 어디서 배웠어요? 이걸 다 어디서 배웠어요?"

작가가 경외하는 눈빛으로 항법장치를 가리키며 물었다.

"우리 아버지가 가르쳐줬어요. 내 나이 열두 살 때. 난 열여섯 살에 내륙용 선박면허증을 땄어요. 언젠가는 석탄을 북쪽으로 실어 나를 생각을 했죠."

그리고 행복하기 위해서 절대로 어딘가에 도착할 필요가 없는 위대하고 침착한 남자가 될 생각이었지. 맙소사, 인생은 얼마나 빨리 지나가는가.

"정말요? 우리 아버지는 나한테 종이배 접는 법도 알려주신 적이 없어요."

영화 속의 장면들처럼 파리가 스쳐 지나갔다. 퐁뇌프, 노트르담, 아스날 항구.

"진짜 제임스 본드처럼 멋진 출발이었어요. 우유랑 설탕 넣을까요, 미스터 본드?"

조당이 물었다.

"도대체 왜 그랬어요?"

"뭘 말이요? 그리고 설탕은 필요 없어요, 머니페니.[8)]"

"그러니까 페르뒤 씨의 삶을 폭파시킨 거죠. 종적을 감춘 거죠. 허클베리 핀은 뗏목을 이용했어요. 포드 프리펙트[9)]는……."

"여자 때문이었소."

"여자 때문이라고요? 페르뒤 씨는 여자하고 상관없는 사람인줄 알았는데요."

"대부분의 여자들하고는 상관없어요. 오로지 한 여자하고만 상관 있지. 하지만 그 여자하고는 특별했어요. 지금 그 여자에게로 갈 예정이오."

"아, 그렇군요. 멋집니다. 그런데 왜 버스를 안 타죠?"

"책 속의 등장인물들만 엉뚱한 짓을 한다고 생각해요?"

---

8) 영화 007 시리즈에 등장하는 여비서.

9) 영국 작가 더글러스 애덤스의 공상과학소설 《은하수를 여행하는 히치하이커를 위한 안내서》에 등장하는 가상의 인물.

"아뇨. 난 수영도 할 줄 모르는데 페르뒤 씨는 반바지 차림으로 이 큰 괴물을 몰았다는 생각이 떠올라서요. 그리고 페르뒤 씨가 고양이 먹이 통조림 다섯 개를 알파벳 순서로 정돈한다는 생각도 나고요. 페르뒤 씨는 정상이 아닐 가능성이 높아요. 맙소사! 그때 열두 살이었다고요? 진짜 어린 소년이었잖아요? 믿을 수 없어요! 페르뒤 씨는 예전부터 늘 그랬나 보죠?"

"뭐가 그랬단 말이요?"

"그렇게 어른스럽고, 그렇게…… 자제력 있고. 능수능란하고."

내가 얼마나 아마추어인지 이 녀석이 어떻게 알겠어?

"원래의 나라면 역까지 가지도 못했을 거요. 이것저것 따지느라 길에서 많은 시간을 허비했을 겁니다, 조당 씨. 그리고 출발하지 않는 편이 왜 좋은지 여러 이유들을 찾아냈을 겁니다. 그러면 행동으로 옮기지 못했을 거요. 지금 저기 위에 서 있을 거요."

페르뒤 씨는 센 강의 다리 하나를 가리켰다. 네덜란드 자전거를 탄 소녀들이 다리 위에서 손을 흔들었다.

"그리고 지금까지 늘 있었던 곳에 계속 머무를 거요. 내 익숙한 삶에서 벗어나지 못했을 겁니다. 지랄 같은 일이지만 확실해요."

"페르뒤 씨는 방금 지랄, 이라고 말했어요."

"그래서요?"

"아주 멋져요. 앞으로 시시껄렁한 일 따위로 걱정하지 않아도 되겠어요."

페르뒤 씨는 컵을 들었다. 장 페르뒤로 하여금 그렇듯 난폭하게 닻줄을 잘라버리게 만든 여인이 이미 21년 전에 죽은 걸 알아챘다면, 막스 조당은 무슨 걱정을 할까? 페르뒤 씨는 조당에게 그 사실을 말하는 장면을 상상해봤다. 그 즉석에서. 어떻게 이야기를 꺼낼 것이 적절한지 알기만 한다면.

"그런데 당신은?"

그가 물었다.

"여기서 뭘 하려는 거요?"

"난…… 이야기를 찾고 있어요."

조당은 더듬거리며 설명했다.

"왜냐하면, 내 안에는…… 더 이상 아무것도 없기 때문이죠. 나는 이야기를 찾아낼 때까지 집에 돌아가지 않을 생각이에요. 사실은 작별인사를 하러 부두에 갔을 뿐이에요. 그런데 페르뒤 씨가 배를 출항시켰어요……. 함께 가도 될까요? 그래도 될까요?"

조당이 너무 기대에 찬 표정으로 쳐다보는 바람에, 페르뒤 씨는 큰 항구가 나타나는대로 그를 땅에 내려주고 행운을 빈다는 인사로 헤어지려고 했던 계획을 일단 뒤로 미루었다.

페르뒤 씨의 앞에는 세상이 있었고 뒤에는 마음에 들지 않는 삶이 있었다. 불현듯 그는 다시 소년으로 돌아간 듯한 기분이 들었다. 젊은 조당이 그걸 거의 믿어주지 않을지라도.

이를테면 열두 살 소년 같은 기분이었다. 그 무렵 페르뒤 씨는 별로 외롭지 않았다. 즐겨 혼자 있거나 아니면 옆집에 사는 인도 수학자 집안의 마르고 가녀린 소년 비자야와 함께 지냈다. 밤에 꾸는 꿈을 제2의 현실 세계로, 시험의 장소로 믿을 만큼 어렸다. 그렇다, 그 꿈속에서 임무를 맡았고 그 임무를 해결하면 꿈에서 깨어나 한 단계 앞으로 발전한다고 믿었다.

"미로에서 벗어나는 길을 찾아라! 하늘을 나는 법을 배워라! 지옥의 문을 지키는 개, 케르베로스를 제압하라! 그러면 꿈에서 깨어났을 때 소원이 이루어질 것이다." 그 당시 그는 소원의 힘을 믿을 수 있었다. 물론 그것은 사랑하는 것이나 무척 중요한 것을 단념하라는 제안과 결부되어 있었다.

"아침 식탁에서 부모님이 다시 서로를 바라보게 하라! 나는 한쪽 눈, 왼쪽 눈으로 그걸 지켜본다. 오른쪽 눈은 화물선을 조종하는 데 필요하다." 그래, 그가 아직 소년이었을 때 이렇게 간절히 빌었다. 그리고 그렇게…… 조당이 뭐라고 말했더라? 자제력이라고 했던가? 그렇게 자제력이 없었을 때. 그는 하느님에게 편지도 써서 엄지손가락의 피로 봉인했다. 그리고 지금, 기나긴 세월이 흐른 지금에 와서 뒤늦게 거대한 배의 키를 잡고 서서, 아직도 소원이 있다는 걸 처음으로 다시 느꼈다.

페르뒤 씨의 입에서 자신도 모르게 아아, 하고 탄성이 새어 나왔다. 그는 몸을 좀 더 똑바로 세웠다. 조당은 무선전신기의 조정장치를 만지작거리다가 하천교통을 관리하는 프랑스 국립수로청 센강 지부의 무선방송을 찾아냈다.

"……어처구니없게 샹젤리제 항구에 디젤을 듬뿍 뿜어낸 두 남자에게 다시 말합니다. 엄지손가락 왼쪽에 있는 곳이 우현이라는 항구 관리소장의 인사말을 전합니다."

"저거 혹시 우리에게 하는 말인가요?"

조당이 물었다.

"뭔 쓸데없는 소리."

페르뒤 씨는 그 말을 일축했다.

두 사람은 서로 마주보며 비죽이 웃었다.

"소년 시절 무엇이 되고 싶었어요? 조당…… 씨는?"

"소년 시절? 그러니까 말하자면 어제요?"

조당은 쾌활하게 웃음을 터트렸다. 이내 아주 조용해졌다.

"난 우리 아버지가 진지하게 대하는 남자가 되고 싶었어요. 그리고 해몽가가 되고 싶었는데, 그럴 가능성은 없어 보였어요."

페르뒤 씨는 헛기침했다.

"아비뇽으로 가는 길을 찾아봐요, 조당 씨. 운하들을 지나 남쪽으로 가는 멋진 길을 찾아봐요. 어쩌면 우리가…… 중요한 꿈들을 꾸게 될 길을."

페르뒤 씨는 한쪽에 쌓여 있는 지도를 가리켰다. 지도들은 그물처럼 촘촘히 얽힌 푸른색 뱃길과 운하, 요트 항구, 수문을 보여주었다. 조당이 궁금한 눈길로 유심히 쳐다보자, 페르뒤 씨는 속도를 더 높였다. 그는 물에 시선을 주며 말했다.

"사나리에서는 꿈에 대한 해답을 얻으려면 물을 따라 남쪽으로 가야 한다고 말하죠. 그리고 그곳에서 자신을 되찾을 수 있지만,

가는 도중 잘못되면 영영 잘못되는 거라고요. 사랑 탓에, 그리움 탓에, 두려움 탓에 말이에요. 행복하기 위해 영혼이 이따금 울어야 하는 걸 이해하려고, 남쪽에서는 바다에 귀를 기울이죠."

그의 가슴속에서 새 한 마리가 깨어났다. 새는 자신이 아직 살아 있다는 것에 놀라 조심스럽게 날개를 폈다. 새는 밖으로 나가고 싶었다. 그의 가슴을 뚫고 나와 그의 심장을 가져가고 싶었다. 하늘로 날아오르고 싶었다.

"지금 갈게."

페르뒤 씨는 속삭였다.

"지금 갈게, 마농."

마농의 여행일기

나의 삶을 향한 길, 아비뇽과 리옹 사이에서

1986년 7월 30일

모두 함께 기차에 올라타지 않았다는 게 기적이다. 내가 마르세유와 파리를 오가는 급행열차에 정말로 어떻게 올라타는지 보려고, 그들은 (우리 부모님과 여자들에게 남자 따윈 필요 없어, 라고 입버릇처럼 말하는 율리아 이모 그리고 난 너무 뚱뚱해 또는 난 늘 너무 피곤해, 라는 말을 입에 달고 사는 사촌 언니 다프네와 니콜레트) 백리향 언덕에서 아래 골짜기로 내려와 아비뇽까지 함께 왔다. 그것만으로도 이미 정신적으로 충분히 지치는 일이었다. 사실은 다만 모두 함께 또 한 번 시내를 구경하고 영화를 보고 프린스 음반을 몇 장 살 생각이 아니었을까.

루크는 함께 오지 않았다. 그는 자신이 역에 있으면 내가 떠나지 못할까 염려했다. 그리고 그건 사실이다. 루크가 서거나 또는 앉아서 자신의 어깨나 머리에 손을 얹은 모습만 봐도 그가 어떤 기분인지, 나는 100미터 거리에서도 알 수 있다. 그는 철저한 남프랑스 사람이다. 그의 영혼은 와인이다. 그는 결코 냉혹하지 못하다. 그는 감정 없이 아무 것도 할 수 없다. 그는 그 어떤 것에도 무관심하지 않다. 파리에서는 대부분의 사람이 대부분의 일에 완전히 무관심하다고 한다.

나는 급행열차의 차창에 서서, 아직 어리면서도 동시에 어른이 된 듯한 기분을 맛본다. 난생 처음 진짜로 고향과 이별을 한다. 고향으로부터 1킬로미터씩 멀어지면서 정말 난생처음으로 고향을 본다. 빛에 흠뻑 취한 하늘, 수백 년 묵은 나무 속의 매미 소리, 아몬드 잎사귀를 떨어뜨리려 안간힘 쓰는 바람. 열병 같은 열기. 태양이 지면서 가파른 산들과 산 위의 왕관 같은 마을들을 장밋빛과 꿀빛으로 물들이면, 대기의 황금빛 떨림과 반짝거림. 땅은 늘 베푼다. 땅은 끊임없이 세상을 향해 자란다. 로즈메리와 백리향이 돌 틈을 뚫고 나오고, 버찌가 터질듯이 탐스럽게 열린다. 통통한 보리수나무 열매가 추수하는 청년들이 플라타너스 그늘 아래로 다가올 때의 아가씨들 웃음소리 같은 내음을 풍긴다. 험준한 바위 틈새로 흐르는 물줄기들이 터키옥색의 가느다란 실타래처럼 반짝이고, 남쪽에서는 바다가 눈을 찌르듯 푸른빛을 발한다. 나무 아래서 사랑을 나눌 때, 검은 올리브 껍질의 점들처럼 푸르다…….

땅은 끊임없이 사람들에게 다가온다. 아주 가깝게. 땅은 무자비하다. 가시들. 바위들. 향기. 프로방스가 나무와 형형색색의 바위와 샘물로 사람들을 만들어서 프랑스 사람이라 이름 지었다고 아빠는 말씀하신다. 그들은 나무처럼 나긋나긋하고 돌처럼 단단하다. 그들은 마음속 깊은 곳에서 우러나오듯 말하고, 화덕 위 냄비 물처럼 순식간에 끓어오른다.

열기가 누그러지고 하늘이 낮아지고 코발트빛이 바래지는 게 벌써 느껴진다……. 북쪽에 다가갈수록 땅이 점점 더 부드러워지고 부슬부슬해지는 게 눈에 보인다. 춥고 냉소적인 북쪽! 그곳을 사랑할 수 있을까?

물론 엄마는 파리에서 나에게 혹시 무슨 일이 생기지 않을까 걱정한다. 지난 2월부터 갤러리 라파이에트나 샹젤리제에서 폭발한 것과 같은 레바논 단체의 폭탄이 나를 산산조각 낼까 봐가 아니다. 그보다는 남자를 염려한다. 또는 말도 안 되지만 여자를. 머릿속에 모든 게 들어도 감정은 전혀 없는 생제르맹의 여류 지성인을. 그들이 활기찬 예술가들 집에서의 삶으로 내 흥미를 끌 텐데, 결국 그런 집에서 창조적인 남자들의 붓이나 씻는 신세가 되지 않을까 걱정하는 것이다.

내가 본뉴와 아틀라스 시더우드,[10] 베르멘티노 포도[11]와 장밋빛 황혼으로부터 멀리 떨어진 곳에서 내 미래의 삶을 위험하게 할 수 있는 뭔가를 발견하지 않을까, 엄마는 걱정한다. 어젯밤 엄마가 낙담한 나머지 집밖의 여름 부엌에서 우는 소리가 들려왔다. 엄마는 나에게 무

10) 소나뭇과 개잎갈나무속에 속하는 상록수의 일종.

11) 스페인 또는 마데이라가 원산지로 추정되는 포도 품종.

슨 일이 일어날까 두려워한다.

파리에서는 누구나 남들을 이겨야 한다는 강박관념에 시달리고 있으며, 남자들이 냉혹하게 여자들을 유혹한다고 한다.

모든 여자는 남자를 길들여 얼음장처럼 단단한 껍질을 열정으로 변화시키려 한다. 모든 여자가. 특히 남쪽의 여자들이. 다프네 언니가 이렇게 말하는데, 나는 말도 안 되는 헛소리라고 생각한다. 다이어트가 환각을 일으키는 게 분명하다.

아빠는 감정을 자제하는 전형적인 프로방스 남자다. 아빠는 도시 사람들이 너 같은 여자에게 뭘 주겠느냐, 라고 말한다. 아빠는 5분 동안 인문주의적인 생각을 하고 프로방스를 전체 민족문화의 요람으로 여긴다. 나는 그런 아빠를 사랑한다. 아빠는 옥시타니아어[12] 문장을 중얼거린다. 그리고 최후의 올리브나무 경작자이자 지저분한 토마토 재배인이 400년 전부터 전해져 내려오는 예술가와 철학자, 음악가와 청소년들의 언어를 말하는 걸 아주 멋진 일로 생각한다. 창조력과 세계사랑은 오로지 교양 시민의 몫이라고 믿는 파리 사람들과 다르게.

아, 아빠. 삽을 든 플라톤. 관대하지 못한 이들에게마저도 그토록 관대한 아빠. 아빠의 독특한 냄새가 그리울 거예요. 아빠의 따사로운 가슴이. 그리고 아빠의 목소리, 지평선을 흔드는 우레 같은 목소리가.

나는 높은 산들, 푸른 하늘, 포도밭을 휩쓸며 씻어내는 미스트랄[13]도 그리울 것을 안다……. 나는 흙 한 주머니와 허브 한 꾸러미를 가져

12) 프랑스의 루아르 강 남부에서 사용되는 언어.

13) 겨울에서 봄 사이 프랑스의 중앙고원에서 지중해로 불어오는 저온의 강한 북서풍.

왔다. 또 내가 깨끗하게 발라 먹어 매끈해진 천도복숭아 씨와 작은 조약돌도 하나씩 가져왔다. 고향의 샘물이 마시고 싶으면, 마르셀 파뇰이 쓴《마농의 샘》에서처럼 조약돌을 혀 아래에 넣는다.

루크가 곁에 없어 허전할까? 그는 언제나 내 곁에 있었다. 아직까지 한 번도 루크가 없어 허전함을 느껴본 적이 없다. 루크를 그리워한다면 좋을 것이다. 다프네 언니가 말한 그 '당긴다'는 느낌이 뭔지 나는 모른다. 언니는 중요한 말을 빠뜨리고 이렇게 말했다. "마치 남자가 네 가슴속에, 뱃속에, 다리 사이에 닻을 내린 거 같아. 그 남자가 없으면, 줄이 당기고 뒤틀려." 그 말이 잔인하게 들렸다. 하지만 다프네 언니는 그 말을 하며 미소 지었다.

한 남자를 간절히 원하게 되면 어떨까? 그리고 나도 그 남자에게 그런 갈고리를 꽂는 걸까? 아니면 남자는 더 쉽게 잊을까? 다프네 언니는 그 끔찍한 소설에서 그걸 읽었을까?

난 남자에 대해 모든 걸 알지만 그 남자에 대해서는 아무것도 몰라. 여자와 함께 있는 남자는 어떨까? 자신이 예순 살에 그 여자를 어떻게 사랑할지 스무 살의 나이에 벌써 알까? 그렇다면 그건 경력과 관련해서도, 자신이 예순 살의 나이에 어떻게 생각하고 행동하고 살 것인지 정확히 알기 때문일까?

나는 1년 후 돌아올 것이다. 루크와 나는 한 쌍의 새처럼 결혼할 것이다. 그리고 한 해 두 해 세월이 흐르면서 우리는 아이들을 낳고 와인을 만들겠지. 난 1년 동안 자유롭고, 앞으로도 그럴 거야. 내가 어쩌다 집에 늦게 오거나 몇 년 후 또 혼자 파리나 다른 어디를 가더라도 루크는 이유를 묻지 않을 거야. 루크는 나에게 약혼 선물로 그걸 약속했어. 자유로운 결혼을. 루크는 그런 사람이야.

아빠는 루크를 이해하지 못할 거야. 정절로부터의 자유. 사랑하기 때문에? "비도 온 땅을 적시지는 못해." 아빠는 말할 것이다. 사랑은 비고, 남자는 땅이라고. 여자들, 우리는 무엇일까? "여자는 남자를 가꾼단다. 남자는 여자의 손길 아래서 꽃을 피우지. 그게 여자의 힘이야."

루크가 선물한 비를 받아야 할지 아직은 잘 모르겠어. 그 선물은 크고, 난 그 선물을 받기에 너무 작을지도 몰라.

그런데 내가 그 선물을 루크에게 돌려주고 싶은 걸까? 루크는 굳이 그럴 필요 없다고 말했어. 그것도 조건이 아니라고.

나는 우람하고 강인한 나무의 딸이야.

내 목재는 배가 될 거야. 하지만 닻도 없고 깃발도 없는 배. 나는 저 멀리 나가 그림자와 빛을 찾을 거야. 바람을 마시고 모든 항구를 잊을 거야. 선물 받은 것이든 빼앗은 것이든 난 자유의 운명을 타고 났고, 불확실 속에서도 항상 혼자 견뎌 낼 거야.

아, 내 안의 잔 다르크가 다시 셔츠를 잡아 내리며 계속 시구를 주절거리기 전에, 한 가지 더 말할 게 있다. 나는 한 남자를 만났다. 그 남자는 내가 울면서 여행일기를 쓰는 걸 보았다. 기차 안에서. 그 남자는 내 눈물을 보았고, 나는 우리의 작은 골짜기를 벗어나자마자 휘몰아친 욕구, 아기들이 흔히 그렇듯이 '다시 갖고 싶어 하는 욕구'를 눈물과 함께 숨겼다…….

그는 고향을 떠나는 게 그토록 슬프냐고 나에게 물었다.

"제가 사랑 때문에도 슬퍼하는 일이 있을까요?" 그에게 물었다.

"향수도 사랑의 슬픔이죠. 다만 좀 더 심할 뿐입니다."

그는 프랑스 사람치고는 키가 크다. 서점 주인. 치아가 희고 밝게 빛난다. 눈은 초록색, 풀빛 초록색이다. 내 침실 앞의 아틀라스 시더우드 색과 조금 비슷하다. 입은 붉은 포도 빛이며, 머리카락은 숱이 많고 로즈메리 줄기처럼 억세다.

이름은 장이다. 지금 그는 플랑드르 화물선을 개조하는 중인데, 그 배에 책을 심을 생각이라고 말한다. '영혼을 위한 종이배' 그 남자는 그 배가 약국이 될 거라고 했다. 그밖에는 아무런 치료약이 없는 모든 감정을 위한 문학의 약국.

예를 들어 향수. 그는 향수에도 여러 종류가 있다고 말한다. 보호받고 싶은 욕구, 가족에 대한 노스탤지어, 이별에 대한 두려움이나 사랑의 동경.

"곧 뭔가 좋은 것을 사랑하고 싶은 동경. 어떤 장소나 사람이나 특별한 침대 같은 것을."

그의 이런 말들은 진부하기보다 당연하게 들린다.

장은 내 향수를 달래줄 수 있는 책을 주겠다고 약속했다. 그는 조금은 마법적이면서도 공공연한 약품에 대해 이야기하듯 말했다.

그가 흰 까마귀 같다는 생각이 든다. 사물들 위를 떠도는 현명하고 강인한 흰 까마귀. 하늘 위에서 감시하는 도도하고 커다란 새 같다.

아니, 잘못 말했다. 그는 나에게 책을 주겠다고 약속하지 않았다. 그는 약속을 좋아하지 않는다고 말한다. 그는 제안했을 뿐이다.

"제가 도울 수 있을 겁니다. 당신이 더 울고 싶거나 그만 울고 싶으면. 또는 울음을 참기 위해 웃고 싶으면, 제가 도와드리죠."

그가 많이 알고 말할 수 있을 뿐 아니라 믿고 느낄 수 있는지도 확인하기 위해 그에게 입 맞추고 싶은 기분이 든다.

그리고 그가 얼마나 높이 날아갈 수 있는지도 알고 싶다. 내 안에 있는 모든 걸 아는 흰 까마귀.

15

"배고파요."

조당이 말했다.

"우리 물은 충분한가요?"

조당이 물었다.

"나도 한 번 배를 조종하고 싶어요!"

조당이 졸랐다.

"배에 낚싯대는 없어요?"

조당이 칭얼거렸다.

"난 전화나 신용카드가 없으면 왠지 거세당한 기분이에요. 페르뒤 씨는 안 그래요?"

조당이 한숨지었다.

"아뇨. 배나 좀 청소하지 그래요."

페르뒤 씨가 결국 대답했다.

"몸을 움직이면서 명상을 할 수 있을 거요."

"청소하라고요? 진심이에요? 저기 봐요, 또 스웨덴 요트꾼들이 와요."

조당이 빈질거리며 말했다.

"저 사람들은 늘 강 한복판으로 다녀요. 마치 자기네들이 강을 발명한 거 같다니까요. 영국 사람들은 다르더라고요. 마치 자신들이 강물의 일부인 듯, 그래서 나머지 사람들은 전부 땅에서 박수갈채를 보내고 깃발을 흔들어야 할 거처럼 굴어요. 하긴, 트라팔가르.[14] 그들은 지금도 거기서 못 벗어나고 있으니까."

조당은 망원경을 아래로 내렸다.

"그런데 우리도 꼬리에 국기 걸었어요?"

"선미, 조당. 배의 꼬리는 선미라고 불러요."

배가 굽이지는 센 강을 헤치고 거슬러 올라갈수록 조당은 더욱 흥분했다. 그리고 페르뒤 씨는 더욱 조용해졌다.

강물이 크게 커브를 그리며 숲과 공원 사이로 유유히 평온하게 흘렀다. 옛날의 부와 집안의 비밀을 일깨우는 저택들과 드넓고 멋진 정원들이 강변을 따라 줄줄이 이어졌다.

"공구들 옆에 깃발과 삼색기가 있는지 궤짝 안을 좀 살펴봐요."

---

14) 스페인 남서쪽에 위치한 갑(岬). 이곳에서 1805년 넬슨의 영국함대가 프랑스-스페인 연합함대를 격파했다.

페르뒤 씨가 조당에게 부탁했다.

"그리고 지주핀과 고무망치를 꺼내요. 만일 항구를 발견하지 못하면 배를 계류시키는 데 그것들이 필요하거든요."

"그렇군요. 배를 계류시키는 법은 어떻게 알죠?"

"음…… 하우스보트에서 휴가 보내는 법에 대한 책에 있어요."

"그러면 낚시하는 법은요?"

"'도시인이 시골에서 살아남기' 분야를 찾아봐요."

"그러면 청소 도구는 어디에 있죠? 그것도 책에 쓰여 있나요?"

조당은 낄낄 웃으며 다시 귀덮개를 덮어썼다. 페르뒤 씨는 한 무리가 카누를 저어오는 걸 보고, 주의를 환기하려고 힘차게 경적을 울렸다. 경적소리는 저음으로 크게 울려 퍼지면서 페르뒤 씨의 가슴과 위를 뚫고 지나갔다. 배꼽 바로 아래 그리고 거기서 조금 더 깊숙이.

"아……!"

페르뒤 씨는 작게 내뱉었다. 그는 경적 레버를 다시 잡아당겼다.

이런 건 남자들만 발명해낼 수 있겠지.

경적소리와 그 소리가 자신 안에서 메아리치는 울림을 느끼며, 페르뒤 씨는 손가락에서 카트린의 살갗 감촉을 느꼈다. 그 살갗이 어깨 위쪽의 삼각근을 어떻게 감싸고 있었던가. 부드럽고 따뜻하고 매끄럽게. 그리고 둥그렇게. 카트린의 몸에 닿았던 기억이 한순간 페르뒤 씨를 몽롱하게 만들었다.

여자들의 몸에 닿는다, 배를 몬다, 멀리 달아난다.

페르뒤 씨 안에서 수십억 개의 세포들이 깨어나는 듯했다. 세포들은 잠에 취해 눈을 껌벅이고 기지개를 켜며 말했다. 이봐! 우린 그게 그립다고. 더 많이 해달라고. 어서 속도를 내라고!

우현은 오른쪽, 좌현은 왼쪽. 다채로운 색깔의 통들에 의해 수로가 표시되어 있었다. 손은 그걸 잊지 않았으며 통 사이를 뚫고 요리조리 나아갔다. 여자들, 느낌과 생각을 조화시킬 줄 알고 무한히 사랑한 여자들은 영리하다. 그렇다. 그런 건 육감으로 아는 법이다. 그리고 수문 앞의 소용돌이를 조심하라. 늘 나약한 척 하는 여자들을 조심하라. 그들은 남자들의 약점을 그냥 넘어가지 않는다. 하지만 결정권은 선장에게 있어.

아니면 선장의 여자에게 있지.

하지만 언젠가는 정박해야 하지 않을까? 이 물건을 세우는 건 어떤 면에서는 밤에 생각을 차단하는 것만큼이나 쉬운 일이다. 뭐 어쩌겠어. 오늘 밤에는 특별히 아름답고 길고 관대한 선창에 배를 대야겠다. 그런 선창을 발견하면, 방향타를 살며시 움직여서…… 그런 다음엔? 혹시 강변의 제방을 목표로 삼는 게 더 낫지 않을까?

아니면 내 인생 끝까지 이대로 계속 항해할까?

강변의 잘 가꾼 정원에서 여자 한 무리가 그를 바라봤다. 그 중 한 여자가 손을 흔들었다. 바지선이나 룰루의 먼 조상인 플랑드르 화물선이 지나가는 일은 드물었다. 침착한 선장은 두 발을 느긋하게 높이 올려놓고 경쾌하게 움직이는 커다란 키를 엄지손가락 하나로 조종했다.

별안간 문명이 자취를 감추었다. 믈룅[15]을 지난 후, 문명은 여름의 초록빛 속으로 가라앉았다. 그리고 코끝을 스치는 냄새. 그렇듯 순수하고 상큼하고 청결한 냄새.

파리에서와 완전히 다른 일이 또 하나 있었다. 분명 뭔가가 없었다. 페르뒤 씨가 너무 익숙해 있어서, 그게 없는 경우에는 가벼운 현기증이 일고 귓속이 윙윙거린다. 그것이 무엇인지 깨달았을 때 엄청난 안도감이 밀려들었다.

자동차 질주하는 소리, 지하철 달리는 소리, 에어컨 돌아가는 소리가 없었다. 수백만 개의 기계와 기어와 엘리베이터와 에스컬레이터가 붕붕거리고 덜커덩거리는 소리. 화물차 후진하는 소리, 기차 브레이크 소리, 자갈과 돌을 울리는 구두 굽 소리가 없었다. 두 집 건너 버릇없는 녀석의 낮게 쿵쿵 울리는 음악 소리, 스케이트보드 부딪치는 소리, 오토바이 부르릉거리는 소리.

그것은 페르뒤 씨가 어머니와 아버지를 따라 브르타뉴의 친척집에 갔을 때 처음으로 만끽했던 일요일의 고요와 같았다. 그 고요는 도시 사람들을 피해 세계의 끝, 피니스테르[16]에 몸을 숨긴 진실한 삶처럼 생각되었다. 파리가 낮게 윙윙대며 주민들에게 환상의 세계를 만들어내는 거대한 기계처럼 보였다. 그 기계는 자연을 본뜬

15) 파리에서 남동쪽으로 50킬로미터 정도 떨어진 센 강변에 위치한 도시.
16) 프랑스 서쪽 끝에 위치한 지방.

실험실 냄새로 사람들을 마비시키고, 여러 가지 소리와 인공적인 빛과 가짜 산소로 사람들을 잠재웠다. 페르뒤 씨가 소년 시절 사랑했던 에드워드 모건 포스터의 책에서처럼. 어느 날 포스터의 문학적인 기계가 멈추자, 그때까지 오로지 컴퓨터 영상을 통해서만 대화를 나누던 사람들이 죽어갔다. 갑작스러운 적막, 순수한 태양, 자신들의 여과되지 않은 감각의 강렬함을 이기지 못하고. 그들은 너무나 많은 삶을 이기지 못하고 죽었다.

페르뒤 씨가 지금 꼭 그런 기분이었다. 도시에서는 결코 경험하지 못한 지나치게 강렬한 감각에 휘말렸다.

숨을 깊이 들이쉬었을 때 폐가 얼마나 아팠던가! 전에는 미처 알지 못했던 그 고요한 자유 속에서 귀가 어떻게 요란한 소리를 냈던가! 활기에 넘치는 형상들을 보면서 눈이 어떻게 원기를 되찾았던가! 강물의 내음, 비단결 같은 대기, 머리 위의 높은 하늘. 페르뒤 씨는 마농과 함께 카마르그에서 말을 탔을 때 마지막으로 그 고요와 광활함을 맛보았다. 파스텔 톤의 푸르른 늦여름에. 낮에는 오븐 팬처럼 뜨겁게 빛났다. 하지만 밤에는 초원의 풀줄기들과 늪지 호숫가의 숲들이 이슬을 핥아먹었다. 공기는 가을 냄새로, 염전의 소금 냄새로 가득했다. 소 방목지와 홍학 떼, 버려진 낡은 과일농장 사이의 외진 여름 야영지에 사는 집시들의 모닥불 냄새가 났다.

그와 마농은 다리가 튼튼하고 늘씬한 백마를 탔다. 쓸쓸한 호수 지대와 숲으로 이어지는 구불구불한 작은 길들 사이에서. 사람들에게 잊힌 해변까지. 카마르그 토종말들은 물에 씻긴 무한한 고독에 이르는 길을 찾아냈다. 인적 없는 그 광활함, 인간으로부터 멀리 떨어진 그 고요함.

"장, 알아? 당신과 나, 세상 끝의 아담과 이브 같지?"

마농의 목소리에 얼마나 웃음이 넘쳤던가. 웃으면서 사르르 녹는 초콜릿.

그랬다. 그들은 자신들만의 세상 끝에서 낯선 세상을 발견한 듯했다. 지난 2000년 동안 자연을 도시와 도로와 슈퍼마켓으로 변화시키려는 인간과 인간의 광기에 시달리지 않은 세상을.

그 어디에서도 높다란 나무, 언덕, 집은 눈에 띄지 않았다. 오로지 하늘만이 있었고, 그 아래 자신의 머리가 하늘과 맞닿은 경계를 이루었다. 그들은 무리지어 이동하는 야생마들을 보았다. 왜가리와 회색기러기들이 물속에서 물고기를 잡아먹고, 뱀들이 도마뱀들을 뒤쫓았다. 론 강이 빙하 아래의 발원지에서부터 이 거대한 삼각주까지 싣고 와, 금작화와 목초지와 키 작은 나무들 사이 여기저기 내려놓은 수많은 방랑객의 기도 소리가 들렸다.

아침은 신선함과 순수함으로 이루어져 있었고, 그 앞에서 페르뒤 씨는 살아 있다는 게 너무 감사해 말을 잃었다. 그는 매일 아침 떠오르는 태양의 빛을 받으며 지중해에서 수영을 했다. 알몸으로 크게 소리 지르며 고운 모래가 깔린 백사장을 이리저리 뛰어다녔고, 자신과 그 자연의 고독이 하나 되었다고 느꼈다. 원기에 넘쳐서.

그가 수영을 하고 손을 내밀어 작은 물고기를 잡으면 마농은 감탄해 마지않았다. 그들은 문명을 떨쳐내기 시작했다. 그는 수염이 자라도록 내버려두었고, 마농이 알몸으로 그 선하고 총명하고 귀가 작은 짐승을 타면 가슴이 머리카락으로 덮였다. 두 사람은 밤색으로 그을렸다. 저녁이면 물에 떠내려온 나무들을 모아 모닥불을 피웠다. 아직 온기가 남은 모래사장에 타닥타닥 타오르는 모닥불 옆에서 사랑을 나누는 동안, 그는 마농의 살갗이 풍기는 달콤하고도 떨떠름한 맛을 즐겼다. 그는 바다의 짠맛, 마농이 흘린 땀의 짠맛, 강과 바다가 연인들처럼 서로에게로 흘러드는 삼각주 풀밭의 짠맛을 맛보았다.

마농의 허벅지 사이 검은 솜털에 가까이 가면, 여성스러움과 생명의 냄새가 최면을 걸듯 휘몰아쳤다. 마농이 몸을 바싹 붙이고 능숙하게 모는 암말의 냄새와 자유의 냄새가 났다. 마농은 꽃과 꿀의 달콤함과 오리엔탈의 향료가 뒤섞인 향긋한 내음을 풍겼다. 그녀는 여인의 내음을 풍겼다!

마농은 끊임없이 그의 이름을 속삭이고 탄식하듯 내쉬었으며, 그 알파벳을 환희에 넘쳐 헉헉거리는 숨결의 흐름으로 감쌌다.

"장! 장!"

그런 밤이면 그는 그 어느 때보다 더 남성다웠다. 마농은 자신을 활짝 열고 그를 향해 바싹 다가왔다. 그의 입, 그의 존재, 그의 페니스를 향해. 그리고 그의 눈길을 사로잡는 마농의 눈에는 달이 비쳤다. 처음 초승달에 이어 반달이 비치고 결국에는 둥글고 붉은 보름

달이.

그들은 마치 달을 여행하듯 카마라그에서 살았고, 야만인이 되었고, 갈대로 지은 오두막의 아담과 이브가 되었다. 그들은 도망자이면서 탐험자였다. 그는 마농이 거기 세상의 끝에서 수소, 홍학, 말과 함께 꿈을 꾸기 위해 누구에게 어떻게 거짓말해야 했는지 결코 묻지 않았다.

밤이면 별이 총총한 하늘 아래서 마농의 숨결만이 그 완벽한 정적을 물들였다. 마농의 달콤하고 평온하고 깊은 숨결만이.

그녀는 세상의 숨결이었다.

페르뒤 씨는 황량하고 낯선 남쪽 끝에서 잠자는 마농, 숨 쉬는 마농의 그 장면을 서서히, 마치 종이배를 물에 띄우듯 서서히 떠나보내면서 비로소 자신이 눈을 크게 뜬 채 내내 멍하니 앞을 바라보고 있었다는 걸 알아챘다. 그리고 좌절하지 않고도 그 사랑했던 여인을 떠올릴 수 있었다는 것을.

16

"이제 제발 그 귀덮개 좀 벗어요, 조당 씨. 세상이 얼마나 조용한지 들어봐요."

"쉿! 그렇게 크게 말하지 말아요. 그리고 나를 부르지 말아요. 차라리 가명을 하나 짓는 게 낫겠어요."

"아, 그래요. 그렇담 어떤 가명으로 할 건데요?"

"난 지금부터 장이에요. 장 페르뒤."

"실례지만, 내가 장 페르뒤요."

"맞아요, 굉장하군요. 그죠? 우리 편하게 말을 놓을래요?"

"아뇨, 그러고 싶지 않아요."

조당은 귀덮개를 뒤쪽으로 밀었다. 그러고는 코를 킁킁거렸다.

"여기서 물고기 알 냄새가 나요."

"당신은 귀로 냄새를 맡아요?"

"만일 내가 물고기 알 속으로 떨어져 덜 자란 붕메기들이 날 잡아먹으면 어떻게 되죠?"

"조당 씨, 사람들은 대부분 술에 취해 난간 너머로 소변을 보다가 물속에 빠지죠. 화장실을 이용해요. 그러면 무사할 겁니다. 게다가 붕메기들은 사람을 잡아먹지 않아요."

"아, 그래요? 그건 어디에 쓰여 있죠? 책에도 쓰여 있나요? 페르뒤 씨도 아시죠, 사람들은 늘 자신이 방금 책상에서 알아낸 진실만을 책에 쓴다고요. 난 세상이 둥근 원반이고 누군가 잊어버린 구내식당 쟁반처럼 우주에 떠 있었다고 생각해요."

조당은 기지개를 켰다. 그러자 배에서 꼬르륵 소리가 났다. 아주 크게, 원망스럽다는 듯이.

"우리 먹을 것을 좀 마련해야겠어요."

"냉장고 안에……."

"……주로 고양이 먹이뿐이에요. 애정과 닭. 고맙지만 사양하겠어요.”

“흰콩 통조림도 있을 걸요.”

사실 그들은 급하게 시장을 봐야 했다. 하지만 문제는 무슨 돈으로 시장을 보느냐는 것이었다. 페르뒤 씨의 현금출납기에는 돈이 별로 없었고, 조당의 신용카드는 센 강을 떠돌고 있었다. 어쨌든 탱크 속의 물은 화장실과 설거지, 샤워하는 데는 한동안 충분할 것이었다. 미네랄워터도 두 박스 있었다. 하지만 남쪽까지 긴 여행을 하기에는 부족했다.

페르뒤 씨는 한숨을 내쉬었다. 조금 전까지만 해도 해적이 된 기분이었는데, 지금은 세상물정 모르는 애송이처럼 생각되었다.

“난 물건 찾는 재주가 있다고요!”

얼마 후 책들이 있는 룰루의 선복에서 다시 조타대에 모습을 나타낸 조당은 의기양양한 표정으로 말했다. 단행본 한 무더기와 커다란 판지 두루마리를 팔 아래 끼고 있었다.

“이거 항해술을 위한 시험 준비서 같아요. 유럽연합의 할 일 없는 관리들이 생각해냈음직한 온갖 교통표지가 나와 있어요.”

조당은 끙끙거리며 그 책을 키 옆에 내려놓았다.

“게다가…… 매듭을 묶는 방법에 대한 책도 있어요. 이 책은 내가 가질래요. 그리고 여기 좀 봐요. 꼬리에, 죄송해요, 선미에 다는 작은 세모깃발하고 정식 깃발이 있습니다!”

조당은 자랑스럽게 판지 두루마리를 높이 들고 그 안에서 둘둘 말린 커다란 깃발을 꺼냈다.

그것은 양 날개를 활짝 펼친, 검은색과 황금색이 어우러진 새였다. 자세히 보면, 책 모양을 하고 있었다. 책등이 몸이었고, 겉표지와 쪽들은 날개였다. 종이 새는 독수리의 머리를 하고 해적의 새처럼 한쪽 눈에 안대를 차고 있었다. 새는 황소 피처럼 붉은 헝겊에 수놓아져 있었다.

"어때요? 이게 우리 깃발이죠, 아닌가요?"

페르뒤 씨는 흉골 왼쪽에 격렬한 통증을 느꼈다. 그는 몸을 비틀었다.

"무슨 일이에요?"

조당이 깜짝 놀라 물었다.

"심근경색인가요? 심근경색이면 말하지 말아요. 카테터로 어떻게 해야 하는 건지 책을 찾아봐야겠어요!"

페르뒤 씨는 본의 아니게 웃음이 터져 나왔다.

"괜찮아요."

그는 숨을 헐떡거렸다.

"그냥 좀…… 놀랐을 뿐이요. 날 잠시 내버려둬요."

페르뒤 씨는 통증을 참으려고 했다. 그는 금실로 뜬 자수, 헝겊, 책새의 부리를 쓰다듬었다. 두 눈도 차례로 쓰다듬었다.

마농은 프로방스 지방의 전통 신혼 이불을 만드는 동안, 수상 서점의 개업을 축하하는 의미로 그 깃발도 수놓았다. 그녀의 손가락,

그녀의 눈이 헝겊 위를 미끄러졌다. 이 헝겊 위를…….

마농. 이것이 나에게 남겨준 유일한 것일까?

"당신은 왜 그 남자, 그 포도 재배인하고 결혼하지?"

"그 사람 이름은 루크야. 그리고 내 가장 친한 친구라고."

"내 가장 친한 친구는 비자야지만, 난 비자야하고 결혼하지 않아."

"난 루크를 사랑해. 그 사람하고 결혼하면 근사할 거야. 그 사람은 뭐든 있는 그대로 날 내버려둬. 아무 조건 없이."

"당신은 나하고 결혼할 수 있어. 그것도 근사할 거야."

마농은 수놓던 것을 떨어뜨렸다. 그때 마침 새의 눈이 절반쯤 완성돼 있었다.

"당신은 우리가 같은 기차를 탔다는 것조차 몰랐을 때, 난 이미 루크의 인생설계에 자리 잡고 있었어."

"그리고 당신은 그의 인생 설계를 바꾸게 하고 싶지 않은 거지."

"아냐, 장. 아냐. 나 자신에게 그런 짓을 하고 싶지 않아. 난 루크가 없으면 허전할 거야. 루크의 조건 없는 사랑을 그리워할 거야. 난 그를 원해. 당신을 원해. 난 북쪽과 남쪽을 원해. 나는 삶을 이루는 모든 걸 누릴 수 있는 삶을 원해! 둘 중의 하나가 아니라 둘 다 선택하고 싶어. 그리고 루크는 늘 둘을 선택하게 둬. 우리가 부부라면 당신은 그럴 수 있어? 다른 누군가가 있다면, 제2의 장, 루크 같은 남자가 하나, 아니 둘, 아니……."

"오로지 나 혼자만 당신을 가지고 싶어."

"그래, 장, 내가 이기적이야. 나도 알아. 나로서는 내 곁에 머무르라고 당신에게 부탁하는 수밖에 없어. 나는 살아남기 위해 당신이 필요해."

"평생토록, 마농?"

"평생토록, 장."

"그걸로 충분해, 그거면 됐어."

마농은 마치 맹세하듯 수 바늘로 자신의 엄지손가락을 찔러서 새의 눈 부분 헝겊을 피로 적셨다.

하지만 어쩌면 그건 단지 섹스뿐이었을 수도 있었다. 페르뒤 씨는 두려워했다. 자신이 마농에게 단지 섹스에 지나지 않을 것을. 그렇지만 그들이 함께 자면, 그건 결코 '단지 섹스'만은 아니었다. 그것은 세계 정복이었다. 그것은 정열적인 기도였다. 자신들이 어떤 존재인지 인식했다. 자신들의 영혼, 육체, 삶의 동경, 죽음의 두려움. 그것은 삶의 축제였다.

이제 페르뒤 씨는 다시 깊이 숨을 쉴 수 있었다.

"그래요. 그건 우리의 깃발이요, 조당 씨. 완벽해요. 누구나 볼 수 있도록 그걸 뱃머리에 달아줘요. 앞쪽에. 여기 선미에는 삼색기를 걸어요. 어서 서둘러요."

조당이 바람에 덜그럭거리는 쇠줄 중의 어떤 것이 국기를 거는 데 적절한지 보려고 뱃고물에 몸을 기댔다가 서점을 가로질러 뱃머리로 서둘러 걸음을 옮기는 동안, 페르뒤 씨는 눈 안쪽이 뜨거워지는 걸 느꼈다. 하지만 그는 자신이 눈물을 흘릴 수 없다는 걸 알고 있었다.

조당은 깃발을 달고 높이, 더 높이 끌어당겼다. 한 번 잡아당길 때마다 페르뒤 씨의 심장이 경련을 일으켰다. 깃발은 순풍을 받아 도도하게 나부꼈다. 순간, 책 새가 날아올랐다.

날 용서해줘, 마농. 용서해줘. 나는 젊고 어리석고 자만심에 차 있었어.

"어어, 경찰이 와요!"

조당이 외쳤다.

17

경찰청 소속의 순찰선이 빠르게 다가왔다. 날렵한 모터보트가 룰루의 측면에 있는 밧줄걸이에 밧줄을 걸어 두 배를 연결하자 페르뒤 씨는 속도를 줄였다.

"우리가 2인용 감방에 수감될 거라고 생각해요?"

조당이 물었다.

"난 증인보호 신청해야겠어요."

조당이 말했다.

"혹시 내 출판사 사장이 보내지 않았을까요?"

조당이 불안에 떨었다.

"조당 씨는 창문을 닦거나 매듭 묶는 법을 연습하는 게 좋겠어요."

페르뒤 씨가 중얼거렸다.

보잉 선글라스를 쓴 민첩한 경찰이 가뿐하게 배에 뛰어올라 조타대에 올랐다.

"신사 분들, 안녕하십니까. 센 강 상파뉴 지방의 국립 수로청 반장 레벡입니다."

그는 억양 없이 빠르게 읊었다. 그가 자신의 지위를 얼마나 사랑하는지 알 수 있었다. 페르뒤 씨는 허가 없이 지금까지 있었던 곳에서 벗어난 것 때문에 이 레벡 반장에게 조사 받을 거라고 생각했다.

"유감스럽게도 프랑스 국립수로청 통행료 납부필증이 보이는 곳에 부착되어 있지 않습니다. 그리고 규정된 구명조끼를 보여주십시오. 감사합니다."

"난 창문을 닦으러 갈게요."

조당이 말했다.

15분에 걸쳐 경고장과 벌금 통지를 받고 페르뒤 씨는 현금출납기와 바지주머니의 돈을 탈탈 털어 테이블 위에 올려놓았다. 프랑스 국립수로청 통행료 납부필증과 론 강의 수문을 통과하려면 반드시 갖추어야 하는 형광색의 구명조끼 한 세트, 프랑스 수로 규정의 공증된 사본을 위한 비용으로. 돈은 충분하지 않았다.

"그렇군요."

레벡 반장이 말했다.

"그럼 이제 어쩌죠?"

그때 그의 눈에서 흡족한, 번쩍이는 빛이 보였다.

"그러니까…… 음, 혹시 책을 즐겨 읽으십니까?"

페르뒤 씨가 물었다. 그는 당황한 나머지 자신이 얼마나 우물쭈물대며 질문했는지 느껴졌다.

"물론이죠. 저는 책 읽는 남자들을 나약한 남자들이나 여자들 편을 드는 남자들과 같은 부류로 취급하는 악습을 멸시합니다."

경찰은 카프카를 살며시 쓰다듬으며 대답했다. 카프카는 꼬리를 바짝 세우고 슬쩍 경찰의 손을 피했다.

"혹시 제가 잔금 대신 책 한 권을…… 아니 몇 권 드려도 될까요?"

"이런, 책을 받을 수도 있지요, 구명조끼 값으로. 하지만 벌금은 어떡하죠? 그리고 정박료는 어떻게 치를 셈이죠? 요트항구 주인들이 유난히…… 책을 즐겨 읽는지는 자신할 수 없는데요."

레벡 반장은 생각에 잠겼다.

"네덜란드 사람들을 뒤쫓아 가십시오. 그들은 공짜에 아주 밝아서 어디에 무료로 닻을 내릴 수 있는지 잘 알아요."

그들은 레벡에게 잔금을 지불할 수단을 찾으려고 룰루의 선복을 지나 서가를 따라 걸었다. 그때 이 프랑스 국립수로청 반장이 조당에게 물었다. 조당은 독서용 소파 옆의 창문을 반질반질하게 닦으며 경찰과 눈을 마주치지 않으려고 피했지만.

"이봐요, 당신 혹시 그 유명 작가 아닙니까?"

"저요? 아뇨. 그럴 리가요. 저는……."

조당은 얼른 페르뒤 씨 쪽을 쳐다보았다.

"저분 아들이고 스포츠 양말을 파는 아주 평범한 장사꾼입니다."

페르뒤 씨는 조당을 멍하니 바라보았다. 설마 지금 바로 나한테 입양될 셈은 아니지?

레백은 책 더미에서 《밤》을 집어 들었다. 경찰은 책 표지에 실린 조당의 사진을 자세히 살폈다.

"정말입니까?"

"글쎄요, 제가 그 사람일지도 모르죠."

레백은 이해한다는 듯이 어깨를 으쓱했다.

"물론 그러겠죠. 틀림없이 여자 팬들이 아주 많겠죠?"

조당은 목에 감긴 귀덮개를 만지작거렸다.

"모르겠어요."

그는 웅얼거렸다.

"그럴 수도 있어요."

"제 헤어진 약혼녀가 당신의 책을 무척 좋아했어요. 당신 책으로 늘 나를 귀찮게 했죠. 미안합니다, 물론 당신하고 닮은 녀석의 책을 말하는 겁니다. 혹시…… 여기에 그 남자 이름을 써줄 수 있을까요?"

조당은 고개를 끄덕였다.

"프레데릭에게 깊은 우정을 표하며."

레백은 이렇게 받아쓰게 했다. 조당은 이를 악물고 원하는 대로 써주었다.

"좋아요."

레벡은 페르뒤 씨를 보며 환히 웃는 얼굴로 말했다.

"아드님이 벌금을 낼 수 있을까요?"

페르뒤 씨는 고개를 끄덕였다.

"그럼요. 착한 녀석입니다."

조당이 호주머니를 뒤져 지폐 몇 장과 동전 몇 개를 내놓고나니 두 사람은 완전 무일푼이 되었다. 레벡은 한숨을 내쉬며 '동료들을 위해' 코너에서 신간서적 몇 권과 요리책《독신 남성을 위한 요리》를 더 집어 들었다.

"잠깐 기다리세요."

페르뒤 씨가 부탁했다. '바보들을 위한 사랑'에 관한 책들이 꽂혀 있는 서가를 잠깐 둘러보고 로맹 가리의 자서전을 뽑아 레벡에게 주었다.

"실례지만, 무엇 때문이죠?"

"막기 위해서죠. 친애하는 반장님."

페르뒤 씨는 부드럽게 설명했다.

"우리를 낳아준 여인만큼 우리를 사랑해주는 여자가 없다는 실망을 막기 위해서죠."

레벡은 얼굴을 붉히며 서둘러 서점에서 사라졌다.

"감사해요."

조당이 웅얼거렸다.

경찰 순찰선이 룰루에서 떨어지자, 페르뒤 씨는 사회에서 낙오

한 사람들이나 하천 주변에서 노름하는 사람들에 대한 소설들이 통행료 납부필증이나 구명조끼 벌금 같은 진부한 일들을 음흉하게 묵살했다고 전보다 더욱 굳게 확신했다.

"내가 여기 있다는 걸 저 사람이 비밀로 해줄까요?"

경찰 보트가 멀어지자 조당이 물었다.

"이봐요, 조당 씨. 팬 몇 명이나 기자들하고 이야기하는 게 뭐가 그리 끔찍하다는 거요?"

"그들은 내가 무슨 작품을 쓰고 있는지 물을 거예요."

"그래서 어쨌단 말이요? 사실대로 말해요. 지금 생각하는 중이라고. 천천히 여유를 갖고 이야깃거리를 찾고 있는데 때가 되면 말해줄 거라고."

조당은 아직까지 한 번도 그런 걸 고려해보지 않은 듯 보였다.

"그저께 우리 아버지에게 전화했어요. 우리 아버지는 글을 많이 읽는 편이 아니에요. 겨우 스포츠신문만 읽는 정도죠. 나는 아버지에게 내 책의 번역본들과 저작권료에 대해 이야기하고, 곧 50만 권이 팔릴 거라고 말했어요. 그러면 아버지를 도와드릴 수 있을 거라고. 아버지는 연금이 그리 넉넉하지 않거든요. 그러자 우리 아버지가 나한테 뭐라고 했는지 알아요?"

페르뒤 씨는 다음 말을 기다렸다.

"이제 좀 제대로 된 일을 할 수 없느냐는 거예요. 그리고 내가 무슨 변태적인 이야기를 썼다는 말을 들으셨대요. 동네 사람들 절반이 아버지 등 뒤에서 쑥덕거릴 거래요. 그 미친 짓으로 내가 아버지에게 무슨 짓을 했는지 아느냐고 하시더라니까요."

조당은 크게 상처 입고 절망한 듯 보였다.

페르뒤 씨는 조당을 안아주고 싶은 낯선 충동을 느꼈다. 그리고 실제로 그렇게 했을 때, 조당의 어깨를 조심스럽게 안으려면 두 팔을 어디에 두어야 하는지 알아내기까지 두어 번 정도 시도해야 했다. 그들은 뻣뻣하게 서 있었다. 허리를 앞쪽으로 구부린 채. 페르뒤 씨는 조당의 귀덮개 옆으로 속삭였다.

"조당 씨의 아버지는 옹졸하고 무식한 사람이요."

조당이 놀라 움찔했지만, 페르뒤 씨는 그를 꼭 붙잡았다. 그러고는 그 젊은이에게 비밀을 털어놓 듯 소리 죽여 말했다.

"조당 씨의 아버지는 사람들에게 이러쿵저러쿵 뒷말을 듣는다고 상상했겠죠. 하지만 그게 아니라 사람들은 조당 씨 이야기를 했을 거요. 그리고 조당 씨 아버지 같은 사람이 어떻게 그런 대단하고 훌륭한 아들을 둘 수 있었을까 궁금하게 여길 거요. 그건 아마 조당 씨 아버지가 해낸 가장 훌륭한 일일 거요."

조당은 감정을 추스르려고 안간힘을 썼다. 그도 속삭였다. 그 목소리가 가냘팠다.

"우리 어머니는 그건 아버지의 진심이 아니라고 말해요. 아버지는 다만 사랑을 표현할 수 없을 뿐이래요. 그리고 아버지가 나한테 욕설을 퍼붓고 때릴 때마다, 사실은 날 무척 사랑해서 그러는 거래요."

페르뒤 씨는 이 젊은 동승객의 양 어깨를 움켜쥐고 그의 눈을 똑바로 보며 큰 소리로 말했다.

"조당 씨. 막스. 당신의 어머니는 당신을 위로하려고 거짓말했어요. 하지만 함부로 대하는 걸 사랑으로 해석하다니, 그건 말도 안 되는 소리요. 우리 어머니가 뭐라고 말했는지 알아요?"

"지저분한 아이들하고 놀지 말라고?"

"이런, 아니요. 우리 어머니는 결코 오만하지 않았어요. 우리 어머니는 너무 많은 여자가 잔인하고 무관심한 남자들의 공범이라고 말했어요. 그들은 그런 남자들을 위해서 거짓말을 하죠. 그리고 자녀들에게도 사실을 속이죠. 아이들 아버지에게 자신들도 똑같은 취급을 당하기 때문이요. 그런 여자들은 잔혹함 뒤에 사랑이 숨어 있다고 믿고 싶어 해요. 그렇지 않으면 고통을 참지 못하고 미쳐버릴 수 있거든요. 하지만 사실은, 막스, 그건 사랑이 아니요."

조당이 눈가의 눈물을 훔쳤다.

"자기 자식을 사랑하지 않는 아버지들도 있어요. 그런 인간들은 자식들을 짐으로 여기죠. 또는 아무 관심이 없든지. 또는 무척 끔찍하게 여기든지. 자식들이 자신이 원했던 것과는 다른 탓에 화를 내요. 부부 사이가 다시 회복될 가능성이 전혀 없는 상황에서 여자들이 자식들을 통해 사이가 회복되길 바라는 탓에 화를 내죠. 사랑이 존재하지 않는 곳에서 다정한 결혼생활을 하도록 남편을 강요할 수 있는 수단. 그렇게 되면 남자들은 자녀들에게 감정을 발산해요. 그런 아버지들은 자녀들이 뭘 하든 상관없이 야비하고 흉측하게 굴죠."

"제발 그만해요."

"그리고 아이들, 그 작고 여리고 사랑을 갈구하는 아이들."

페르뒤 씨는 조당의 심적 고통이 너무 마음에 와닿아서 다정하게 말을 이었다.

"그 아이들은 사랑받기 위해 모든 걸 하죠. 모든 걸. 아이들은 아버지가 자신을 사랑하지 않는데는 틀림없이 뭔가 자신에게 이유가 있다고 생각하죠. 하지만 막스……."

페르뒤 씨는 조당의 턱을 살짝 들어올렸다.

"아이들은 그것과 아무 상관 없어요. 당신은 당신의 그 아름다운 소설에서 이미 그걸 알아냈어요. 우리는 사랑하는 걸 결정할 수 없어요. 우리는 그 누구도 우리를 사랑하도록 만들 수 없어요. 그런 처방전은 없어요. 오로지 사랑 자체만이 존재할 뿐이죠. 그리고 우리는 사랑에 내맡겨져 있어요. 우리는 아무것도 할 수 없어요."

조당은 울었다. 엉엉 울면서 털썩 주저앉아 페르뒤 씨의 다리를 부둥켜안았다.

"자, 자."

페르뒤 씨는 속삭였다.

"괜찮아요. 이제 다시 출발할까요?"

조당이 그의 바짓가랑이를 움켜쥐었다.

"아뇨! 난 담배 피우고 싶어요! 술 마시고 싶어요! 나 자신을 되찾고 싶어요! 글을 쓰고 싶어요! 누가 나를 사랑하고 누가 나를 사랑하지 않는지 가려내고 싶어요. 사랑이 마음을 아프게 하는지 확인하고 싶어요. 여자들에게 키스하고 싶어요. 또……."

"그래요, 막스, 쉿. 좋아요. 우리 배를 어딘가에 정박시키고 담배와 술을 좀 구해봅시다. 그리고 여자 문제는…… 그 문제는 두고 봅시다."

페르뒤 씨는 젊은이를 일으켜 세웠다. 조당이 그에게 기대면서 다림질한 와이셔츠를 눈물과 침으로 흠뻑 적셨다.

"이 모든 게 토할 거 같아요!"

그가 흐느꼈다.

"그래요, 당신 말이 맞아요. 하지만 부탁이니, 조당 씨, 물에 대고 토해요. 갑판에 토하지 말고. 그러면 당신이 다시 닦아야 하니까."

조당의 흐느낌이 웃음과 뒤섞였다. 페르뒤 씨가 그를 두 팔로 안고 있는 동안, 그는 울고 웃었다.

서점이 순간적으로 크게 흔들리고 뒷갑판이 강변에 꽝 부딪쳤을 때, 두 남자는 함께 피아노가 있는 데까지 나가떨어졌다가 바닥에 나동그라졌다. 서가의 책들이 우수수 떨어졌다.

"어이쿠."

조당은 묵직한 책으로 복부를 한 대 얻어맞고 신음했다.

"내 입을 막은 이 무릎 좀 치워봐요."

페르뒤 씨가 말했다. 그러고는 선창 밖을 내다보았다. 눈에 보이는 광경이 맘에 들지 않았다.

"배가 물에 떠내려갔어요!"

18

페르뒤 씨는 물살에 옆으로 떠밀린 서점을 과감하게 조종해 강에서부터 멀어지려고 했다. 그러는 와중에 유감스럽게도 룰루의 선미가 파손되는 바람에, 길쭉한 배가 강을 가로로 가로막았다. 마치 병목에 걸린 코르크 마개처럼. 그 때문에 뱃길을 가로막힌 배들이 극히 불친절한 경적의 집중포화를 쏘아댔다. 폭이 좁고 길쭉한 영국 배, 폭은 2미터에 불과해도 매우 길고 낮은 하우스보트가 하마터면 룰루의 몸통에 부딪칠 뻔했다.

"이런 머저리들! 못난 천치들! 눈먼 등신들!"

짙은 초록색 하우스보트에서 영국인들이 욕설을 퍼부었다.

"이런 군주주의자들! 빵 껍질을 잘라먹는 변태들!"

조당은 울고나서 코 맹맹한 목소리로 크게 소리를 지르고 몇 번 세게 코를 풀었다.

페르뒤 씨가 종이약국을 돌려서 뱃길을 가로막지 않도록 강을 따라 세웠을 때, 박수 소리가 들렸다. 렌트 하우스보트에서 줄무늬 셔츠 차림의 여자 셋이 박수를 보낸 것이었다.

"야호, 책 응급의사들! 강에서 매혹적인 발레 솜씨를 보여줬네요!"

페르뒤 씨는 사이렌 스위치를 잡아당겨서 신호음을 세 번 내는 걸로 정중하게 숙녀들의 배에 인사했다. 여자들은 수상 서점을 여유있게 추월하는 동안 손을 흔들었다.

"선장님, 이 숙녀분들을 따라가십시오. 그런 다음 생 맘므에서 오른쪽으로 꺾어져야 합니다. 그러니까 우현인지 뭔지 하는 곳으로 가십시오."

조당이 말했다. 그는 울어서 빨개진 눈을 인조보석이 박힌 봄므 부인의 선글라스로 가렸다.

"거기 내 은행 지점을 찾아가면 장을 볼 수 있을 거예요. 페르뒤 씨의 알파벳 캐비닛 속에서 굶주린 쥐들이 목매달고 있어요."

"오늘은 일요일이에요."

"이런. 그럼 할 수 없죠. 더 많은 쥐가 목숨을 끊겠군요."

두 사람은 절망할 이유가 전혀 없는 듯이 행동하기로 말없이 의견을 일치했다.

낮이 밤을 향해 기울수록, 더 많은 새가 하늘을 날았다. 시끄럽게 지저귀며 모래톱이나 강변의 잠자리를 향해 서둘러 날아가는 회색기러기, 오리, 검은머리물떼새. 페르뒤 씨는 눈앞에 펼쳐지는 수천 가지 초록색 향연에 매료되었다. 이 모든 것이 그동안 파리에서 이토록 가까운 곳에 숨어 있었단 말인가?

두 남자는 생 맘므 가까이 접근했다.

"이런 세상에."

페르뒤 씨가 웅얼거렸다.

"저기 굉장한데."

항구에 온갖 크기의 배들이 밀집해 있었다. 제각기 출신국의 색깔을 나타내는 수십 개의 세모 깃발이 나부꼈다. 많은 사람이 보트에서 음식을 먹고 있다가 모두, 예외 없이 모두 커다란 이 수상 서점을 응시했다. 페르뒤 씨는 속도를 높이고 싶은 기분이 들었다. 조당이 지도를 연구했다.

"여기에서 모든 방향으로 갈 수 있어요. 북쪽으로는 스칸디나비아반도까지. 남쪽으로는 지중해까지. 동쪽으로는 독일까지 올라갈 수 있어요."

그는 요트항구를 쳐다보았다.

"마치 한여름 시내에 있는 유일한 아이스크림가게 앞에 후진해서 주차하는 거 같군요. 게다가 다들 우릴 쳐다보고 있어요. 무도회의 여왕과 그녀의 돈 많은 갱단 두목 약혼자도."

"고맙소. 이제 긴장이 많이 풀리는군."

페르뒤 씨는 룰루를 최저 속력으로 조종해 서서히 항구로 다가갔다. 그에게 필요한 건 오로지 정박할 자리였다. 아주 넓은 자리. 그리고 그 자리를 발견했다. 항구 외곽에, 배 한 척만이 정박한 곳에. 짙은 초록색의 길쭉한 영국 배. 그들은 두어 번 시도 끝에 성공했다. 다만 영국 배에 잠시 덜컹, 부딪쳤을 뿐이다. 비교적 부드럽게.

반쯤 빈 와인잔을 손에 든 남자가 짜증스러운 표정으로 선실에서 나왔다. 와인 절반은 그 남자의 실내가운에 상륙해 있었다. 감자 옆에. 그리고 소스도.

"젠장, 우리가 당신에게 도대체 무슨 짓을 했다고 계속 우리를 공격하는 거요?"

그가 고함을 질렀다.

"미안합니다!"

페르뒤 씨도 고함쳤다.

"우리는…… 혹시 책을 즐겨 읽으십니까?"

조당이 매듭 묶는 법에 대한 책을 착륙용 발판으로 가져왔다. 그리고 책의 그림이 알려주는 대로 계류용 밧줄을 이용해 배를 계선주에 묶었다. 시간이 매우 오래 걸렸는데도 일체 도움을 거절했다. 그러는 동안 페르뒤 씨는 영어로 쓰여 있는 소설을 한 다발 찾아내 영국인에게 건네주었다. 영국 남자는 책들을 뒤적이더니 페르뒤 씨에게 손을 내밀어 짧게 악수했다.

"저 남자에게 뭘 줬어요?"

조당이 소리 죽여 말했다.

"'중간 정도 무게의 감정에 대한 책' 중에서 긴장완화를 위한 책."

페르뒤 씨도 소곤거렸다.

"치미는 분노를 식히는 데는 옆구리에서 피가 튀는 스플래터소설[17)]이 최고죠."

페르뒤 씨와 조당은 배다리를 지나 항구 관리 사무실로 향하면서, 마치 방금 생전 처음으로 소녀와 입을 맞추고 삶에 충만한 감정과 엄청나게 흥분된 경험을 만끽한 소년 같은 기분이었다.

---

17) 피가 낭자하고 살점이 튀는 공포소설의 일종.

햇볕에 그을리고 이구아나처럼 우둘투둘하게 생긴 항구 관리인이 배전함과 담수 공급시설, 배설물 탱크가 어디에 있는지 알려주었다. 그리고 그는 정박료 15유로를 선불로 요구했다. 다른 방법이 없었다. 페르뒤 씨는 손님들이 팁을 넣는, 현금출납기 위의 작은 고양이 인형을 부쉈다. 그 사기 인형의 두 귀 사이 틈새에서 동전 몇 개를 발견했다.

"아드님이 화장실 탱크를 비울 수 있을 겁니다. 그건 무료입니다."

페르뒤 씨는 깊이 한숨을 내쉬었다.

"물론이죠. 화장실은 제…… 아들이 특히 좋아하는 일입니다."

조당이 억울해 하는 시선을 페르뒤 씨에게 보냈다.

페르뒤 씨는 호스를 배설물 탱크에 연결시키려고 항구 관리인과 함께 걸음을 옮기는 조당의 뒷모습을 바라보았다. 이 젊은이는 얼마나 날렵하게 걷는가! 머리카락 숱도 아주 많았다. 그리고 아마 배나 옆구리 살을 걱정할 필요 없이 음식도 양껏 많이 먹을 수 있을 것이었다. 그런데 앞으로 남은 인생 동안 끔찍한 잘못들을 저지를 수 있다는 걸, 조당이 알까?

오, 아냐. 난 스물한 살의 젊은이이고 싶지 않아, 페르뒤 씨는 생각했다. 다시 한 번 산다고 해도 기껏해야 지금 알고 있는 수준을 벗어나지 못할 것이니까.

이런 빌어먹을. 언젠가 나이가 들고 멍청하지 않다고 해서 현명해지는 건 결코 아니야.

하지만 이제 조당과는 반대로 가지지 못한 모든 걸 생각하면 생각할수록, 페르뒤 씨는 더욱 화가 치밀었다. 마치 손가락 사이로 물이 새듯 세월이 지나간 것만 같았다. 나이를 먹을수록 더 빨리. 그리고 마음의 준비도 하기 전에 어느새 고혈압 약과 1층에 위치해야만 하는 집을 필요로 할 것이다.

페르뒤 씨는 젊은 시절의 절친인 비자야를 떠올렸다. 그의 삶은 페르뒤 씨의 삶과 매우 흡사했다. 한 사람이 사랑을 잃고, 다른 한 사람이 사랑을 발견하기까지.

마농이 페르뒤 곁을 떠난 바로 그해 여름, 비자야는 훗날 결혼하게 된 키라이를 자동차 사고로 만났다. 비자야는 킥보드를 타고 보행속도로 콩코드 광장을 몇 시간씩 돌뿐, 차들이 밀리는 차선을 넘어 광장 밖으로 나갈 엄두도 내지 못하는 소심한 남자였다. 키라이는 세상사에 밝고 마음이 따뜻하고 자신이 어떻게 살고 싶은지 정확히 알고 있는 여자였다. 비자야에게는 키라이의 인생설계에 올라타는 것이 쉬웠다.

비자야는 자신의 계획을 세우는 데 9시에서 18시까지, 그 짧은 시간으로 충분했다. 그는 학문적인 연구지도자로 남았으며, 인간의 세포와 감각수용체의 구성 및 반응가능성 분야의 전문가였다. 그는 왜 인간이 특정한 것을 먹으면 사랑을 느끼고, 왜 냄새가 오래 전에 깊이 묻어둔 어린 시절의 기억을 불러일으키는지 알고 싶어 했다. 왜 인간이 감정을 두려워하는지. 어째서 인간이 가래나 거미에게 혐오감을 느끼는지. 사람이 인정을 베풀면 몸 안의 세포들이 어떤 반응을 보이는지.

"너는 영혼을 찾고 있는 거야."

그 당시 어느 날 밤의 전화통화에서 페르뒤 씨가 말했다.

"이봐, 아니라고. 난 심리 작용의 원리를 찾고 있어. 그건 모든 행위와 반응이야. 노화, 두려움, 섹스, 그 모든 것이 네 감각 능력을 조정하고 있어. 네가 커피를 마시지? 그러면 난 그 커피가 너한테 어떤 맛인지 설명할 수 있어. 네가 사랑에 빠지지? 그러면 난 네 뇌가 왜 강박신경증 환자처럼 구는지 말할 수 있어."

비자야는 페르뒤 씨에게 세밀하게 설명했다. 그런 소심한 생물학자에게 대범한 키라이가 청혼했고, 그는 행복에 깊이 충격받았다고 웅얼거렸다. 틀림없이 그는 미러볼처럼 빙글빙글 도는 자신의 수용체를 생각했을 것이다. 그는 임신한 키라이와 함께 미국으로 갔으며, 쌍둥이 아들 사진을 수시로 페르뒤 씨에게 보냈다. 처음에는 인화한 사진으로, 나중에는 이메일의 첨부파일로. 활기차고 서글서글하고 카메라를 향해 영리하게 미소 짓는 남자들, 어머니 키라이를 많이 닮았다. 어느 덧 그들은 조당과 같은 또래였다. 비자야는 20년 세월을 얼마나 다르게 보냈는가!

막스, 작가, 귀덮개를 하고 다니는 청년, 미래의 해몽가. 강제로 떠맡은 내 '아들'. 내가 아버지처럼 보일만큼 늙은 걸까? 그렇다고…… 나쁠 게 뭐 있나?

페르뒤 씨는 요트항구 한복판에서 가족을 향한 절실한 갈망을 느꼈다. 자신을 기꺼이 기억해줄 누군가를 향한 갈망을. 편지를 읽지 않았던 그 순간으로 돌아갈 수 있는 가능성을 향한 갈망을.

넌 네가 갈망하는 바로 그걸, 마농에게 주지 않았어. 너는 마농을 기억하길 거부했어. 그녀의 이름을 말하길. 날마다 사랑과 애정에 찬 마음으로 그녀를 떠올리길. 그 대신 너는 그녀를 불태웠어. 이런 망할, 장 페르뒤. 이런 망할, 너는 두려움을 선택했어.

"풋내기 조각가가 완벽한 돌을 망가뜨리듯, 두려움은 네 몸을 변화시켜."

페르뒤 씨 안에서 비자야의 목소리가 들렸다.

"다만 너는 내면에 의해 조각되고, 그 과정에서 얼마나 많이 부서지고 나뉘는지 아무도 보지 못할 뿐이야. 너는 내적으로 점점 더 얇아지고 불안정해져. 심지어는 극히 작은 감정이 너를 내동댕이칠 때까지. 한 번의 포옹으로, 너는 산산이 부서져서 끝장난다고 생각할 수 있어."

조당이 아버지처럼 충고해달라고 하면, 페르뒤 씨는 이렇게 말할 작정이었다.

"절대 두려움에 귀 기울이지 마! 두려움은 사람을 멍청하게 만들 뿐이야."

19

"이제 어쩌죠?"

두 사람이 항구를 한 바퀴 탐색한 후, 조당이 물었다.

요트항구의 작은 식료품 가게와 바로 옆의 야영장 크레페 가게는 돈 대신 책 받는 것을 거절했다. 어쨌든 그들에게 물품을 제공하는 자들은 일을 하지 책을 읽지 않는다는 것이었다.

"애정과 닭고기를 곁들인 흰콩."

페르뒤 씨가 제안했다.

"사양하겠어요. 페르뒤 씨가 내 뇌를 대대적으로 수술하지 않는 한, 난 절대 흰콩을 좋아할 수 없어요."

조당은 요트항구를 휙 둘러보았다. 여기저기서 사람들이 갑판에 앉아 먹고 마시며 활기차게 이야기를 나누고 있었다.

"우리는 좀 사교적일 필요가 있어요."

조당은 결론지었다.

"내가 우리를 어딘가로 초대하겠어요. 혹시 친절한 영국 신사는 어때요?"

"절대 안 돼! 그건 구걸이라고. 그건."

하지만 조당은 이미 한 하우스보트를 목표로 걸음을 옮기기 시작했다.

"이봐요, 숙녀분들!"

그가 외쳤다.

"안타깝게도 우리 식량이 바닷속으로 떨어져 붕메기들이 먹어치웠답니다. 혹시 고독한 방랑객 두 사람을 위한 남은 치즈 조각이 있을까요?"

페르뒤 씨는 너무 수치스러운 나머지 그냥 강물 속으로 풍덩 뛰어들고 싶었다. 그런 식으로 여자들에게 말을 걸 수는 없었다! 도움이 필요할 때는 더더욱 아니었다. 그건…… 올바른 방법이 아니었다.

"조당 씨."

그는 목소리를 낮춰 정색해서 말하며 젊은이의 파란 옷소매를 꽉 붙잡았다.

"부탁이요, 민망하기 짝이 없네요. 이런 식으로 숙녀분들을 방해할 수는 없어요."

청소년 시절 사람들이 페르뒤 씨와 비자야를 응시했던 것과 같은 눈빛으로 조당이 그를 바라봤다. 그 당시 두 사람은 책에 파묻혀 있으면 나무에 열린 사과처럼 편안했다. 하지만 사람들, 특히 아가씨들과 부인들 옆에서는 수줍어서 말도 못하는 청소년이었다. 특히 파티는 고문이었다. 그리고 아가씨들에게 말을 거는 건 할복자살이나 다름없었다.

"페르뒤 씨, 우리 뭔가 좀 먹고 즐겁게 말동무 해주고 적당히 놀아주는 것으로 답례하자고요."

조당이 페르뒤 씨의 얼굴을 유심히 살펴보았다.

"그게 뭔지 기억나요? 아니면 그것도 페르뒤 씨의 심기를 어지럽히지 않는 책에 쓰여 있어요?"

그가 비죽이 웃었다. 페르뒤 씨는 대답하지 않았다. 젊은 남자들은 여자들에게 절대 절망할 리 없다고 여기는 모양이었다. 정확히 말하면, 그건 나이를 먹을수록 점점 더 심각해졌다. 여자들에 대해 더 많이 알수록 그리고 여자들의 눈에는 남자들이 모든 걸 잘못하는 것으로 보일 수 있다는 사실에 대해 더 많이 알수록…… 그것은 신발에서 시작되었으며, 아무리 주의 깊게 귀 기울여도 결코 끝나지 않았다. 그는 보이지 않는 증인으로서 학부모 면담시간에 그 모든 걸 듣지 않았던가!

여자들은 '안녕하세요'를 제대로 말하지 않은 것에 대해 몇 년씩 친구들하고 웃음거리로 삼을 수 있다. 또는 잘못 입은 바지에 대해. 또는 치아에 대해. 또는 프러포즈에 대해.

"난 정말 흰콩이 아주 맛있다고 생각해요."

페르뒤 씨는 말했다.

"에이, 그러지 마세요. 언제 마지막으로 데이트해보셨어요?"

"1992년."

아니면 어제. 하지만 페르뒤 씨는 카트린과의 저녁식사가 '데이트'였는지 알수 없었다. 아니면 데이트 이상이었을까. 아니면 데이트라고 할 수 없었을까.

"1992년이라고요? 그건 내가 태어나던 해잖아요. 그…… 참 놀라운데요."

조당은 생각에 잠겼다.

"오케이. 데이트는 하지 않겠다고 약속할게요. 밥이나 먹으러 가요. 영리한 여자들 곁에서. 페르뒤 씨는 여자들이 좋아하는 약간의 찬사와 이야깃거리만 생각해두시라고요. 서점 주인이니 그건 아무 문제없을 걸요. 책에서 몇 마디 인용하시라고요."

"그래, 좋아요."

페르뒤 씨는 급히 나지막한 울타리를 넘어 가까운 풀밭으로 달려갔다. 얼마 후, 여름 꽃을 한 아름 안고 돌아왔다.

"이게 인용문이요."

줄무늬 셔츠 차림의 세 여자 이름은 앙케, 코린나, 이다였다. 그들은 사십 대 중반의 독일 여자였고, 책을 아주 좋아했다. 그들의 프랑스어는 대담무쌍했다. 코린나의 말에 따르면 그들은 '잊기 위해' 강을 따라 여행하는 중이었다.

"정말요? 뭘 잊는단 말이죠? 설마 남자들은 아니겠죠?"

조당이 물었다.

"모든 남자는 아니에요. 단 한 남자죠."

이다가 대답했다. 1920년대 영화배우처럼 주근깨 난 볼과 입은 웃었지만, 심장이 딱 두 번 고동치는 동안만 웃었다. 곱실거리는 붉은 머리카락 아래 두 눈에 수심과 희망이 동시에 어려 있었다.

앙케가 프로방스 식 리소토를 저었다. 남자들이 이다랑 코린나와 함께 룰루의 뒷갑판에 앉아서 3리터들이 상자 안의 레드 와인과 미네랄을 함유한 그 지방 특산물 오세루아[18]를 마시는 동안, 버섯 냄새가 작은 주방을 가득 채웠다.

페르뒤 씨는 자신이 모든 서점 주인의 제1언어인 독일어를 알아들을 수 있다고 털어놓았다. 그들은 프랑스어와 독일어를 닥치는 대로 뒤섞어 쾌활하게 대화를 나누기 시작했다. 페르뒤 씨는 그들에게 프랑스어로 대답했으며, 가능한 한 독일어에 가깝게 소리를 내어 질문했다.

그는 마치 두려움의 문을 지나서, 놀랍게도 그 문 너머에 심연이 아니라 더 넓은 문과 밝은 복도, 친근한 공간들이 있는 걸 확인한 듯한 기분이었다. 페르뒤 씨는 고개를 뒤로 젖히고 머리 위의 하늘을 보았다. 하늘이 그의 가슴을 파고드는 것 같았다. 하늘은 집들과 돛대, 불빛에 구애받지 않고 온갖 크기와 광도의 별들로 총총히 빛났다. 마치 하늘의 창문에 별들의 소나기가 내린 듯, 빛이 풍성하게 넘쳤다. 파리 시민들이 자신들의 도시를 떠나지 않는다면, 결코 보지 못할 광경이었다. 그리고 거기 은하수가 있었다. 페르뒤 씨는 어린 시절 산미나리아재비 가득 핀 브르타뉴 해변의 풀밭에서 재킷과 모포로 따뜻하게 몸을 감싼 채, 별들에 미끄러지는 구름을 처음으로 보았다. 그의 부모님이 고갱이 살았던 예술촌인 퐁타방의 브르타뉴 전통 축제에서 다시 한 번 결혼의 위기를 극복하려고 시도하는 몇 시간 동안, 그는 검푸른 밤하늘을 뚫어져라 바라보았다. 별똥별이 떨어질 때마다, 페르뒤 씨는 리라벨 베르니에와 조

18) 프랑스 알자스 지방에서 생산되는 화이트 와인.

아킨 페르뒤 씨가 다시 함께 웃을 수 있기를 소원했다. 무도장 가장자리에서 팔짱을 낀 채 침묵을 지키는 대신 백파이프와 바이올린, 반도네온이 연주하는 경쾌하고 우아한 사랑의 노래인 가보트에 맞춰 춤을 추기를. 어린 페르뒤 씨는 하늘이 계속 도는 것에 매료되어 드넓은 어둠 속을 응시했다. 그는 그 영원한 여름밤 깊숙이 안겨 있다고 느꼈다.

그때, 그 시간 동안, 페르뒤 씨는 삶의 모든 비밀과 임무를 이해했다. 그의 마음속에는 평온이 자리했고, 모든 게 제자리에 있었다. 그는 그 어느 것에도 끝이 없다는 걸 알았다. 모든 것이 삶 속에서 서로에게 흘러든다는 걸. 그가 잘못할 수 있는 일은 없다는 걸. 페르뒤 씨는 나중에 어른이 되어 그것을 단 한 번 더 격렬하게 느꼈다. 마농과 함께.

마농과 그는 별들을 찾았으며, 프로방스의 가장 어두운 곳을 찾아내기 위해 도시로부터 점점 더 멀리 벗어났다. 그리고 라벤더가 펼쳐진 마을, 돌과 골짜기와 바위로 이루어진 삼각분지에 숨어 있는 그 외딴 농장을 발견했다. 바위 틈새에 백리향이 떨어질 세라 꼭 달라붙어 있었다. 그곳에서 여름의 밤하늘이 투명하고 깊고 완전하게 모습을 드러냈다.

"우리는 모두 별들의 자식인 거 알아?"

마농이 산속의 정적을 방해하지 않으려고 그의 귀에 바싹 따사한 입김을 내며 물었다.

"수십억 년 전에 별들이 부서졌을 때, 철과 은, 금과 탄소의 비가 내렸어. 그때 별들의 분진에서 나온 철이 지금 우리 안에 있어. 우리의 미토콘드리아 안에. 어머니들은 별들의 그 철을 아이들에게 물려줘. 장, 당신과 나는 혹시 같은 별의 분진에서 태어나지 않았을까. 그래서 그 빛을 보고 서로를 금방 알아봤어. 우리는 서로를 찾았어. 우리는 별을 찾는 사람들이야."

그때 페르뒤 씨는 하늘을 올려다보며, 자신과 마농 안에서 계속 살고 있는 죽은 별의 빛을 아직도 볼 수 있을까 궁금하게 여겼다.

마농과 페르뒤 씨는 하늘의 반짝이는 진주 하나를 찾아냈다. 어쩌면 벌써 오래 전에 과거가 되어버렸는데도 여전히 빛나는 별 하나.

"죽음은 아무 의미가 없어, 장. 우리는 언제까지나 서로에게 지금과 같은 존재일 거야."

하늘의 진주들이 욘 강에 비쳤다. 강물에서 흔들흔들 춤추는 별들. 각자 외로이. 파도가 덮쳐서 빛나는 진주 둘이 잠깐 눈 깜짝할 사이 포개질 때에만 서로를 애무하며.

페르뒤 씨는 마농과 자신의 별을 다시 찾아내지 못했다.

페르뒤 씨는 이다가 자신을 지켜보는 게 느껴지자 시선을 그녀에게로 돌렸다. 그것은 남자와 여자 사이의 눈빛이 아니라 뭔가를 찾아 강물을 따라 가는 사람들 사이의 눈빛이었다. 뭔가 특별한 것을 찾아서.

페르뒤 씨는 이다의 수심을 보았다. 그녀의 눈 속에서 수심이 가

물거렸다. 붉은 머리카락의 여인이 아직은 차선으로 느껴지는 새로운 미래와 친해지려고 애쓰는 것이 눈에 보였다. 그녀는 버림을 받았거나 아니면 내침을 당하기 전에 스스로 떠나왔다. 그녀가 아마 모든 걸 포기할 만큼 삶의 중심이었던 사람. 그 사람이 여전히 그녀의 미소 주변을 베일처럼 맴돌았다.

우리는 모두 시간을 간직하고 있어. 우리 곁을 떠나간 사람들의 옛 임무를 간직하고 있어. 그리고 우리 자신도 우리의 피부 아래서, 주름살과 경험과 웃음의 층 아래서 여전히 그 옛 임무지. 정확히 그 아래서 우리는 예전과 똑같은 사람들이야. 예전의 아이, 예전의 연인, 예전의 딸.

이다는 강에서 위로를 찾지 않았다. 그녀는 자기 자신을 찾았다. 아직은 차선에 지나지 않는 새로운 미지의 미래 속에서 자신의 자리를. 오로지 자신만을.

"당신은요?"

그녀의 눈이 물었다.

"낯선 사람, 당신은요?"

페르뒤 씨는 자신이 허황된 이기심에 차 있던 어리석음에 용서를 구하기 위해 마농에게 가려는 것만을 알았다.

문득 이다가 말했다.

"나는 전혀 자유롭고 싶지 않았어요. 새로운 삶을 설계하려고 하지 않았죠. 그렇게 사는 게 나한테 딱 좋았어요. 난 아마 책에 쓰인 대로 남자를 사랑하지 않았나 봐요. 하지만 나쁘지 않았어요. 나쁘지 않은 것만으로 충분히 좋았어요. 그대로 머무르고 싶을 만큼 충분했거든요. 배반하고 싶지 않을 만큼. 어떤 것도 후회하고 싶지 않을 만큼. 그래요, 난 후회하지 않아요. 내 인생의 그 작은 사랑을."

앙케와 코린나가 다정한 눈빛으로 친구를 바라보았다. 코린나가 말했다.

"어제 내 질문에 대한 답은 어떻게 됐어? 커다란 사랑도 아니었는데 왜 진작 그 남자를 떠나지 않았어?"

작은 사랑. 커다란 사랑. 사랑이 여러 가지 크기로 존재한다는 건 사실 잔인하다. 그렇지 않은가?

페르뒤 씨는 지난 삶을 후회하지 않는다는, 솔직히 후회하지 않는다는 이다를 보면서, 더 이상 확신이 서지 않았다.

"그러면…… 그 남자는 두 사람이 함께 보낸 시간을 어떻게 보았죠?"

이윽고 페르뒤 씨가 물었다.

"25년이란 세월 후, 그 사람에게 작은 사랑은 너무 미미했어요. 이제 그는 커다란 사랑을 발견했어요. 그 여자는 나보다 열일곱 살 어리고 몸이 아주 유연해요. 발톱에 매니큐어붓을 입에 물고 칠할 수 있을 정도로요."

코린나와 앙케가 폭소를 터트렸고, 이다도 따라 웃었다.

그들은 카드 게임을 했다. 자정에 어느 라디오 방송에서 스윙이 흘러나왔다. 앤드류 시스터즈가 경쾌하게 부른 〈베이 미르 비스트

쉰〉에 이어, 헵 챕스가 그루브 넘치게 연주한 〈케이프 코드〉, 그리고 루이 암스트롱의 노래 〈위 해브 올 더 타임 인 더 월드〉가 흘러나왔다.

조당이 이다와 함께 춤을 췄고, 코린나와 앙케도 함께 춤췄다. 페르뒤 씨는 의자에 꼭 붙어 앉아 있었다. 그는 그 모든 노래를 마농이 살아 있었을 때 마지막으로 들었다. '그녀가 아직 살아 있었을 때'라는 말은 얼마나 끔찍한가.

이다는 페르뒤 씨가 마음의 평정을 유지하려 애쓰는 걸 보고, 조당에게 뭐라고 속삭이더니 그를 밀어 내었다.

"자, 이리 와요."

그러고는 페르뒤 씨에게 말했다.

그토록 많은 추억을 낳은 그 음악을 다시 접했을 때, 그 혼자가 아니어서 다행이었다. 노래들, 책들, 삶은 마냥 계속 되는데 마농이 떠났다는 사실은 그를 늘 어쩔 도리 없게 만들었기 때문이다.

마농이 어떻게 그럴 수 있었을까? 이 모든 게 어떻게 마냥…… 계속될 수 있었을까! 그런데도 그는 죽음을 얼마나 두려워했던가! 그리고 삶을. 앞으로 다가올 날들을, 마농 없는 그 모든 날을.

페르뒤 씨는 그 노래들을 들으면서 마농이 걷고 누워 있고 책을 읽고 자신을 위해 춤추고 그를 위해 춤추는 모습을 보았다. 마농이 잠을 자고 꿈을 꾸고 자신이 좋아하는 치즈를 그의 접시에서 가져가는 것을 보았다.

"그렇다고 당신의 남은 인생을 음악 없이 보낼 거야? 아이, 장! 당신은 음악을 사랑했잖아. 내가 잠이 들어 당신과 함께 있는 시간을 허비할까 봐 두려워하면 나를 위해 노래 불러줬잖아. 당신은 내 손가락과 발가락에, 내 코에 노래를 지어 썼잖아. 장, 당신은 음악이야, 뼛속까지. 당신은 어떻게 자신을 그렇게 죽일 수 있었어?"

그래, 어떻게 죽이긴. 당연히 연습 삼아 죽였지.

페르뒤 씨는 뺨을 스치는 바람을 느끼고 여자들의 웃음소리를 들었다. 살짝 취기가 느껴졌다. 말은 하지 않아도, 이다가 붙잡아 줘서 너무 고마웠다.

마농은 나를 사랑했어. 그리고 저 별들, 저기 하늘의 별들은 우리가 함께 있는 걸 보았어.

20

그는 깨어 있는 꿈을 꾼다. 그는 사물들이 끊임없이 변하는 수상 서점에 있다. 키가 부서지고 선창에 뿌옇게 김이 서리고 노가 말을 듣지 않는다. 공기가 너무 무거워서 마치 푸딩 속을 걷는 것 같다. 페르뒤 씨는 수중 터널로 이루어진 미로에서 계속 길을 잃었다. 배가 삐걱거리고 여기저기 금이 간다.

마농이 옆에 있다.

"당신은 죽었잖아."

"나 진짜 죽었어?"

"너무 원통해."

배가 갈라지면서 페르뒤 씨가 물속으로 추락한다.

"마농!"

그가 외친다. 마농은 그가 소용돌이에, 검은 물로 이루어진 깔때기에 휘말리지 않으려고 싸우는 걸 지켜본다. 그녀는 그를 지켜본다. 그에게 손을 내밀지 않는다. 그가 물에 빠지는 걸 그냥 지켜보기만 한다.

그는 깊이, 깊이 가라앉는다. 하지만 그는 깨어나지 않는다. 페르뒤 씨는 전력을 다해 숨을 들이쉬다가 내쉰다, 들이쉬다가 내쉰다.

난 물속에서도 숨을 쉴 수 있어!

그는 바닥에 닿는다.

그는 깨어났다. 그는 옆으로 누워 있었다. 린드그렌의 희고 붉은 털 너머로 둥근 빛이 보였다. 고양이가 그의 다리 사이에 있었다. 고양이는 몸을 일으켜 기지개를 켜고는, 그르렁거리며 페르뒤 씨의 얼굴 바싹 가까이 다가와 수염으로 간질였다. "어때?" 고양이의 눈빛이 묻는 듯했다. "내가 뭐라고 말했어?" 고양이 그르렁거리는 소리가 멀리서 배의 엔진이 속삭이는 소리처럼 은은하게 들렸다.

페르뒤 씨는 언젠가 겁에 질려 잠에서 깨어난 기억이 있었다. 소년 시절, 꿈속에서 처음으로 날았을 때. 지붕에서 뛰어내려 양팔을 활짝 펴고 성의 안마당을 날았다. 그리고 나는 법을 배우려면 먼저 뛰어내려야 한다는 걸 알았다.

그는 갑판으로 기어 올라갔다. 거미줄 같은 뽀얀 연무가 강물 위를 떠돌았고, 근처의 풀밭에서는 아지랑이가 피어올랐다. 아직 여린 빛은 날이 방금 밝았음을 알려주었다. 드넓게 펼쳐지는 하늘이 그의 시선을 즐겁게 해주었다. 그리고 수많은 색깔이 주변을 장식했다. 하얀 안개. 회색 반점. 은은한 연분홍색, 뿌연 오렌지색.

요트항구에 배들은 잠의 정적에 잠겨 있었다. 건너편 발루도 조용했다. 페르뒤 씨는 조당이 어디 있나 슬쩍 둘러보았다. 작가는 책들 사이에 잠자리를 마련했다. 페르뒤 씨가 '어떻게 인간이 되는가'라고 이름 붙인 서가들 사이 독서용 소파 하나에. 금요일마다 페르뒤 씨를 찾아오는 심리치료사 에릭 랑송의 동료인 이별 상담사 소피 마르셀린의 책도 그쪽 서가에 꽂혀 있었다. 소피는 실연한 사람들에게 둘이 함께 보낸 시간의 한 해당 최소 한 달은 애도하라고 충고했다. 우정이 깨진 경우에는 우정을 맺었던 한 해당 두 달을 애도하라고 했다. 그리고 영원히 떠난 사람들, 죽은 사람들에 대해서는 이렇게 말했다. "일생 동안 애도하십시오. 우리는 한때 사랑했던 고인들을 영원히 사랑하기 때문입니다. 그들의 빈자리가 안겨주는 허전함은 우리가 세상을 떠나는 최후의 날까지 함께합니다."

조당은 무릎을 가슴 가까이 끌어당겨 어린애처럼 몸을 웅크린 채 '도대체 어째서?'라고 묻는 듯 입을 삐죽 내밀고 잠들어 있었다. 바로 옆에 사나리의 《남녘의 빛》이 놓여 있었다.

페르뒤 씨는 그 얇은 책을 집어 들었다. 조당은 여기저기 연필로 밑줄을 긋고 그 옆에 질문들을 써 놓았다. 책은 바로 이런 식으로 읽히고 싶어 한다.

독서는 끝없는 여행이다. 기나긴, 그야말로 영원한 여행. 그 여행길에서 사람들은 더 온유해지고 더 많이 사랑하고 타인에게 더 친근해진다. 조당은 그 여행을 시작했다. 이제 책을 한 권씩 읽을 때마다 세상과 사물과 사람들에 대해 더 많은 걸 가슴속에 품게 될 것이다.

페르뒤 씨는 책장을 앞으로 넘겼다. 거기, 그 구절, 그 부분을 페르뒤도 유난히 좋아했다. "사랑은 집이다. 모름지기 집 안의 모든 것을 이용해야 한다. 그 어떤 것도 덮어두거나 '아껴서는' 안 된다. 완전히 사랑 속에 거주하면서 그 어떤 방도 어떤 문도 두려워하지 않는 사람만이 진정으로 살아 있는 것이다. 다투는 것과 다정하게 어루만지는 것, 두 가지 모두 동시에 중요하다. 서로 단단히 붙드는 것과 다시 밀쳐내는 것도 마찬가지다. 실제로 사랑의 모든 방을 이용하는 것은 존재론적으로 중요하다. 그렇지 않으면 정령들과 냄새들이 그 안에서 제멋대로 설친다. 등한시된 공간과 집들은 음험하게 악취를 풍길 수 있다……."

내가 그 방문을 여는 걸 거부했다고 해서 내 사랑을 나쁘게 여기지 마. 그 방에서…… 그래, 어떡할까? 내가 어떡하면 좋을까? 마농을 위해 제단을 쌓을까? '잘 가'라고 말할까? 뭘, 제발, 뭘 어떡해야 하는 걸까?

페르뒤 씨는 잠든 조당 옆에 책을 내려놓았다. 잠시 후, 젊은이의 이마를 덮은 머리카락을 쓸어 올려주었다. 그러고는 조용히 책을 몇 권 골랐다. 그에게는 책들을 돈으로 이용하는 게 쉬운 일이 아니었다. 책들의 가치를 잘 알고 있었기 때문이다. 아직까지 책들이 의사를 표현하고 세상을 변화시키고 폭군들을 쓰러뜨리는, 무척 힘찬 수단이라는 사실을 서점 주인은 절대 잊지 않았다.

페르뒤 씨에게 책은 판매 가격 또는 이야기가 영혼을 치료하는 수단이 다가 아니었다. 책은 종이로 이루어진 날개 달린 자유였다.

얼마 후, 그는 앙케와 이다와 코린나에게 도시용인 네덜란드 자전거를 하나 빌려 구불구불하고 인적 없는 좁은 길을 따라 들판과 말목장과 젖소 방목장을 지나 인근 마을을 향해 페달을 밟았다. 그때 마침 교회 앞 광장 변의 빵 가게에서 양 볼이 발그레하고 쾌활한 주인 딸이 바게트와 크루아상을 오븐에서 꺼내는 중이었다. 그녀는 자신이 지금 있는 곳에 있어서 만족한 듯 보였다. 여름에는 강을 오가는 뱃사람들이, 나머지 계절에는 농부와 포도 재배인, 수공업자, 푸줏간 주인, 부르고뉴나 아르데넌이나 샹파뉴에서 도시를 피해 나온 사람들이 들르는 작은 빵 가게에. 그녀는 이따금 추수감사절, 케이크 굽기 경연대회, 마을 모임에서 춤을 추고 헛간이나 마구간을 개조해 사는 주변 예술가들의 살림을 도와줬다. 푸르른 자연과 정적 속에서의 삶, 별들과 붉은 달 아래서의 삶. 그것만으로도 충분히 삶에 배부를 수 있을까?

페르뒤 씨는 그 고풍스러운 가게에 들어서면서 숨을 깊이 들이

쉬었다. 그는 풍미 좋은 빵을 얻으려면 그 아가씨에게 별난 제안을 하는 것 말고 다른 방법이 없었다.

"안녕하세요, 아가씨? 실례지만, 책 좋아하세요?"

잠시 옥신각신한 끝에 아가씨는 신문 한 부와 우표, 생 맘므 요트 항구를 주제로 하는 우편엽서 그리고 바게트와 크루아상까지 페르뒤 씨에게 '팔았다'. 그 모든 것에 대한 대가로 엘리자베스 폰 아르님이 쓴 《4월의 유혹》 한 권만 받았다. 영국 여자 넷이 이탈리아의 낙원으로 도피하는 내용의 소설이었다.

"이거면 값이 딱 맞아요."

아가씨는 선량하게 말했다. 그러고는 책을 펼치더니 코에 갖다 대고 숨을 깊이 들이쉬어 냄새를 맡았다. 만족감에 취해 붉게 상기된 얼굴이 다시 책 밖으로 나왔다.

"팬케이크 냄새가 나는 거 같아요."

그녀는 책을 조심스럽게 앞치마 주머니에 숨겼다.

"우리 아버지는 책이 사람을 뻔뻔하게 만든대요."

그러면서 미안한 듯 미소 지었다.

페르뒤 씨는 교회의 우물가에 앉아서 따뜻한 크루아상을 한 조각 떼었다. 아, 어떻게 빵에서 이런 김이 오르는가. 보드라운 황금빛 빵 속이 얼마나 향긋한 내음을 풍기는가. 그는 천천히 크루아상을 먹으며 막 잠에서 깨어나는 마을을 바라보았다.

책이 사람을 뻔뻔하게 만든다고요? 맞는 말입니다, 얼굴 모르는 양반, 그러기도 하죠.

페르뒤 씨는 카트린에게 보내는 엽서를 신중하게 몇 줄 썼다. 어차피 로잘레트 부인이 함께 읽을 게 뻔할 터이니 그냥 모두에게 쓰는 편이 제일 나았다.

친애하는 카트린, 친애하는 로잘레트 부인(머리를 새로 하셨습니까? 근사하군요! 모카 색?), 경애하는 봄므 부인 그리고 27번지 주민 여러분, 당분간은 제 동료 서점인 볼테르 에 플뤼에서 책을 주문하십시오. 저는 여러분 곁을 떠나지 않았고 여러분을 잊지도 않았습니다. 하지만 제가 무엇보다 먼저 한 번 더 읽고…… 끝을 맺어야 하는 미완성 장章이 몇 개 있습니다. 정령들을 길들여야 합니다.

JP로부터.

너무 무미건조하고 밋밋했나?

페르뒤 씨의 생각은 들판과 강을 넘어 파리로 질주했다. 카트린의 미소, 그녀의 신음소리. 별안간 그의 가슴속에 아주 많은 감정이 들어 있었다. 손길, 몸, 한 이불 아래서 느끼는 벌거벗은 온기를 향한 이 갑자기 끓어오르는 갈망, 그것이 실제로 누구를 향한 것인지는 알 수 없었다. 우정, 고향, 아늑하게 머무를 수 있는 장소에 대한 갈망. 마농을 향한 것이었을까 아니면 카트린을 향한 것이었을까? 그는 마음속에서 두 여자가 일렁이는 것에 부끄러움을 느꼈다. 하지만 카트린과 함께 있는 건 아주 좋았다. 그래선 안 되는 걸까, 그건 잘못한 짓일까?

나는 결코 또 다시 누군가를 필요로 하고 싶지 않았어……. 난 겁쟁이야.

페르뒤 씨는 자전거를 타고 돌아갔다. 공중에 높이 떠 밀밭을 휩쓰는 돌풍 위에서 균형을 잡으려 애쓰는 말똥가리와 딱따구리가 양쪽에서 엄호해줬다. 와이셔츠를 뚫고 지나는 바람이 시원했다. 한 시간 전에 길을 나선 사람이 아닌 전혀 다른 사람이 되어 배로 돌아가는 듯한 기분이었다.

그는 갓 구운 크루아상 봉지와 빨간 개양귀비 한 다발, 그리고 조당이 잠들기 전에 정성껏 사인한《밤》세 권을 이다의 자전거 핸들에 걸어 두었다. 그러고는 주방에서 프렌치프레스 포트로 커피를 끓이고 고양이들에게 먹이를 주고 책들이 있는 곳의 습도를 조절하고(충분했다) 윤활유 양을 점검하고(상당히 심각했다) 룰루의 출항 준비를 끝냈다.

수상 서점이 잔잔한 강물을 향해 미끄러져 가는데 발루의 뒤 갑판에서 나오는 이다의 모습이 보였다. 페르뒤 씨는 커브를 돌아갈 때까지 손을 높이 들었다. 어느 날 이다가 작은 사랑의 상실에 보상받을 수 있는 더 큰 사랑을 발견하길 진심으로 바랐다. 그는 아침을 향해 조용히 배를 조종했다. 선선한 공기가 흩어지면서 비단결처럼 매끄럽고 따사한 여름 공기로 변했다.

"브램 스토커가 드라큘라를 꿈꾼 사실 알고 있어요?"

한 시간 후 조당이 고마워하며 커피 잔을 드는데, 페르뒤 씨가 쾌활하게 물었다.

"꿈꿨다고요? 드라큘라를? 우리 지금 어디에 있는 거예요? 설마 드라큘라가 있다는 루마니아, 트란실바니아?"

"브리아르 운하 방향의 루앙 운하에 있어요. 조당 씨가 고른 부르보네 루트를 따라가고 있죠. 이 루트를 따라 지중해까지 갈 겁니다."

페르뒤 씨는 커피를 한 모금 마셨다.

"스토커는 상한 새우샐러드를 먹고 밤새 식중독으로 고생하다가 처음 뱀파이어 꿈을 꿨어요. 그것으로 작가 활동의 슬럼프가 끝을 맺었죠."

"정말요? 난 베스트셀러 꿈을 꾸지 않았어요."

조당은 웅얼거리고는 부스러기가 떨어지든 말든 허겁지겁 크루아상을 커피에 적셔 먹었다.

"난 내가 쓴 책을 읽고 싶었어요. 그런데 알파벳들이 종이에서 졸졸 흘러나오더라고요."

그는 더욱 활기에 넘쳤다.

"나도 배탈이 나면 이야기를 꿈꿀까요?"

"그걸 누가 알겠소?"

"돈키호테도 고전의 반열에 들기 전엔 악몽이었죠. 페르뒤 씨도 뭔가 쓸 만한 꿈을 꾼 적이 있어요?"

"물속에서 숨을 쉬는 꿈을 꾼 적이 있어요."

"와우, 그게 무슨 의미인지 알아요?"

"꿈속에선 물속에서도 숨을 쉴 수 있다는 것."

조당은 엘비스 프레슬리처럼 윗입술을 위로 치켜 올려 미소 지었다. 그러더니 엄숙하게 말했다.

"아뇨. 그건 페르뒤 씨의 감정이 더 이상 숨 쉬지 못한다는 걸 뜻해요. 특히 아랫도리에서."

"'아랫도리'? 도대체 그게 어디 쓰여 있죠? 존경스러운 주부들을 위한 1905년도 가정용 달력에?"

"아뇨, 1992년도 꿈 해석 대백과사전에. 그 책은 나한테 성서나 다름없었어요. 좋지 않은 말들은 우리 어머니가 매직펜으로 지웠어요. 난 그 책으로 모든 꿈들을 해석했죠. 우리 부모님, 이웃 사람들, 반 친구들…… 프로이트의 꿈 해석을 모조리 달달 외웠죠."

조당은 몸을 쭉 펴서 태극권의 포즈를 취했다.

"그러다 한번은 교장선생님의 말 꿈을 해석했다가 무지 혼난 적도 있어요. 교장선생님이 여자였는데, 여자와 말은 남다른 관계가 있다고 했거든요."

"우리 아버지도 그렇게 말씀하시죠."

페르뒤 씨는 마농을 처음 만나고 마농이 독수리로 변한 꿈을 꿨던 기억을 떠올렸다. 그는 독수리를 잡아서 길들이려 했다. 날개를 젖게 만들어 날지 못하도록 독수리를 물속으로 몰아넣었다.

우리가 꾸는 사랑의 꿈속에서 우리는 불멸의 존재야. 우리가 사랑하는 사람들은 죽은 후에도 우리의 꿈속에서 계속 살아 있어. 꿈은 모든 세계를 이어주고 시간과 공간을 이어주는 교차로야.

조당이 얼굴에서 잠을 쫓아내려고 뱃바람을 향해 머리를 내미는데, 페르뒤 씨가 말했다.

"자, 봐요. 저기 앞에 첫 번째 수문이 나타났어요."

"뭐라고요, 저기 꽃들이 피어 있는 인형 집들 옆에 아기 욕조 말인가요? 이 배는 저 안으로 절대 못 들어가요."

"그럼, 들어가는지 한번 봅시다."

"우리 배는 너무 길어요."

"이 배는 하천 운항 규정 기준보다 작은 수송선이에요. 프랑스의 모든 수문은 기준에 맞춰 축조되었어요."

"저건 아니라고요. 저건 너무 좁아요!"

"이 배의 너비는 5.04미터요. 그러니까 최소한 6센티미터 여유가 있어요. 좌우로 3센티미터씩."

"속이 울렁거리네요."

"나는 어떨 거 같아요. 지금 저 수문을 통과해야 하는데."

두 남자는 서로를 바라보며 웃음을 터트렸다.

수문지기가 어서 가까이 다가오라고 조급하게 손짓했다. 그 옆에 개가 떡 버티고 서서 배를 향해 크게 짖었다. 수문지기 아내가 갓 구운 자두케이크를 가져와 존 어빙의 신간소설과 맞바꿨다.

"그리고 저기 젊은 작가 분에게 뽀뽀 받고 싶어요."

"부탁인데, 저분께 그냥 책 한 권 더 줘요."

조당이 목소리를 낮춰 말했다.

"저분 볼에 털이 났단 말이에요."

수문지기 아내는 볼에 뽀뽀를 해달라고 고집했다. 수문지기가 자기 부인을 괴물이라 불렀고, 누르스름한 털이 덥수룩한 개는 컹컹 짖으며 사다리를 붙잡은 조당의 손에 오줌을 누었다. 볼에 털이 난 수문지기 아내는 남편더러 잘난 체하는 인간, 아마추어 관리인이라 약을 올렸다. 수문지기가 격분해서 소리쳤다.

"자, 빨리 들어가시오!"

그는 손잡이를 돌려 왼쪽 갑문을 닫고 얼른 달려가 오른쪽 갑문을 닫았다. 그리고 앞으로 달려가 위쪽의 수문을 양 옆으로 열었다. 물이 들어왔다. 오른쪽 갑문을 열고는 달려가 왼쪽 갑문을 열었다.

"어서 나가시오!"

틀림없이 12개 국어로 명령을 내릴 수 있는 근엄한 관리인.

"론 강까지 수문을 몇 개나 더 지나야 하죠?"

"한 150개, 그건 왜 묻죠, 조당 씨?"

"돌아갈 때는 샹파뉴와 부르고뉴 사이의 운하로 가요."

조당이 말했다.

돌아간다고? 돌아가는 일은 없어.

21

루앙 운하의 측설운하가 평야를 타고 흘렀다. 운하와 나란히 달리는 길에서 열심히 자전거 페달을 밟는 사람이나 졸고 있는 낚시꾼이나 혼자 쓸쓸이 조깅하는 사람이 간간이 보였다. 옹골찬 샤롤레종 하얀 소들이 풀을 뜯는 풀밭과 해바라기가 만발한 들판이 울창한 숲들과 번갈아가며 나타났다. 이따금 자동차 운전자들이 그들을 향해 친근하게 경적을 울렸다. 그들이 지난 작은 마을들은 편리한 정박시설을 갖추고 있었다. 많은 곳이 무료였으며, 배를 자신들 마을에 정박시켜 상점에서 약간의 돈을 쓰게 선원들을 유도하려 애썼다.

곧 풍경이 바뀌었다. 운하가 주위보다 높이 있었고, 페르뒤 씨와 조당은 위에서 정원들을 내려다볼 수 있었다.

정오 무렵 드넓은 양어장 지대에 들어섰을 때, 조당은 이미 거의 부르봉 왕가의 선장처럼 능숙하게 수문을 통과했다. 운하는 양어장에 물을 대는 지류들로 점점 더 많이 갈라졌다. 갈대밭과 골풀 수풀에서 강갈매기들이 끼룩끼룩 울며 날아올랐다. 호기심이 이는 듯 갈매기들은 운하를 따라가는 종이약국 위를 맴돌았다.

"비교적 큰, 다음 정박시설은 어디죠?"

페르뒤 씨가 물었다.

"몽타르지. 운하가 도심을 관통해요."

조당이 하우스보트에 대한 책을 뒤적거렸다.

"꽃의 도시, 프랄린의 원산지. 거기서 은행을 찾아봐야겠어요. 지금 나는 초콜릿 한 조각 먹을 수만 있다면 무슨 짓이든 할 수 있을 거 같아요."

난 세제 한 봉지를 구해 와이셔츠를 깨끗하게 빨 수만 있다면.

조당이 두 사람의 상의를 물비누로 빨았고, 이제 두 사람에게선 장미향 포푸리 냄새가 났다. 그러다 문득 페르뒤 씨의 뇌리를 스치는 게 있었다.

"몽타르지? 아 참, 그 전에 먼저 올손을 찾아봐야겠어요."

"올손요? 페르 데이비드 올손 말이에요? 그 사람도 잘 알아요?"

잘 안다고까지는 말할 수 없었다. 페르 데이비드 올손이 필립 로스, 앨리스 먼로와 함께 노벨문학상 후보로 거론되었을 때 페르뒤 씨는 젊은 서점 주인이었다.

올손이 지금 몇 살이나 되었을까, 여든둘? 그는 30년 전에 프랑스로 왔다. 그 바이킹족의 후손에게는 '프랑스의 위대한 민족'이 미국인 동족들보다 훨씬 더 견딜 만했다. "문화의 역사가 천년도 안 되는 나라. 신화나 미신, 집단 기억, 가치관, 수치심이 없는 나라. 오로지 기독교적이고 군사적인 사이비 도덕, 근친상간, 부도덕한 무기 로비, 성차별적인 인종주의만이 있는 나라." 미국을 떠나기 전 그는 뉴욕 타임즈에서 미국에 대해 이렇게 혹평했다.

무엇보다 흥미로운 점은, 올손이 페르뒤 씨가 사나리의 《남녘의 빛》 저자 후보로 점찍은 12명 가운데 하나라는 것이었다. 올손은 몽타르지 바로 앞의 마을 스프와에 살았고, 마을은 운하 바로 옆에 위치했다.

"그럼, 이제 어떡하죠? 초인종을 누르고 이렇게 물을까요? 안녕하세요, 올손. 늙은 허풍선이 양반. 댁이 《남녘의 빛》을 썼수?"

조당이 물었다.

"맞아요, 바로 그거요. 아님 뭐라고 말하겠어요?"

조당은 양 볼을 부풀렸다.

"이런 경우에 보통 사람들은 이메일을 쓴다고요."

페르뒤 씨는 자제했다. '예전엔 그런 거 전혀 없었어도 모든 게 잘만 풀렸다고.' 하마터면 이런 식의 말이 튀어나올 뻔했다. 스프와에는 항구 대신 커다란 쇠고리 2개가 풀 속에 있었다. 그들은 종이 약국의 밧줄을 두 쇠고리에 팽팽하게 묶었다.

얼마 후 햇볕에 그을리고 목에 불그스름한 결절이 있는 유스호스텔 주인이 두 사람을 낡은 목사관으로 보냈다. 그곳에 올손이 살고 있었다.

문을 두드리자, 16세기 피터 브뤼겔의 그림에서 막 튀어나온 듯한 여인이 문을 열었다. 넓적한 얼굴, 물렛가락의 굵은 양삼 같은 머리카락, 회색 평상복의 하얀 레이스 칼라. 여인은 '안녕하세요.' 또는 '무슨 일이시죠?'라고 묻지 않았다. '우린 아무 것도 사지 않아요.' 이런 말도 하지 않았다. 문을 열고는 그냥 말없이 기다렸다. 바위처럼 단단한 침묵이 흘렀다.

"안녕하십니까, 부인. 저희는 올손 씨를 만나러 왔습니다."

페르뒤 씨가 말했다.

"미리 약속은 되어 있지 않습니다."

조당이 거들었다.

"저희는 배로 왔습니다, 파리에서. 유감스럽게도 저희에겐 전화가 없습니다."

"그리고 돈도 없습니다."

페르뒤 씨가 조당의 옆구리를 툭 쳤다.

"하지만 그래서 이곳에 온 건 아닙니다."

"올손 씨 있습니까?"

"저는 서점 주인입니다. 우리는 예전에 서적박람회에서 만난 적이 있죠. 프랑크푸르트에서, 1985년에."

"저는 해몽가입니다. 작가이기도 하고요. 막스 조당입니다, 안녕하세요? 혹시 어제 먹고 남은 음식이 좀 있을까요? 우리 배에는 흰콩 통조림 하나와 고양이 먹이뿐이거든요."

"저, 당신들 원하는 대로 실컷 고해는 할 수 있어요. 하지만 면죄도 없고 음식도 없소."

이렇게 말하는 목소리가 들렸다.

"마가레타는 약혼자가 교회탑에서 떨어진 후로 귀가 들리지 않아요. 약혼자를 구해달라는 외침이 정오의 종소리에 묻혀 들리지 않았거든요. 마가레타는 아는 사람들의 입술만 읽을 수 있어요. 빌어먹을 교회! 희망을 품은 사람들에게 불행을 안겨주다니."

악명 높은 반미주의자 올손이 거기 서 있었다. 농부용 코듀로이 바지, 목수용 셔츠, 레스토랑 종업원 줄무늬 조끼 차림의 왜소해진 바이킹.

"올손 씨, 이렇게 불쑥 들이닥쳐서 죄송합니다. 하지만 급하게 꼭 여쭙고 싶은 말이 있습니다……."

"그렇겠죠. 물론이죠. 파리에서는 모든 게 급하죠. 하지만 신사분들, 여기 시골에서는 그게 통하지 않아요. 이곳에서 시간은 알아서 유유히 흘러가죠. 이곳에서 인류의 적들은 승산이 없어요. 일단 뭐든 좀 마시면서 인사를 나눕시다."

그는 두 방문객에게 권했다.

"인류의 적이라고요?"

조당이 입술 모양을 그대로 흉내 냈다. 혹시 미친 사람을 만난 게 아닌가 걱정하는 기색이 엿보였다.

"선생님은 전설로 불리고 있습니다."

그런데도 조당은 옷걸이에 걸린 모자를 쓰고 술집 타바 방향으로 성큼성큼 걸음을 옮기는 올손과 나란히 걸으며 대화를 시도했다.

"날 전설이라고 부르지 말아요, 젊은이. 그 말은 송장이라는 말로 들리니까."

조당은 입을 다물었고, 페르뒤 씨도 그의 뜻을 따르기로 결심했다. 올손은 앞장서서 마을을 지나는 동안 말했다. 걸음걸이로 보아 가벼운 뇌졸중을 이겨낸 듯했다.

"한번 주위를 둘러보시오! 이곳 사람들은 수백 년 전부터 자신들의 고향을 지키기 위해 싸우고 있어요. 저기, 나무들이 어떻게 심어졌는지 눈에 보이시오? 지붕들이 어떻게 이어졌는지? 그리고 큰길들이 얼마나 멀리 마을을 돌아가는지? 이 모든 게 전략이요. 수백 년을 염두에 둔 전략. 이곳에서는 아무도 현재를 생각하지 않아요."

올손은 털털거리는 르노를 몰고 가는 남자에게 인사했다. 운전석 옆자리에 염소를 태우고 있었다.

"이곳에서는 미래를 위해 생각하고 미래를 위해 일해요. 언제나 자신들 다음에 올 세대를 위해. 그리고 그 다음 세대도 마찬가지죠. 어느 한 세대가 다음 세대를 생각하는 걸 포기하고 지금 모든 것을 바꾸려 들면, 이 땅은 파괴될 겁니다."

그들은 술집 타바에 이르렀다. 카운터 위의 텔레비전은 경마경기를 중계하고 있었다. 올손은 레드 와인을 작은 걸로 세 잔 주문했다.

"내기, 숲, 그리고 약간의 와인. 남자로서 뭘 더 바라겠소?"

그가 기분 좋게 물었다.

"그런데, 물어볼 게 있습니다……."

조당이 입을 열었다.

"자, 침착하게, 젊은이."

올손이 말했다.

"자네 포푸리 냄새가 나고 귀덮개를 한 모습이 꼭 DJ처럼 보이는구먼. 하지만 난 자네를 알아. 자네 뭔가 썼지. 위험한 진실을. 첫 작품치곤 나쁘지 않아."

그는 조당과 건배했다. 조당은 자부심으로 얼굴이 붉게 달아올랐다. 페르뒤 씨는 질투심이 꼭꼭 찌르는 걸 느꼈다.

"그럼 댁은? 댁은 책 약사요?"

이제 올손이 페르뒤 씨를 향했다.

"내 책은 무슨 병에 권하시오?"

"남편 은퇴증후군을 치유하는 데 권합니다."

페르뒤 씨는 스스로 예상했던 것보다 좀 더 날카로운 어조로 대답했다.

올손은 그를 뚫어져라 응시했다.

"아, 그래요. 그럼, 어떻게 치유하죠?"

"퇴직하고 집 안에서 죽치는 남편이 너무 거치적거려서 죽이고 싶은 기분이 드는 부인들이 올손 씨의 책을 읽으면 차라리 올손 씨를 죽이고 싶은 기분이 들죠. 공격성을 다른 데로 돌려 표출하는 거죠."

조당이 어처구니없는 표정으로 페르뒤 씨를 쳐다보았다. 올손은 페르뒤 씨를 잠시 응시하더니 껄껄 웃음을 터트렸다.

"아아, 기억나는구먼. 우리 아버지가 끊임없이 어머니 길을 막고 잔소리하기 시작했소. 어째서 감자 껍질을 벗기지 않고 삶지? 여기 봐, 여보, 내가 냉장고 안을 정리했어! 끔찍했소. 우리 아버지에겐 아무런 취미가 없었거든. 그저 일밖엔 모르고 살던 분이셨지. 인생이 너무 지루하고 위신이 서지 않는 거 같아 괴로워 죽겠는데, 우리 어머니는 아버지를 가만히 내버려두지 않았소. 끊임없이 밖으로 내몰았지. 손자들과 함께, 손일 배우는 곳으로, 정원으로. 그렇지 않았으면 어머니는 살인죄로 교도소에 갔을 거요."

올손은 호탕하게 웃었다.

"우리 남자들은 일 말고 잘할 수 있는 게 없으면 인생이 고단해진다니까."

그러고는 쭉 들이켜 잔을 비웠다.

"오케이, 빨리 마시구려."

그러더니 카운터에 6유로를 내려놓으며 채근했다.

"시간이 되었소."

그리고 올손이 자신들의 질문에 대답해주길 바란 두 사람은 일단 한 번 대답을 들었기 때문에, 마찬가지로 와인을 단숨에 쭉 들이켜고는 올손의 뒤를 좇아갔다.

잠시 후, 그들은 어느 낡은 학교 건물에 이르렀다. 교정에 많은 자동차가 주차해 있었다. 번호판을 보니 루아르 전 지역, 심지어는 오를레앙과 샤르트르에서 온 자동차들도 있었다.

올손은 학교 체육관을 향해 걸음을 옮겼다. 체육관 안에 들어서자, 페르뒤 씨와 조당은 갑자기 부에노스아이레스 한복판에 있는 기분이었다. 왼쪽 벽에 남자들. 오른쪽 의자에 여자들. 가운데에 무도장. 둥근 고리장식들이 걸려 있는 앞쪽에 탱고 악단. 그들이 서 있는 뒤쪽에 바. 바 너머에서 통통하고 키 작은 남자가 음료수를 따랐다. 근육질의 위팔이 단단해 보이고 콧수염을 멋지게 기르고 있었다. 올손이 뒤를 돌아보며 어깨 너머로 외쳤다.

"춤춰요! 두 사람 모두. 그런 다음 당신들 질문에 전부 대답해주겠소."

몇 초 후, 금발을 뒤로 단정히 묶고 옆이 트인 스커트 차림의 젊은 여인을 향해 곧장 무도장을 가로질러 가는 노인은 완전히 다른 사람이 된 것 같았다. 젊은 여인을 꼭 끌어안고 능숙하게 홀 안을 누비는, 유연한 몸짓의 나이를 잊은 탱고를 추는 남자, 탕게로로.

조당이 예상하지 못한 세계를 넋 놓고 바라보는 동안, 페르뒤 씨는 자신이 어디에 있는지 금방 깨달았다. 자크 토에스의 책에서 그런 장면을 읽은 적이 있었다. 강당, 체육관, 외진 헛간에서의 은밀한 탱고 밀롱가. 거기에서 신분과 나이와 국적을 막론한 모든 춤꾼들이 만났다. 그 잠깐의 시간을 위해 수백 킬로미터를 달려온 사람들도 있었다. 그들 모두를 한데 묶는 한 가지 공통점은 질투심에 사로잡힌 애인과 가족에게 탱고에 대한 열정을 비밀로 해야 한다는 것이었다. 애인과 가족은 그 방종하고 우울하고 경박한 움직임에 오로지 곤혹스럽다는 듯 뻣뻣한 태도와 혐오감만을 보였다. 탕게라들이 그 오후 시간에 어디에 있는지 아무도 짐작조차 못했다. 어딘가에서 운동을 하거나 연수를 받거나 미팅에 참석하거나 쇼핑을 하거나 사우나를 하거나 들판이나 집에 있을 거라고 추측했다. 하지만 그들은 목숨을 걸고 춤을 추었다. 살아 있기 위해 춤을 추었다.

연인을 만나기 위해 춤을 추는 사람은 불과 몇몇에 지나지 않았다. 탱고에서는 절대 하나가 아니라 전부가 문제되었기 때문이다.

마농의 일기

본뉴로 가는 길에

1987년 4월11일

8개월 전부터 나는 잘 알고 있다. 내가 작년 8월, 사랑에 빠지지 않을까 두려워하며 북쪽을 향해 길을 떠났던 소녀와는 다른 여인이 되었음을. 사랑이 진실하기 위해서 꼭 한 사람에게만 제한될 필요가 없다는 건 여전히 충격적인 체험이다.

5월에 나는 루크와 결혼한다. 새 출발과 기대를 머금은 달콤한 향기와 수천 송이의 꽃에 둘러싸여.

나는 장과 헤어지지 않을 것이다. 하지만 욕심스럽게 모든 걸 가지려 드는 나와 이런 관계를 계속 유지할 건지는 그의 결정에 달려 있다.

삶의 무상함이 너무 두려워 지금 모든 걸 체험하고 싶은 걸까? 내일 내가 벼락 맞을지도 모를 만일의 경우를 대비해.

결혼. 할까? 말까? 이걸 문제 삼는 건 모두 문제 삼는다는 뜻이다.

나는 해가 진 후 프로방스를 비추는 빛 같은 존재가 되길 바랐다. 그러면 곳곳에, 살아 있는 모든 것 속에 존재할 수 있을 것이다. 그게 나의 본성일 테고, 아무도 나를 미워하지 않을 것이다.

아비뇽에 도착하기 전에 얼굴을 매만져야 한다. 루크나 엄마가 아니라 아빠가 마중을 나오면 좋을 텐데.

파리에 꽤 오래 머무를 때마다, 대도시 사람들이 거리에서 자신 혼자만 있는 게 아니라는 걸 전혀 알아채지 못하는 척 서로 밀치고 지나갈 때의 표정에 적응해야 한다. 마치 이렇게 말하는 듯한 표정이다. "나? 난 아무것도 원하지 않아. 아무것도 필요하지 않아. 나에게 깊은 인상을 남기거나 충격을 주거나 놀라게 하거나 심지어는 기쁘게 할 수 있는 건 아무것도 없어. 여자들은 도시 변두리나 냄새 나는 외양간에서 온 궁상맞은 놈들을 위한 거라고. 그런 녀석들이야 얼마든지 원하면 즐길 수 있겠지. 우리 같은 사람들에겐 더 중요한 일이 있다고."

하지만 내 무관심한 얼굴은 그런 문제가 아니다.

그건 아홉 번째 얼굴이다.

내가 다른 얼굴들에 그 얼굴을 추가로 받았다고 엄마는 말씀하신다. 내가 주글주글한 모습으로 태어난 순간부터, 엄마는 내 여러 가지 표정을 아신다. 하지만 파리는 내 정수리와 턱 사이에 새로운 얼굴을 새겨놓았다. 지난번 고향에 다니러 갔을 때 이미 엄마는 그걸 알아보셨다. 장을, 그의 입을, 그의 웃음을, '이걸 꼭 읽어, 그럼 당신에게 좋을 거야.'라고 했던 그의 말을 생각하던 순간에.

"너 같은 연적을 둔다면 무서운 마음이 들 게야." 엄마는 말씀하셨다. 그 말이 자신도 모르게 튀어나온 바람에 엄마는 자지러지게 놀라셨다.

우리는 늘 그런 식으로 간단하고 투명하게 진실을 대한다. 소녀 시절, '물처럼 투명한 관계'가 가장 좋다고 배웠다. 어려운 일들을 입 밖에 내어 말하면, 그에 따르는 위험이 사라진다는 것이었다.

모든 것이 꼭 그렇지만은 않다는 생각이 든다.

엄마는 내 '아홉 번째 얼굴'을 으스스하게 여기신다. 엄마 말이 무슨 뜻인지 잘 안다. 장이 따뜻하게 데운 수건으로 내 등을 닦아주었을 때, 거울에 비친 그 얼굴을 보았다. 우리가 만날 때마다, 내가 추위에 떠는 레몬나무처럼 오그라들지 않도록 장은 내 일부를 따뜻하게 해준다. 마치 아이를 애지중지 아끼는 아빠 같다.

나의 표정은 희열을 애써 감추려는 선정적인 얼굴이었다. 그래서 훨씬 더 으스스하다.

엄마는 여전히 내 걱정을 하신다. 그리고 나한테도 그 걱정을 전염시킨다. 그러면 이런 생각이 든다. 어쩌겠어, 나한테 정말로 무슨 일이 일어나면, 그때까진 맘껏 강렬하게 살아야지. 그리고 불평 같은 건 듣지 않을 테야.

엄마는 별로 묻지 않으시고, 내가 많이 이야기한다. 프랑스의 수도 파리에서 몇 주를 어떻게 보냈는지 시시콜콜 자세히 늘어놓는다. 환히 들여다보이고 소리를 내는 형형색색의 사소한 일들, 사소한 일들, 사소한 일들로 이루어진 유리구슬 커튼 뒤에 장을 숨긴다. 물처럼 투명하다.

"파리는 너를 우리에게서 떼어내 너 자신에게 가까이 데려다주었어, 그렇지?" 엄마는 말씀하신다. 엄마가 말하는 '파리'는 내가 털어놓을 준비가 되어 있지 않은 남자의 이름을 뜻한다. 난 그걸 알고 있고, 엄마도 내가 알고 있는 걸 알고 계신다. 나는 결코 그 이름을 털어놓을 준비가 되지 않을 것이다.

나 자신이 너무 낯설게 느껴진다. 마치 장이 두꺼운 껍질을 벗겨내 그 아래에 있던 더 심오하고 더 정확한 내가 드러나 조롱의 미소를 지으며 나를 밀어내는 것만 같다.

"어때?" 나는 나에게 묻는다. "너 자신이 정말 특성 없는 여자인 줄 알았지?" (장은 무질이 쓴《특성 없는 남자》를 인용하는 건 똑똑하다는 표시가 아니라 단지 기억 훈련의 차원일 뿐이라고 한다.)

도대체 우리에게 무슨 일이 일어날 수 있을까?

이 엄청난 자유! 이 자유는 가족과 루크가 소르본의 세미나에 참석하고 저녁에 열심히 공부하는 내 모습을 상상하는 동안, 나한테 일어나는 일에 대해 죽은 그루터기처럼 침묵할 것을 요구한다. 나 자신을 억제하고 파괴하고 숨기고 본뉴에서 비방할 것을, 내 은밀한 삶을 털어놓아 절대 관심 끄는 일이 없도록 할 것을 요구한다.

나는 방투 산, 미스트랄, 태양, 비, 광활함에 내맡겨진 듯한 기분이다. 전에 없이 아주 멀리 볼 수 있고 아주 자유롭게 숨 쉴 수 있다. 하지만 모든 보호막을 상실했다. 자유는 안정감의 상실이라고 장은 말한다.

그런데 내가 무엇을 상실하는지 그는 정말 알까? 그리고 그가 나를 선택하는 경우에 무엇을 포기하는지 나는 정말 알까? 그는 나 말고는 어떤 여자도 원하지 않는다고 말한다. 두 삶을 사는 것은 나만으로 충분하다고. 자신까지 그러고 싶지 않다고. 그가 내 마음의 짐을 덜어줄 때마다 번번이 고마워서 눈물이 난다. 그는 결코 비난하지 않고 위태로운 질문도 하지 않는다. 그리고 내가 삶에 너무 많은 걸 바라는 나쁜 사람이 아니라, 선물이라는 감정을 심어준다.

고향에서 누군가에게 이 사실을 털어놓으면, 그는 어쩔 수 없이 나와 함께 거짓말하고 숨기고 침묵하라고 강요받게 될 것이다. 다른 사람들을 힘들게 할 것이 아니라 스스로 참고 견뎌야 한다. 순결을 잃은 여자들의 율법은 그렇다.

나는 장의 이름을 단 한 번도 입에 올리지 않았다. 그 이름을 말하는 방식에서 엄마나 아빠, 루크가 단박에 내 마음을 꿰뚫어볼까 두렵다.

어쩌면 모두 각자 나름대로 나를 이해할지도 모른다. 엄마는 여자들의 동경을 알기에. 우리 모두 안에는 그런 동경이 있다. 우리의 시선이 부엌 구석의 식탁을 벗어나지 못하는 어린 소녀 시절, 참을성 있는 동물 인형이나 영리한 말과 이야기를 나누는 어린 시절부터 이미.

아빠는 인간의 동물적인 쾌감을 알기에. 아빠는 동물적인 것, 존재에 활기를 주는 것을 이해하실 것이다. 어쩌면 생물학적으로 고착된 충동도 인정하실지 모른다. (어떻게 해야 할지 더 이상 알 수 없게 되면 아빠에게 도움을 간청할 것이다. 또는 장이 읽어준 사나리의 말대로 엄마-아빠에게.)

루크는 나를 이해할 것이다. 루크 스스로 결정했기에. 그는 자신의 결정에 매우 충실하다. 비록 마음을 아프게 하거나 나중에 잘못된 것으로 드러난다 할지라도 자신이 한 번 말했으면 끝까지 책임진다.

그런데 내가 침묵을 지키지 못해 자신이 얼마나 많은 상처를 입었는지 30년 후 루크가 인정한다면 어쩔 것인가?

나는 내 미래의 남편을 잘 안다. 그는 가혹한 시간과 밤을 보낼 것이다. 나를 보며 내 안에서 내 뒤의 낯선 남자를 볼 것이다. 나와 함께 자면서 스스로에게 이렇게 물을 것이다. 이 사람이 그 남자를 생각할까?

그 남자와 함께 있는 게 좋을까, 더 좋을까? 마을 축제가 벌어질 때마다, 7월 14일 소방 퍼레이드가 있을 때마다, 내가 다른 남자와 이야기를 나누면 자신에게 물을 것이다. 다음번엔 이 남자일까? 언제 이 짓을 그만둘까?

루크는 그 모든 걸 혼자 해결하고 나한테는 단 한 마디도 비난의 말을 하지 않을 것이다. 루크가 뭐라고 말했던가. "우리에겐 이 하나의 삶밖에 없어. 나는 내 삶을 너와 함께 보내고 싶어. 하지만 네 삶을 방해하고 싶진 않아."

나는 루크를 위해서도 침묵을 지켜야 한다.

그리고 나를 위해서. 나는 나 자신을 위해 장을 원한다.

그 모든 것을 원하는 걸 증오한다. 모든 것은 내가 지금껏 감당할 수 있었던 것을 넘어섰다…….

아, 빌어먹을 자유, 너는 여전히 나보다 더 크다!

자유는 요구한다. 내가 나를 문제 삼아 부끄러워하면서도 갈망하는 모든 걸 누리는 삶을 자랑스러워하라고.

내가 발을 굽어볼 수 없을 정도로 늙게 되면 우리가 체험한 모든 걸 회상하는 기쁨을 누릴 것이다!

우리가 뷔욱스의 성채에 누워 별을 찾았던 밤들. 카마르그에서 야만인처럼 살았던 몇 주. 아아, 그리고 장이 책과 더불어 사는 삶으로 나를 인도했던 그 멋진 저녁들. 우리는 알몸으로 조용히 카스토르와 함께 소파에 누워 있었고, 장은 내 엉덩이를 독서대로 이용했다. 나는 그렇듯 한없이 많은 생각과 견해와 기이한 일이 존재하는 걸 몰랐다. 세상을 통치하는 사람들이 서적 면허증을 따는 걸 의무로 정해야 할 것이다. 5000권, 아니, 10000권의 책을 읽어야만 비로소 인류와 인류의 행동방식을 대략이나마 이해할 수 있을 것이다. 사랑이나 궁지나 삶의 굶주림에 쫓긴 착한 사람들이 좋지 않은 일을 저지르는 장면을 장이 종종 읽어주면, 마음이 편해졌다. 나 자신이 더 이상 그렇게…… 나쁘고 위선적이고 부정한 사람처럼 느껴지지 않았다.

"마농, 당신만 유일하게 그럴 거라고 생각했어?" 그가 물었다. 그렇다, 그것도 끔찍하다. 이 세상에서 나라는 여자만 유독 겸허하게 살지 못하는 것 같다.

우리가 사랑을 나누다 잠깐 한숨을 돌리는 사이, 장은 자신이 읽었거나 앞으로 읽으려 하거나 또는 내가 읽었으면 하는 책에 대해 이야기해준다. 그는 책을 자유라고 부른다. 그리고 고향. 책들은 고향이기도 하다고 말한다. 책들은 우리가 별로 사용하지 않는 모든 좋은 낱말을 간직하고 있다. 온유함. 선함. 반대. 관용.

장은 아주 많은 것을 알고 있다. 그는 아주 헌신적으로 사랑할 수 있는 남자다. 그는 사랑하면 살아 있다. 그리고 사랑받으면 불안해 한다. 그래서 자신이 그토록 어설프다고 느끼는 걸까? 그는 자신의 몸 어디에 무엇이 깃들어 있는지 전혀 모른다! 슬픔, 두려움, 웃음. 도대체 어디에? 나는 주먹으로 그의 배를 누른다. "여기에, 무대공포증?" 그의 배꼽 아래를 후 분다. "여기에, 남성다움?" 손가락으로 그의 목을 감싼다. "여기에, 눈물?"

그의 몸은 꽁꽁 얼어 마비되어 있다.

어느 날 저녁, 우리는 춤추러 갔다. 아르헨티나 탱고. 완전히 실패였다! 장은 당황해서 나를 이쪽으로 조금 저쪽으로 조금 밀었다. 댄스학원에서 배운 스텝 순서에 따라. 두 손으로만. 그 자신은 그곳에 있긴 있었지만 몸하고 마음이 따로 놀았다.

아니, 그럴 수는 없었다. 그, 그 남자가! 그는 북쪽의 남자들, 영혼의 엄청난 공허함에 시달리는 피카르디나 노르망디나 로렌의 남자들과는 달랐다. 그런데 파리의 많은 여자가 그걸 에로틱하게 여긴다. 남자의 감정을 눈곱만큼 일깨우는 것이 마치 무슨 성적인 도전이나 되는 양 군다! 그 차가움 속에 무척 열렬하고 잔혹한 정열이 숨어 있다고 여긴다. 자신들을 어깨 너머로 내동댕이쳐서 어딘가 바닥에 못 박아버리는 정열…….

우리는 춤을 포기하고 집에 가 술을 마시며 진실을 회피했다. 수고양이가 암고양이 대하듯 그는 무척 다정했다. 나는 한없이 절망스러웠다. 내가 이 사람과 함께 춤출 수 없다면 어떡하지?

나는 내 몸이다. 내가 쾌감을 느끼면 내 음순은 촉촉이 미소 짓는다. 내가 굴욕감을 느끼면 내 가슴은 땀을 뻘뻘 흘린다. 그리고 내 손가락에는 내 용기에 대한 두려움이 숨어 있다. 내가 방어하고 저항하려 하면 손가락이 떨린다. 예를 들어 내 겨드랑이에서 혹이 발견되어 조직검사를 하게 되었을 때처럼 구체적인 일들을 두려워하게 되면, 그렇다. 나는 정신이 혼란스러우면서도 조용해진다. 혼란스러운 가운데도 주의를 집중하려 한다. 하지만 조용히. 아주 조용해져서 진지한 책을 읽지도 못하고 웅장한 음악을 듣지도 못한다. 다만 그대로 앉아서, 노랗고 빨간 잎사귀들에 뚝뚝 떨어지는 가을의 빛을 보려 할 뿐이다. 벽난로를 청소하려 하고, 실체 없이 어리석게 이리 저리 춤추는 혼란스러운 생각들에 지쳐서 드러누워 잠을 청하려 한다. 그렇다, 나는 두려우면 잠자려 한다. 공포로부터 영혼을 구하려 한다.

그런데 그는? 장, 그의 몸은 와이셔츠와 바지와 재킷이 걸려 있는 옷걸이 같다.

나는 자리에서 일어났다. 그가 뒤따라왔다. 나는 그의 뺨을 갈겼다.

손이 얼얼했다. 이글거리는 불 속에 집어넣은 듯 화끈거렸다.

"이봐!"

그가 말했다.

"도대체 왜 그래……?"

나는 따귀를 한 번 더 갈겼다. 이제 뜨겁게 달아오른 석탄을 손에 쥐고 있는 것 듯했다.

"생각 좀 그만하라고! 몸으로 느끼라고!" 나는 버럭 소리를 질렀다.

그러고는 레코드플레이어에 다가가 〈리베르탱고〉를 틀었다. 채찍을 휘두르고 회초리를 내리치는 듯한 화음. 불 속에서 나뭇가지들이 탁탁 부러지는 소리. 피아졸라와 그가 제일 높은 곳까지 몰아가는 바이올린.

"아니, 나는……."

"뭐가 아냐. 나랑 춤춰. 당신이 느끼는 대로 추라고! 지금 느낌이 어때?"

"화가 치밀어! 마농, 당신이 날 때렸잖아!"

"그럼, 화를 내며 춤춰! 이 곡에서 당신 감정을 연주하는 악기를 찾아봐. 그 악기를 좇아가! 나한테 치미는 분통을 발산해!"

내 말이 끝나기가 무섭게, 그는 두 팔을 높이 들어 나를 움켜잡고 벽에 밀어붙였다. 억세게, 아주 억세게! 바이올린이 소리쳤다. 우리는 알몸으로 춤을 췄다. 그는 자신의 감정을 연주하는 악기로 바이올린을 선택했다. 그의 분노는 쾌감으로 변한 뒤를 이어 애정으로 바뀌었다. 내가 그를 물어뜯고 할퀴며 따르기를 거부하자, 협조하길 거부하자, 나의 연인은 탕게로로 변신했다. 그는 자신의 몸으로 돌아왔다.

우리가 서로 심장을 맞대고 그가 나에 대해 느끼는 감정을 그대로 나에게 전달하는 동안, 보랏빛 라벤더 방의 벽에 비친 우리의 그림자들이 춤을 추었다. 그림자들은 창틀 안에서 춤을 췄다. 마치 하나의 존재인 양 춤을 췄다. 장롱 위에서 카스토르가 우리를 내려다보았다.

그날 저녁 이후 우리는 늘 탱고를 추었다. 처음에는 알몸으로. 몸을 흔들고 밀고 붙잡는 게 더 수월했기 때문이다. 우리는 춤을 추었다. 각자 자신의 심장이 있는 쪽에 손을 얹고서. 그러다 언젠가 자세를 바꿔 상대방의 심장이 있는 곳에 손을 놓았다.

탱고는 진실을 드러내는 약이다. 탱고는 너의 문제를, 너의 콤플렉스를 폭로한다. 하지만 네가 다른 이들의 마음을 상하게 하지 않으려고 감추는 너의 강점도 드러낸다. 그리고 탱고는 한 쌍의 남녀가 서로에게 어떤 존재이고 서로 어떻게 귀 기울이는지 알려준다. 오로지 자기 자신에게만 귀 기울이려 하는 사람이 있다면, 탱고를 증오할 것이다.

장은 춤에 대한 추상적인 이념으로 도망치는 대신 몸으로 느끼지 않을 수 없었다. 그는 나를 느꼈다. 내 음모를. 내 가슴을. 장과 함께 춤추고 나서 사랑을 나누었던 시간만큼 여자로서 내 몸을 생생하게 느낀 적은 전에 없었다. 우리는 소파에서, 바닥에서, 의자에 앉아서, 곳곳에서 사랑을 나누었다. 당신은 꼭 샘물 같아, 당신이 곁에 있으면 나도 물이 콸콸 솟아나오고 당신이 없으면 말라붙는 듯한 기분이 들어, 그는 말했다.

그 후로 우리는 파리의 탱고 바를 전전하며 춤을 추었다. 장은 자신의 몸이 뿜어내는 에너지를 나에게 느끼게 하고 자신이 나에게서 어떤 탱고를 원하는지 알려주는 법을 터득했다. 우리는 에스파냐어를 배웠다. 적어도 탕게라가 좀 더…… 탱고에 몰입하도록 탕게로가 탕게라에게 속삭이는 시구나 시행 정도는 배웠다. 그것으로 우리는 말로 설명할 수 없는 얼마나 근사한 유희를 시작했던가. 우리는 침실에서 서로 정중하게 말을 높이는 법을 배웠다. 그리고 정중한 태도를 통해 이따금 극히 정중하지 않은 일들을 요구했다.

아, 루크! 그와는 다르다……. 덜 절망적이다. 하지만 덜 자연스럽기도 하다. 장에게는 처음부터 한 번도 거짓말하지 않았다. 루크에게는 좀 더 세게 또는 좀 더 부드럽게, 좀 더 박력 있게 또는 좀 더 유희적으로 하고 싶다는 말을 하지 않는다. 그가 줄 수 있는 것보다 더 많이 원해서 부끄럽다. 아니면 또 모른다. 내가 원하기만 하면 혹시 해줄 수 있을지도. 하지만 어떻게?

다른 여자하고 춤을 추는 경우에 몸을 사려서 탱고를 배반하지 마, 바에서 탱고를 가르치는 기타노가 말했다. 기타노는 장이 나를 사랑한다는 말도 했다. 그리고 나도 장을 사랑한다고 했다. 우리가 춤을 추는 모든 스텝에서 그걸 알 수 있다는 것이다. 기타노는 우리가 하나라고 말한다. 혹시 그 말이 진실에 가까울까?

장은 나의 남성적인 부분이기에 나와 함께 있어야 한다. 우리는 서로 마주보며 같은 것을 본다. 루크는 나와 나란히 한 방향을 보는 남자다.

탱고 선생과는 달리 우리는 사랑에 대해 이야기하지 않는다.

당신을 사랑해, 이 말은 완전히 자유롭고 순수한 사람들만 할 수 있는 게 아닐까. 로미오와 줄리엣 같은. 하지만 우리는 로미오와 줄리엣과 슈테판은 아니다.

우리에겐 늘 시간이 부족하다. 우리는 모든 것을 한 번에 해야 한다. 그렇지 않으면 아무것도 해내지 못한다. 함께 자면서 책에 대해 이야기하고 중간 중간 음식을 먹고 침묵하고 다투고 화해하고 춤을 추고 책을 읽어주고 노래하고 계속 우리의 별을 찾는다. 모든 것을 급행으로. 장이 프로방스에 와서 우리의 별을 찾을, 다음 여름이 기다려진다.

나는 교황청이 햇빛을 받아 금빛으로 빛나는 걸 볼 것이다. 마침내 다시, 그 빛을. 엘리베이터 안이든 거리든 버스 안이든 다른 사람들이 전혀 없는 척 굴지 않는 사람들을 마침내 다시 보게 될 것이다. 마침내 다시 나무에서 직접 떨어지는 살구를. 오, 아비뇽.

예전에는 늘 차갑고 심술궂고 음산해 보이는 교황청이 있는 이 도시가 왜 비밀통로와 벼락닫이로 가득 차 있는지 궁금했다. 이제는 안다, 인간을 끊임없이 몰아치는 욕망이 이미 인류의 시초부터 분명 존재했음을. 정자, 별실, 칸막이 좌석. 이 모든 건 오로지 하나의 유희를 위한 것이다!

누구나 아는 유희. 하지만 누구나 그런 유희가 없는 척 한다. 기껏해야 아주 멀리 있어서 전혀 위험하지 않은 척, 현실이 아닌 척한다.

말도 안 돼!

한없는 수치심으로 볼이 달아오른다. 무릎에서 그리움이 느껴진다. 거짓말이 내 견갑골 사이에 살면서 상처가 나도록 할퀸다.

사랑하는 엄마, 아빠. 내가 결정을 내릴 필요가 없도록 도와줘요. 제발 부탁이에요. 그리고 내 겨드랑이의 콩알은 라벤더와 의연한 고양이들이 살고 있는 저기 위 발랑솔에서 수도꼭지를 틀면 흘러나오는 석회 조각 같은 것이게 해줘요.

22

페르뒤 씨는 마스카라를 칠한 속눈썹 아래의 어느 눈길이 자신을 힐끗거리는 걸 느꼈다. 그 여인의 눈길을 붙들어 응답하면 까베세오에 들어서게 된다. 까베세오는 탱고에서 모든 것이 협상되는 말없는 시선교환, 즉 '눈으로 묻는 것'이다.

"조당 씨, 바닥을 봐요. 여자들을 똑바로 보지 말아요."

페르뒤 씨가 속삭였다.

"한 여자를 오래 바라보면, 그 여자는 춤을 신청해도 되느냐고 묻는 뜻으로 받아들여요. 아르헨티나 탱고 출 줄 알아요?"

"전에 부채를 들고 자유자재로 능숙하게 몸을 놀렸어요."

"아르헨티나 탱고는 그와 비슷해요. 다만 몇 가지 스텝이 정해져 있죠. 그리고 서로 상체를 기대요. 가슴과 가슴이 맞닿게. 그러고는 여자가 어떻게 이끌리고 싶어 하는지 귀 기울여 들어요."

"귀 기울이라고요? 하지만 아무도 말하지 않는데요."

그 말은 맞았다. 여자들도 남자들도, 춤을 추는 커플들은 공기를 사용해 말하지 않았다. 그런데도 그들은 모든 것으로 표현했다. "나를 더 세게 이끌어줘요! 그렇게 빨리 하지 말아요! 나에게 기회를 줘요! 당신을 유혹하게 해줘요! 우리 놀아봐요!" 여자들은 남자들을 바로잡아 주었다. 발등으로 장딴지를 비비며. "정신을 집중해요! 난 뮤즈라고요!"라고.

어떤 지방에서는 남자들이 네 번 연달아 춤을 추며 파트너를 더 정열적으로 이끌기 위해 말의 힘을 이용하기도 했다. 그들은 부드러운 스페인어로 파트너의 귀와 목, 머리카락에 속삭였다. 그 숨결은 피부를 더욱 흥분시켰다. "난 당신의 탱고에 홀딱 반했어. 당신 춤은 날 미치게 만들어. 내 심장이 당신 심장을 노래하게 만들 거야, 자유를 만끽하며……." 라고.

하지만 그곳에서는 아무도 탱고를 추며 속삭이지 않았다. 그곳에서는 모든 게 눈으로 이루어졌다.

"남자들은 눈길을 신중하게 놀려야 해요."

페르뒤 씨는 목소리를 낮추어 춤을 청하는 규칙을 조당에게 알려줬다.

"그런 걸 전부 어디서 배웠어요? 그것도……."

"아니, 책에서 읽은 게 아니요. 내 말 잘 들어요. 자, 천천히 둘러봐요. 하지만 너무 천천히는 말고. 네 곡이 연달아 나온 다음, 다섯 번째에서 같이 춤추고 싶은 사람을 찾아보거나 아니면 조당 씨와 춤추고 싶어 하는 여자가 있는지 살펴봐요. 똑바로 오래 바라보면서 눈길로 물어요. 상대방이 고개를 끄덕이거나 살짝 미소를 머금으면, 요청을 받아들인 것으로 여기죠. 여자가 시선을 옆으로 돌리면, '고맙지만 사양하겠어요'라는 뜻이요."

"그거 좋군요."

조당이 소곤거렸다.

"그런 식으로 '고맙지만 사양하겠어요'라고 알려주면 웃음거리가 될까 봐 걱정할 필요가 없겠어요."

"바로 그거요. 조당 씨가 일어나서 숙녀분을 데리러 가면 아주 정중한 태도요. 그러면 가는 길에 정말로 조당 씨에게 승낙한 건지도 확인해볼 수 있어요. 조당 씨 비스듬히 뒤에 있는 남자일 수도 있거든요."

"춤춘 후에는? 그 여자에게 음료수를 대접하나요?"

"아뇨, 그 여자 자리로 데려다주고 인사를 한 뒤 남자들이 있는 쪽으로 돌아와요. 탱고는 그 어떤 의무도 지우지 않아요. 그들은 서너 곡의 노래가 흐르는 동안 동경과 희망, 쾌감까지도 함께 나누죠. 탱고가 섹스와 비슷하다고, 아니 섹스보다 더 낫다고 말하는 사람들이 있어요. 그것도 자주. 하지만 그걸로 끝이요. 한 여자와 네다섯 곡 이상 춤추는 건 아주 어설픈 짓이죠. 제대로 못 배운 것으로 여겨진답니다."

눈을 내리뜨고서 그들은 춤추는 이들을 관찰했다. 얼마 후, 페르뒤 씨가 50대 초반 아니면 60대 후반일 수도 있는 여자를 턱으로 가리켰다. 희끗희끗한 머리카락을 플라멩코 댄서들처럼 아래로 내려 묶고 춤옷을 무척 세련되게 차려 입고 있었다. 한 손가락에 결혼반지 3개를 끼고 있었다. 몸놀림이 발레리나 같았으며, 늘씬한 게 어린 블랙베리 가지처럼 나긋나긋하면서도 단단했다. 춤 솜씨가 뛰어났다. 확실하고 정확하면서도 무척 다감해서, 몸이 뻣뻣하거나 쭈뼛거리는 파트너 주변을 맴돌며 남자의 부족함을 자신의 우아함으로 감싸주었다. 그 덕분에 모든 것이 아주 경쾌해 보였다.

"조당 씨, 저분이 당신 춤 파트너가 될 거요."

"저 여자요? 저 여자는 너무 잘 춰요. 겁나요!"

"감정을 잘 기억해둬요. 언젠가 당신이 여기에 대한 책을 쓰려면, 그런 두려움을 안고 춤을 추는 것이 어떤 느낌인지 알아두는 편이 좋을 거요. 자, 그럼 시작해봐요."

조당이 겁에 질렸으면서도 용감하게 그 도도한 블랙베리 여왕의 시선을 자신에게 유도하려고 시도했다. 페르뒤 씨는 바를 향해 어슬렁어슬렁 걸음을 옮겨 잔에 아니스 향이 강한 파스티스를 조금 따르고 얼음물을 부었다. 그는…… 흥분해 있었다. 정말 흥분해 있었다. 마치 곧 무대 위에 나설 사람처럼.

늘 마농과의 만남을 앞두고는 얼마나 제 정신이 아니었던가! 면도하는 손가락이 너무 떨려 그의 얼굴에 온통 상처투성이였다. 무슨 옷을 입어야 할지 항상 갈피를 잡지 못했고, 건장하면서도 늘씬하고 우아하면서도 차분하게 보이고 싶어 했다. 그 무렵 페르뒤 씨는 마농에게 근사하게 보이려고 조깅과 역도를 시작했다.

페르뒤 씨는 파스티스를 한 모금 마셨다.

"고맙소."

순간 그는 머리에 떠오르는 이탈리아어로 말했다.

"천만에요, 선장님."

키가 작고 통통하고 콧수염을 기른 남자가 노래하는 듯한 나폴리 억양의 이탈리아어로 대답했다.

"너무 높이지 마시오. 난 정식 선장이 아니오……."

"그 무슨 말씀을. 선장님 맞아요. 쿠에노는 척 알아요."

스피커에서 인기가요가 흘러나왔다. 파트너를 교체한다는 의미인 꼬르띠나. 30초 후 악단은 다음 곡을 연주할 것이다.

페르뒤 씨는 블랙베리 무희가 자비를 베풀어, 창백한 얼굴을 용감하게 높이 쳐든 조당에게 이끌려 무대 가운데로 나가는 광경을 지켜보았다. 불과 몇 걸음 후, 그녀는 황후처럼 몸을 놀렸다. 그때까지 조당은 겨우 그녀의 내민 팔을 붙잡고 있을 뿐인데도, 뭔가가 그녀를 조당과 이어주는 듯 보였다. 조당이 귀덮개를 벗어 옆으로 내던졌다. 그러자 키가 한결 더 크고 어깨도 더 넓어 보였다. 그는 가슴팍을 투우사처럼 쑥 내밀고 있었다.

그녀는 맑고 밝은 푸른색의 눈에서 뿜어져 나오는 시선을 흘낏 페르뒤 씨에게 던졌다. 눈은 늙었지만 시선은 젊었다. 그녀의 몸은 모든 시간을 벗어나 달콤하고 애타는 탱고의 노래를 불렀다. 페르뒤 씨는 삶의 사우다지[19], 은은하고 따사한 슬픔, 모든 것을 위한 슬픔, 무無를 위한 슬픔을 잘 알았다.

사우다지.

어린 시절, 날들이 뒤섞여 흐르고 무상함은 아무 의미가 없던 시절에 대한 그리움. 그것은 결코 다시는 받지 못할 사랑, 한 번 체험하는 헌신, 인간이 말로 표현할 수 없는 모든 것이다.

그것을 감정의 백과사전에 수록해야 했다.

올손이 바에 나타났다. 두 발과 두 다리가 더는 춤추지 않자, 그는 다시 늙은 신사가 되었다.

"말로 설명할 수 없는 것은 춤으로 춰야 한다."

페르뒤 씨는 혼자 중얼거렸다.

"그리고 입으로 말할 수 없는 것은 글로 써야 하지."

노 작가가 큰 소리로 호통치듯 말했다.

악단이 가르델의 〈포르 우나 카베자〉를 연주하자, 블랙베리 무희는 조당의 가슴에 폭 안겨 그에게 몇 마디 주문을 속삭였다. 그녀의 손과 발, 엉덩이가 은근히 막스의 포즈를 바로잡았다. 그녀는 막스가 자신을 이끄는 양 보이도록 했다.

---

19) 슬픔, 갈망, 열망, 향수 등을 뜻하는 포르투갈어 낱말.

조당은 탱고를 췄다. 처음엔 눈을 크게 뜨고 추더니, 블랙베리 무희가 속삭이는 지령을 따라 눈을 내리떴다. 낯선 여인과 젊은 청년, 두 사람은 곧 익숙한 연인처럼 보였다.

올손이 포동포동한 바텐더 쿠에노에게 고개를 끄덕이자 바텐더도 무대로 향했다. 무대에서 그는 더 경쾌해 보였다. 날렵하고 공손한 몸놀림이 경쾌하고 무척 정중했다. 춤 파트너는 그보다 키가 더 컸다. 그런데도 신뢰에 넘쳐 그에게 바싹 휘감겼다. 그때 올손이 친밀하게 페르뒤 씨쪽으로 몸을 굽혔다.

"저 살바토레 쿠에노, 참 기이한 문학적인 인물이죠. 원래 농산물 수확 도우미로 프로방스에 왔어요. 버찌, 복숭아, 살구, 섬세한 손길을 필요로 하는 건 뭐든 도왔죠. 러시아인, 모로코인, 알제리인과 함께 일했어요. 그러다 처녀 뱃사공하고 하룻밤을 지냈고, 이튿날 그녀는 다시 배를 타고 사라졌어요. 달과 함께 사라졌다고 할까. 그때부터 쿠에노는 강을 따라 다니며 그녀를 찾고 있소. 20년 전부터. 여기저기서 일을 하며. 내 생각에 이제는 못하는 일이 없지 싶소. 무엇보다 요리를 잘해요. 하지만 그림도 그리고 탱크트럭도 청소하고 별점도 치고……. 댁이 뭘 원하든 다 해낼 거요. 또 모르는 게 있으면 엄청나게 빠른 속도로 배운다오. 피자 굽는 나폴리 남자의 몸을 하고 있는 천재요."

올손은 고개를 설레설레 저었다.

"20년. 한번 생각해봐요. 한 여자 때문에!"

"그래서요? 그보다 더 나은 이유가 있을까요?"

"댁은 당연히 그렇게 말하겠죠, 존 로스트."

"뭐라고요? 방금 저를 뭐라고 불렀습니까, 올손?"

"댁도 벌써 들어봤을 거요, 장 페르뒤. 존 로스트, 조반니 페르디토. 난 댁 꿈을 꾼 적이 있소."

"선생님이 《남녘의 빛》의 저자입니까?"

"벌써 춤을 춘 거요?"

페르뒤 씨는 파스티스를 단숨에 들이켰다. 그러고는 주위를 둘러보았다. 그의 시선이 여인들에게서 미끄러졌다. 어떤 여자들은 눈길을 돌렸고, 어떤 여자들은 그의 시선을 피하지 않았다.

그런데 한 여자의 눈빛이 그를 조준했다. 20대 중반이었다. 짧은 머리카락, 작은 가슴, 위팔과 어깨 사이의 단단한 삼각근. 그리고 한없는 갈망과 그 갈망을 잠재우는 용기에 대해 이야기하는 불타는 눈빛.

페르뒤 씨는 고개를 끄덕였다. 그녀는 미소 짓지 않고 몸을 일으켜 페르뒤 씨를 향해 마주 왔다. 정확히 절반에서 한 걸음 못 미치는 곳까지. 그 마지막 걸음을 페르디에게 걷게 하려 했다. 그녀는 기다렸다. 분노에 불타면서도 애써 자제하는 고양이.

그 순간 악단이 한 곡을 끝마쳤다. 페르뒤 씨는 삶에 굶주린 고양이 여인을 향해 걸음을 옮겼다.

"결투!"

그녀의 얼굴이 말했다.

"힘껏 나를 굴복시켜요. 하지만 감히 나에게 굴욕감을 느끼게 하진 말아요.”

그녀가 야무지게 말했다.

“그리고 나에게 고통을 안겨줄까 봐 당신이 주춤한다면 유감이에요. 나는 부드럽지만, 아주 가혹한 정열 속에서 비로소 그 부드러움을 느끼죠. 또 난 저항할 수 있어요.”

그녀의 작고 단단한 손, 그녀의 몸을 똑바로 지탱해주는 떨리는 듯한 긴장, 그의 허벅지에 휘감기는 그녀의 허벅지가 말했다.

그녀는 위에서 아래까지 그에게 꼭 달라붙었다. 하지만 첫 음조가 울려 퍼지자마자 페르뒤 씨는 명치에서 뿜어 나오는 에너지를 단번에 그녀에게 전달했다. 페르뒤 씨는 그녀를 깊이, 더욱더 깊이 깊이 내리눌렀다. 두 사람의 한쪽 다리가 무릎에서 하나 되고, 다른 한쪽 다리가 옆으로 길게 뻗을 때까지.

여자들이 소곤거리며 술렁이기 시작했다. 페르뒤 씨가 젊은 여인을 끌어 올리는 동시에 그녀가 체중이 실리지 않은 다리를 빠르고 능숙하게 놀려 그의 무릎을 휘감자 곧 조용해졌다. 그녀는 보드라웠고, 두 사람은 서로 바싹 휘감겼다. 보통은 알몸의 연인들만이 그렇게 휘감길 수 있을 것이다. 페르뒤 안에서 오랫동안 사용되지 않은 힘이 불끈거렸다.

아직 할 수 있을까? 그토록 오랜 세월 사용하지 않은 몸으로 돌아갈 수 있을까?

“생각하지 마, 장! 몸으로 느껴!”

그래, 마농.

사랑을 나누고 사랑의 유희를 하고 춤을 추고 감정에 대해 말할 때는 생각하지 않는 것, 페르뒤 씨는 그걸 마농에게 배웠다. 그가 장황한 말과 뻣뻣한 얼굴로 동요하는 마음을 숨기려 한 탓에, 마농은 그를 '전형적인 북쪽 사람'이라고 불렀다. 섹스를 하면서도 늘 예절을 지키려 주의한 탓에. 그리고 원하는 대로 춤추는 대신, 마농을 마치 쇼핑카트처럼 바닥 위로 끌어당기고 밀어내며 춤을 춘 탓에. 의지와 반응과 쾌감의 충동이 이끄는 대로 춤추는 대신.

마농은 호두를 깨듯 그 뻣뻣함을 손으로, 맨손으로, 맨 손가락으로, 맨 다리로 그의 결계를 깨뜨렸다…….

그녀는 나를 해방시켰어, 비인간적인 모든 것으로부터. 침묵과 심리적 압박으로부터. 늘 올바른 걸음만을 내딛어야 한다는 강요로부터.

여자가 삶으로부터 받는 것 이상을 원하는 경우, 그녀의 몸과 완전히 일치하는 남자들은 그것을 냄새 맡고 느낀다고 한다. 페르뒤 씨 품 안의 아가씨는 낯선 남자, 영원한 여행자를 갈망했다. 페르뒤 씨는 그녀의 심장이 뛰는 걸 가슴으로 느끼는 동안, 그것의 냄새를 맡았다. 홀연히 말을 타고 도시에 나타나 하룻밤 동안 그녀에게 모든 모험적인 것을 선사할 미지의 남자. 여기 침묵을 지키는 밀밭과 오래된 숲들 한가운데의 마을에는 없는 모든 것을 그녀의 발치에 대령할 남자. 언제나 땅과 가족과 후손만을 중요하게 여기는 이 목가적인 시골에서 그것은 이 여인이 울분에 사로잡히지 않기 위해 누릴 수 있는 유일한 항의다. 그녀의 존재는 결코 중요하게 여기지 않는 이 시골에서.

페르뒤 씨는 젊은 여인이 갈망하는 것을 주었다. 젊은 목수나 포도재배인이나 삼림업자는 결코 페르뒤 씨처럼 그녀를 붙잡지 못했을 것이다. 그는 그녀의 몸과 그녀의 여성스러움과 춤췄다. 어렸을 때부터 그녀를 잘 알지만, 그저 마리로만, 앙투안 알퐁소 몽포르의 그림에서 본 듯한 '농마農馬의 편자를 박는' 늙은 대장장이의 딸로만 여기는 사람들은 결코 그렇게 춤출 수 없을 것이다.

페르뒤 씨는 젊은 여인을 향한 손길에 온몸을, 숨결을, 정신을 쏟아부었다. 그리고 탱고의 언어, 예전에 마농과 함께 배워 침대에서 서로 속삭였던 아르헨티나 식 스페인어로 여인에게 속삭였다. 그때 두 사람은 쇠락한 스페인의 전통적인 중년부부처럼 존댓말을 쓰고 외설적인 말을 소곤거렸다.

모든 것이 겹쳐 나타났다. 과거, 현재, 이 젊은 여인, 마농이라는 이름의 다른 젊은 여인. 자신이 얼마나 남자다울 수 있는지 예감조차 못했던 젊은 시절의 장이라는 남자. 아직 늙지는 않았지만 소원을 갖는 것이, 두 팔에 여인을 안는 것이 어떤 건지 망각한 중년 남자. 싸우고 제압당하고 또다시 싸우는 걸 즐기는 무희의 품에 안긴 그가 여기 있었다.

마농, 마농, 당신도 이렇게 춤췄어. 당신은 오로지 당신 혼자만을 위해 뭔가를 쟁취하는 데 굶주려 있었지. 가족에게서 벗어나 조상들의 땅을 어깨에서 내려놓고. 오로지 당신만이 있었지, 미래 없이, 당신과 탱고만. 당신과 나, 당신의 입술, 나의 입술, 당신의 혀, 당신의 피부, 나의 삶, 당신의 삶.

세 번째 곡, 〈리베르탱고〉가 연주되는데 비상구문이 벌컥 열렸다.

"저기 있어, 이 음탕한 것들!"

극심한 분노와 흥분을 이기지 못하고 울부짖는 남자 목소리가 페르뒤 씨의 귀청을 울렸다.

23

남자 다섯이 들이닥쳤다. 여자들이 비명을 질렀다.

그새 첫 번째 침입자는 쿠에노의 팔에 안겨 춤추던 여인을 낚아채 따귀를 올려붙일 태세였다. 건장한 이탈리아 남자 쿠에노가 그 팔을 붙잡았다. 그러자 두 번째 남자가 합세해 쿠에노를 덮쳐 멍치를 갈겼다. 그러는 동안 첫 번째 남자는 여인을 잡아챘다.

"배신인가!"

술 냄새 푹푹 풍기며 흥분해 날뛰는 남자 무리에서 올손이 페르뒤 씨와 함께 그 고양이 여인을 빼내오며 내뱉었다.

"우리 아버지예요."

여인은 너무 놀라 백짓장처럼 창백한 얼굴로 중얼거리며, 공격자들 가운데 미간이 좁고 손에 도끼를 든 남자를 가리켰다.

"그쪽 보지 말아요. 내가 뒤따라갈 테니 앞서서 나가요!"

페르뒤 씨가 소리쳤다.

조당은 분노한 두 녀석 중 하나를 막았다. 두 남자는 쿠에노가 자신들의 아내, 딸, 누이들을 꼬여낸 악마 같은 섹스 놀음의 화신이라고 말했다. 쿠에노는 얻어맞아 입술에 피가 흘렀다. 조당은 공격자 한 명의 무릎을 발로 걷어차고 나머지 한 명은 바닥에 눕혀 쿵후 같은 비틀기로 제압했다. 그리고 서둘러 자신의 블랙베리 무희에게로 돌아갔다. 혼란의 와중에서도 그녀는 당당하게 몸을 똑바로 세우고 조용히 그 자리를 지키고 있었다. 막스는 정중하게 허리 굽혀 절하고 그녀의 손에 입을 맞추었다.

"완성되지 못한 밤의 여왕이시여, 제 인생 최고의 춤을 추게 해 주셔서 감사합니다."

"혼자 떨궈지기 전에 어서 와!"

올손이 조당의 팔을 잡아끌며 외쳤다.

페르뒤 씨는 여왕이 조당을 눈으로 배웅하며 미소 짓는 걸 보았다. 그녀는 귀덮개를 집어 들어 가슴에 꼭 안았다.

조당과 페르뒤 씨, 올손. 고양이 여자, 쿠에노는 낡은 파란색 르노 소형밴을 향해 달렸다. 쿠에노가 불룩한 배를 운전대로 밀어 넣었고, 올손은 숨을 헐떡이며 운전석 옆 좌석에 몸을 들이밀었다. 페르뒤 씨와 조당, 젊은 여자는 트렁크로 기어올랐다. 공구함, 가죽 트렁크, 향신료와 식초와 허브 다발이 담긴 병, 산더미처럼 쌓인 여러 내용의 교과서들 사이로. 주먹을 휘두르며 뒤쫓아오는 격분한 남자들에 쫓겨 쿠에노가 속력을 내자, 트렁크에 있는 세 사람은 뒤엉켜 나동그라졌다. 남자들은 춤을 향한 여자의 은밀한 충동을 더 이상 참을 수 없어서 낯선 녀석들을 주차장까지 뒤쫓아 왔다.

"멍청한 놈들!"

올손이 나비 화보집을 뒤쪽으로 던지며 내뱉었다.

"허접한 생각들에 사로잡혀서, 우리가 옷을 입고 추다가 나중엔 알몸으로 춤추는 스윙어 패거린 줄 안다니까. 그러면 정말 보기 좋진 않을게야. 털이 숭숭 나고 주글주글하고 구슬만한 불알, 올챙이배, 가느다란 노인네 다리."

고양이 여인이 까르르 웃었고 조당과 쿠에노도 웃음을 터트렸다. 공포에 떨며 간신히 도망쳐 나온 사람들의 과장된 웃음.

"있잖아요…… 그래도 지금 은행에 들릴 수 있을까요?"

시속 80킬로미터의 속도로 스프와의 중앙로를 따라 배를 향해 질주하는 중에 조당이 간절하게 물었다.

"자네가 카스트라토처럼 거세도 감당한다면야!"

올손이 호통쳤다.

얼마 후, 그들은 수상 서점 앞에 차를 멈췄다. 린드그렌과 카프카가 초저녁 햇살을 받으며 지루한 표정으로 창문 앞에 한가로이 누워 있었다. 흥분한 까마귀 한 쌍이 죽은 사과나무 위에 자리 잡고서 시끄럽게 모욕하는 소리에도 고양이들은 전혀 개의하지 않았다. 페르뒤 씨는 쿠에노가 배를 갈망하는 눈빛으로 바라보는 걸 알아챘다.

"내 생각에, 당신은 더는 이곳에 머무를 수 없을 것 같은데요."

그는 이탈리아 남자에게 말했다. 이탈리아 남자는 한숨지었다.

"내가 그 말을 얼마나 많이 들었는지 당신은 전혀 믿지 못할 거요, 선장."

"우리와 함께 갑시다. 우리는 프로방스까지 갈 거요."

"저 늙은 글쟁이 양반이 당신에게 벌써 내 이야기를 한 모양이네요, 그렇죠? 내가 강을 따라서 아직도 마음속에 품고 있는 아가씨를 찾고 있다고?"

"그래, 이 고약한 미국인이 아가리를 닥치지 못했소. 그래서 어쩌겠소? 어차피 나는 늙어서 머지않아 죽을 거요. 그러니 질릴 때까지 좀 더 주책없이 굴어야겠소. 그래도 페이스북엔 올리지 않았소."

"페이스북을 하십니까?"

조당이 믿어지지 않는다는 듯 물었다. 그러면서 사과를 따 셔츠 주머니에 담았다.

"그래, 그게 어쨌단 말이요? 교도소에서 노크로 신호하는 것 같은 것을 내가 하는 게 이상하오?"

늙은 올손은 킥킥 웃었다.

"물론 나도 페이스북을 하지. 그렇지 않으면 인류에게 무슨 일이 일어나는지 어떻게 알겠소? 마을광장에서 일어난 집단 린치가 왜 별안간 전 세계적으로 규합할 수 있는지.”
“그렇군. 오케이.”
조당이 말했다.
“그렇담 나중에 친구요청을 할게요.”
“그러게, 젊은 친구. 나는 매달 마지막 금요일 11시에서 15시 사이에 인터넷을 하지.”
“우리에게 아직 답변하시지 않은 게 있습니다.”
페르뒤 씨가 말했다.
“어쨌든 우리 두 사람은 춤을 췄어요. 그렇죠? 솔직히 대답해주십시오. 저는 거짓말을 좋아하지 않습니다. 선생님이 《남녘의 빛》의 저자입니까? 선생님이 사나리입니까?”
올손은 해를 향해 주름진 얼굴을 돌렸다. 희한하게 생긴 모자를 벗고 흰 머리카락을 뒤로 쓸어 넘겼다.
“내가 사나리라…… 왜 그런 생각을 하시오?”
“기교. 어휘.”
“아, 무슨 말인지 알겠소. ‘고귀한 엄마, 아빠’, 참으로 놀랍죠. 지극정성으로 돌봐주는 사람, 모든 인간이 그리는 어머니 같은 아버지를 향한 동경의 화신. 또는 ‘장미 사랑’, 향긋하게 만발하지만 가시가 없어야 하는 사랑. 장미의 본성에 대한 부인. 모든 게 참으로 훌륭하죠. 다만 유감스럽게도 내 작품이 아니오. 내 생각에, 사나리는 위대한 박애주의자요. 모든 인습을 벗어난 사람. 내가 그런 사람이라고는 주장할 수 없소. 나는 사람들을 좋아하지 않아요. 나는 사회규범을 지켜야 할 때마다 복통에 시달린다오. 아니, 난 아니요. 이건 유감스럽게도 사실이요."

올손은 힘겹게 자동차에서 내려 절뚝거리며 자동차 주위를 빙 돌아갔다.

"잘 듣게, 쿠에노. 자네가 돌아올 때까지 내가 이 낡은 자동차를 돌봄세. 아니면 돌아오지 않든지, 누가 알겠는가."

쿠에노는 결심을 못했지만, 조당은 단호하게 책들과 병들을 배로 나르기 시작했다. 그리고 공구함과 가죽 트렁크를 향해 손을 뻗었다.

"페르디토 선장님, 배에 올라도 되겠습니까?"

"어서 타시죠. 나로서는 영광입니다, 쿠에노 씨."

조당이 밧줄을 풀었고, 고양이 여인은 알 수 없는 눈빛을 띄며 르노의 보닛에 몸을 기댔다. 페르뒤 씨는 작별인사로 올손과 악수를 나누었다.

"선생님 정말로 제 꿈을 꾸었습니까? 아니면 그냥 말장난이었나요?"

그는 물었다. 올손이 의뭉스럽게 미소 지었다.

"낱말들로 이루어진 세계는 절대 진실일 수 없소. 언젠가 어느 독일 사람의 책에서 이런 말을 읽은 적이 있소. 이름이 게를라흐, 군터 게를라흐였소. 작은 이성을 좇는 남자는 없다."

그는 생각에 잠겼다.

"세유 강변의 퀴즈리로 가시오. 어쩌면 그곳에서 사나리를 찾아낼지도 모르오. 그녀가 아직 살아 있다면."

"그녀라고요?"

페르뒤 씨가 물었다.

"이런, 내가 뭘 알겠소. 난 흥미로운 건 전부 여자로 생각하는 게 좋소. 당신은 아니오?"

올손은 빙긋 웃으며 쿠에노의 낡은 자동차 안을 더듬더듬 정돈했다. 그러고는 젊은 여인을 기다렸다. 여인이 페르뒤 씨를 붙잡았다.

"당신은 나한테도 빚이 있어요."

그녀는 잠긴 목소리로 말하고는 페르뒤 씨의 입을 키스로 막았다. 20년 만에 처음으로 여자에게 받은 키스였다. 그게 얼마나 황홀한지, 페르뒤 씨는 꿈에도 생각하지 못했다. 여인은 그의 입술을 쪽쪽 빨고 혀로 그의 혀를 살짝 쳤다. 그러고는 불타는 눈빛으로 쳐다보며 페르뒤 씨를 밀어냈다.

"내가 당신을 원한다면 어쩌겠어요?"

도도한 눈빛이 노여워하며 말했다.

할렐루야. 내가 왜 이런 복을 받지?

"쿼즈리?"

조당이 물었다.

"그게 뭐죠?"

"파라다이스."

페르뒤 씨가 말했다.

24

쿠에노는 두 번째 선실에 짐을 풀고 주방을 자신의 구역으로 선언했다. 머리가 반쯤 벗겨진 이 건장한 남자는 트렁크와 향신료와 식용유, 블렌드로 진지를 구축했다. 음식에 양념을 하거나 소스의 맛을 돋우거나 그냥 '냄새를 맡고 행복해지기' 위해 직접 제조한 것들이었다.

그가 페르뒤 씨의 회의적인 표정을 보고 물었다.

"뭐가 잘못됐나요?"

"아뇨, 쿠에노 씨. 다만……."

다만 나는 향긋한 내음들에 익숙하지 않을 뿐이다. 그것들은 너무 황홀하다. 참을 수 없을 정도로 황홀하다. 그리고 '행복하지' 않다.

"예전에 어떤 여인을 알았는데……."

쿠에노는 주방을 치우고 식도를 조심스럽게 다루며 말을 꺼냈다.

"장미 냄새만 맡으면 울음을 터뜨렸어요. 그리고 내가 파이를 구우면 매우 에로틱하게 여긴 여자도 있었죠. 냄새가 영혼을 가지고 기이한 일들을 벌인다니까요."

파이의 행복, 그 순간 페르뒤 씨의 뇌리를 스쳤다. 알파벳 P[20] 항목이나 아니면 향기의 언어처럼 D[21] 항목에. 정말 언젠가는 진짜로 감정의 백과사전을 쓰기 시작하는 날이 올까?

---

20) '파이의 행복'을 뜻하는 독일어 낱말 'Pastetenglück'는 알파벳 'P'로 시작된다.

21) '향기의 언어'를 뜻하는 독일어 낱말 'Duftsprache'는 알파벳 'D'로 시작된다.

그런데 어째서 당장 시작할 수 없지? 말도 안 돼. 지금 어떻게?

필요한 건 종이와 연필이 다였다. 그러다 어느 날 알파벳 하나씩 하나씩, 그는 꿈을 이룰 것이다. 만일에, 만약, 혹시…….

지금. 늘 지금만이 존재한다. 어서 시작해, 이 겁쟁이야. 드디어 물속에서 숨을 쉬어.

"내 경우엔 라벤더가 그래요."

페르뒤 씨는 망설이며 털어놓았다.

"그럼 울음을 터뜨리나요, 아님 에로틱하게 여기나요?"

"둘 다. 내 인생 최대 실패의 냄새죠. 그리고 행복의 냄새이기도 하고요."

쿠에노는 비닐봉지 안의 조약돌을 쏟아 서가 한편에 정돈했다.

"이건 나의 실패고 나의 행복이죠."

아무도 묻지 않았는데 그가 설명했다.

"그리고 시간이죠. 시간은 마음을 아프게 하는 것의 모서리를 매끄럽게 만들죠. 그 사실을 자주 잊는 탓에, 지금까지 여행한 모든 강변의 조약돌들을 가지고 다닌다니까요."

물길이 험악해 배가 다닐 수 없는 루아르 강 위를 가로지르는 브리아르 운하다리를 타고 브리아르로 향했다. 이 운하다리는 루앙 운하와 부르보네 노선의 가장 아름다운 구간 중 하나로 꼽히는 브리아르 운하를 연결했다. 꽃들로 풍성하게 장식된 광경을 화폭에 담으려고 수십 명의 화가가 강변에 앉아 있는 브리아르 요트항구에 그들은 닻을 내렸다.

요트항구는 프랑스에서 가장 아름다운 휴양지로 꼽히는 생트로페의 미니어처 같았다. 수천 척의 비싼 요트들이 시야를 채웠고, 산책로는 산책하는 사람들이 채웠다. 종이약국이 가장 큰 배였다. 휴가를 즐기는 요트 선장들이 구경하러 와 서점으로 개조한 배를 둘러보고 선원들을 흘끔거렸다. 페르뒤 씨는 자신들 꼴이 좀 희한하다는 걸 깨달았다. 단순히 신참이 아니라 그보다 더 나빴다.

영락없는 아마추어구먼.

쿠에노는 모든 방문객들에게 혹시 여행 중에 화물선 달밤을 보았냐고 끈질기게 물었다. 30년 전부터 네덜란드 화물선을 타고 유럽을 이리저리 오가는 어느 스위스 부부가 그 화물선을 본 기억이 있다고 대답했다. 아마 10년 전쯤. 아니면 12년 전이었을까?

저녁식사를 준비하려던 쿠에노는 식당에서 하품하는 공허만을 발견했다. 냉장고 안에는 고양이 먹이와 앞서 말한 흰콩이 전부였다.

"우리에겐 돈이 없어요, 쿠에노 씨. 그리고 저장해둔 식료품도 없고요."

페르뒤 씨가 말을 꺼냈다. 그는 파리에서의 예상하지 못한 돌발적인 출발과 불운에 대해 이야기했다.

"강을 오가는 사람들은 잘 도와줘요. 그리고 나한테 모아둔 돈이 약간 있어요."

나폴리 남자가 자신있게 말했다.

"그중의 일부를 승선료로 내놓을 수 있어요."

"그거 참 존경스러운 말씀이지만 그럴 수는 없어요."

페르뒤 씨는 거절했다.

"어떤 식으로든 돈을 벌어야죠."

"그 여자분이 페르뒤 씨를 기다리지 않아요?"

조당이 순진하게 물었다.

"시간을 너무 많이 지체해선 안 된다고요."

"그녀는 날 기다리지 않아요. 우리에겐 시간이 넘치도록 많아요."

페르뒤 씨는 서둘러 조당을 진정시켰다.

그렇고말고, 우리에겐 시간이 넘치도록 많아. 아, 마농…… 그 지하의 바 기억나, 루이 암스트롱과 우리.

"그 여자분을 깜짝 놀라게 할 셈인가요? 그거 엄청 낭만적이네요……. 하지만 완전 근사한 모험인데요."

"모험을 하지 않는 사람은 살아 있는 게 아니요."

쿠에노가 끼어들었다.

"우리 돈 이야기나 더 합시다."

페르뒤 씨는 쿠에노에게 감사의 미소를 던졌다.

쿠에노와 페르뒤 씨는 몸을 숙여 수로 지도를 보았고, 쿠에노가 마을 몇몇 곳을 가리켰다.

"여기 느베르 뒤편의 아프르몽 쉬르 알리에, 거기에 내가 아는 사람이 있어요. 자비에는 묘비 수리하는 일을 하는 데, 늘 도와줄 사람을 찾고 있죠……. 그리고 여기 플뢰리에서 나는 가정집 요리사로 일한 적이 있어요……. 디고앙에서는 어느 화가 집에서 일했고……. 그리고 여기 생사투르에서는, 음, 이제 그녀가 모욕감을 느끼지 않는다면, 그때 내가 그녀하고……."

쿠에노는 얼굴을 붉혔다.

"그러니까 틀림없이 여러 사람이 음식과 디젤에 도움을 줄 겁니다. 아니면 어디에 일감이 있는지 알려주든지."

"퀴즈리에도 아는 사람이 있어요?"

"세유 강변의 책마을 말입니까? 그곳엔 아직까지 가보지 못했어요. 하지만 내가 찾는 걸 거기서 발견할지도 모르죠."

"그 여자 말이죠."

"네, 그 여자."

쿠에노는 심호흡을 했다.

"이봐요, 그 여자 같은 여자는 별로 없어요. 아마 몇백 년에 한 번 있을까 말까 할걸요. 그녀는 내가 남자로서 꿈꾸는 전부죠. 아름답고 영리하고 지혜롭고 너그럽고 정열적이고, 그냥 전부예요."

정말 놀랍군, 하고 페르뒤 씨는 생각했다. 나는 마농에 대해 그렇게 말하지 못할 거야. 마농에 대해 이야기한다는 건 마농을 공유한다는 뜻일 거야. 참회한다는 뜻. 페르뒤 씨는 아직까지 감히 그렇게 할 용기가 나지 않았다.

"그런데 중요한 문제는요."

조당이 생각에 잠겼다.

"어떻게 빨리 돈을 벌 수 있느냐는 거라고요. 분명히 말하는데, 난 제비족으론 아무짝에도 쓸모없어요."

쿠에노가 주위를 둘러보았다.

"책은 어떨까요?"

그러고는 느릿느릿 물었다.

"이 모든 책을…… 보관할 셈인가요?"

설마 그 자신도 그런 생각은 하지 않았을 것이다.

쿠에노는 자신의 돈으로 브리아르의 농부들에게 과일과 채소, 고기를 사러 갔다. 어느 약삭빠른 낚시꾼을 설득해 그날 잡은 물고기를 얻었다. 페르뒤 씨는 수상 서점을 열었고, 조당은 말하는 광고판 역할을 하러 달려 나갔다. 그는 요트항구와 마을을 어슬렁거리며 외쳤다.

"여기 책이 있어요! 신간 서적들이 있어요. 짜릿하고 지혜롭고 저렴한 책들, 근사한 책들요!"

조당은 여자들이 와글거리는 테이블 옆을 지나가면서 솔깃한 말을 외쳤다.

"독서는 아름답게 해주고, 독서는 부자로 만들어주고, 독서는 늘씬하게 해줍니다!"

그리고 틈틈이 르 프티 생 트로 레스토랑 앞에 서서 책 홍보을 했다.

"사랑으로 마음 아파하십니까? 우리에게 그걸 달래줄 책이 있습니다. 요트 선장 때문에 화가 납니까? 우리에게 그걸 풀어줄 책이 있습니다! 물고기를 낚았는데, 물고기를 손질하는 방법을 모르십니까? 우리 책들은 모든 걸 알고 있습니다."

조당의 사진을 잡지에서 본 두세 명이 작가를 알아보았다. 언짢은 표정으로 외면한 사람들도 있었다. 그리고 실제로 몇몇 사람이 조언을 구하러 종이약국에 나타났다. 그 덕분에 조당과 페르뒤 씨, 쿠에노는 첫 돈를 손에 쥐었다. 게다가 로니에서 온, 키가 크고 침울한 표정의 수도사가 꿀 몇 병과 약초 몇 단지를 페르뒤 씨의 불가지론 서적들과 교환했다.

"하필이면 저런 책들로 뭘 하려는 걸까?"

"땅에 묻으려는 거겠지."

쿠에노는 추정했다.

그는 항구 관리인에게 화물선 달밤에 대해 물어본 후 그에게서 약간의 허브 모종을 얻었다. 그러고는 서가의 널빤지 몇 장을 이용해 선미 갑판에 허브 텃밭을 만들었다. 카프카와 린드그렌은 신이 나서 박하에 덤벼들었다. 얼마 후, 고양이들은 설거지용 솔처럼 털을 곤두세우고 긴 꼬리를 내두르며 서로를 좇아 배 안을 휘저었다.

저녁에 쿠에노는 꽃무늬 앞치마를 두르고 마찬가지로 꽃이 그려진 주방용 장갑을 끼고 음식을 내왔다.

"신사분들, 관광객을 위해 반듯반듯하게 만든 일종의 라타투이입니다. 보헤미안 드 레귐."

쿠에노는 갑판에 즉흥적으로 마련한 식탁에 음식을 내려놓으며 설명했다. 그것은 네모나게 작게 썰어 볶은 다음 백리향을 듬뿍 치고 꾹꾹 눌러, 모양을 만들어 접시에 맵시 있게 담고는 최고급 올리브유를 떨어뜨린 붉은색 채소로 모습을 드러냈다. 게다가 쿠에노가 세 번 불에 익힌 양고기 커틀릿과 혀에서 살살 녹는 눈 같은 디저트 흰 마늘 플랑도 있었다. 페르뒤 씨가 음식을 한 입 맛보는데 기이한 일이 벌어졌다. 마치 머릿속에서 이미지들이 폭발하는 듯했다.

"믿어지지 않아요, 쿠에노. 당신은 극작가 마르셀 파뇰이 묘사한 대로 요리하는군요."

"아, 파뇰. 좋은 남자죠. 그 사람도 오로지 혀로만 잘 볼 수 있다는 걸 알고 있었어요. 그리고 코와 위로도 볼 수 있다는 걸."

쿠에노는 즐겁게 한숨짓더니 음식을 먹다 말고 말하기 시작했다.

"페르디토 선장, 난 어떤 나라를 이해하려면 그 나라의 영혼을 먹어야 한다고 굳게 믿어요. 그리고 사람들을 느끼려면. 영혼은 그 땅에서 자라는 것이죠. 사람들이 매일 눈으로 보고 냄새 맡고 손으로 잡는 것. 언젠가 사람들 안으로 뚫고 들어가 그 안에서 사람들을 형성하는 것."

"면발이 이탈리아 사람들을 만들 듯이 말이죠?"

조당이 음식을 씹으며 말했다.

"아아, 말 조심해. 파스타는 여자들을 아주 아름답게 만든다고!"

쿠에노는 열정적으로 여자의 풍만한 몸을 흉내내 보였다.

그들은 음식을 먹으며 웃었다. 오른편에서 해가 지고, 왼편에서 보름달이 떴다. 항구의 풍성한 꽃향기가 그들을 에워쌌다. 고양이들은 신중하게 주변을 탐색하더니, 엎어 놓은 책 함지박에 자비롭게 버티고 앉아 남자들을 즐겁게 해주었다.

처음 맛보는 평온이 페르뒤 씨 안에 잦아들었다.

음식이 사람을 치유할 수 있을까?

프로방스의 허브와 식용유를 머금은 음식을 한 입 먹을 때마다 페르뒤 씨는 자신을 기다리고 있는 땅을 마음속 깊이 받아들이는 듯했다. 말하자면 그들을 둘러싸고 있는 땅을 먹는 셈이었다. 루아르 주변의 인적 없는 지역을 맛볼 수 있었다. 숲과 와인을.

그날 밤, 페르뒤 씨는 편안히 잤다. 카프카와 린드그렌이 그의 잠을 지켜주었다. 수고양이는 문 옆에, 린드그렌은 그의 어깨 옆에 자리 잡았다. 그가 아직 거기 있는지 확인하려는 듯 이따금 그의 뺨을 스치는 고양이 앞발이 느껴졌다.

다음날 아침, 그들은 일단 브리아르 항구에 머무르기로 결정했다. 그곳은 인기 있는 만남의 장소이고 거점인데다 마침 하우스보트 시즌이 시작된 터였다. 근 한 시간마다 프랑스 하우스보트가 도착했고, 그것과 더불어 잠재적인 책 구매자도 도착했다.

와이셔츠와 회색 바지와 스웨터만 입고 길을 떠난 페르뒤 씨에게 조당이 자신의 몇 벌 안 되는 옷을 나눠 입자고 했다. 꼭 구입해야 하는 물품 목록에서 옷은 순서 앞쪽에 있지 않았다.

처음으로 페르뒤 씨는 낡은 청바지와 빛바랜 셔츠를 입었다. 거울에 비친 자신의 모습이 낯설었다. 사흘 동안 자란 수염, 조타대에서 살짝 그을린 갈색 피부, 간편한 복장…… 게다가 이젠 원래 나이보다 더 늙어 보이지 않았다. 또 그다지 고루해 보이지도 않았다. 그렇다고 무조건 훨씬 더 젊어 보인 것도 아니었다.

조당이 재미로 수염처럼 윗입술에 수평으로 줄을 하나 죽 긋고 검은 머리를 뒤로 매끈하게 넘겨 해적처럼 묶었다. 그리고 매일 아침 가벼운 바지 하나만을 입은 채 뒷갑판에서 맨발로 쿵후와 태극권을 훈련했다. 한낮과 저녁에는 음식을 준비하는 쿠에노에게 책을 읽어주었다. 쿠에노는 주로 여류작가들의 이야기를 듣고 싶어 했다.

"여자들이 세상에 대해 더 많이 이야기하거든. 남자들은 늘 자기 이야기만 하지."

그 사이 종이약국은 밤늦게까지 문을 열었다. 날은 갈수록 더워졌다.

다른 요트와 마을에서 온 아이들이 몇 시간씩 룰루의 선복에 쪼그리고 앉아 해리 포터의 모험이나 《소년탐정 칼레》, 《페이머스 파이브》, 《고양이 전사들》, 《윔피키드》를 읽었다. 직접 읽기보다는 읽어주는 걸 더 좋아했다. 조당이 무릎 위에 책을 놓고 긴 다리를 포개고서 아이들 무리에 섞여 바닥에 앉아 있는 모습을 보고 페르뒤 씨는 비죽이 배어나오는 흐뭇한 웃음을 억눌렀다. 책을 읽는 그의 능력은 나날이 향상하여, 이야기들이 그의 입에서 방송극으로 변화했다. 눈을 동그랗게 뜬 채 넋을 잃고 귀 기울여 듣는 그 어린 아이들이 언젠가는 숨을 쉬기 위해 공기가 필요하듯, 책을 읽고 책에 매혹당하고 머릿속에서 자신만의 영화를 상영하는 사람이 될 것이라고 페르뒤 씨는 예감했다. 그는 14세 미만의 아이들에게는 책을 무게로 달아 팔았다. 2킬로그램 당 10유로.

"우리 손해 보는 거 아니에요?"

조당이 물었다.

페르뒤 씨는 어깨를 으쓱했다.

"돈으로 치면 그렇지만 알다시피 독서는 사람을 배짱 두둑하게 만들죠. 그리고 틀림없이 내일의 세상은 항변하는 몇몇 사람을 필요로 하죠. 그렇게 생각하지 않아요?"

청소년들은 늘 킥킥거리며 붙어 있다가 에로스 서적이 있는 구석에서 눈에 띄게 조용해졌다. 청소년들이 서로의 입술을 밀어내고 빨개진 얼굴을 죄 없는 책 뒤에 숨길 수 있도록, 페르뒤 씨는 가까이 다가가는 경우에 일부러 바쁜 척 크게 달그락거리려 호의를 베풀었다. 조당은 피아노를 연주해 손님들을 배로 유인했다.

페르뒤 씨는 날마다 카트린에게 엽서를 보내고 미래의 문학 약제사들을 위해 가벼운 감정에서부터 중간 정도 무게의 감정들을 수록한 백과사전에 대비해 공책에 새로운 기록들을 모으는 습관이

붙었다.

매일 저녁 그는 선미에 앉아 하늘을 바라보았다. 은하수가 보이고 이따금 별똥별이 쏜살같이 지나갔다. 개구리들이 아카펠라 연주회를 열고 귀뚜라미들이 귀뚤귀뚤, 하며 추임새를 넣었다. 나지막이 털썩거리는 돛대의 밧줄 소리와 간간히 뎅그렁거리는 배의 종소리가 배경음악을 이루었다.

새로운 감정들이 밀려왔다. 카트린도 그런 감정들을 알아둘 필요가 있었다. 그녀와 더불어 그 모든 게 시작되었기 때문이다. 그를 어떤 종류의 남자로 만들지 아직은 알 수 없는 그 모든 것.

카트린, 소설은 시간이 필요한 정원과 같다는 사실을 오늘 조당 씨가 이해했어요. 독자가 실제로 휴식을 취할 수 있는 정원. 조당 씨를 보고 있으면, 이상하게도 아버지가 된 듯한 기분이 들어요. 잘 있어요.

페르디토로부터.

카트린, 오늘 아침 잠에서 깨어 당신이 영혼의 조각가라는 것을 3초 만에 깨달았어요. 당신이 두려움을 길들이는 여자라는 것을. 당신 아래서 돌이 사람으로 되돌아왔어요.

카트린, 강물은 바다와 달라요. 바다는 요구하고 강물은 내주죠. 이곳에서 거울처럼 매끄러운 저녁의 평온이 회청색으로 하루를 마감하면 우리는 만족, 고요, 우울, 평온을 비축하죠. 나는 당신이 빵으로 만들어 후추 알로 눈을 박은 해마를 아직도 가지고 있어요. 해마는 연인을 절실하게 필요로 하고 있어요. 장의 생각입니다.

카트린, 강물 위의 사람들은 먼저 방랑의 길에 이릅니다. 그들은 외딴 섬에 대한 책을 사랑하죠. 물에서 사는 사람들이 내일 어디에 정박할지 안다면 병이 들 겁니다. 그들의 마음을 이해할 수 있어요.

현재 정처 없이 떠도는 파리에서 온 페르뒤.

페르뒤 씨는 강 위에서 또 뭔가를 발견했다. 숨 쉬는 별들. 어느 날은 별들이 밝게 빛났고 다음날은 흐릿하더니 다시 밝아졌다. 그것은 연무나 독서용 안경 탓이 아니라 그가 자신의 발에 머물던 시선을 들어 올리는 데 걸리는 시간 때문이었다.

마치 별들이 숨 쉬는 듯했다. 무한히 느리고 깊은 리듬에 맞춰. 별들은 숨을 쉬며, 세상이 어떻게 생겨나고 어떻게 사라지는지 지켜보았다. 공룡을 보고 네안데르탈인을 본 별들도 있었다. 그 별들은 피라미드가 높이 올라가는 것을 보고 콜럼버스가 아메리카를 발견하는 것도 보았다. 그 별들에게 지구는 무한한 우주의 바다에서 하나의 머나먼 섬에 지나지 않았다. 그리고 거기에 사는 주민들은 그야말로…… 왜소했다.

25

일주일이 지나갈 무렵, 그들은 한시적인 영업허가를 신청하든지 아니면 계속 이동해야 한다는 정보를 브리아르 시청 직원으로부터 은밀히 입수했다. 그 직원은 미국 스릴러소설의 열광적인 독자였다.

"앞으로 어디에 정박할지 주의하십시오. 프랑스 관료제도에는 본래 빈틈이 없어요."

그들은 식료품과 전기와 물, 그리고 뭍에서 사는 몇몇 친절한 사람들의 이름과 휴대전화번호를 비축하고 루아르 강의 옆 수로로 접어들었다. 곧 이어 고성들을 지나고, 상큼한 송진 냄새 풍기는 울창한 숲과 화이트 와인을 만드는 상세르 소비뇽과 푸이 퓌메, 레드 와인을 만드는 피노 누아르가 재배되는 포도밭들을 지났다.

남쪽으로 멀리 내려갈수록 여름은 점점 더워졌다. 이따금 비키니 차림의 여자들이 갑판에 누워 있는 배들이 보였다.

강변의 오리나무, 늘어진 블랙베리 나뭇가지, 야생 포도들이 마법 같은 원시림을 이루었다. 초록색으로 어른거리는 빛들이 숲을 가득 비췄고, 그 빛 속에서 숲의 먼지 입자들이 춤을 췄다. 나무줄기들 사이에서 딱총나무 열매와 삐딱한 너도밤나무, 작은 늪들이 반짝였다.

쿠에노는 살랑거리는 물속에서 연신 물고기를 잡았다. 길고 평평한 모래톱에서 휴식을 취하는 왜가리, 물수리, 제비갈매기들이 보였고 여기저기 수풀 속에서 늪에 사는 너구리를 사냥하는 비버들이 모습을 나타냈다. 유서 깊고 충만한 프랑스가 신록 무성한 곳에서 당당하고 외롭게 자태를 드러내며 유혹했다.

어느 날 밤, 그들은 풀이 무성한 버려진 방목지 옆에 정박했다. 정적이 흘렀다. 물조차도 숨을 죽였고 엔진 소리도 전혀 들리지 않았다. 이따금 멀리 물 위로 외치는 올빼미를 빼곤, 오로지 그들뿐이었다.

촛불을 켜고 저녁식사를 마친 후, 그들은 이불과 베개를 갑판으로 가지고 나와 누웠다. 남자 셋이, 삼각형 별자리처럼 서로 머리를 맞대고. 은하수가 밝은 줄무늬처럼, 행성들로 이루어진 비행기구름처럼, 바로 그들 머리 위에 펼쳐져 있었다. 적막이 완전히 주변을 압도했고, 밤하늘의 깊고 진한 푸른색이 그들을 빨아들이는 것만 같았다. 조당이 어디서 구했는지 가느다란 마리화나를 꺼냈다.

"그것에 강력하게 항의하는 바요."

페르뒤 씨가 무겁게 말했다.

"네, 선장님. 앞으로 주의하겠습니다. 어떤 네덜란드 남자가 하나 주더라고요. 우엘벡이 쓴 책을 읽고 싶은데 돈이 없다면서."

조당은 마리화나를 말아 불을 붙였다.

쿠에노가 코를 킁킁거렸다.

"불에 탄 샐비어 냄새가 나는구먼."

그는 번잡스럽게 마리화나를 받아들어 조심스럽게 조금 빨았다.

"퉤, 꼭 전나무를 핥아먹는 맛이야."

"폐 깊숙이 들이마셔야 해요. 그리고 될수록 천천히 흡입해야 한다고요."

조당이 방법을 알려줬고, 쿠에노는 그대로 따라했다.

"아이고, 젠장, 꼭 발사믹 식초 맛이구먼."

쿠에노가 캑캑거렸다.

페르뒤 씨는 슬쩍 빨아 연기를 입안에서 이리저리 굴렸다. 자신이 일부 자제력을 상실할까 봐 두려웠다. 다른 사람들은 바로 그걸 갈망했겠지만.

페르뒤 씨는 시간과 습관과 끈끈한 두려움으로 뭉쳐진 덩어리가 여전히 자신 안에 박혀 있어서, 슬픔이 터져 나오는 걸 막고 있는 듯한 느낌이 들었다. 자신 안에 돌로 된 눈물이 살고 있는 것만 같았다. 그 눈물들은 다른 뭔가가 그의 안에 자리 잡는 것을 가로막았다. 그는 삶의 모든 줄을 자르게 만든 여인이 이미 오래 전에 세상을 떠난 사실을 지금까지 조당과 쿠에노에게 털어놓지 않았다. 그리고 수치심을 느낀다는 사실도, 지금 수치심에 내몰리면서도 본뉴에서 뭘 해야 하고 거기서 뭘 기대하는지 모른다는 사실도 밝히지 않았다. 평온? 아직은 절대 그런 평온을 누릴 자격이 없었다.

그래, 좋아. 두 모금 빤다고 무슨 해가 되겠어. 연기는 톡 쏘 듯 뜨거웠다. 이번에는 연기를 깊숙이 빨아들였다. 바다, 무거운 공기로 이루어진 바다 바닥에 누워 있는 느낌이었다. 물속처럼 고요했다. 이제 올빼미마저 침묵했다.

"완전히 별이 총총하구먼."

쿠에노가 웅얼거렸다.

"우리가 하늘을 나는 것일 수 있어요. 지구가 원반이고, 그럴 수 있잖아요."

조당이 설명했다.

"아니면 삶은 돼지고기 접시든지."

쿠에노가 딸꾹질했다.

조당과 페르뒤 씨는 크게 껄껄 웃음을 터트렸다. 그들은 웃었고, 그들의 목소리가 강 너머로 울려 퍼져 수풀 속의 새끼 토끼들이 깜짝 놀랄 정도였다. 굴속에서 잠자던 새끼 토끼들은 쿵쾅쿵쾅 뛰는 가슴을 안고 납작 엎드렸다.

밤이슬이 페르뒤 씨의 눈꺼풀에 내려앉았다. 그는 웃지 않았다. 마치 거대한 공기의 바다가 내리눌러 그의 가슴팍이 부풀지 못하도록 가로막는 듯했다.

"쿠에노 아저씨, 아저씨가 찾는 여자는 어땠어요?"

두 사람의 웃음이 멎었을 때, 조당이 물었다.

"예쁘고 젊었지. 그리고 햇볕에 검게 그을리고."

쿠에노가 대답했다. 그러더니 잠깐 말을 멈췄다.

"어딘지 너도 잘 알지, 거기만 빼고 말이야. 거기는 우유크림처럼 뽀얬지."

그는 한숨 쉬었다.

"그리고 아주 달콤했어."

이따금 별똥별들이 잠깐 빛을 발하고는 쏜살같이 시야를 지나 사그라지는 게 보였다.

"사랑의 어리석음보다 더 아름다운 어리석음은 없어. 그 대신 대가도 가장 비싸게 치르지."

쿠에노가 속삭이듯 말하며 이불을 턱까지 끌어 올렸다.

"큰 사랑이든 작은 사랑이든 다 마찬가지지."

그러고는 다시 한숨을 내쉬었다.

"단 하룻밤이었어. 그때 비베트는 약혼한 상태였어. 하지만 그 당시엔 그랬듯이, 그건 다만 남자들이 접근할 수 없다는 뜻이었어. 특히 나 같은 남자들에게 말이지."

"외국인 남자 말인가요?"

조당이 물었다.

"아냐, 그건 문제가 아니었어. 하천을 오가는 뱃사람에게 안 된다는 뜻이었어. 그건 금기였지."

쿠에노는 한 모금 더 빨고는 넘겨주었다.

"비베트는 열병처럼 나를 덮쳤고, 지금까지도 난 그 열병에서 벗어나지 못하고 있어. 그녀 생각만 하면, 피가 끓어올라. 그녀의 얼굴이 그늘 곳곳에서, 물에 비치는 햇살 곳곳에서 나를 바라봐. 그리고 그녀의 꿈을 꿔. 하지만 우리가 앞으로 함께 보낼 수 있는 날들이 매일 밤 줄어들고 있어."

"내가 왠지 끔찍하게 늙고 바싹 말라버린 듯한 느낌이 들어요."

조당이 털어놓았다.

"두 분이 느끼는 그 모든 열정! 한 사람은 20년 동안이나 하룻밤의 여인을 찾아 헤매고, 또 한 사람은 앞뒤 가리지 않고 즉석에서 길을 떠나……."

그가 갑자기 입을 다물었다. 그 말에 이어진 정적 속에서 뭔가가 반짝 빛을 발하며 페르뒤 씨의 몽롱한 의식 가장자리를 설핏 스쳤다. 조당은 무슨 말을 하려다 말았을까? 그래도 조당은 말을 계속했고, 페르뒤 씨는 그걸 다시 잊었다.

"내가 뭘 원해야 하는지 도통 모르겠어요. 아직까지 여자를 그렇듯 사랑해본 적이 없거든요. 늘 내 눈에는 무엇보다 여자가…… 여자가 갖추지 못한 점만 보였어요. 어떤 여자는 예뻤지만 자기 아버지보다 돈을 적게 버는 사람들을 교만하게 무시했어요. 또 어떤 여자는 상냥했지만 농담을 금방 알아듣지 못했어요. 또 엄청 아름다웠는데 옷을 벗으면서 우는 여자도 있었어요. 도대체 왜 우는지 이유를 알 수 없더라고요. 그래서 잠자리를 함께하지 않고 내 큼지막한 스웨터로 그 여자를 감싸서 밤새도록 꼭 붙잡고 있었어요. 분명히 말하는데, 여자들은 남자가 등 뒤에서 꼭 껴안고 애무해주는 걸 좋아해요. 하지만 남자에게 그건 팔이 저리거나 방광이 터지는 걸 의미한다고요."

페르뒤 씨는 한 모금 더 빨았다.

"자네 뮤즈도 분명 어딘가에 있어."

쿠에노가 확신에 차서 말했다.

"도대체 어디 있단 말이죠?"

조당이 물었다.

"어쩌면 조당 씨가 벌써 그 여자를 찾고 있는데, 다만 그 여자를 향해 길을 떠난 사실을 모르고 있을 수도 있죠."

페르뒤 씨가 속삭였다.

페르뒤 씨와 마농이 바로 그랬다. 그는 마르세유에서 오는 길이었다. 그날 아침, 자신의 삶과 삶을 받치고 있는 모든 기둥을 송두리째 바꿔놓을 여자를 30분 후에 만나리라고는 꿈에도 예감하지 못한 채 기차에 올라탔다. 페르뒤 씨는 스물네 살이었다. 지금의 조당과 얼추 비슷한 나이였다. 은밀함으로 넘치는 시간을 마농과 함께 겨우 5년 남짓 보냈을 뿐이다. 그리고 그 한줌의 날들에 대한 대가로 고통과 그리움과 고독으로 범벅된 20년짜리 세월로 치렀다.

"하지만 그 몇 시간이 그럴 가치가 없었다면 저주받는 게 나아."

"선장, 지금 뭐라고 말했소?"

"아뇨, 그냥 뭔가 생각했을 뿐이요. 내가 지금 무슨 생각을 했는지 말할 거 같아요? 그럴 바에는 두 사람을 갑판 밖으로 내던질 거요."

두 동승객이 키득키득 웃었다.

시골 밤의 정적이 점점 더 비현실적이 되면서 남자들을 현재로부터 멀리 몰아내는 것만 같았다.

"그러면 선장, 당신 사랑은 어때요?"

쿠에노가 물었다.

"그 여자 이름이 뭐요?"

페르뒤 씨는 오랫동안 망설였다.

"미안해요, 난……."

"마농. 그 여자 이름은 마농이요."

"틀림없이 아름답겠죠."

"봄의 벚나무처럼 아름답소."

쿠에노의 혹독한 물음에도 두 눈을 감고 짐짓 부드러운 목소리와 우정 어린 표정으로 대답하기는 쉬웠다.

"그리고 똑똑하죠?"

"나에 대해 나보다 더 잘 알았죠. 그녀는…… 나에게 느끼는 법을 알려줬어요. 춤추는 법도 알려줬고. 그 여인을 사랑하는 건 쉬웠어요."

"쉬웠다고?"

누군가가 말했다. 하지만 너무 작은 소리로 말해서, 그게 조당이었는지 쿠에노였는지 아니면 그 자신 마음속의 인도자였는지 페르뒤 씨는 확신이 서지 않았다.

"그녀는 나의 고향이요. 그리고 나의 웃음이요. 그녀는……."

페르뒤 씨는 입을 다물었다. 죽었어요, 그 말은 차마 입 밖에 내어 말할 수 없었다. 그 말 뒤에서 뒤이어 기다리고 있을 슬픔이 너무 두려웠다.

"그러면 그 여자에게 가서 뭐라고 말할 거요?"

페르뒤 씨는 자신과 싸웠다. 그리고 마농의 죽음에 대한 침묵과 유일하게 맞아떨어지는 진실을 택했다.

"나를 용서해달라고."

쿠에노의 질문이 멈췄다.

“정말 두 분이 부러워요.”

조당이 웅얼거렸다.

“두 분은 진실로 사랑하는 삶을 살고 있어요. 진실로 그리워하는 삶을. 그게 얼마나 엉뚱해 보이든 상관없어요. 나는 그냥 삶을 허비한 거 같아요. 난 숨을 쉬고 심장이 뛰고 피가 흘러요. 그런데 도대체 글이 써지지가 않아요. 세상은 곳곳에서 망가져 가는데, 난 철없는 애처럼 징징거리고 있어요. 삶은 부당해요.”

“오로지 죽음만이 모두에게 골고루 주어지지.”

페르뒤 씨가 냉정하게 말했다.

“그거야말로 민주주의지.”

쿠에노도 한마디 달았다.

“그렇다면 죽음이 정치적으로 과대평가되었다고 생각해요.”

조당이 마지막 남은 꽁초를 페르뒤 씨에게 건네며 말했다.

“남자들이 자신의 어머니하고 닮은 여자들에게서 진실한 사랑을 찾으려 한다는 말이 사실이에요?”

“음.”

페르뒤 씨는 리라벨 베르니에를 생각했다.

“그야 물론이지! 그렇다면 나를 ‘떼쟁이’라 부르고 내가 책을 읽거나 이해 못할 낱말을 말하면 내 따귀를 올려붙이는 여자를 찾아야겠구먼.”

쿠에노가 씁쓸하게 웃으며 말했다.

"난 50대 중반이 되어서야 겨우 '싫은' 것을 표현할 줄 알고 값싼 것 대신 좋아하는 것을 먹게 된 여자를 찾아야 한다고요."

조당이 한탄하며 말했다.

쿠에노는 담배를 눌러 껐다.

"그런데 아저씨."

세 사람이 막 잠이 들려는데 조당이 물었다.

"아저씨 이야기를 글로 써도 될까요?"

"이 친구야, 감히 그랬단 봐라."

쿠에노가 으름장을 놨다.

"꼬마, 자신의 이야기를 찾도록 해. 내 이야기를 뺏어 가면 나만의 이야기는 남아 있지 않잖아."

조당이 깊이 한숨을 내쉬었다.

"그렇담 할 수 없죠, 뭐."

그는 졸린 목소리로 웅얼거렸다.

"두 분이 날 위해…… 적어도 몇 마디 해줄 수 있지 않을까요? 좋아하는 이야기라든지 뭐 그런 거. 잠들 수 있도록."

쿠에노가 쩝쩝 입맛을 다셨다.

"우유 수플레 어때? 아님 국수 키스?"

"난 그녀를 묘사하는 말처럼 들리는 낱말들이 좋아."

페르뒤 씨는 눈을 감고 속삭였다.

"저녁 산들바람. 밤에 달리는 사람. 여름의 아이. 반항심. 그러려면 환상으로 무장하고서 자신이 되고 싶지 않은 모든 것에 대항해 싸우는 어린 소녀가 눈에 보여. 용감하고 가녀리고 조용한 소녀. 이런 젠장. 이성의 어두운 힘에 대항해 고집스레 싸우는 작은 기사."

"그건 귓속과 혀 위의 면도날처럼 자칫 베일 수 있는 낱말들이야." 쿠에노가 웅얼거렸다.

"단련. 훈련. 또는 이성 장군."

"이성이 입속에 너무 넓게 자리를 차지하고 있어서 다른 낱말들은 지나갈 여지가 전혀 없어요."

조당이 하소연하고는 웃음을 터트렸다.

"아름다운 낱말들을 사용하려면 돈을 주고 사야 한다고 한 번 생각해봐요."

"그러면 말의 설사병 때문에 금방 쫄딱 망하는 사람들이 생겨날걸."

"그리고 돈 많은 사람들이 중요한 낱말들을 모조리 사들여 자기들 마음대로 할걸."

"'너를 사랑해'가 가장 비싸지 않을까."

"그 말이 거짓말로 사용되는 즉시 가격이 2배로 뛸걸."

"가난한 사람들은 말을 훔쳐야 하겠지. 아니면 말하는 대신 행동으로 보여주든지."

"어차피 누구나 행동으로 보여줘야 해. '사랑한다'라는 말은 동사라고. 그러니까…… 행동으로 보여줘야지. 말은 적게 하고 행동은 많이 하고, 그렇지 않아?"

이런, 맙소사. 흥분제가 사람 곤란하게 만드는군.

얼마 후, 쿠에노와 조당은 이불로 몸을 둘둘 감은 채 갑판 아래 잠자리로 터벅터벅 걸음을 옮겼다. 조당이 아래로 완전히 사라지기 전에 페르뒤 씨를 한 번 더 돌아보았다.

"왜?"

페르뒤 씨는 피곤한 표정으로 물었다.

"잠들기 위해 낱말이 하나 더 필요하신가?"

"난…… 아니. 난 다만 말할 생각이었어요. 그러니까…… 난 정말 페르뒤 씨가 좋아요. 아무래도 상관없어요……."

조당은 뭔가 하고 싶은 말이 더 있는데 어떻게 말을 꺼내야 할지 모르는 듯 보였다.

"나도 조당 씨가 좋아요. 아주 많이. 우리 서로 친구가 되면 좋을 거요, 막스."

두 남자는 마주보았다. 달빛만이 그들의 얼굴을 비추었다. 조당의 눈은 어둠 속에 잠겨 있었다.

"네."

젊은 남자는 속삭였다.

"네, 아저씨. 나는…… 아저씨의 친구가 되고 싶어요. 좋은 친구가 되려고 노력할 거예요."

페르뒤 씨는 그 말이 무슨 뜻인지 이해되지 않았지만 마리화나 탓으로 돌렸다.

혼자 남은 페르뒤 씨는 그대로 가만히 누워 있었다. 밤이 냄새를 바꾸기 시작했다. 어디선가 향긋한 내음이 바람에 실려 왔다……. 라벤더 향기였을까?

페르뒤 씨 안에서 뭔가가 전율했다. 젊은 시절, 마농을 만나기 전 라벤더 향기를 맡을 때마다 마음속에서 늘 같은 것을 느꼈던 기억이 떠올랐다. 충격. 먼 미래에 그 향기가 그리움과 결부될 것을 마치 심장이 그때 이미 알고 있었던 것처럼. 고통과 사랑과 한 여인과 결부될 것을.

그는 숨을 깊이 들이쉬어서 그 기억이 자신을 뚫고 미끄러져 지나도록 했다. 그렇다. 그는 이미 예전에, 조당의 나이에, 그 여인이 몇 년 후 자신의 삶에서 일으킬 충격을 예감했던 것일 테다.

페르뒤 씨는 마농이 만든 깃발을 선미에서 내려 부드럽게 폈다. 그러고는 무릎 꿇고서 책 새의 눈에, 언젠가 마농의 피가 검은 얼룩으로 말라붙었던 곳에 이마를 댔다.

마농, 우리 사이를 밤들이 가로막고 있어.

그는 무릎을 꿇고 고개를 숙인 채 속삭였다.

"밤들과 낮들과 나라들과 바다들이. 수천의 삶이 오고갔고, 당신은 나를 기다리고 있어. 어느 방에서. 어딘가에서. 옆에서. 당신은 박식하고 사랑에 넘치는 사람이야. 내 생각 속에서 당신은 여전히 날 사랑하고 있어. 당신은 내 안의 돌을 베어내는 두려움이야. 당신은 내 안에서 나를 기다리는 삶이야. 당신은 내가 두려워하는 죽음이야. 당신은 나에게 다가왔고, 나는 당신에게 약속을 지키지 않았어. 나의 슬픔. 나의 추억. 내 안의 당신 자리. 그리고 우리가 보낸 모든 시간. 나는 우리의 별을 잃어버렸어. 당신은 나를 용서할 수 있어? 마농?"

26

"막스! 전방에 다시 공포의 수문 갑실."

조당이 발을 질질 끌며 다가왔다.

"지금까지 수천 개의 수문에서 그랬듯이 또 수문지기의 똥개가 내 손에 오줌을 눌지 우리 내기할까요? 게다가 갑문을 여느라고 하도 핸들을 돌리는 바람에 손가락에 피가 난단 말이에요. 이 연약한 손가락이 언제 다시 알파벳을 애무할 수 있을까요?"

조당의 원망에 가득 찬 눈초리가 불긋불긋한 손을 가리켰다. 손의 작은 물집들이 곪아 있었다.

소들이 강변에서 몸을 식히는 무수히 많은 소 방목지와 과거 제후들의 측실들이 살던 화려한 성들을 지나자 상세르 직전의 라 그랑주 수문이 가까워졌다.

그 포도주 마을은 멀리서도 보이는 언덕 위에 자리 잡고서, 20킬로미터에 이르는 루아르 골짜기 야생 자연보호구역의 남쪽 줄기 경계를 이루었다. 수양버들이 하늘하늘한 손가락 같은 가지들을 물속에 드리웠다. 수상 서점은 점점 더 가까이 다가오는 듯한 움직이는 초록색의 벽들에 얼싸 안겼다.

그날은 정말로 골짜기의 수문을 지날 때마다 극도로 흥분한 수문지기 개들이 그들을 보고 짖었다. 갑실의 물이 찼다가 빠지는 동안 수상 서점이 안정을 유지하도록 조당이 계선주를 향해 밧줄 2개를 던지자 그 시끄러운 개들이 바로 계선주를 겨냥하고 오줌을 누었다. 조당은 손가락 끝으로 밧줄을 갑판에 던졌다.

"이봐요, 선장! 이번엔 쿠에노가 갑문을 통과해보지. 문제없다고."

다리가 짧은 이탈리아 남자는 저녁식사 재료를 옆에 내려놓고 꽃무늬 앞치마 차림으로 사다리를 타고 높이 올라갔다. 사다리 위에서 화려한 주방용 장갑을 끼고는 계류용 밧줄을 뱀처럼 이리저리 흔들었다. 개가 밧줄 보아뱀을 피해 못마땅한 표정으로 어슬렁어슬렁 뒤로 물러났다.

쿠에노는 물을 흘러들어오게 하는 밸브를 열려고 쇠빗장을 한 손으로 돌렸다. 줄무늬 반팔 셔츠 아래서 공처럼 둥근 근육이 불끈 솟았다. 그는 곤돌라 사공의 테너 목소리로 노래를 불렀다.

"케 세라 세라……."

그리고 수문지기가 다른 곳을 볼 때, 황홀한 표정으로 바라보던 수문지기 아내에게 윙크했다. 그는 지나가면서 그녀의 남편에게 맥주 캔 하나를 건넸다. 그 대가로 쿠에노는 미소와 더불어 오늘 저녁 상세르에서 춤 파티가 벌어지며 다음다음 항구에서는 항구 관리인의 디젤 비축분이 동 났다는 정보를 수금했다. 그리고 쿠에노의 가장 중요한 질문에는 아니라는 답변을 들었다. 화물선 달밤은 이미 오래 전부터 다니지 않았으며, 1995년까지 대통령을 지냈던 미테랑이 살아 있었을 때 마지막으로 봤다는 것이었다. 대략 그때쯤.

페르뒤 씨는 그 소식을 듣는 쿠에노를 지켜보았다. 쿠에노는 일주일 내내 똑같은 대답만을 들었다. "아뇨, 아뇨, 아뇨." 그는 수문지기, 항구관리인, 요트 선장, 심지어는 강변에서 가까이 오라고 종이약국에 손짓하는 손님들에게까지 물었다.

이탈리아 남자는 고맙다고 인사했다. 그의 얼굴은 고요했다. 돌처럼 고요했다. 그는 확고하고 변하지 않는 희망의 샘을 가슴속에 품고 있는 것이 틀림없었다. 아니면 그도 습관적으로 찾고 있었을 뿐일까?

습관은 위험하고 허영심 강한 여신이다. 그녀는 자신의 통치를 중단시키는 그 어느 것도 허용하지 않는다. 그녀는 다른 것들을 향한 동경을 말살시킨다. 여행, 다른 일, 새로운 사랑을 향한 동경을. 그녀는 우리가 원하는 대로 살지 못하도록 방해한다. 우리가 자신이 하는 것이 과연 원하는 것인지 습관적으로 더 이상 깊이 생각하지 않는 탓에.

쿠에노는 조타대의 페르뒤 씨와 합세했다.

"이봐요, 선장. 난 내 사랑을 잃어버렸어요. 저 젊은이는?"

그가 물었다.

"저 젊은이는 무엇을 잃은 걸까요?"

두 남자는 난간에 기댄 채 물을 응시하는 조당을 바라보았다. 그는 멀리, 아주 멀리 있는 듯 보였다.

조당은 갈수록 말수가 줄고 더 이상 피아노도 치지 않았다.

좋은 친구가 되려고 노력할 거예요, 그는 페르뒤 씨에게 말했다. '노력한다'는 말이 무슨 뜻이었을까?

"막스에게 뮤즈가 없어요, 쿠에노 씨. 막스는 뮤즈와 계약을 맺고 평범한 삶을 포기했어요. 그런데 그의 뮤즈가 떠났어요. 이제 그에겐 삶이 존재하지 않아요. 평범한 삶도 예술적인 삶도. 그래서 여기 있는 거요. 여기 외진 곳에."

"무슨 말인지 알겠어요. 혹시 막스가 자신의 뮤즈를 충분히 사랑하지 못한 게 아닐까요? 그렇다면 뮤즈에게 한 번 더 제안해야지 않겠어요?"

작가들이 자신의 뮤즈와 새롭게 다시 결혼할 수 있을까? 조당과 쿠에노와 페르뒤 씨가 들꽃이 피어 있는 들판에서 포도나무를 장작삼아 불을 피우고 알몸으로 춤을 춰야 하는 걸까?

"뮤즈들은 대체 어떤 존재들이요? 고양이 같은거요?"

쿠에노가 물었다.

"고양이들은 사랑을 구걸하는 걸 좋아하지 않잖아요. 아니면 개 같은가요? 다른 아가씨하고 사랑을 나누면, 뮤즈가 시샘할까요?"

뮤즈는 말 같다고 페르뒤 씨가 대답하려는 찰나, 조당이 고함치는 소리가 들렸다.

"노루가 있어요! 저기 물속에!"

정말이었다. 그들 앞에, 강 한가운데 노루가 있었다. 완전히 탈진한 어린 암노루가 어쩔 줄 모르고 이리저리 버둥거리고 있었다. 노루는 뒤에서 화물선이 나타나는 걸 보고 공포에 질렸다. 어린 짐승은 제방에 발을 디디려고 연거푸 시도했지만, 운하 벽면은 인공이라 수직으로 매끄럽게 되어 있어 물에서 벗어나지 못했다.

조당은 난간 너머로 몸을 내밀어 탈진한 짐승을 수영 튜브로 붙잡으려 시도했다.

"그만둬. 너마저 강물에 떨어지겠다!"

"하지만 노루를 꺼내줘야 해요! 노루 혼자서는 물에서 나올 수 없어요. 저러다 빠져 죽는다고요!"

조당은 밧줄로 올가미를 만들어 노루를 향해 몇 번이고 던졌다. 하지만 그럴수록 노루는 더욱 겁에 질려 올가미에서 몸을 빼내 물속에 가라앉았다가 다시 떠올랐다. 노루의 눈에 가득 찬 극도의 두려움이 페르뒤 씨의 마음을 파고들었다.

"가만있어."

페르뒤 씨는 그 짐승에게 간절하게 부탁했다.

"가만있어, 우리를 믿어…… 우리를 믿어."

그는 룰루의 속도를 줄이면서 멈추려고 후진 기어를 넣었다. 그래도 배는 몇십 미터 앞으로 미끄러져 갈 것이었다. 이미 노루는 그들 바로 옆, 배의 반쯤 높이에 있었다. 올가미 밧줄이 주변의 물에 부딪쳐 파도가 일수록 노루는 더욱 필사적으로 허우적거렸다. 어린 노루가 가녀린 머리를 돌려 그들을 돌아보는데, 갈색 눈동자가 죽음에 대한 두려움과 공포에 질려 있었다. 노루는 비명을 질렀다. 목쉰 흐느낌 같기도 했고 간청하는 구슬픈 울음 같기도 했다. 쿠에노가 강에 뛰어들 채비를 하고 바람처럼 빠르게 신발과 셔츠를 벗었다. 노루는 비명을 지르고 또 질렀다. 페르뒤 씨는 급하게 방법을 강구했다. 배를 정박시킬까? 기슭 쪽에서 노루를 잡아 물속에서 끌어낼 수 있지 않을까? 그는 기슭 쪽으로 배를 몰았다. 배의 외벽이 운하 벽면에 긁히는 소리가 들렸다. 노루는 여전히 비명을 질렀다. 절망적으로 구슬프게 우는 쉰 소리. 노루의 움직임이 갈수록 느려졌고, 기슭에서 디딜 곳을 찾으려는 앞다리에 점점 힘이 빠졌다. 하지만 기슭 어디에도 디딜 만한 곳은 없었다. 쿠에노는 속옷 차림으로 난간에 서 있었다. 자신도 기슭에 오르지 못하는 한, 새끼 노루를 구할 수 없다는 사실을 똑똑히 깨달았음이 분명했다. 버둥거리며 저항하는 짐승을 배 위로 올려주거나 껴안고 비상사다리를 오르기에는 룰루의 외벽이 너무 높았다.

마침내 배를 정박시켰을 때, 조당과 페르뒤 씨는 기슭으로 펄쩍 뛰어내려 관목 숲을 뚫고 노루에게로 달려갔다. 그동안 노루는 그들이 있는 기슭에서 멀어져 반대편 기슭에 이르려고 시도했다.

"도대체 왜 노루가 도움을 받으려 하지 않지?"

조당이 속상해 하며 말했다. 그의 볼을 타고 눈물이 흘러내렸다.

"이리 와!"

조당은 목메인 소리로 외쳤다.

"이 멍청아, 이리 오라고!"

이제는 그냥 지켜보는 수밖에 없었다.

노루는 맞은편 기슭의 제방에 기어오르려 안간힘을 쓰면서 구슬프게 울고 가엾게 신음했다. 그러다 그 소리도 멈췄다. 노루는 다시 물속으로 미끄러졌다. 노루가 간신히 머리만 물 밖으로 내밀고 있는 모습을 남자들은 말을 잃고 지켜보았다. 노루는 자꾸만 남자들 쪽을 바라보며 그들로부터 멀어지려고 허우적거렸다.

불신과 거부감, 두려움에 질린 노루의 눈빛이 페르뒤 씨의 뼛속 깊이 파고들었다.

노루는 한 번 더 외쳤다. 무척 길게, 무척 절망적으로. 노루의 외침이 멈췄다. 노루는 물속에 가라앉았다.

"오, 하느님, 제발!"

조당이 중얼거렸다.

다시 물 밖으로 떠오른 노루는 옆으로 누워 물에 떠내려갔다. 머리는 물속에 잠겨 있었다. 앞다리가 움찔거렸다.

햇살이 비추고 모기들이 춤을 추고 어디선가 수풀 속에서 새 한 마리가 크게 울었다. 축 늘어진 노루의 몸이 빙그르르 돌았다.

조당의 얼굴은 눈물범벅이었다. 그는 물속으로 미끄러져 들어가 죽은 짐승에게로 헤엄쳐갔다. 페르뒤 씨와 쿠에노는 배가 있는 기슭까지 축 늘어진 노루의 몸뚱이를 끌고 오는 조당을 말없이 지켜보았다. 조당은 예기치 못한 힘을 발휘해 물에 젖은 여린 몸뚱이를 번쩍 들어올렸다. 페르뒤 씨가 노루를 붙잡아 위로 끌어올릴 수 있을 때까지.

노루에게서 바닷물 섞인 강물 냄새, 숲의 흙냄새, 도시들 너머 머나먼 옛 세계의 향긋한 내음이 났다. 물에 젖은 털이 뻣뻣했다. 페르뒤 씨는 양지 바른 따뜻한 땅에 노루를 조심스럽게 눕히고 그 가녀린 머리를 자신의 무릎 위에 올려놓았다. 그러면서 당장 기적이 일어나, 노루가 몸을 부르르 털고 비틀비틀 일어나 재빨리 수풀 속으로 사라지기를 기도했다.

페르뒤 씨는 어린 짐승의 가슴을 어루만졌다. 등을 어루만지고 머리를 어루만졌다. 마치 그렇게 어루만지기만 하면 마법에서 벗어날 수 있는 듯. 늘씬한 몸에 아직 남은 온기가 느껴졌다.

"제발……."

그는 소리 죽여 간청했다.

"제발."

그러면서 무릎 위의 머리를 어루만지고 또 어루만졌다. 노루의 갈색 눈동자가 광채 없이 그를 스쳐 지났다. 조당은 두 팔을 활짝 벌린 채 배영을 했다. 갑판 위에 있는 쿠에노는 얼굴을 두 손에 묻었다. 남자들은 아무도 서로의 얼굴을 보지 않았다.

27

그들은 말없이 남쪽을 향해 루아르 강의 옆수로를 지났다. 마치 대성당의 아치처럼 운하 위를 둥글게 덮은 우람하고 푸르른 나무들 아래를 뚫고 부르고뉴를 지났다. 어떤 포도밭들은 얼마나 넓은지 줄지은 포도나무들이 지평선까지 이어지는 듯 보였다. 곳곳에 꽃들이 만발했고, 심지어는 수문과 다리들까지 꽃들로 무성하게 뒤덮여 있었다.

세 사람은 말없이 식사를 하고, 강변의 손님들에게 말없이 책을 팔고, 서로 마주치지 않으려고 피해 다녔다. 저녁에는 각자 배의 한쪽 구석에 자리 잡고 앉아서 책을 읽었다. 고양이들이 어쩔 줄 모르고 이 사람 저 사람에게로 오갔다. 하지만 고양이들도 그들을 고집스러운 고독으로부터 끌어내지 못했다. 고양이들이 머리를 부비고 뚫어져라 바라보고 무슨 일이냐며 야옹야옹 울어대도 그들은 아무런 답도 하지 않았다.

노루의 죽음은 세 남자가 이루었던 별을 분열시켰다. 이제 그들은 다시 각자 혼자서 시간 속을 표류했다. 비참하고 복잡하게 얽힌 시간 속을.

페르뒤 씨는 감정의 백과사전을 위한 공책을 펴놓고 오랫동안 앉아 있었다. 선창 밖을 멍하니 응시했다. 하늘이 붉은 색에서 온갖 색채를 거쳐 오렌지색으로 엷어지는 것도 눈에 보이지 않았다. 마치 생각의 시렁 속을 걷는 것만 같았다.

이튿날 저녁, 그들은 느베르를 지났다. 왜 느베르는 안 된다는 거냐, 거기서 책을 팔 수 있다, 느베르에 서점은 충분히 있지만 우리에게 디젤을 팔 사람은 아무도 없다, 하며 짧고 긴장 있게 토론하고선 수문 바로 앞, 구불구불 이어지는 알리에 강변에 붙어 있는 작은 마을 아프르몽 쉬르 알리에 근처에 배를 정박시켰다. 그곳에 쿠에노가 아는 사람들이 있었다. 석조 조각가와 그의 가족은 알리에 강과 마을 사이 외딴 집에 살았다.

거기 '프랑스의 정원'으로부터 론 강 방향의 세유 강을 따라 그들을 책마을 퀴즈리로 데려다줄 중앙운하의 지류와 디고앙까지는 그리 멀지 않았다. 카프카와 린드그렌이 사냥하러 강변의 숲 속으로 재빠르게 사라졌다. 잠시 후 새들이 날아올랐다.

세 남자가 마을을 지나가는데, 페르뒤 씨는 마치 15세기 속으로 걸어 들어가는 기분이었다. 우뚝 솟아 넓게 가지를 드리운 나무들, 거의 다져지지 않은 길들, 노르스름한 사암과 진홍빛 황토와 붉은 널빤지로 지은 집 몇 채. 그렇다. 농가의 뜰에 핀 꽃들과 곳곳에 자라는 아이비들. 그 모든 것은 마치 기사들과 마녀들이 살던 시대의 프랑스에 들어선 듯한 분위기를 자아냈다. 과거에 석수들과 채석공들이 살던 마을은 때마침 서산 너머로 지는 석양의 햇살을 받아 불그스름한 황금색으로 불타오르며 풍경의 절정을 드러냈다. 오로지 현대식 자전거들만이 방해했다. 자전거 하이킹족들이 알리에 강변에 앉아 음식을 먹고 있었다.

"여기 더럽게도 멋진데요."

조당이 투덜거렸다.

그들은 육중하고 낡고 둥근 망루 뒤쪽의 꽃밭을 가로질렀다. 진홍색, 붉은색, 흰색 꽃들이 풍성하게 만발해 있어서 페르뒤 씨는 향기와 색채에 취해 순간 현기증을 느꼈다. 거대한 등나무들이 아케이드처럼 길 위에 드리워져 있고, 호수에는 외로운 탑 하나가 솟아 있었다. 물속에 놓인 몇 개의 높은 돌을 건너야만 탑에 이를 수 있었다.

"그러니까 여기에 진짜 사람들이 산단 말이에요? 혹시 엑스트라들 아니에요?"

조당이 공격적으로 물었다.

"저게 다 뭐죠, 미국인들을 위한 전시용 마을?"

"그래, 막스, 여기 사람들이 살고 있어. 다른 이들보다 현실에 아주 조금 더 저항하는 사람들. 그리고 아니, 아프르몽은 미국인들을 위한 게 아냐. 존재의 아름다움을 위한 거지."

쿠에노가 대답했다. 그는 커다란 철쭉을 가르고, 오래되고 높은 석벽에 숨어 있는 문을 밀어 열었다.

그들은 잔디밭이 잘 가꾸어진 널따란 정원에 들어섰다. 정원은 웅장하고 화려한 저택 뒤쪽에 자리 했다. 이중 여닫이문이 달린 높은 창문, 작은 탑, 양쪽 날개 건물과 테라스가 있었다.

페르뒤 씨는 무척 낯설고 어색했다. 집으로 사람을 찾아가는 건 아주 오랜만의 일이었다. 저택에 가까이 다가가는데, 서투른 피아노 소리와 웃음소리가 들렸다. 정원을 가로지르자, 너도밤나무 아래서 세련된 모자만 쓴 채 알몸으로 의자에 앉아 캔버스에 그림을 그리는 여자가 보였다. 그 옆에는 고풍적인 영국식 여름 양복 차림의 남자가 바퀴 달린 피아노 앞에 앉아 있었다.

"이봐요! 거기 입이 예쁘게 생긴 사람, 피아노 칠 수 있어요?"

알몸의 여자는 세 남자가 다가오는 걸 보고 외쳤다. 조당은 얼굴을 붉히고는 고개를 끄덕였다.

"그러면 나에게 뭔가 연주해봐요. 색채들은 춤추는 걸 좋아하거든요. 내 동생은 '라'하고 '시'도 구분 못해요."

조당은 순순히 바퀴 달린 피아노에 바싹 붙어 앉아 벌거벗은 여자의 젖가슴을 바라보지 않으려 애썼다. 무엇보다 그 여자에게는 왼쪽 가슴만이 있었기 때문이다. 다른 쪽, 오른쪽의 가느다란 붉은 선은 예전에 또 하나의 가슴이 거기 있었음을 알려주었다. 왼쪽과 마찬가지로 둥글고 풍만하고 탐스러운 가슴이.

"맘대로 실컷 봐요. 그러면 호기심이 줄어들 거예요."

그녀는 이렇게 말하고는, 모자를 벗고 조당에게 자신의 몸을 완전히 보여주었다. 반들반들한 머리에서 이제 막 솜털 같은 머리카락이 송송 자라고 있었다. 삶으로 돌아가기 위해 투쟁하는, 암에 상처 입은 몸.

"특별히 좋아하는 노래 있어요?"

조당은 당혹감과 끌리는 마음, 연민까지도 억누르고 물었다.

"좋아하는 노래 있죠, 입이 예쁜 남자 분. 그것도 많이. 수천 곡 있어요."

그녀는 몸을 앞으로 숙이고 조당에게 뭐라 속삭였다. 그러고는 다시 모자를 쓰고 잔뜩 기대에 넘친 표정으로 붓을 팔레트의 빨간 물감에 치댔다.

"난 준비 됐어요."

그녀가 말했다.

"그리고 날 엘라이아라고 불러요!"

곧 〈플라이 투 더 문〉이 울려 퍼졌다. 조당은 그 노래를 더없이 근사한 재즈 버전으로 연주했고, 여류화가는 멜로디의 흐름에 맞춰 붓을 요리조리 움직였다.

"저 아가씨가 자비에의 딸이요."

쿠에노가 속삭였다.

"어릴 때부터 암하고 투쟁하고 있어요. 암을 잘 이겨내는 거 같아 다행이에요."

"원 세상에! 이럴 수가. 어떻게 이제서야 불쑥 다시 나타날 수 있어요?"

페르뒤 씨 또래의 여인이 테라스에서 쿠에노의 품으로 날아들었다. 그녀의 눈은 믿기지 않을 만큼 함빡 웃음을 머금고 있었다.

"이런, 국수쟁이! 자비에, 여기 누가 왔는지 나와봐요. 돌을 쓰다듬는 남자가 왔다고요!"

목수들이 입는 셔츠와 낡고 거친 코듀로이 바지 차림의 남자가 집 안에서 나왔다. 가까이에서 보니, 그 집은 멀리에서 보인 것처럼 그렇게 웅장하지 않았다. 그보다는 황금빛 샹들리에가 빛을 발하고 수십 명의 하인들이 오갔던 찬란한 시대가 아주, 아주 오래 전에 지나간 집이었다.

이제 여인은 웃음을 머금은 눈으로 페르뒤 씨를 돌아보았다.

"안녕하세요."

그녀가 인사를 건냈다.

"고인돌 가족을 찾아주셔서 진심으로 환영합니다."

"안녕하세요."

페르뒤 씨가 말문을 열었다.

"제 이름은."

"에이, 이름은 그냥 두세요. 여기에선 이름이 필요하지 않아요. 여기에서는 각자 원하는 대로 불려요. 아니면 각자 잘할 수 있는 것 따라 불리든지. 특별히 잘하는 거 있어요? 아니면 뭔가 특별한 점 있어요?"

그녀의 암갈색 눈이 반짝였다.

"나는 돌을 쓰다듬는 자요!"

쿠에노가 외쳤다. 그는 그 게임을 잘 알았다.

"저는……."

페르뒤 씨는 말문을 열기 시작했다.

"그 사람 말을 귀담아 듣지 말아요, 젤다. 그 사람은 영혼을 읽는 자요. 정말 그렇다니까요."

쿠에노가 말했다.

"그 사람 이름은 페르뒤이고, 당신이 다시 푹 자는데 필요한 모든 책을 조달할 수 있어요."

젤다의 남편이 쿠에노의 어깨를 툭툭 치자 쿠에노가 돌아보았다.

이제 그 집 안주인은 좀 더 주의 깊게 페르뒤 씨를 바라보았다.

"맞아요?"

그녀가 물었다.

"그럴 수 있어요? 그렇담 당신은 마술사예요."

그녀의 웃는 입 주변에 슬픔이 어려 있었다. 시선이 정원으로, 엘라이아에게로 향했다. 조당이 레이 찰스의 〈히트 더 로드, 잭〉을 맹렬하게 빠른 버전으로 연주했다. 자비에와 젤다의 불치병에 걸린 딸을 위해.

젤다는 틀림없이 지쳤을 거야, 페르뒤 씨가 생각했다. 몇 년 전부터 죽음이 그들과 함께 이 아름다운 집에서 살고 있다는 것에 지쳤을 거야.

"그를 위한…… 이름이 있나요?"

페르뒤 씨가 물었다.

"그라뇨, 누구 말이죠?"

"엘라이아의 몸속에 살면서 잠자거나 아니면 잠자는 척하는 것 말입니다."

젤다는 면도하지 않은 페르뒤 씨의 볼을 쓰다듬었다.

"당신은 죽음을 잘 아는군요, 그렇죠?"

그녀는 슬픈 미소를 지었다.

"그것, 암의 이름은 루보예요. 엘라이아가 아홉 살 때 직접 그렇게 이름 지었어요. 애니메이션 〈늑대 루보〉에 등장하는 개 루보 말이에요. 엘라이아는 마치 한 집에 살 듯 루보와 자신의 몸을 셰어하우스처럼 공유한다고 생각해요. 그리고 그것이 이따금 더 많은 관심을 요구하는 걸 존중해요. 엘라이아 말로는, 그것이 자신을 파괴하려 한다고 생각하는 것보다 그렇게 생각하는 편이 잠을 더 푹 잘 수 있대요. 누가 자신의 집을 파괴하겠어요?"

젤다는 딸을 바라보며 사랑에 넘치는 미소를 지었다.

"20년 전부터 루보는 우리와 함께 살고 있어요. 이제 루보도 서서히 나이를 먹어서 지칠 거라고 생각해요."

갑자기 그녀는 페르뒤 씨에게서 홱 몸을 돌려 쿠에노를 돌아보았다. 솔직하게 말한 걸 후회하는 듯했다.

"이제, 당신 차례예요. 그동안 어디 있었죠? 비베트는 찾았어요? 오늘밤 당신들 여기서 잘 거죠? 다 이야기해줘요. 내가 요리하는 것도 도와주고요."

젤다는 나폴리 남자에게 도움을 요청하고 그의 팔짱을 끼고서 집으로 안내했다. 자비에가 오른쪽에서 한 팔로 이탈리아 남자를 껴안았고 엘라이아의 동생 레옹이 그 뒤를 따랐다.

페르뒤 씨는 자신이 거추장스러운 존재라는 느낌이 들었다. 그는 어정쩡하게 정원을 어슬렁거리다, 그늘이 짙어지는 한쪽 구석의 너도밤나무 아래서 돌로 된 벤치를 발견했다. 그곳에 있으면 전혀 사람들 눈에 띄지 않았다. 하지만 그는 모든 것을 볼 수 있었다.

거기에서 집을 바라보았다. 서서히 불이 켜지고 그곳에 사는 사람들이 방안을 오가는 것을 지켜보았다. 쿠에노가 젤다와 함께 커다란 부엌에서 일하는 모습이 보였다. 레옹과 함께 식탁에 앉아 담배 피는 자비에가 이따금 뭔가를 묻는 것 같았다.

조당은 피아노 연주를 중단했다. 엘라이아와 조당은 소곤소곤 이야기를 나눴고, 그러다 두 사람은 키스했다. 곧 이어 엘라이아가 조당을 집 안 깊숙이 데리고 들어갔다.

얼마 후, 한 창에서 촛불이 밝혔다. 조당 위로 무릎을 꿇는 엘라이아의 그림자가 보였다. 조당 위에서 몸을 움직이기 시작한 엘라이아는 자신의 심장이 뛰는 곳에 그의 두 손을 갖다 댔다. 그녀가 루보에게서 어떻게하든 하룻밤을 쟁취하려고 애쓰는 것이 보였다.

엘라이아가 춤추며 방을 나가 기다란 잠옷 셔츠를 입고 부엌으로 갔을 때도 조당은 그대로 바닥에 누워 있었다. 페르뒤 씨는 아버지 옆의 긴 의자에 앉는 엘라이아의 모습을 지켜보았다.

곧 조당도 부엌으로 비틀비틀 걸어 들어갔다. 그는 식탁을 차리고 와인 따는 것을 도왔다. 은신처에서 페르뒤 씨는 엘라이아가 자신에게 등을 돌린 조당의 뒷모습을 지켜보는 걸 볼 수 있었다. 그러면서 그녀는 조당에게 기발한 장난을 친 양 짓궂은 표정을 지었다. 엘라이아가 바라보지 않으면, 조당은 수줍고 순진한 미소로 그녀에게 보았다.

"제발 죽음을 앞둔 여자와는 사랑에 빠지지 마, 막스. 그걸 견뎌내기는 너무 힘들어."

페르뒤 씨는 속삭였다.

가슴속의 뭔가가 움츠러들었다. 그것은 목구멍을 타고 위로 치밀어 입으로 터져 나왔다. 깊숙한 곳에서 발작으로 터져 나오는 흐느낌.

마치 절규했듯이. 노루가 절규했듯이! 오, 마농.

그 순간 주르르 흘렀다, 눈물이. 그는 간신히 너도밤나무에 기대어 양손으로 나무 몸통을 부둥켜안고 흐느꼈다. 그는 울었다. 페르뒤 씨가 그렇게 운 건 생전 처음이었다. 그는 나무에 매달렸다. 땀이 흘렀다. 자신의 입에서 터져 나오는 소리가 들렸다. 마치 댐이 무너진 것만 같았다.

시간이 얼마나 흘렀을까? 그는 알지 못했다. 몇 분? 15분? 더 오래? 그는 얼굴을 두 손에 묻고 울었다. 저절로 울음이 그칠 때까지, 절망적으로 깊이 오열했다. 마치 곪은 상처를 절개해 고름을 밖으로 짜낸 것 같았다. 기진맥진한 공허만 남아 있었다. 그리고 온기, 눈물에 의해 가동된 모터에서 발열하는 낯선 온기. 페르뒤 씨를 일어서게 해 정원을 가로질러 가게 만든 건 바로 그 온기였다. 그는 점점 더 걸음을 빨리해 마침내 커다란 부엌으로 곧장 달려갔다.

그들은 식사를 시작하지 않고 있었다. 낯선 사람들이 자신을 기다리고, 자신이 거추장스러운 존재가 아니라는 사실이 한순간 묘하게도 그를 행복하게 했다.

"물론 파이를 그림처럼……."

마침 쿠에노가 일장 연설을 하고 있었다. 그들은 모두 놀라 쿠에노의 말을 듣다 말고 페르뒤 씨를 바라봤다.

"드디어 왔군요!"

조당이 외쳤다.

"도대체 어디 있었어요?"

"막스. 쿠에노. 두 사람에게 할 말이 있어."

페르뒤 씨가 불쑥 말을 꺼냈다.

28

그 말을 입 밖에 내는 것. 그 말을 실제로 입 밖에 내어 말하고 그 울림에 귀 기울이는 것. 젤다와 자비에의 부엌에서, 샐러드 그릇과 넘실거리는 와인 잔 사이에서 그 말이 어떻게 들리는지. 그리고 그 말이 무엇을 의미하는지.

"그녀는 죽었어."

이 말은 그가 혼자라는 걸 뜻했다.

이 말은 죽음에는 예외가 없다는 걸 뜻했다.

그는 자신의 손을 잡는 작은 손을 느꼈다.

엘라이아.

그녀는 페르뒤 씨가 앉은 의자를 잡고 끌었다. 그의 무릎이 후들후들 떨렸다. 페르뒤 씨는 쿠에노에 이어 조당의 얼굴을 보았다.

"나는 서두를 필요가 없어."

그가 말했다.

"마농은 벌써 21년 전에 죽었거든."

"이런 세상에."

자신도 모르게 쿠에노의 입에서 불쑥 튀어나왔다. 조당은 귀에 들릴 정도로 크게 숨을 들이쉬고 웃옷 호주머니에 손을 집어넣었다. 그는 호주머니에서 두 번 접힌 신문지 조각을 꺼내 페르뒤 씨에게 건네주었다.

"우리가 브리아르에 있을 때 발견했어요. 프루스트의 책갈피에 꽂혀 있었어요."

페르뒤 씨는 신문지 조각을 펼쳤다. 부고였다. 그 당시 그는 그것을 종이약국의 어느 책 속에 끼워놓고 그 책을 되는 대로 어딘가에 꽂아두었다. 그러고는 얼마 후, 그것이 어느 책이었고 수천 권의 책 어디로 사라졌는지 까맣게 잊어버렸다. 그는 종이를 어루만지고 고이 접어서 호주머니에 집어넣었다.

"막스는 침묵했군. 내가 진실을 말하지 않은 걸 막스는 알고 있었어. 아니, 우리 있는 그대로 사실을 말합시다. 나는 막스를 속였어요. 그런데도 막스는 내가 속인 것을 알고 있으면서 끝까지 말하지 않았어요. 그리고 나 자신을 속인 것을. 마침내……."

마침내 나 스스로 말할 수 있을 때까지.

조당은 어깨를 살짝 으쓱했다.

"당연하죠."

그러고는 나지막이 말했다.

"그렇지 않으면 어쩌겠어요."

복도에서 대형 괘종시계가 째깍거렸다.

"고맙다…… 막스."

페르뒤 씨는 속삭였다.

"고마워. 너는 좋은 친구야."

페르뒤 씨가 몸을 일으키자 조당도 따라 일어났다. 두 사람은 식탁을 사이에 두고 부둥켜안았다. 수선스럽고 불편했지만, 페르뒤 씨는 조당을 안으면서 마음이 한없이 홀가분했다. 두 사람은 서로를 다시 찾았다.

페르뒤 씨는 다시금 눈물이 솟구쳤다.

"그녀는 죽었어, 막스, 아 하느님!"

그는 목이 메여 조당의 목에 대고 속삭였다. 젊은이는 그를 더욱 꽉 부둥켜안았다. 그는 무릎으로 식탁 위에 올라가 접시와 유리잔과 그릇들을 가차 없이 옆으로 밀어내고 페르뒤 씨를 껴안았다. 아주 꽉, 바싹 끌어안았다.

페르뒤 씨는 두 번째로 울었다. 젤다는 밖으로 새어나오려는 흐느낌을 애써 입안에 가두었다. 엘라이아는 볼을 타고 흘러내리는 눈물을 훔치면서 더없이 다정한 눈길로 조당을 바라보았다. 엘라이아의 아버지는 등을 뒤로 기댄 채 눈앞에서 벌어지는 광경을 지켜보았다. 한 손으로는 수염을 비비고, 다른 한 손의 손가락으로는 담배를 돌렸다. 쿠에노는 시선을 접시로 떨구었다.

"됐어."

페르뒤 씨는 격렬하게 울고는 나지막이 속삭였다.

"됐어. 괜찮아. 정말이야. 뭐 좀 마셔야겠어."

그는 푸우, 숨을 내쉬었다. 이상하게도 웃고 싶은 기분이 들었다. 그리고 젤다에게 입을 맞추고 엘라이아와 함께 춤추고 싶은 기분이 들었다.

당시 그는 스스로에게 슬픔을 금지했다. 왜냐하면…… 왜냐하면 마농의 삶에 그는 공식적으로 존재하지 않았기 때문이다. 그녀의 죽음을 함께 애도할 사람이 없었기 때문에. 혼자였기 때문에. 사랑에 내맡겨져 완전히 혼자였기 때문에.

오늘까지.

조당이 식탁에서 내려왔고, 모두 각자 접시와 유리잔을 똑바로 정돈했다. 나이프와 포크가 타일 바닥에 떨어졌고, 자비에가 말했다.

"자, 그럼. 난 와인을 한 잔 더 마셔야겠어."

쾌활한 분위기였다. 그러다…….

"잠깐 기다려."

쿠에노가 부탁했다. 기어들어가는 목소리로.

"무슨 일이야?"

"잠깐 기다리라고."

쿠에노는 자신의 접시를 응시했다. 그의 턱에서 샐러드 소스 같은 뭔가가 뚝뚝 떨어졌다.

"선장, 내 사랑 막스. 사랑하는 젤다, 내 친구 자비에. 귀여운 엘라이아, 사랑스럽고 귀여운 엘라이아."

"그리고 루보."

젊은 여인이 덧붙여 속삭였다.

"나도…… 고백하고 싶은 게 있어요."

그의 머리가 넓적한 가슴팍으로 점점 더 깊이 수그러졌다.

"뭐냐면…… 그러니까. 비베트는 내가 사랑한 아가씨요. 나는 그녀를 찾아다녔어요. 21년 전부터. 프랑스의 모든 강, 모든 요트항구, 모든 항구를 샅샅이 뒤졌어요."

모두들 고개를 끄덕였다.

"그래서요?"

조당이 조심스럽게 물었다.

"그런데…… 그녀는 라투르의 시장하고 결혼했어요. 21년 전에. 지금 두 아들과 세 겹이나 되는 어마어마하게 큰 엉덩이와 함께 있어요. 이미 15년 전에 난 그녀를 찾아냈어요."

"어머."

젤다의 입에서 새어나왔다.

"그녀는 나를 기억했어요. 하지만 마리오, 조반니, 아르노와 혼동한 후에야 비로소 나를 기억해냈죠."

자비에가 몸을 앞으로 숙였다. 그의 눈이 번득였다. 그리고 아주 조용히 담배를 빨았다. 젤다가 엷게 미소 지었다.

"그거 농담이죠, 그렇죠?"

"아냐, 젤다. 그런데도 나는 아주, 아주 오래 전 어느 여름밤 강변에서 만난 비베트를 찾는 걸 멈추지 않았어요. 이미 오래 전에 진짜 비베트를 찾아냈는데도. 내가 진짜 비베트를 찾아낸 탓에, 계속 그녀를 찾을 수밖에 없었어요. 그건……."

"병이야."

자비에가 날카롭게 쿠에노의 말을 잘랐다.

"아빠!"

엘라이아가 깜짝 놀라 외쳤다.

"자비에, 내 친구, 나는……."

"친구라고? 자네는 내 아내와 나를 속였어! 여기 내 집에서. 7년 전 자네는 우리 집에 와서 자네의…… 자네의 그 거짓 이야기를 늘어놓았어. 우리는 자네에게 일감을 주었어. 자네를 믿었다고. 이거야, 참!"

"왜 그랬는지 내 설명을 좀 들어보게나……."

"자네는 우습지도 않은 시시껄렁한 낭만적인 이야기로 우리의 동정심을 샀어. 정말 역겹구먼."

"그렇게 소리치지 마십시오."

페르뒤 씨가 그에게 요청했다.

"틀림없이 개인적으로 당신의 화를 돋우려고 그런 건 아닐 겁니다. 지금 쿠에노가 얼마나 힘들어하는지 보이지 않습니까?"

"난 내 마음대로 소리칠 수 있소. 그리고 당신이야 그걸 이해하겠지……. 그 죽은 여자 이야기를 들어보니 당신도 온전한 정신은 아닌 것 같소."

"이제 정말 그만하시죠."

조당이 버럭 소리를 질렀다.

"내가 그만 가는 게 좋겠어요."

"아니, 쿠에노. 부탁이에요. 자비에는 지금 많이 예민해 있어요. 지금 루보의 검사 결과를 기다리고 있거든요……."

"난 예민하지 않아. 다만 혐오스러울 뿐이라고, 젤다. 혐오스러워."

"우리 세 사람 모두 가자고. 어서 가자고."

페르뒤 씨가 말했다.

"그러는 게 좋겠소."

자비에가 목소리를 낮추어 날카롭게 말했다. 페르뒤 씨가 몸을 일으켰고 조당도 뒤따라 일어났다.

"쿠에노 뭐해?"

그제야 쿠에노는 눈을 들었다. 눈물이 줄줄 흘렀다. 눈빛이 한없는 쓸쓸함으로 넘쳤다.

"친절하게 맞아주셔서 고마웠습니다, 젤다 부인."

페르뒤 씨가 말했다. 젤다는 그를 보고 살며시 절망적인 미소를 지었다.

"루보를 잘 극복하길 빌어요, 엘라이아 양. 엘라이아 양이 그런 일을 겪어서 참, 참 마음이 아픕니다. 진심으로."

페르뒤 씨는 병든 여인을 향해 말했다.

"그리고 자비에 씨, 당신이 앞으로도 변함없이 이 훌륭한 부인의 사랑을 받고, 언젠가는 그것이 아주 특별한 것임을 깨닫게 되길 바랍니다. 안녕히 계십시오."

자비에의 눈빛은 페르뒤 씨를 한 대 후려치고 싶다고 말했다. 엘라이아가 침묵에 잠긴 어두운 정원을 가로질러 남자들의 뒤를 쫓아왔다. 귀뚜라미들이 귀뚤귀뚤 울었고, 그밖에는 밤이슬에 젖은 잔디를 걷는 남자들의 발걸음 소리만이 들렸다. 엘라이아는 맨발로 조당과 나란히 걸었다. 조당은 그녀의 손을 다정하게 잡았다.

배에 이르렀을 때, 쿠에노가 목쉰 소리로 말했다.

"고맙구먼…… 배에 태워줘서. 자네만 좋다면, 이제 내 물건을 챙겨서 떠나겠네."

"굳이 격식을 차려서 이 밤중에 떠날 이유가 어디 있는가."

페르뒤 씨는 침착하게 대답했다.

그는 배 사다리에 올랐고, 쿠에노도 망설이며 그 뒤를 따랐다. 함께 뱃머리의 깃발을 내리고서, 페르뒤 씨가 슬쩍 웃으며 물었다.

"세 겹이나 되는 어마어마하게 큰 엉덩이라고? 도대체 그게 뭔 소리야?"

쿠에노는 쭈뼛거리며 대답했다.

"글쎄, 삼중턱을 한번 상상해봐…… 엉덩이에."

"아니, 상상하고 싶지 않아."

페르뒤 씨는 단호하게 답했다. 그는 크게 터져 나오는 웃음을 도저히 참을 수 없었다.

"자네는 상황을 진지하게 생각하지 않아."

쿠에노가 불평했다.

"자네가 평생 그리워하던 사랑이 허상에 지나지 않았다는 걸 한번 생각해봐. 말 엉덩이와 말 이빨, 그리고 어쩌면 공간공포증에 시달리는 뇌를 가진 허상."

"빈 공간을 두려워한단 말이야? 겁을 집어 먹는다고?"

두 사람은 서로 멋쩍게 미소 지었다.

"사랑하느냐 사랑하지 않느냐는 커피나 차를 선택하는 것과 같은 문제일 수 있어. 어느 쪽으로든 결정을 내려야 해. 그렇지 않으면 우리가 잃어버린 여자들과 세상을 떠난 모든 사람을 어떻게 견딜 수 있겠어?"

쿠에노가 기죽어 말했다.

"어쩌면 전혀 견딜 필요가 없을 수도 있어."

"정말이야? 견디지 않으면…… 뭐야? 도대체 뭐냐고? 우리가 잃어버린 사람들이 우리에게 부여하는 임무가 도대체 뭐냐고?"

그것은 페르뒤 씨가 그 오랜 세월 동안 대답을 찾지 못한 질문이었다. 오늘까지. 오늘에야 그는 그 대답을 알아냈다.

"그들을 우리 안에 품는 것. 그게 바로 우리에게 주어진 임무야. 우리는 모두를 우리 안에 품고 있어. 우리의 죽은 자들과 깨어진 사랑을. 그들이 비로소 우리를 완전하게 만들어. 우리가 잃어버린 사람들을 망각하거나 내쫓으면…… 그러면 우리도 더 이상 존재하지 않게 돼."

페르뒤 씨는 달빛에 어른거리는 알리에 강을 바라보았다.

"모든 사랑. 모든 죽은 자. 우리 시대의 모든 인간. 그들은 우리의 영혼의 바다를 이루는 강들이야. 우리가 그들을 더 이상 생각하려 하지 않으면, 바다도 말라버려."

페르뒤 씨는 삶을 붙잡고 싶은 커다란 갈증을 느꼈다. 시간이 더 빨리 가기 전에 두 손으로. 붙잡고 싶었다. 그는 목말라 죽고 싶지 않았다. 그는 바다처럼 자유롭고 광활하고 싶었다. 깊고 풍성하고 싶었다. 친구들이 그리웠다. 사랑하고 싶었다. 자신 안의 마농을 뒤쫓고 싶었다. 마농이 여전히 자신 안에서 어떻게 일렁이는지, 어떻게 자신과 뒤섞이는지 느끼고 싶었다. 마농은 그를 변화시켰다.

되돌릴 수 없이 결정적으로. 무엇 때문에 그걸 부정하랴? 그래서 그는 카트린에게 다가와도 좋다는 허락을 받은 남자가 되었다.

카트린이 절대 마농의 자리를 차지할 수 없음을 페르뒤 씨는 불현듯 명확히 깨달았다. 카트린은 자기 자신의 자리를 차지했다. 더 나쁘지 않았다. 더 좋지도 않았다. 다만 달랐을 뿐이다.

페르뒤 씨는 세상 모든 바다를 카트린에게 보여주고 싶은 욕구가 치밀었다!

남자들은 조당과 엘라이아가 키스하는 모습을 지켜보았다. 페르뒤 씨는 자신들이 그동안의 거짓말과 환상에 대해 더 이상 이야기하지 않을 것을 알았다. 중요한 것은 이미 다 말한 뒤였으니까.

29

일주일 후.

그동안 그들은 각자 지나온 삶의 핵심을 조심스럽게 더듬더듬 털어놓았다. 살바토르 쿠에노, 미화원이었던 어머니와 유부남 교사 사이에서 쉬는 시간에 벌어진 사고의 어처구니없는 '요구'. 장 페르뒤, 프롤레타리아 계급 수공업자와 귀족 계급 인텔리 여성 사이의 대담한 사랑의 산물. 막스 조당, 늘 순종하기만 하던 여인과 기대와 실망에 좀먹은 소심한 남자 사이의 경직된 결혼의 최후 시도.

그들은 책을 팔고 아이들에게 책을 읽어주고 소설책을 대가로 피아노를 조율했다. 그들은 노래하고 웃었다. 페르뒤 씨는 공중전화로 부모님에게 전화했다. 그리고 27번지에도 한 번 전화했다. 전화벨이 스물여섯 번이나 울렸는데도 아무도 전화를 받지 않았다.

연인에서 갑자기 아버지가 되었을 때의 기분이 어땠는지 페르뒤 씨는 아버지에게 물었다. 조아킨 페르뒤 씨는 평소와 달리 오래 침묵을 지켰다. 그러더니 숨을 가쁘게 몰아쉬는 소리가 들렸다. "아, 장…… 자식을 얻는다는 것, 그건 어린 시절에서 영영 벗어나는 것과도 같아. 남자라는 존재가 실제로 무엇을 뜻하는지 처음으로 깨닫는 것이라고 할 수 있어. 또 네 모든 약점이 드러나는 게 두렵기도 하지. 아버지로서의 삶은 네 능력 이상의 것을 원하거든……. 나는 늘 네 사랑을 받을 가치가 있는 사람이 되고 싶었다. 너를 그만큼 사랑했기 때문이야. 그만큼 사랑했어."

이제 두 사람 모두 숨을 가쁘게 몰아쉬었다.

"장, 그런데 왜 그런 걸 묻냐? 혹시 너……."

"아니에요."

애석하게도 아니에요. 막스 같은 아들과 용감한 여기사 같은 딸, 그랬더라면 좋았을 거예요. 그랬더라면, 그랬더라면.

페르뒤 씨는 알리에 강변에서 흘린 눈물이 자신 안에 자리를 차지하고 있는 것만 같았다. 그는 그 최초의 여백에 향기들을 담을 수 있었다. 서로를 향한 마음. 아버지의 사랑. 그리고 카트린.

그는 조당과 쿠에노를 향한 애정도 주변 경관의 아름다움처럼 마음에 담을 수 있었다. 감동과 기쁨, 많은 이에게 사랑받을 수 있는 누군가라는 깨달음과 애정이 함께 깃들 수 있는 장소를 자신 안에서, 슬픔 아래서 발견했다.

그들은 중앙운하를 지나 손 강에 이르러 폭풍우를 뚫고 나아갔다. 부르고뉴의 하늘이 연거푸 번개에 의해 산산이 찢겨 굉음을 울리며 디종과 리옹 사이의 땅으로 검게 내려앉았다.

룰루의 선복에서 차이코프스키의 피아노협주곡이 음울한 어둠을 밝게 비추었다. 마치 구약 성경에 요나가 갇혔던 고래 뱃속을 밝히던 램프 같았다. 손 강의 일렁이는 파도를 타고 배가 심하게 요동치는 동안, 조당은 용감하게 두 발로 피아노 다리를 꼭 누른 채 서정적인 발라드, 온화한 왈츠, 쾌활한 스케르초를 연주했다.

페르뒤 씨는 차이코프스키의 음악을 그런 식으로 연주하는 걸 들어본 적이 없었다. 바람이 배의 민감한 허리 부분을 짓누르며 땅으로 밀어붙이면 신음하며 쿵쿵거리는 엔진 소리와 삐걱거리는 들보 소리를 배경음악으로, 폭풍우의 트럼펫과 비올라 소리에 맞춰 서가의 책들이 비 오듯 우수수 떨어졌다. 린드그렌은 나사로 단단히 고정된 소파 아래 숨어 있었고, 카프카는 소파 커버의 갈라진 틈새에서 귀를 바싹 붙인 채 미끄러지는 책들을 구경했다.

손 강의 지류인 세유 강 쪽으로 배를 조종하는 페르뒤 씨의 시야를 가리는 짙은 안개가 자욱했다. 그는 공기의 냄새를 맡았다. 찌르르 전기가 흐르는 듯했다. 그는 거품 이는 초록색 물의 냄새를 맡았다. 굳은살 박인 손 아래의 키가 비틀리는 걸 느꼈다. 그리고 살아 있다는 게 너무 흐뭇했다. 지금 살아 있다는 게, 지금!

심지어 그는 폭풍우마저 즐겼다. 보퍼트 풍력 5등급. 파도가 오르락내리락하는데 웬 여자가 곁눈으로 보였다. 그 여자는 투명한 우비 망토를 걸치고 런던의 주식중개인들이 들고 다니는 것 같은 커다란 우산을 받치고 있었다. 그녀는 돌풍에 굽이치는 키 작은 갈대 너머를 바라보고 있었다. 그녀가 한 손을 들어 인사했다. 그러더니 우비 망토의 지퍼를 내려 망토를 홀쩍 벗어던지고는 뒤돌아서서 양팔을 활짝 벌렸다. 활짝 편 우산은 오른손에 들고 있었다. 그러고는 브라질 코르코바도 산 정상의 예수상처럼 양팔을 활짝 벌린 채 사납게 요동치는 강물 속으로 나가 떨어졌다.

"저게 대체……?"

페르뒤 씨는 중얼거렸다.

"쿠에노! 여자가 물에 빠졌어! 강변 쪽이야!"

그러다 몇 초 후 울부짖었다. 이탈리아 남자가 주방에서 총알처럼 뛰쳐나왔다.

"뭐라고? 자네 취했어?"

그가 외쳤다. 페르뒤 씨는 거세게 출렁이는 파도에서 오르락내리락 움직이는 몸을 가리켰다. 그리고 우산을. 쿠에노는 포말이 이는 강물을 뚫어져라 응시했다. 우산이 물속으로 가라앉았다. 쿠에노의 턱뼈가 부드득 갈렸다. 그는 밧줄과 구명튜브를 붙잡았다.

"더 가까이!"

그가 외쳤다.

"피아노 그만 쳐! 네 도움이 필요해. 지금 당장…… 어서!"

페르뒤 씨가 수상 서점을 강변 가까이 대려고 애쓰는 동안, 쿠에노는 난간 앞에 서서 구명튜브를 밧줄에 묶고는 짧고 두툼한 다리로 단단히 버텼다. 그러고는 물체가 보이는 방향으로 튜브를 힘껏 던졌다. 그는 해쓱한 표정으로 바라보는 조당에게 밧줄의 다른 끝을 내밀었다.

"내가 저 여자를 붙잡으면 잡아당겨. 말처럼 탄력 있게 힘껏 잡아당기라고, 젊은이!"

쿠에노는 말끔히 닦은 신발을 벗고 양팔을 활짝 펼치고 머리를 아래로 향해 강물에 뛰어들었다. 그들의 머리 위에서 번개가 하늘을 갈랐다. 조당과 페르뒤 씨는 쿠에노가 힘차게 몸을 움직여 굶주린 물을 가르고 수영하는 것을 보았다.

"이런 젠장, 젠장, 젠장!"

조당이 아노락 소매를 손등까지 잡아 내리고 다시 밧줄을 잡았다. 페르뒤 씨는 닻줄을 쩔그렁 내려뜨렸다. 세탁기의 세탁조처럼 배가 쑥 올라갔다 내려왔다. 쿠에노가 여자에게 다가가 두 팔로 안았다.

페르뒤 씨와 조당은 함께 밧줄을 잡아당기고 두 사람을 배로 끌어올렸다. 쿠에노의 콧수염에서 물이 뚝뚝 떨어졌다. 여자의 삼각형 얼굴은 물에 흠뻑 젖고 적갈색의 머리카락은 고불고불한 해초에 감겨 있었다. 페르뒤 씨는 서둘러 조타대로 갔다. 응급구조대를 요청하려고 무선기를 향해 손을 뻗는데, 쿠에노의 젖은 손이 그의 어깨를 무겁게 눌렀다.

"그만 둬! 저 여자가 그걸 원하지 않아. 그리고 이대로 괜찮을 거야. 내가 해결할게. 우선 몸을 말리고 따뜻하게 해야 돼."

페르뒤 씨는 쿠에노의 말을 믿고 더 이상 캐묻지 않았다.

안개 속에서 퀴즈리 요트항구가 모습을 나타냈다. 페르뒤 씨는 룰루의 키를 항구 방향으로 조종했다. 휘몰아치는 비와 파도를 맞으며, 조당과 함께 배를 부교에 붙잡아맸다.

"배에서 내려야 해요!"

세차게 울부짖고 포효하는 바람 소리 너머로 조당이 말했다.

"앞으로 더 엄청나게 요동칠 거예요."

"책과 고양이들만 내버려둘 수 없어."

페르뒤도 외쳤다. 물이 귓속으로 흘러들고 목과 팔소매를 적셨다.

"게다가 난 선장이야. 선장은 배를 버리지 않아."

"그렇담 좋아요! 나도 가지 않겠어요."

두 사람이 좀 제정신이 아니라고 생각하는 듯 배가 강한 신음소리를 내뱉었다.

쿠에노는 페르뒤 씨의 선실에 잠자리를 마련하고 구조한 여인의 옷을 벗겼다. 이제 하트 모양 얼굴의 여인은 알몸으로 누워 있었으며, 산처럼 높이 쌓인 이불 아래서 두 눈에 편안한 기색이 감돌았다. 흰색 트레이닝복 차림의 쿠에노는 조금 얼이 빠져 보였다. 하지만 정말로 아주 조금 그랬다.

그는 여자 앞에 무릎 꿇고 피스투 수프를 여인의 입에 흘려 넣었다. 마늘과 바질과 아몬드로 끓인 소스인 페스토는 원래 요리에 쓰는 것인데, 숟가락으로 떠 커피 잔에 담고는 거기에 맑고 영양이 풍부한 야채 수프를 부었다. 여인은 수프를 삼키는 사이사이 쿠에노에게 미소 지었다.

"그러니까 살보. 살바토레 쿠에노. 나폴리 출신."

그녀는 확인했다.

"맞아요."

"난 사망타예요."

"아주 예쁜 이름이군요."

쿠에노가 말했다.

"저기…… 저기 밖에는 나쁘지 않아요?"

그녀는 물었다. 눈이 정말로 무척 크고 무척 검푸른 색을 띠고 있었다.

"에이, 뭘요."

조당이 얼른 대답했다.

"에이, 뭐가 나빠요?"

"돌풍이 조금 불고 습도가 높을 뿐이에요."

쿠에노가 그녀를 안심시켰다.

"내가 책을 좀 읽어줄 수 있을 거요."

페르뒤 씨가 제안했다.

"노래도 부를 수 있어요."

조당도 거들었다.

"돌림노래로."

"또는 요리할 수도 있지."

쿠에노가 제안했다.

"프로방스의 허브를 넣은 스튜 도브 좋아해요?"

여인은 고개를 끄덕였다.

"하지만 소고기로요."

"그런데 지금 뭐가 나빠요?"

조당이 물었다.

"삶. 물. 캔 속의 고리 모양 물고기."

세 남자는 어리둥절한 표정으로 그녀를 쳐다보았다. 페르뒤 씨는 이 사망타라는 여자가 언뜻 제정신이 아닌 듯 말하고 행동하지만 미친 사람처럼은 보이지 않고 또 미치지도 않았다고 생각했다. 다만…… 독특할 뿐이었다.

"셋 다 나쁘지 않다고 생각해요."

그가 대답했다.

"그런데 고리 모양 물고기가 뭐죠?"

"그러니까, 음, 일부러 물속에 빠진 거예요?"

조당이 물었다.

"일부러? 그럼, 물론이죠."

사망타가 대답했다.

"이런 날 산책하다가 실수로 뒤로 미끄러지는 사람은 아무도 없어요. 그러면 정말 너무 미련한 짓 아니겠어요, 그렇죠? 아니, 그런 건 미리 계획되어 있는 거라고요."

"그렇다면 당신은, 그러니까…… 혹시?"

"관 속을 구경하고 싶었냐고요? 신화의 스틱스 강을 건너려고 그랬느냐고요? 죽을 생각이었느냔 말이죠? 아뇨, 이런. 뭣 때문에 그러겠어요?"

하트 모양의 얼굴이 어이없다는 듯 세 남자를 번갈아가며 바라보았다.

"아, 그래요. 그렇게 보였어요? 아니, 아니에요. 때로는 끔찍하게 힘들고 모든 게 아무렴 어떨까 싶기도 하지만, 나는 사는 게 좋아요. 아뇨. 이런 날씨에 강물에 뛰어들면 어떨까 알고 싶었어요. 강물이 아주 흥미로워 보였거든요. 거칠게 날뛰는 흙탕물. 그 흙탕물 속에서 내가 두려움에 떨지 그리고 그 두려움이 뭔가 중요한 것을 나에게 말해줄지 알고 싶었어요."

쿠에노는 무슨 말인지 아주 잘 이해한다는 듯 고개를 끄덕였다.

"그렇다면 뭐라고 말하던가요?"

조당이 물었다.

"신은 죽었고 스포츠는 살아 있다, 뭐 이런 말을 하던가요?"

"아뇨, 내 인생을 어떻게 달리 책임질 것인지 뭐든 생각나는 게 없냐고. 결국 해보지 않으면 후회하게 되거든요. 그렇지 않은가요?"

세 남자는 고개를 끄덕였다.

"그건 그렇고, 난 어쨌든 그런 모험을 할 생각은 아니었어요. 그러니까 내 말은, 진짜로 중요한 것을 할 시간이 더 이상 없다는 우울한 생각으로 누가 세상을 하직하고 싶겠느냐는 거죠."

"어쨌든 좋아요."

페르뒤 씨가 말했다.

"물론 자신의 진실한 삶의 동경을 스스로 깨닫게 될 수도 있어요. 그러기 위해서 강물에 뛰어드는 게 현명할까요?"

"왜요, 당신은 더 효과적인 방법을 알고 있나요? 그렇담 어떻게 해야 하는데요, 가령 소파에 편안히 누워서? 근데 수프 남았어요?"

쿠에노는 황홀한 표정으로 사망타에게 미소 지으며 콧수염 끝을 연신 만졌다.

"할렐루야."

그는 속삭이고는 사망타에게 수프를 주었다.

"아까 파도에 이리저리 떠밀리며 내가 빵 반죽 속의 최후의 건포도 같다는 느낌이 들었을 때, 사실은 중요한 생각이 떠올랐어요. 내 삶에 부족한 게 뭔지 깨달았어요."

그녀는 선언했다.

그리고 숟가락으로 수프를 떠먹었다.

그리고 숟가락으로 수프를 떠먹었다.

그리고…… 정확히…… 숟가락으로 수프를 떠먹었다.

그들은 모두 긴장해서 나머지 말을 기다렸다.

"나는 한 번 더 남자와 키스하고 싶어요. 하지만 제대로."

여인은 냄비의 수프를 최후의 한 숟가락까지 긁어먹은 후 말했다. 그러더니 기분 좋게 트림을 하고는 쿠에노의 손을 잡아 뺨에 대고 눈을 감았다.

"잠 좀 자고 난 후에."

그녀는 중얼거렸다.

"언제든 분부만 내리시지요."

쿠에노가 좀 멍한 표정으로 속삭였다.

아무런 대답이 없었다. 얼굴에 미소만 살짝 피어올랐다. 곧 그녀는 잠이 들었으며, 강아지가 으르렁거리듯 코를 골았다.

세 남자는 어쩔 줄 모르고 서로 마주보았다. 조당이 소리 없이 웃으며 두 엄지손가락을 높이 치켜세웠다. 쿠에노는 좀 더 편안하게 자세를 고쳐 앉았다. 낯선 여인의 꿈을 방해하지 않도록. 그녀의 머리가 베개 위의 고양이처럼 그의 넓적한 손에 놓여 있었다.

30

밖에서 폭풍이 책마을과 세유 강 위로 사납게 날뛰고 숲의 오솔길이 나무들 사이로 내동댕이쳐지고 자동차들이 지붕 위로 날아가고 농가들이 화염에 휩싸이는 동안, 세 남자는 태연한 척했다.

"그런데 왜 퀴즈리는 아저씨가 3000년쯤 전에 말했던 낙원이죠?"

조당이 나지막이 페르뒤 씨에게 물었다.

"아, 퀴즈리! 책을 사랑하는 사람은 그곳에 마음을 빼앗기지 않을 수 없어. 그곳에서는 모두가 책에 반하게 돼. 아니면 다들 반해서 반하는 게 전혀 눈에 띄지 않아. 거의 모든 가게가 서점이나 인쇄소, 제본소, 출판사…… 그런 거거든. 그리고 많은 집은 예술가들이 점유하고 있어. 그야말로 창의력과 환상으로 진동하는 곳이지."

"지금은 그렇게 보이지 않아요."

조당이 단언했다. 바람이 배를 에워싸고 포효하며 리벳이나 못으로 고정되지 않은 모든 걸 마구 뒤흔들었다. 고양이들은 사망타 곁에 자리 잡고 있었다. 린드그렌은 그녀의 목 옆에, 카프카는 두 장딴지 사이 벌어진 틈에. 고양이들의 포즈가 이제 이 여자는 우리 거야, 라고 말했다.

"퀴즈리의 모든 헌책방과 서적 노점상들은 전문화되어 있어. 모든 책을 구할 수 있어. 내가 모든 책이라고 말하면, 말 그대로 모든 책을 뜻해."

페르뒤 씨는 설명했다.

그는 과거의 삶에서, 그러니까 파리의 서점 주인이었을 때 희귀본을 취급하는 몇몇 서적상들과 연락을 취한 적이 있었다. 가령 홍콩이나 런던, 워싱턴에서 온 손님이 헤밍웨이의 초판본을 10만 유로에 구입하고 싶어 했을 때. 헤밍웨이가 절친한 친구에게 바치는 헌사가 쓰인, 들짐승 가죽 장정의 책. 또 살바도르 달리에게 영감을 준 책을 찾은 손님도 있었다. 그 거장이 시계가 흐물흐물 늘어지는 초현실적인 꿈을 꾸기 전에 읽었다고 전해지는 책.

"그러면 종려나무 잎도 있어?"

쿠에노가 물었다. 그는 사망타 앞에 무릎 꿇은 자세로 여전히 그녀의 머리를 받치고 있었다.

"그건 없어. 사이언스픽션, 환상적인 판타지 소설은 있어. 그래, 전문가들은 그것들을 명백히 구분하거든. 게다가……."

"종려나무 잎? 그게 대체 뭔데요?"

조당이 캐물었다.

페르뒤 씨는 신음소리를 내뱉었다.

"아무것도 아냐."

그는 서둘러 말했다.

"너는 운명의 도서관에 대해 한번도 들어보지 못했냐?"

"삶의 책에 대해?"

"냠냠."

사망타가 소리를 냈다.

페르뒤 씨도 그 전설을 알고 있었다. 책 중의 가장 마법적인 책, 세상을 꿰뚫어보는 초월적인 7명의 현자들이 쓴 그 위대한 세계적인 기념비는 5000년 전 세상에 등장했다. 신화에 따르면, 그 일곱 현자가 정기精氣로 이루어진, 세계의 모든 과거와 미래가 기록된 책들을 발견했다고 한다. 시간과 공간 같은 제한된 것 너머에 살고 있는 존재들에 의해 쓰인 모든 삶의 시나리오. 현자들은 그 초월적인 책들에 적혀 있는 수백만 개의 삶의 운명과 중대한 세계적 사건들을 번역해 대리석이나 암석, 종려나무 잎에 옮겨 적었다고 전해진 것이다.

쿠에노의 눈이 반짝였다.

"한번 생각해봐. 네 삶이 그 종려나무 잎 책, 얇은 감탕나무 잎 하나에 쓰여 있어. 너의 출생, 죽음 그리고 그 사이에 일어나는 모든 것이. 네가 누구를 사랑하고 누구와 결혼하고 네 직업이 무엇이고, 그야말로 모든 것이 쓰여 있어. 심지어는 너의 전생까지도."

"푸……킹 오브 로드."

사망타의 입에서 새어나왔다.

"전생을 포함한 모든 인생이 맥주잔 받침에 쓰여 있다니. 얼마나 신빙성이 있는 걸까."

페르뒤 씨가 웅얼거렸다.

페르뒤 씨는 서점을 연 이래로, 그 《아카샤 연대기》를 비용이 얼마가 들든지 꼭 소장하고 싶어 하는 수집가들을 뿌리쳤다.

"정말요?"

조당이 말했다.

"여러분, 어쩌면 나는 전생에 발자크였을지도 몰라요."

"어쩌면 파스타였을 수도 있어."

"그리고 자신의 종말, 그것도 알 수 있어. 정확하게 날짜까지는 아니지만 년도와 달은 알 수 있어. 그리고 어떤 방식으로 종말을 맞을지도 쓰여 있어."

쿠에노는 알고 있었다.

"그래요, 고마워요."

조당은 회의적인 표정으로 웅얼거렸다.

"자신이 죽는 날을 안다는 게 무슨 의미가 있겠어요? 아마 나는 남은 인생 동안 겁에 질려 미쳐버릴 거예요. 고맙지만 사양하겠어요. 영원이 나를 위해 내놓은 약간의 환상, 그걸 갖겠어요."

페르뒤 씨가 헛기침했다.

"퀴즈리 이야기로 돌아가자고. 1641명의 주민 대부분이 인쇄물과 관계있는 일을 해. 나머지는 방문객들을 맞이하는 일을 하지. 그러니까 노점상이나 헌책방들 단체가 전 지구상에 촘촘한 그물망으로 엮여 있는데 정상적인 소통방식 밖에 존재해. 그래, 그들은 인터넷도 사용하지 않아. 책의 현자들이 자신들의 지식을 수호하는 방식에 의하면, 구성원 누군가의 죽음과 더불어 그 지식이 사라질 수도 있어."

"휴우."

사망타가 한숨지었다.

"그래서 책과의 삶에 대해 알고 있는 모든 것을 입에서 귀로 전수하기 위해 각자 후계자를 최소한 1명씩 육성하지. 그들은 유명한 작품들의 탄생, 비밀 판본, 원본 원고, 여인들의 성경에 대한 신비적인 이야기들을 알고 있어……."

"멋지군요."

조당이 말했다.

"……또는 행간에 완전히 다른 이야기가 쓰여 있는 책들에 대해 신비한 이야기도 알고 있지."

페르뒤 씨는 모반자처럼 목소리를 낮춰 이야기를 계속했다.

"소문에 의하면, 많은 유명 작품의 실제 종말에 대해 알고 있는 여인이 퀴즈리에 살고 있대. 그 원고들의 처음, 맨 처음 버전에 대해 알고 있기 때문이래. 그 여인은 로미오와 줄리엣의 최초 버전의 결말도 알고 있어. 그 결말에 의하면 그 둘은 살아남아 결혼해서 아이들을 낳게 돼."

"에이, 뭐야."

조당이 웅얼거렸다.

"로미오와 줄리엣이 살아남아 부모가 된다고? 그러면 극이 완전히 엉망이 된다고요."

"나는 좋은데."

쿠에노가 말했다.

"어린 줄리엣이 끔찍하게 불쌍했거든."

"그중에는 사나리가 누구인지 아는 사람도 있을까요?"

조당이 물었다.

페르뒤 씨는 그러길 바랐다. 디고앙에서 이미 그는 퀴즈리 서적 동업조합의 조합장 사미 르 트르케세에게 엽서를 보내 자신의 도착을 알렸다.

새벽 2시 무렵, 그들은 폭풍우가 누그러지면서 좀 더 부드럽게 일렁이는 파도에 자신을 맡기고 지쳐 잠이 들었다.

잠에서 깨어났을 때는 이미 날이 환히 밝은 뒤였다. 폭풍우에 상큼하게 씻긴 햇살이 밤새 아무 일도 없었던 양 천진하게 굴었으며, 폭풍우도 사라지고 여인도 사라지고 없었다.

쿠에노는 어처구니없는 듯 빈손을 응시했다. 그러더니 원망에 찬 표정으로 그 빈손을 다른 손에 포개었다.

"또 시작이야? 어째서 난 늘 여자들을 강에서 발견하지?"

그는 한탄했다.

"지난번 여자에게서 받은 상처도 아직 다 회복하지 못했는데."

"맞아요. 아저씨는 겨우 15년밖에 시간이 없었어요."

조당이 비죽이 웃었다.

"아, 여자들."

쿠에노가 한탄했다.

"최소한 립스틱으로 거울에 전화번호라도 적어놓을 수 있었잖아!"

"내가 크루아상을 사올게요."

조당이 말했다.

"같이 가자고, 친구. 자면서 노래하는 여자를 찾아볼 겸 말이야."

쿠에노가 말했다.

"원, 두 사람은 이곳 지리를 전혀 모르잖아. 내가 가지."

페르뒤 씨가 이의를 제기했다.

결국 셋이 함께 길을 나섰다. 작은 항구를 떠나 야영장을 가로지르고 성문을 지나 빵집을 향하는데, 바게트를 한 아름 팔에 안은 오크가 맞은 편에서 걸어오고 있었다. 《반지의 제왕》에서 사우론의 군대로, 돼지 머리에 팔 다리 짧은 그 오크족. 아이폰에 푹 빠진 엘프도 나란히 오고 있었다.

페르뒤 씨는 라 데쿠베르트 도서관의 푸른색 정문 앞에서 공포영화 〈나이트워치〉의 주인공인 마르틴 일당과 큰소리로 싸우고 있는 해리 포터와 친구를 발견했다. 요란하게 치장한 뱀파이어 여자 둘이 산악용 자전거를 타고 맞은편에서 달려왔다. 뱀파이어 여인들은 조당에게 굶주린 시선을 던졌다. 그때 마침 더글러스 애덤스의 팬 둘이 아서 덴트처럼 목욕가운 차림에 수건을 어깨에 두르고 교회에서 나왔다.

"컨벤션!"

조당이 외쳤다.

"뭐라고?"

쿠에노가 오크의 뒷모습을 멍하니 바라보며 물었다.

"판타지 컨벤션. 각자 좋아하는 작가나 등장인물로 변장한 사람들이 온 마을에 가득 찼어요. 굉장하군."

"어떻게, 모비 딕, 멜빌의 고래로?"

쿠에노가 물었다.

쿠에노처럼 페르뒤 씨도 《반지의 제왕》의 미들어스나 《왕좌의 게임》의 윈터펠에서 튀어나온 듯한 존재들의 뒷모습을 쳐다보았다. 책이 일으키는 일들은 놀라웠다.

쿠에노는 새로운 의상과 마주칠 때마다 그것이 어떤 책에서 유래하는지 물었고, 조당은 상기된 얼굴로 설명해주었다. 진홍빛 가죽 외투를 입고 목 부분이 밖으로 접힌 흰색 부츠를 신은 여자가 마주 왔을 때는 조당도 대답하지 못했다.

페르뒤 씨가 설명했다.

"이봐, 이 숙녀분은 분장한 여자가 아니라 시도니 가브리엘 콜레트나 조르주 상드와 대화를 나누는 매체라고. 어떻게 대화를 나누는지는 자신만의 비밀이라고 주장하고 있어. 시간여행을 하는 꿈속에서 그들을 만난다고 해."

문학과 관계 있는 온갖 것이 퀴즈리에 자리 잡고 있었다. 문학적인 정신분열증을 전문적으로 치료하는 의사도 있었다. 자신의 제2의 개성이 도스토예프스키나 힐데가르트 폰 빙겐의 환생이라고 여기는 사람들이나 가명이 하도 많아 헷갈리는 사람들이 그 의사를 찾았다.

페르뒤 씨는 서적동업조합의 조합장이자 운영위원회 회장인 사미 르 트르케세에게로 걸음을 향했다. 트르케세의 말은 사나리에 대해 노점상이나 헌책방 주인들과 대화를 나눌 수 있는 입장권 같은 것이었다. 르 트르케세는 낡은 인쇄소 위층에 살고 있었다.

"책에 대해 많이 아는 그 두목에게서 암호나 아니면 뭐 그런 비슷한 거 얻을 수 있을까요?"

조당이 물었다. 그는 한 가게 건너 하나 꼴로 진열된 책과 사진첩, 지도들에서 눈을 떼지 못했다.

"아무튼 '그런 비슷한 거'요."

쿠에노는 번번이 음식점의 메뉴판 앞에서 걸음을 멈추고 레시피 수첩에 메모했다. 그들은 프랑스 창의적 요리의 요람이 되기로 결정한 브레스 지역에 있었다.

인쇄소에서 조합장과의 면담을 신청하고 조합장 사무실에서 기다리던 세 남자는 뜻밖의 놀라운 일을 겪었다. 조합장 사미 르 트르케세는 남자가 아니었다.

여자였다.

31

그들 앞에, 강물에 떠내려 온 묵직한 표류물들로 짜 맞춘 듯 보이는 책상에, 지난 저녁 쿠에노가 세유 강에서 건져낸 여자가 앉아 있었다. 사미는 사망타였다. 그녀는 하얀 리넨 원피스를 입고 있었다. 게다가 톨킨 소설에 등장하는 호빗의 발을 하고 있었는데, 발이 엄청나게 크고 털에 덮여 있었다.

"무슨 일이죠?"

사미는 물었다. 늘씬하게 뻗은 두 다리를 포개고서 한쪽 호빗 발을 매혹적으로 까딱까딱 흔들었다.

"무엇을 도와드릴까요?"

"아, 네. 저는 어떤 특정한 작품의 작가를 찾고 있어요. 가명인데, 밝혀지지……."

"이제 괜찮아요?"

쿠에노가 끼어들어 물었다.

"그럼요."

사미는 쿠에노에게 미소를 선물했다.

"그리고 내가 늙기 전에 당신에게 키스할 수 있다는 제안에 감사드려요. 그렇지 않아도 그 제안에 대해 심사숙고하는 중이에요."

"당신의 그 멋진 발 퀴즈리에 있어요?"

조당이 궁금해 했다.

"그러니까, 《남녀의 빛》이라는 책 이야기로 돌아가면……."

"그럼요, 에덴에 있어요. 그곳은 휴양객들을 위한 관광안내소의 모조품 센터예요. 거기에 호빗 발, 오크 귀, 갈라진 배…… 그런 것들이 있죠."

"어쩌면 여자가 그 책을 썼을 수도……."

"내가 당신을 위해 요리하겠어요, 사망타 양. 그전에 당신이 수영하고 싶으면, 난 전혀 반대하지 않아요."

"나도 호빗 발을 사야겠어요. 실내화로 신게. 카프카가 아주 좋아할걸요. 어떻게 생각해요?"

페르뒤 씨는 창밖을 바라보며 마음의 평정을 유지하려고 애썼지만 뜻대로 되지 않았다.

"그 주둥아리들 좀 닥치라고! 사나리! 《남녘의 빛》! 난 그 책의 저자를 알고 싶다고, 진짜 저자 말이야! 제발!"

페르뒤 씨는 사실 그렇게까지 크게 외칠 생각은 아니었다. 조당과 쿠에노가 깜짝 놀라 페르뒤 씨를 쳐다보았다. 그에 비해 사미는 재미있는 구경거리라도 생긴 듯 능청스럽게 등을 뒤로 기댔다.

"20년 전부터 나는 그 책을 쓴 남자를 찾고 있어요. 아니면 여자일지도 모르죠. 그 책은…… 그것은……."

페르뒤 씨는 말로 표현하려 애썼다. 하지만 그의 눈에는 강물에서 움직이는 빛만이 보였다.

"그 책은 내가 사랑한 여자와 같아요. 그 책은 그 여자에게로 통해요. 그것은 흐르는 사랑이고, 내가 간신히 참아낸 사랑의 척도요. 내가 간신히 느낄 수 있었던 사랑의 척도. 그것은 지난 20년 동안 나를 숨 쉬게 해준 빨대 같은 거요."

페르뒤 씨는 손으로 얼굴을 감싸고는 마른세수를 했다. 하지만 그것은 온전한 진실이 아니었다. 더 이상 유일한 진실이 아니었다.

"그것은 내 목숨을 부지하도록 도와주었소. 이제 나는 그 책이 더 이상 필요하지 않아요. 이젠 다시 나 스스로…… 숨 쉴 수 있기 때문이요. 하지만 난 고마움을 표하고 싶소."

조당은 존경과 감탄이 넘치는 눈빛으로 페르뒤 씨를 응시했다.

사미가 벌쭉 웃었다.

"숨을 쉬게 해주는 책. 무슨 말인지 알아요."

그녀는 창밖을 내다보았다. 거리에 문학의 등장인물들이 점차 늘어나고 있었다.

"어느 날 갑자기 이런 식으로 당신 같은 사람이 나타날 줄은 전혀 예상하지 못했어요."

그러더니 그녀는 한숨지으며 말했다.

페르뒤 씨는 등의 근육이 팽팽히 긴장되는 걸 느꼈다.

"물론 당신이 처음은 아니에요. 그렇다고 많은 사람이 찾아온 것도 아니죠. 그들은 모두 그 수수께끼를 풀지 못한 채 돌아갔어요. 모두들 올바른 질문을 하지 못했거든요. 질문하는 것, 그건 기술이에요."

사미의 시선은 여전히 창밖을 향해 있었다. 거기에 나뭇조각들이 가느다란 실에 매달려 있었다. 물에 떠내려온 그 표류물들을 오래 바라보고 있으면, 뛰어오르는 물고기의 형상을 알아볼 수 있었다. 그리고 얼굴, 날개 달린 천사…….

"대부분의 사람은 자신이 말하는 걸 들으려고 질문해요. 아니면 자신들이 성취할 수 있는 뭔가를 들으려고. 하지만 감당하기 어려운 말은 들으려 하지 않죠. 날 사랑해? 이 말이 여기에 해당돼요. 이 질문은 일반적으로 금지되어야 할걸요."

그녀는 호빗 발을 탁 마주쳤다.

"어서 질문하세요."

그러고는 요구했다.

"하나만…… 하나만 질문할 수 있나요?"

페르뒤 씨가 물었다.

사미는 진심어린 미소를 지었다.

"물론 아니에요. 원하는 만큼 얼마든지 질문할 수 있어요. 다만 내가 '네' 또는 '아니요'로 짧게 대답할 수 있도록 질문하셔야 해요."

"그러면 당신은 그 남자를 압니까?"

"아뇨."

"올바른 질문은 모든 낱말이 맞아야 한다는 뜻이에요."

조당이 흥분해서 같은 말을 되풀이하며 팔꿈치로 페르뒤 씨를 툭 쳤다.

페르뒤 씨는 질문을 수정했다.

"그러면 당신은 그 여자를 압니까?"

"네."

사미는 호의적인 눈빛으로 조당을 바라보았다.

"조당 씨, 내가 보기에 당신은 질문의 원칙을 이해했어요. 올바른 질문은 사람을 무척 행복하게 할 수 있죠. 그런데 당신 다음 책은 어떻게 되었어요? 두 번째 책이죠? 두 번째 책의 저주, 그 모든 기대…… 앞으로 20년은 시간이 있으니 안심해요. 당분간은 잊어버리는 게 제일 좋아요. 그러면 당신은 자유로울 거예요."

조당의 귀가 빨개졌다.

"영혼을 읽는 자여, 다음 질문."

"브리지트 카르노인가요?"

"아뇨! 맙소사!"

"하지만 사나리는 아직 살아 있죠?"

사미는 미소 지었다.

“네, 그래요.”

“그녀에게…… 나를 소개시켜줄 수 있나요?”

사미는 생각에 잠겼다.

“네.”

“어떻게?”

그녀가 어깨를 으쓱했다.

“그건 ‘네’ 또는 ‘아니요’로 대답하는 질문이 아니었어요.”

조당이 상기시켰다.

“그럼, 나는 오늘 생선으로 부야베스를 요리하겠어.”

쿠에노가 끼어들었다.

“7시 반에 당신을 데리러 오겠어요. 그럼 페르디토 선장하고 ‘네-아니요-몰라요’ 게임을 계속해요, 알았죠? 그런데 혹시 불행하게도 약혼한 건 아니죠? 간단한 보트 유람할 생각 있어요?”

사미는 이 사람 저 사람 얼굴을 번갈아가며 보았다.

“네, 아니오, 네.”

그녀는 단호하게 말했다.

“좋아요, 그러면 모든 게 해결되었죠. 난 이만 실례하겠어요. 저 밖에 있는 기이한 형상들에게 인사하고 톨킨이 만들어낸 언어로 뭔가 상냥한 표현을 해야 하거든요. 여러 번 연습했는데도, 〈스타워즈〉에서 츄바카가 꾸어엉, 하는 것처럼 들린다니까요.”

사미는 몸을 일으켰다. 그녀가 신고 있는, 정말 잘 만들어진 호빗 발 슬리퍼를 모두들 뚫어져라 쳐다봤다.

그녀는 문에 이르러 한 번 더 돌아보았다.

"막스, 별들이 생겨나 실제 크기에 이르기까지 1년이 걸린다는 걸 알아요? 그런 다음 백만 년 동안 오로지 밝게 빛나는데 집중하죠. 신기하지 않아요? 새로운 언어를 만들어내려고 한번 시도해본 적 있어요? 아니면 새로운 낱말 몇 마디라도? 아직 서른 살도 안 된, 현재 생존하는 가장 유명한 작가에게서 오늘 저녁 새로운 낱말을 선물 받는다면 정말 엄청 행복할 거예요. 어때요?"

사미의 검푸른 눈이 빛을 발했다. 그러자 조당 안에 있는 환상의 비밀 정원에서 작은 씨앗 폭탄이 폭발했다.

저녁에 쿠에노가 자신의 가장 좋은 체크무늬 셔츠와 청바지, 에나멜 구두 차림으로 인쇄소에 사미를 데리러 갔을 때, 그녀는 팔에 우비망토를 걸친 채 트렁크 3개와 고사리 화분 1개를 가지고 문 앞에 서 있었다.

"살보, 물론 당신의 초대는 이런 뜻이 아니었겠지만, 당신이 나를 정말로 데려갔으면 좋겠어요. 난 이곳에서 충분히 오래 살았어요." 사미가 그를 맞이했다.

"10년 가까이. 헤세의 표현을 빌면 인생의 한 단계를 송두리째. 이제 남쪽으로 가서 다시 숨 쉬는 법을 배우고 바다를 보고 또 한 번 남자에게 키스할 때가 되었어요. 원 세상에, 나는 머지않아 60대를 바라보는 나이가 돼요. 인생의 전성기에 이르게 된다고요."

쿠에노는 서적 전문가 여인의 검푸른 눈을 응시했다.

"내 제안은 유효합니다, 사미 르 트르케세 양."

그가 말했다.

"뭐든 분부만 내리십시오."

"그 말을 잊지 않고 있어요, 나폴리의 살바토르 쿠에노."

쿠에노는 화물 운반용 택시를 불렀다.

"으흠…… 당신이 이곳에서 식사만 하려는 게 아니라 아예 이사를 올 생각이라는 내 추측이 맞나요?"

얼마 후 쿠에노가 끙끙거리며 트렁크를 배쪽으로 나르는데, 페르뒤 씨가 어리둥절해 물었다.

"맞아요. 그래도 될까요? 얼마 동안만요? 당신이 정박해서 나를 내쫓을 때까지만요?"

"좋아요. 아동용 도서 옆에 소파가 하나 비어 있어요."

조당이 말했다.

"나도 한마디 해도 될까요?"

페르뒤 씨가 물었다.

"왜요? 안 된다는 말을 하실 건가요?"

"에, 아니요."

"고마워요."

사미는 감동한 기색이 역력했다.

"수선 피우지 않고 조용히 있을게요. 나는 진짜 잠을 잘 때만 노래하거든요."

그날 밤 페르뒤 씨가 카트린에게 쓴 엽서에는 조당이 저녁 식사하는 자리에서 사미에게 들려주려고 오후에 창작해낸 말들이 쓰여 있었다.

사미는 그 말들을 매우 아름답게 여겼다. 마치 달콤한 과자 조각처럼 그 울림을 혀로 이리저리 굴리려는 듯 끊임없이 나지막한 소리로 되뇌었다.

별소금(별들이 강물에 비비면)

태양의 요람(바다)

레몬키스(그게 무슨 뜻이지 다들 정확히 알고 있는)

가족의 닻(식탁)

심장을 에는 자(첫사랑 연인)

시간베일(놀이터에서 뒤돌아보니 웃을 때 오줌 지리는 노인이 되어 있다면)

꿈기슭

염원의 마음

사미는 마지막 낱말을 가장 맘에 들어 했다.

"우리는 모두 염원의 마음속에서 살고 있어요."

그녀는 말했다.

"제각기 다른 염원의 마음속에서."

32

"외교적으로 말해 론 강은 악몽이에요."

조당이 원자력발전소를 가리키며 말했다. 리용에서 손 강이 론 강에 합류한 후로 열일곱 번째 원자력발전소였다. 발전소의 고속 증식원자로들이 포도밭이나 고속도로와 번갈아가며 나타났고 쿠에노는 낚시를 중단했다.

그들은 퀴즈리와 그곳의 서적 지하 납골당에서 사흘을 더 보냈으며 이제 프로방스에 가까이 접근했다. 오랑주 근처에서 남프랑스의 로비처럼 우뚝 솟아 있는 석회암산이 눈에 확 들어왔다.

하늘이 달라져 있었다. 하늘이 깊은 푸른색을 띠기 시작했다. 물과 하늘이 서로를 비추며 서로를 북돋아주면 여름의 열기 속에서 지중해 위로 밝게 빛날 때처럼.

"얇고 섬세한 파이 결이 겹겹이 쌓이듯, 푸른색 위에 푸른색 위에 푸른색. 푸른색 케이크 나라."

조당이 웅얼거렸다.

그는 개념의 이미지들을 짜 맞추는 달콤함에 중독되어 낱말들로 술래잡기를 했다. 그렇게 낱말 유희를 하다 때로는 아주 빗나간 어뚱한 소리를 했고, 사미는 까르르 웃었다. 조당은 사미의 웃음소리가 두루미가 트럼펫을 부는 것 같다고 생각했다.

쿠에노는 자신의 제안에 대한 답변을 아직껏 받지 못했는데도 사미에게 완전히 반했다. 그녀는 먼저 페르뒤 씨가 수수께끼를 풀길 원했다. 그녀는 자주 조타실의 페르뒤 씨 옆에 앉아 네-아니요-몰라요 게임을 했다.

"사나리에게 자녀가 있나요?"

"아뇨."

"남편이 하나 있나요?"

"아뇨."

"둘 있나요?"

사미의 웃음소리는 한 무리의 두루미 소리 같았다.

"사나리는 두 번째 책을 썼나요?"

"아뇨."

사미는 말을 길게 늘여 빼며 말했다.

"유감스럽게도 아니에요."

"사나리는 행복할 때 《남녘의 빛》을 썼나요?"

긴 침묵이 이어졌다.

사미가 신중하게 대답을 고려하는 동안, 페르뒤 씨는 선창을 스쳐지나가는 풍경을 바라보았다.

그들은 오랑주에서 샤토네프 뒤 파프를 빠르게 지나갈 것이다. 그리고 저녁엔 벌써 아비뇽에서 식사를 할 수 있을 것이다. 그 유서 깊은 교황의 도시에서 자동차를 빌려 타고 한 시간 후면 페르뒤 씨는 본뉴, 루베롱에 도착할 것이다. 순식간에, 그는 생각했다. 조당 말대로, 루크 집의 벨을 울리고 이렇게 말해야 할까? 안녕하세요, 바셋, 포도와 소곤거리는 늙은 양반, 나는 당신 부인의 옛날 연인이요, 라고.

"네, 에서, 아니요, 까지."

사미가 대답했다.

"어려운 질문이군요. 밀가루 속의 커틀릿처럼 며칠씩 가만히 앉아서 행복에 겨워하는 사람은 별로 없어요. 아닌가요? 행복하게 느끼는 것, 그건 아주 덧없어요. 당신의 행복감은 얼마나 오래 가던가요?"

페르뒤 씨는 생각했다.

"4시간쯤. 파리에서 마장까지 차를 타고 간 적이 있어요. 사랑하는 사람을 보러. 우리는 그곳 교회 맞은편에 있는 작은 호텔 르 시에클에서 만나기로 약속했거든요. 그때 난 행복했어요. 차를 타고 가는 내내. 노래를 불렀죠. 그녀의 몸을 상상하며 찬미했어요."

"4시간 동안? 그거 정말 엄청 근사하네요."

"그럼요. 그 후의 4일보다 그 4시간이 더 행복했어요. 지금 그 시간을 돌이켜보면, 그런 시간을 체험했다는 게 행복해요."

페르뒤 씨는 순간 멈칫했다.

"우리는 회상하면서 비로소 행복했다고 깨닫는 것일까요? 행복할 때는 전혀 알아채지 못하고 한참 시간이 흐른 후에야 행복했다는 걸 인정하는 걸까요?"

"에이."

사미가 한숨지었다.

"그럼 정말 화나는 일일 거예요."

이제 마치 선박용 고속도로처럼 흐르는 론 강을 노련하고 신속하게 나아가는 동안, 뒤늦은 행복에 대한 자각이 몇 시간 내내 페르뒤 씨의 머릿속을 맴돌았다. 강변에 아무도 서 있지 않았고 책을 사려고 손짓하는 사람도 없었다. 수문들은 자동으로 열리고 닫히며 동시에 수십 척의 배들을 처리했다.

운하의 잔잔한 날들은 완전히 지나갔다. 마농의 땅에 가까이 다가갈수록, 마농과 함께했던 일들이 더욱 생생하게 뇌리에 떠올랐다. 그녀는 어떤 느낌이었을까?

사미가 마치 그의 심중을 읽듯 머릿속을 오가는 생각을 크게 소리 내어 말했다.

"사랑이 그렇듯 육체와 관련 있다는 게 놀랍지 않아요? 사람은 말한 걸 머리로 기억하는 것보다 느낀 걸 몸으로 기억하는 게 더 많아요."

그녀는 아래팔의 섬세한 솜털을 후, 불었다.

"난 우리 아버지를 무엇보다 몸으로 기억해요. 아버지 냄새가 어땠고, 아버지 걸음걸이가 어땠는지. 아버지 어깨에 뺨을 기대고 아버지 손에 내 손을 아래로 겹쳐놓았을 때 어떤 느낌이었는지. 아버지 목소리는 '사사, 우리 딸'이라고 말하던 것만 기억에 남아 있어요. 아버지 몸의 따스함이 그리워요. 뭔가 중요한 이야기를 하고 싶은데 이제 아버지가 다시는 전화를 받을 수 없다는 게 지금도 분통 터져요. 맙소사, 그러면 얼마나 화가 치미는지! 하지만 무엇보다 아버지를 몸으로 느낄 수 없는 게 제일 허전해요. 아버지가 항상 계셨던 곳, 아버지 안락의자에는 이제 공기만 남아 있어요. 공허하고 시시한 공기만."

페르뒤 씨는 고개를 끄덕였다.

"게다가 많은 사람이, 특히 여자들이 사랑받으려면 완벽한 몸을 갖추어야 한다고 생각하는 건 완전한 착각일 겁니다."

그는 사미의 말을 보충했다.

"에이, 장. 그런 말은 크게 해야 한다고요."

사미는 웃으며 배에 딸린 마이크를 페르뒤 씨에게 건넸다.

"철저하게 잊힌 진실을, 여전히 사랑하는 사람은 사랑받게 되어 있어요. 당신도 대부분의 사람이 사랑받고 싶어 안간힘 쓰는 게 눈에 보였죠? 다이어트, 돈 자랑, 빨간 속옷……. 그들이 열정적으로 사랑하기만 한다면, 할렐루야, 세상은 무척 아름답겠죠. 뱃살을 조이는 팬티스타킹으로부터 해방되고."

페르뒤 씨는 사미와 함께 웃었다. 그러고는 카트린을 생각했다. 그들, 두 사람은 너무 여리고 상처받기 쉬웠으며, 사랑할 수 있는 용기와 힘보다는 사랑받고 싶어 하는 갈망이 더 컸다. 사랑하는 데는 아주 큰 용기가 필요한 대신 기대는 별로 필요하지 않았다. 그가 다시 행복하게 사랑할 수 있을까?

카트린이 내 엽서를 읽기는 하는 걸까?

사미는 남의 말을 잘 귀담아듣고 모든 걸 받아들이고 되돌려줄 줄 아는 여자였다. 그녀는 한때 스위스의 멜히나우에서 교사로 일했다고 했다. 취리히에서는 수면연구가, 대서양 연안의 풍력발전기 설치를 위한 전문 제도사로도 일했으며, 보클뤼즈에서는 염소를 키우고 치즈를 만들기도 했다.

사미에게는 선천적인 약점이 있었다. 죽어도 거짓말을 못했다. 침묵을 지키며 대답을 거부할 수는 있었지만, 의도적인 거짓말은 못했다.

"우리 사회에서 그게 어떨지 한번 생각해봐요."

사미는 말했다.

"소녀 시절 그 때문에 얼마나 곤혹스러운 경우가 많았는지 알아요? 내가 뻔뻔하게 구는 걸 무척 즐기는 버릇없는 물건이라고 다들 생각했다니까요. 고급 레스토랑의 종업원이 맛있게 드셨습니까, 라고 물으면 나는 맛이 하나도 없었어요, 라고 대답했거든요. 같은 반 친구의 어머니가 즐거웠니, 하고 생일파티에 대해 물으면 나는 억지로 네, 라고 대답하려 무지 애썼어요. 하지만 내 입에서는 시시했어요, 그리고 어머니가 붉은포도주를 너무 많이 마셔서 입 냄새가 나요, 라는 말이 터져나왔거든요!"

페르뒤 씨는 웃음을 터트렸다. 인간이 어렸을 때는 존재의 본질에 얼마나 가까이 있는지 그리고 사랑받으려고 노력할수록 본질로부터 얼마나 멀어지는지, 참 놀랍다는 생각이 들었다.

"난 열세 살 때 나무에서 떨어진 적이 있어요. 컴퓨터 단층촬영 과정에서 내 뇌에 거짓말 제조기가 없는 게 발견되었어요. 나는 판타지 우화를 쓰지 못해요. 혹시 말하는 유니콘을 만난다면 또 모르죠. 아뇨, 나는 나 자신이 처음부터 끝까지 느낀 것만을 이야기할 수 있어요. 감자볶음에 대해 말하려면 직접 프라이팬 속에 들어가 봐야 하는 타입이죠."

쿠에노가 직접 만든 라벤더 아이스크림을 가져왔다. 맛이 시큼털털하면서도 향기가 진했다. 거짓말에 재능 없는 여인은 나폴리 남자의 뒷모습을 바라봤다.

"저 사람은 키가 작고 뚱뚱하고, 객관적으로 봐서 포스터에 등장할만한 1등 남자상은 아니에요. 하지만 현명하고 강인하고, 사랑에 넘치는 삶을 사는데 중요한 모든 걸 할 수 있을 거예요. 언젠가 나에게 키스하게 될 가장 멋진 남자죠."

사미는 말했다.

"왜 요즘은 저렇게 착하고 근사한 사람들이 사랑받지 못하는지 이상해요. 저들이 외모에 너무 많이 감추어져 있어서 저들의 영혼, 본성, 원칙들이 사랑과 선을 행할 준비가 갖추어져 있는 걸 아무도 알아채지 못하는 걸까요?"

사미는 기분 좋게 푸우, 한숨을 내쉬었다.

"별나게 나도 한 번도 사랑받지 못했어요. 전에는 내 외모가 우스꽝스럽게 생긴 탓인가 보다고 생각했죠. 그러다 사내들이 각자 이미 여자를 하나씩 끼고 있는 그런 장소에 왜 내가 늘 갈까 하는 생각이 들더라고요. 보클뤼즈의 치즈 농가에서…… 아이고 맙소사, 순전히 늙다리들뿐이었는데, 다리가 둘 달린 커다란 염소 같은 여자가 있었고 그들을 위해 빨래도 하더라고요. 그들이 당신에게 안녕하세요, 라고 말한다면 그건 찬사라니까요."

그녀는 명상에 잠겨 아이스크림을 핥았다.

"내 생각에는 내가 세상 경험 많은 여자처럼 잘난 척한다면 고치겠어요. 첫째, 팬티 속을 염두에 두는 사랑이 있어요. 나는 그런 사랑을 알아요. 15분간 재미있죠. 둘째, 머리로 생각하는 사랑이 있어요. 나는 그런 사랑도 알아요. 그런 사랑은 객관적으로 자신의 틀에 잘 맞거나 자신의 인생 설계에 그다지 방해되지 않는 남자들을 찾아요. 하지만 그런 사랑은 사람을 매혹시키지 않아요. 셋째, 가슴이나 복강신경조직이나 아니면 그 사이 어딘가에서 이뤄지는 사랑이 있어요. 그게 내가 원하는 사랑이에요. 그건 내 삶이라는 조직의 아주 작은 나사까지도 밝게 비추는 마법을 발휘할 거예요. 어떻게 생각해요?"

사미는 페르뒤 씨에게 혀를 쑥 내밀었다. 아이스크림에 물든 연보랏빛 혀를.

페르뒤 씨는 자신이 이제 비로소 무엇을 물어야 할지 안다는 생각이 들었다.

"사미?"

그는 물었다.

"왜요, 장?"

그녀는 다르게 말했지만, 그건 항상 그랬다. 작가가 글로 쓰는 것, 그것은 자신의 마음, 영혼의 소리였다.

"당신이 《남녘의 빛》을 썼죠, 그렇죠?"

33

그 순간 태양이 구름 사이를 뚫고 원뿔 모양으로 비치며, 마치 손가락으로 가리키듯 위로부터 사미의 눈에 적중한 건 순전히 우연이었다. 빛이 두 눈을 밝게 비추었다. 두 개의 불타는 촛불.

사미의 얼굴이 움직였다.

"네."

그녀는 나지막이 인정했다. 그러더니 크게 한 번 더 말했다.

"네."

"네!"

그녀가 외쳤다. 울면서 웃으며 두 팔을 높이 올렸다.

"나는 그 책으로 내 남자를 나에게 오라고 부르고 싶었어요, 장! 거기 가슴과 배꼽 사이에서 사랑을 느끼는 남자. 그가 나를 찾아내길 바랐어요, 그가 나를 찾았기 때문에, 나를 꿈꾸었기 때문에, 있는 그대로의 나를 오롯이 즐기고 내가 아닌 것은 필요로 하지 않기 때문에. 하지만 장 페르뒤, 그거 알아요?"

사미는 여전히 울면서 웃었다.

"당신이 나를 찾아냈어요. 하지만 당신은 아니에요."

그녀는 몸을 돌렸다.

"단단한 알통이 근사하게 자리잡고 꽃무늬 앞치마를 두른 남자. 나를 간질일 콧수염을 기른 남자. 바로 그 남자예요. 당신이 나에게 그 사람을 데려왔어요. 당신과 《남녘의 빛》, 둘이서 그 사람을 데려왔어요. 아주 마법적으로."

페르뒤 씨는 그녀의 기쁨에 전염되었다. 어떻게 보면 간절한 소망처럼 들렸지만 맞는 말이었다. 그는 《남녘의 빛》을 읽었고 스프와에 정박했고 쿠에노를 만났고 거기서부터…… 빠르게, 그들은 만났다.

사미는 눈물이 스며 짭짤한 얼굴을 훔쳤다.

"난 내 책을 써야 했어요. 당신은 그 책을 읽어야 했고요. 당신은 마침내 배에 올라타 출발하기까지 그 모든 일을 겪고 견뎌야 했어요. 우리 그렇게 믿자고요. 네?"

"물론이죠, 사미. 그렇게 믿어요. 오로지 한 사람을 위해 쓰인 책들이 있어요. 《남녘의 빛》은 나를 위한 책이었어요."

페르뒤 씨는 용기를 냈다.

"그 오랜 세월 나는 오로지 당신 책 덕분에 의해 살아남을 수 있었어요."

그리고 고백했다.

"난 당신이 생각하는 모든 걸 이해했어요. 마치 내가 나를 알기 전에 당신이 먼저 나를 알고 있는 듯한 느낌이었죠."

사나리, 사미는 손으로 입술을 톡, 하고 쳤다.

"장, 그 말을 들으니 소름이 돋네네요. 지금까지 내가 들은 말 중에서 가장 아름다운 말이에요."

사미는 두 팔로 페르뒤 씨를 안았다. 그러고는 그의 왼쪽 볼과 오른쪽 볼에 입 맞췄다. 한 번 더 양 볼에, 이마에, 코에 입 맞췄다.

그녀는 입 맞추는 틈틈이 말했다.

"당신에게 말할 게 있어요. 난 사랑을 부르는 글은 두 번 다시 안 써요. 내가 얼마나 오래 기다렸는지 알아요? 20년 넘게 기다렸어요, 맙소사! 이제 그만 실례하겠어요, 내 남자에게 키스하러 가야 되거든요, 그것도 제대로. 그게 실험의 마지막 파트예요. 그게 잘 되지 않으면, 오늘 저녁 난 아마도 썩 좋은 기분이 아닐 거예요."

샤미는 페르뒤 씨를 한 번 더 꼭 껴안았다.

"와우, 겁나네요! 끔찍해요! 그런데도 아름다워요. 난 살아 있어요. 당신도 살아 있죠? 당신도 그걸 느껴요, 지금 이 순간?"

그녀는 배 안쪽으로 사라졌다.

"있잖아요, 살보……."

페르뒤 씨의 귀에 멀어져 가는 그녀의 목소리가 들려왔다.

페르뒤 씨는 자신이 실제로 그것을 알아낸 걸 확인하고 스스로 감탄했다. 자신이 대단하게 느껴졌다.

마농의 여행일기

파리

1992년 8월

당신은 자고 있어.

당신을 보면서, 이젠 나 자신을 짠 모래 속에 파묻으려 하는 것이 부끄럽지 않아. 내겐 한 남자가 결코 모든 것일 수 없다는 사실이. 코발트빛 여름이 다섯 번 지나는 동안 그랬듯이 나 자신을 비난하는 짓은 이제 그만두기로 했어. 우리가 그렇게 많은 날을 함께 보낸 건 아니야. 헤아려보면, 장, 우리는 이 공기를 반년, 169일 숨 쉬었어. 그건 겨우 두 겹의 진주 목걸이를 만들 수 있을 시간 정도밖에 안 돼.

하지만 당신에게서 멀리 있었던 날들과 밤들, 구름 속의 비행운처럼 멀리 떨어져 당신을 생각하며 가슴 설레는 날들과 밤들도 중요해. 기쁨과 죄의식에 젖어 있었던 그 시간들은 두 배, 세 배로 중요해. 그렇게 보면, 그 시간들이 15년처럼 느껴졌어. 사실은 몇 번의 삶처럼. 나는 아주 많은 다양한 형태의 꿈을 꿨거든…….

종종 나 자신에게 묻곤 했어. 내가 잘못 행동했을까? 잘못 선택했을까? 루크와 단 둘이 살거나 아니면 전혀 다른 사람과 사는 '올바른' 삶이 있었을까? 아니면 나에게 모든 기회가 주어졌는데, 그르친 것일까?

하지만 삶이라는 것에는 잘못된 것도 없고 올바른 것도 없어. 그리고 이젠 어차피 이런 물음을 던질 필요도 없어. 왜 나는 한 사람으로, 한 남자로 충분하지 않았을까.

아주 많은 대답이 있었어.

그 대답들은 삶을 향한 굶주림을 뜻했어!

또 쾌감, 붉게 달아오르고 끈적끈적하고 축축하고 불안한 쾌감을 뜻했어.

또 '내가 쭈글쭈글하게 주름지고 머리가 허옇게 세기 전에, 길모퉁이의 겨우 반만 살다만 집이 되기 전에 나를 더 살게 해줘.'라고 뜻했어.

그 대답들은 파리를 뜻했어.

또 '섬이 배와 맞부딪치듯 너는 나에게 다가왔어.'라고 뜻했어.(아, 그것은 '나는 책임이 없어, 운명이었어'라고 생각하는 단계였어.)

또 '루크가 그걸 참아낼 수 있을 만큼 정말로 충분히 날 사랑할까?'라고 뜻했어.

또 '나는 형편없는 인간이야. 나는 나빠. 그래서 무슨 짓을 하던 어차피 상관없어.'라고 뜻했어.

아 참, 물론 이런 뜻도 있었어, '하나가 가능하려면 다른 것도 있어야 해.'를 뜻했어. 당신 두 사람, 루크와 장, 남편과 연인, 남쪽과 북쪽, 사랑과 섹스, 하늘과 땅, 육체와 정신, 시골과 도시. 당신 두 사람은 내가 하나이기 위해 필요한 두 존재야. 숨을 들이쉬는 것과 숨을 내쉬는 것과 그 사이에 마침내 존재하는 것.

그러니까 세 부분으로 이루어진 공들이 있어.

하지만 그런 모든 대답들은 그 사이 해결되었어. 지금 제일 중요한 질문은 그게 아냐.

지금은 '언제?'라는 질문이 제일 중요해.

나에게 일어나고 있는 일을 언제 당신에게 말하게 될까?

절대 말하지 않을 거야.

절대, 절대, 절대, 절대. 아니면 늘 그렇듯이 당신이 둘둘 감고 있는 이불 밖으로 삐져나온 어깨에 손을 대며 당장 말할지도 몰라. 내가 손을 대면, 당신은 금방 눈을 뜨고 묻겠지.

"무슨 일이야? 귀여운 고양이, 왜 그래?"

지금 당신이 눈을 뜨고 깨어나 나를 구해줬으면 좋겠어.

눈을 떠!

왜 당신이 그러겠어? 내가 당신을 잘도 속여 넘겼는데.

언제 나는 당신 곁을 떠날까?

곧.

오늘 저녁은 아니야. 아직은 그럴 수 없어. 내가 당신에게서 벗어나 몸을 돌려 다시는 뒤돌아보지 않으려고 수천 번은 시도해야 할 거 같아. 실제로 단 한 번 성공하기 위해서 말이야.

지금 조금씩 나눠서 하고 있어. 얼마 남았는지 헤아리며 나 자신에게 말해. 아직 천 번의 키스가 남아 있어…… 아직 사백열여덟 번의 키스가…… 아직 열 번…… 아직 네 번. 마지막 세 번은 소중하게 간직할거야.

크리스마스에 기쁘게 받는 행운의 세 아몬드처럼.

모든 것을 세고 있어, 함께 자는 것. 함께 웃는 것.

최후의 춤이 시작되었어.

그런데다 사람은 실제로 심장으로 외칠 수 있어. 그건 너무 아파.

게다가 통증. 통증은 세계를 작게 만들어. 지금은 오로지 당신과 나와 루크, 그리고 우리 세 사람 사이에 있었던 일만이 보여. 각자 거기에 한 몫을 담당했어. 이제 내 힘으로 구할 수 있는 걸 구할 거야. 벌받는다고 생각하지 않겠어. 불행은 민주적으로 누구에게나 찾아오기 마련이야.

언제 나는 포기할까?

그 후에 비로소 포기했으면 좋겠어.

구조 작업이 성공하는지 함께 체험하고 싶어.

의사들은 소염진통제나 모르핀을 복용해보라고 제안했어. 그것들은 뇌에만 작용해, 내 겨드랑이와 폐와 머리 사이에서 림프조직을 통해 일어나는 전기신호를 중단시킬 거래.

그 덕분에 이런저런 형상들을 꿈꾸지 않는 날들이 있어. 또 과거를 회상시키는 일들을 냄새 맡는 날들도 있고. 먼 과거를. 내가 아직 반스타킹을 신고 다니던 시절을. 또는 사물들에게서 전혀 다른 냄새가 나는 날들도 있어. 오물이 꽃향기를 풍기고, 와인에서 타이어 타는 냄새가 나고. 키스에서 죽음의 냄새가 나.

하지만 만일의 경우에 대비해 난 아주 안전하게 하고 싶어. 그래서 약을 포기해. 때로는 통증이 너무 심해 말이 나오지 않고 당신을 만날 수가 없어. 그러면 나는 당신에게 거짓말을 해. 그리고 당신에게 하고 싶은 말들을 글로 써서 읽어. 통증이 엄습하면, 머릿속에서 글자들을 붙잡을 수가 없어. 글자들이 죽처럼 흐물거려. 푹 삶아진 듯이.

당신이 날 거짓말하게 만들어 화난 적이 몇 번 있어. 당신을 만난 일 자체에 분통이 치민 적도 몇 번 있어. 증오까진 아니었어.

장, 뭘 어떻게 해야 할지 모르겠어. 당신을 깨워서 도와달라고 간청해야 하는 건지 모르겠어. 이 페이지들을 뜯어내야 하는 건지, 아니면 이 글을 당신에게 보내야 하는 건지. 그런 다음 어떻게 해야 할지. 아니면 절대 그래서는 안 되는 건지. 이 글을 쓰는 건 생각을 좀 더 정리하고 싶어서야.

이제 어차피 나머지 모든 건 글로 쓸 여력도 없어.

지금 겨우 내 몸으로만 당신에게 말하고 있어. 이 병들고 지친 남쪽의 나무토막. 초록빛의 가녀린 충동만이 유일하게 간신히 새어나오는 나무토막. 적어도 쪼그라든 소망은 아직 표현할 수 있어.

날 사랑해줘.

날 붙잡아줘.

날 어루만져줘.

아빠는 이걸 공포의 꽃이라고 말했어. 커다란 나무들이 죽기 직전에 한 번 더 활짝 꽃을 피우거든. 열매와는 상관없이 최후의 충동으로 온 힘을 뿜어내는 것.

얼마 전, 내가 참 아름답다고 당신은 말했어.

나는 공포의 꽃을 피우기 시작했어.

얼마 전 밤에 비자야에게 전화가 왔어. 뉴욕에서. 그때 당신은 배에서 《남녘의 빛》의 최신판을 팔고 있었어. 당신은 모든 이가 그 작고 아름답고 독특한 책을 읽길 바라지. 그 책은 거짓이 아니라고 당신이 말한 적이 있어. 꾸며낸 것, 말로 미화시킨 것이 아니라고. 모든 게 진실이라고.

비자야는 직장을 새로 구했어. 몸이 영혼과 성격만을 형성할 뿐 뇌는 형성하지 않는다고 믿는 기이한 세포연구가 두 사람 밑에서 일한대. 그 연구가들 말로는, 다른 수십 억 개의 세포가 있고 그 세포들에게서 일어나는 일이 바로 영혼에게 일어난다는 거야.

통증, 비자야는 예를 들어 통증이 모든 세포들을 바꾸려 한다고 말했어. 3일 후면 벌써 그게 시작된대. 흥분세포가 통증세포로 변하고 지각세포는 두려움세포로 변하고 조정세포는 바늘꽂이가 된다나 봐. 그리고 결국 모든 애무는 오로지 아픔이고, 모든 산들바람과 모든 음악의 떨림, 가까이 다가오는 모든 그림자가 두려움을 불러일으켜. 모든 움직임에서, 모든 근육에서 통증이 탐욕스럽게 다가와 수백만 개의 새로운 통증수용체를 낳아. 그러면 내적으로 완전히 개조되고 교체되는데도, 외부적으로는 아무도 그걸 보지 못해.

최후에는 모든 접촉을 피하게 된다고 비자야는 말해. 고독해진다고.

당신 죽마고우 말로는, 통증은 영혼의 암이래. 학자들이 말하듯 그렇게 말해. 그런 문장들이 문외한들에게 일으킬 메스꺼움은 생각하지 않아. 그는 앞으로 나에게 일어날 모든 것을 미리 말해줘.

당신 친구 비자야는 통증이 몸도 머리도 멍청하게 만드는 걸 알고 있어. 그러면 깜박깜박 잘 잊어버리고 논리적인 생각을 못한대. 오로지 무서운 생각만 하게 돼. 그리고 모든 밝은 생각은 통증이 뇌 속에 파는 도랑 속으로 추락해. 모든 희망은. 결국엔 사람, 온 자아가 도랑 속으로 떨어져 사라지게 돼. 통증과 공포에 잡아먹혀서.

언제 나는 죽을까?

순전히 통계상으로, 확실하게.

난 크리스마스에 의식처럼 먹는 열세 가지 후식까진 먹을 생각이야. 엄마는 비스킷과 무스의 대가고, 아빠는 네 종류의 과일을 조달하고, 루크는 최고급 견과를 손질할 거야. 3개의 식탁보, 3개의 촛대, 3개의 빵 조각. 한 조각은 식탁의 산 사람들을 위해. 또 한 조각은 앞으로 찾아올 행복을 위해. 그리고 나머지 한 조각은 가난한 자들과 죽은 자들이 함께 나누도록. 그러다 문득 저승의 떠돌이들과 내가 빵 부스러기를 차지하려고 싸우지는 않을까 걱정돼.

루크는 치료 받으라고 나에게 간청했어. 경마처럼 형세가 불리하다는 점을 제외하면, 아무튼 나의 일부는 죽을 것이고 아무튼 묘비가 주문되고 미사가 봉헌되고 손수건들이 다려질 거야.

내가 묘비를 느낄 수 있을까?

아빠는 날 이해하셔. 왜 내가 화학요법을 원하지 않는지 이유를 말씀드렸을 때, 아빠는 헛간에 가셔서 한참을 우셨어. 그러다 아빠 스스로 한쪽 팔을 잘라내지나 않을까 걱정이 되었어.

엄마는 돌처럼 굳으셨어. 마치 돌로 된 올리브나무처럼 보여. 턱은 거칠고 딱딱하고, 눈은 나무껍질 같아. 엄마는 당신이 뭘 잘못하셨는지 알고 싶어 하셔. 왜 처음으로 느낀 죽음의 예감을 나쁜 꿈으로, 지레 걱정하고 염려하는 어머니의 사랑으로 바꿀 수 없는지.

"그 빌어먹을 파리에서 죽음이 기다리고 있는 걸 난 알고 있었어." 하지만 엄마는 내 탓을 하진 않으셔. 결국 모든 게 당신 탓이라고 여기셔. 그 혹독함이 엄마를 계속 움직이게 하고 내 간청대로 내 마지막 방을 꾸밀 수 있도록 도와줘.

지금 당신은 마치 한쪽 발로 서서 빙그르르 도는 무희처럼 누워 있어. 한쪽 다리는 길게 뻗고, 다른 한쪽 다리는 위로 끌어올린 채. 한 팔은 머리 위에, 다른 한 팔은 허리를 받치듯.

당신은 늘 세상에 하나밖에 없는 유일무이한 존재처럼 날 바라봤어. 5년 동안. 내 신경을 거슬리게 하거나 무관심하게 날 바라본 적이 단

한 번도 없었어. 어떻게 그럴 수 있었어?

카스토르가 나를 뚫어지게 바라보고 있어. 어쩌면 고양이들에겐 우리 두 발 달린 인간이 극히 별난 존재일지도 몰라.

나를 기다리고 있는 영원이 가슴을 답답하게 조여와.

이따금. 하지만 그건 정말로 고약한 생각이야.

나를 사랑하는 사람이 나보다 먼저 떠나기를 바란 적이 예전에 종종 있었어. 나도 그걸 견뎌낼 수 있는지 알고 싶어서.

나도 그걸 견뎌낼 수 있기 위해 당신이 나보다 먼저 떠나야 한다고 생각했어. 당신이 나를 기다릴 거라 굳게 믿고서…….

안녕, 장 페르뒤.

당신이 앞으로 누리게 될 모든 시간이 부러워.

나는 내 최후의 방을 거쳐 정원으로 갈 거야. 그래, 그럴 거야. 정겹고 높은 테라스 문을 지나 해님이 한가운데로 걸어 들어갈 거야. 그런 다음, 그런 다음 빛이 되고, 그런 다음 어디에나 있을 수 있어.

그게 나의 본성일 거야. 나는 영원히 곁에 있을 거야. 매일 저녁.

34

그들은 함께 열광적인 저녁을 보냈다. 쿠에노는 조개 요리를 계속 식탁에 올렸고, 조당은 피아노를 연주했다. 그들은 갑판에서 번갈아가며 사미와 춤을 췄다.

나중에 네 사람은 춤곡으로 널리 유명해진, 끊어진 생 베네제 다리와 아비뇽의 전경을 즐겼다. 7월이 온 힘을 다해 자신을 그들에게 선물했다. 해가 진 후에도 기온은 부드러운 28도를 유지했다.

자정 직전에 페르뒤 씨가 술잔을 높이 들었다.

"다들 고마워."

그는 말했다.

"우정에, 진실에, 그리고 이 더없이 맛좋은 음식에."

모두 함께 잔을 높이 들었다. 쨍그랑, 잔을 맞부딪쳤을 때 그들이 함께한 여행의 끝을 알리는 종이 울리는 듯했다.

"난 지금 행복해요."

양 볼이 빨갛게 달아오른 사미가 말했다. 그리고 반시간 후 다시 말했다.

"난 지금도 행복해요."

그리고 다시 두 시간 후……. 말이 아닌 무수히 다른 방식으로 또 말했다. 하지만 조당과 페르뒤 씨는 그걸 듣지 못했다. 두 사람은 이 연인을 놀리지 않기로 작정하고, 앞으로 수없이 이어지길 바라는 밤들의 첫날밤, 사미와 쿠에노만을 룰루에 남겨둔 채 가까운 성문을 지나 아비뇽 구시가지를 향해 어슬렁어슬렁 걸음을 옮겼다.

비좁은 거리에 산책객들이 북적거렸다. 남쪽에서는 여름의 열기가 모든 활동을 밤늦은 시각으로 이동시켰다. 웅장한 시청 앞 광장에서 조당과 페르뒤 씨는 아이스크림을 샀다. 그러고는 횃불 저글

링을 하고 묘기 어린 춤을 추고 카페와 음식점에서 익살극으로 웃음을 자아내는 거리의 예술가들을 구경했다. 페르뒤 씨는 그 도시가 맘에 들지 않았다. 명성을 이용해 얄팍한 술수를 부리는 매춘부처럼 생각되었다.

조당은 스르르 녹는 아이스크림을 혀로 날름 받아먹었다. 아이스크림을 입안 가득이 물고는 짐짓 별일 아닌 듯 말했다.

"나 동화를 쓸까 봐요. 몇 가지 아이디어가 떠올랐어요."

페르뒤 씨는 곁눈으로 그를 바라보았다.

바로 이것이, 페르뒤 씨는 생각했다. 그러니까 이것이 조당이 언젠가는 일구어낼 삶의 시작점이라고.

"그 아이디어 들어볼 수 있을까?"

페르뒤 씨는 그 순간을 함께 체험할 수 있다는 정겨운 놀라움에 잠시 취했다가 물었다.

"후유, 난 아저씨가 안 물어보는 줄 알았잖아요."

조당은 바지 뒷주머니에서 수첩을 꺼내 읽었다.

"언제 드디어 용감한 소녀가 나타나 100년 전부터 딸기에 파묻혀 잊힌 정원으로부터 자신을 꺼내줄까, 늙은 마법사는 자신에게 물었어요……."

조당은 밝고 여유 있는 눈빛으로 페르뒤 씨를 응시했다.

"또는 작은 성자 땡땡에 대한 이야기도 있어요."

"땡땡?"

"그러니까 땡땡은 다른 사람들이 질색하는 모든 걸 도맡아 하는 성자예요. 게다가 난 땡땡에게도 사람들이 이렇게 묻던 어린 시절이 있었다고 생각해요. '어휴 성자 땡땡, 너는 커서 뭐가 되려고 하니? 작가가 되고 싶니?' "

조당은 빙긋이 웃었다.

"또 자신의 고양이 미노우하고 몸을 바꾸는 클레르 이야기도 있어요. 그리고 또……."

장차 모든 아이 방의 주역이 여기 있군, 조당의 기발한 생각들에 귀를 기울이며 페르뒤 씨는 생각했다.

"……그리고 꼬마 브루노가 하늘나라에서 어떻게 지내며, 자신이 어떤 가족에게 배정되었었는지 담당관들에게 어떻게 불평하는지……."

조당의 말에 귀 기울이는 동안 페르뒤 씨는 가슴 속에서 정겨움의 꽃들이 활짝 피어나는 걸 만끽했다. 그 젊은이가 너무 사랑스러웠다! 그의 희한한 생각들, 그의 눈빛, 그의 웃음소리.

"……그리고 그림자들이 각기 자신들 주인의 어린 시절로 돌아가 거기서 몇 가지를 정리한다면……."

아주 멋져, 페르뒤 씨는 생각했다. 내 그림자를 그 시절로 돌려보내 내 삶을 정리하게 만든다, 얼마나 매혹적인 생각인가. 나는 그럴 수 없는 게 얼마나 유감인가.

두 사람은 밤이 아주 이슥해서야 배로 돌아왔다. 동 트기 한 시간 전에야.

조당이 자신의 잠자리로 가 몇 가지 더 메모하고 잠이 드는 동안, 페르뒤 씨는 물결 따라 부드럽게 흔들리는 수상 서점을 한 바퀴 돌았다. 고양이들이 곁에 바싹 붙어서 그 키 큰 남자를 유심히 지켜보았다. 고양이들은 이별이 다가왔음을 직감했다.

페르뒤 씨가 서가에 꽂힌 책을 따라 걸으며 책등을 어루만지는데, 손가락이 자꾸만 허공으로 미끄러졌다. 그는 무슨 책이든 팔기 전에 어디에 꽂혀 있었는지 정확히 알고 있었다. 사람들이 자신이 사는 거리, 고향의 집들과 들판을 잘 알고 있듯이. 심지어는 이미 오래 전 그것들이 자동차 전용 우회도로나 쇼핑센터로 탈바꿈했어도 여전히 눈에 선하듯이.

페르뒤 씨는 책들 옆에 있으면 늘 피난처에 있는 느낌이었다. 그는 배 안에서 온 세상을 발견했다. 온갖 감정, 모든 장소와 모든 시대. 결코 여행을 떠날 필요가 없었으며 책들과의 대화로 충분했다. 때로는 사람들보다 책들을 더 높이 평가한 적도 있었다.

책들은 덜 위험했다.

그는 도도록하게 올라온 곳의 안락의자에 앉아 커다란 선창을 통해 강물을 바라보았다. 고양이들이 무릎으로 뛰어올랐다.

"지금 너는 더 이상 일어날 수 없어." 점점 더 무거워지고 따뜻해지는 고양이들의 몸이 말했다. "지금 너는 여기 머물러야 해."

그러니까 여기, 이것이 그의 삶이었다. 25×5미터의 크기. 지금의 조당 나이에 그는 이것을 구축하기 시작했다. 배, 그의 '영혼 약국'의 수집품들, 그의 평판, 이 닻줄. 그는 날마다 그것들을 갈고

닦았다. 하나씩 하나씩 구석구석. 그리고 그 안에 푹 감싸였다.

그런데 언제부터인지 뭔가가 어긋나기 시작했다. 그의 삶이 사진첩이었다면, 우연히 찍은 스냅사진 전부가 비슷비슷했을 것이다. 늘 이 배 위에서의 그의 모습을 보여줄 것이다. 한 손에 책을 든 모습을. 오로지 머리카락만이 세월과 더불어 점점 더 희끗희끗해지고 듬성듬성해졌을 것이다. 결국 사진에는 뭔가를 찾는 듯한 눈빛만 남을 것이다. 간절히 뭔가를 찾는 듯한 의기소침한 노년의 얼굴.

아니, 그렇게는 끝내고 싶지 않았다. 꼭 그래야만 했을까 하는 의문을 안은 채. 오로지 하나의 출구만이 있었다. 과감하게 닻줄을 잘라야 했다. 배를 떠나야 했다. 영영 완전히. 그렇게 생각하자, 속이 울렁거렸다. 하지만 숨을 깊이 들이쉬며 룰루 없는 삶을 생각하니 홀가분하기도 했다. 순간적으로 양심의 가책이 꿈틀거렸다. 종이약국을 귀찮은 연인처럼 떨쳐낸다고?

"그건 절대 아냐."

페르뒤 씨는 웅얼거렸다.

그의 쓰다듬는 손길 아래서 고양이들이 그르릉거렸다.

"너희들을 어떡하지?"

그는 침통하게 고양이들에게 물었다.

어디선가 사미가 자면서 노래했다. 페르뒤 씨의 머릿속에서 한 광경이 떠올랐다. 어쩌면 약국을 나 몰라라 방치하거나 또는 힘들게 구매자를 구할 필요가 없을 수도 있었다.

"여기서 쿠에노가 편안하게 지낼까?"

페르뒤 씨는 무릎 위의 고양이들에게 물었다. 고양이들이 머리를 그의 손에 들이밀었다. 고양이 그르릉거리는 소리가 양동이 가득한 뼛조각들을 다시 붙게 만들고 돌처럼 굳은 영혼을 치유할 수 있다는 말이 있다. 하지만 그렇게 되면, 고양이들은 뒤돌아보지 않고 제 갈 길을 갔다. 고양이들은 거리낌 없이, 조건 없이, 아무런 기대 없이 사랑했다.

페르뒤 씨는 헤세의 시집 《단계들》을 생각했다. "모든 시작에는 마법이 깃들어 있네……." 물론 대부분의 사람이 이 구절은 알고 있었다. 하지만 이어지는 문장, "우리를 지켜주고 살아가도록 도와주는"이라는 구절을 아는 사람은 극소수에 지나지 않았다. 그리고 헤세에게 중요한 건 새 출발이 아니라는 사실을 아는 사람은 거의 없었다.

중요한 건 이별을 위한 준비였다.

습관과의 이별.

환상과의 이별.

오래 전에 지나가버려 이젠 껍질만 남은 삶, 이따금 한숨을 자아내는 삶과의 이별.

35

늦은 아침식사를 하는 그들을 다음날이 34도의 날씨로 맞이했다. 그리고 벌써 쿠에노와 함께 시장에 갔다가 그 모두를 위해 선불제 휴대전화를 구입한 사미의 깜짝 소식도 함께.

사미가 크루아상과 커피잔 사이에 내민 휴대전화를 페르뒤 씨는 회의적인 눈길로 바라봤다. 숫자를 판독하려면 독서용 안경이 필요했다.

"이 물건들이 나온 지 벌써 20년 되었어요. 믿어도 된다고요."

옆에서 조당이 부추겼다.

"당신 휴대전화에 우리 번호를 저장했어요."

사미가 페르뒤 씨에게 알려주었다.

"당신이 전화하길 기다릴게요. 당신이 잘 지낼 때 또는 어떻게 끓는 물에 달걀을 반숙하는지 모를 때, 너무 지루해서 뭔가 색다른 걸 해보고 싶어 창문 밖으로 뛰어내리고 싶을 때 전화해요."

페르뒤 씨는 사미의 진심에 감동받았다.

"고마워요."

그는 당혹한 표정으로 말했다.

사미의 솔직하고 거리낌 없는 애정은 그를 주눅 들게 만들었다. 사람들이 우정을 좋아하는 건 바로 이 때문일까? 두 사람이 부둥켜안았을 때, 몸집이 작은 사미는 페르뒤 씨의 품속으로 거의 사라지다시피 했다.

"나도, 그러니까…… 나도 두 사람에게 뭔가를 주고 싶어요."

이윽고 페르뒤 씨는 입을 열었다. 그러고는 당황한 표정으로 화물선의 열쇠를 쿠에노에게 내밀었다.

"세상에서 가장 거짓말할 줄 모르는 존경하는 여인. 세상에서 가장 뛰어난, 이탈리아 서부 출신의 요리사. 난 여기서부터는 배 없이 여행을 계속해야 해요. 그래서 이것으로 두 사람에게 룰루를 양도하겠어요. 자신들만의 이야기를 찾는 작가들과 고양이들을 위한 장소를 늘 남겨두길 부탁해요. 배를 지켜주겠어요? 반드시 그럴 필요는 없어요. 하지만 두 사람이 원한다면, 내 배를 지켜준다면, 난 기쁠 거요. 빌려주는 거요. 영원히. 말하자면, 그러니까……."

"안 돼요! 이건 당신의 직업, 당신의 사무실, 당신의 영혼진료실, 당신의 도피처, 당신의 안식처예요. 이 멍청한 양반아, 수상 서점은 바로 당신이에요. 그런 것을 간단히 타인에게 줄 수는 없어요. 그 타인이 아무리 탐낼지라도 말이죠!"

사미가 크게 소리쳤다. 다들 너무 놀라 멍하니 바라보았다.

"미안해요."

그녀는 웅얼거렸다.

"내 생각은…… 그러니까…… 내 생각은 바로 그래요. 안 돼요. 휴대전화하고 이 서점을 교환한다는 건 말도 안 돼요. 진짜 안 돼요. 정말 곤란해요!"

갑자기 사미는 당혹스럽게 키득키득 웃었다.

"거짓말 못하는 건 정말 삶을 위한 선물인 거 같네요."

조당이 토를 달았다.

"그리고 누구든 묻기 전에 먼저 말하는데요. 아니, 난 배가 필요하지 않아요. 하지만 아저씨, 아저씨가 날 차에 태워준다면 기쁠 거예요."

쿠에노의 눈에 눈물이 글썽였다.

"이런, 이런."

그는 이 말밖에 하지 못했다.

"이런, 선장. 이런, 이 모든 걸. 나는…… 젠장…… 이 모든 걸."

그들은 오랫동안 이야기를 나누며 찬반에 대해 토론했다. 쿠에노와 사미가 망설일수록 페르뒤 씨는 더욱 고집을 굽히지 않았다.

조당은 끼어들지 않고 단 한 번 이렇게 물었을 뿐이다.

"이런 걸 할복자살이라고 부르지 않나요?"

페르뒤 씨는 조당의 말을 무시했다. 그는 반드시 이래야 한다고 느꼈다. 사미와 쿠에노가 그의 제안을 받아들이기까지 오전이 절반이나 지나갔다.

결국 이탈리아 남자는 무척 엄숙하고 감동한 표정으로 말을 시작했다.

"좋아, 선장. 우리가 자네의 배를 지키지. 자네가 다시 이 배를 갖고 싶어 할 때까지. 언제든 상관없어. 모레든 1년 후든 30년 후든. 그리고 고양이들과 글 쓰는 이들을 위한 공간은 항상 열어둘게."

넷이 함께 진심으로 부둥켜안는 것으로 계약을 맺었다. 사미가 맨 마지막으로 페르뒤 씨에게서 떨어져 다정한 눈길로 그를 바라봤다.

"내 사랑하는 독자."

그녀는 미소 지었다.

"당신보다 더 좋은 사람은 생각할 수 없을 거예요."

마침내 조당과 페르뒤 씨는 각자의 소지품을 조당의 선원용 배낭과 커다란 쇼핑백 몇 개에 챙겨 넣고 배에서 내렸다. 페르뒤 씨는 집필을 시작한《작은 감정들의 커다란 백과사전》과 옷가지를 가져왔다.

쿠에노가 시동을 걸어 능숙하게 룰루를 강변에서 멀리 이동시켰을 때, 페르뒤 씨는 정말로 아무런 감각을 느끼지 못했다. 옆에서 조당의 소리가 들리고 그의 모습이 보였지만, 마치 수상 서점과 함께 조당도 멀어지는 듯했다. 조당은 두 팔을 흔들며 이탈리아어와 프랑스어로 잘 가, 라고 외쳤다. 페르뒤 씨는 마치 두 팔이 떨어져 나간 듯 꼼짝도 할 수 없었다.

그는 수상 서점이 강굽이를 돌아 사라지는 모습을 지켜보았다. 이미 오래 전에 배의 모습이 보이지 않는데도 계속 지켜보며, 마비 상태가 누그러져 감각이 돌아오길 기다렸다. 이윽고 몸을 돌릴 수 있었을 때, 벤치에 앉아 조용히 자신을 기다리고 있는 조당이 눈에 보였다.

"가자고."

페르뒤 씨는 무뚝뚝하고 건조한 목소리로 말했다. 그들은 55일만에 처음으로 주거래 은행의 아비뇽 지점에서 돈을 찾았다. 실제로 수십 통의 전화통화가 오가고 팩스로 전송된 서명이 대조되고 신분증명서가 엄격하게 검사되는 우여곡절을 겪은 후에. 그런 다음 그들은 테제베 기차역에서 작은 우윳빛 자동차를 빌려 타고 루베롱을 향해 출발했다.

아비뇽에서 남동쪽 방향으로 지방도로 D900의 옆길을 달렸다. 본뉴까지는 44킬로미터에 불과했다. 조당은 차창을 내리고 황홀한 눈빛으로 밖을 바라보았다. 좌우로 펼쳐지는 해바라기 밭, 양탄자 같은 초록빛의 싱싱한 포도밭, 가지런히 줄지은 라벤더 관목이 풍경을 형형색색으로 수놓았다. 노란색, 청록색, 보라색. 그 위로 작은 뭉게구름이 떠 있는 푸르디 푸른 하늘이 펼쳐져 있었다.

멀리 지평선에 그랑루베롱과 프티루베롱이 보였다. 길쭉한 식탁 모양의 거대한 산맥, 오른쪽 옆에 등받이 없는 의자가 있었다.

해가 땅 쪽으로 기울었다. 흙을 먹고 고기를 먹었다. 뭔가를 요구하는 듯한 밝은 빛을 들판과 도시에 듬뿍 쏟아 부었다.

"밀짚모자가 있어야겠어요."

조당이 느긋하게 불평했다.

"그리고 리넨 바지도요."

"우리에게 필요한 건 데오드란트와 선크림이라고."

페르뒤 씨가 냉정하게 정정했다.

조당은 기분 좋은 모양이었다. 그는 자연스럽게 주변 풍경 속으로 미끄러져 들어갔다. 마치 꼭 맞는 퍼즐 조각처럼.

페르뒤 씨는 달랐다. 눈에 보이는 모든 게 이상하게 멀고 낯설었다. 여전히 마비된 듯한 느낌이었다.

마을들이 초록색 언덕 위에 왕관처럼 자리하고 있었다. 뜨거운 열기에 저항하며 밝게 빛나는 사암, 밝게 빛나는 지붕의 종석. 위엄에 넘치는 맹금들이 도도하게 공중을 날며 영공을 감시했다. 좁은 도로는 인적 없이 비어 있었다.

마농은 그 산들과 언덕들 다채로운 들판들을 보았다. 그 부드러운 대기를 느꼈고, 무성한 잎새들 속에 수십 마리의 매미가 앉아 더듬이를 비비는 수백 년 묵은 나무들을 알았다. 맴맴 끊임없이 우는 소리가 페르뒤 씨에게는 '무엇? 무엇? 무엇?' 하는 소리처럼 들렸다.

너 여기서 무엇을 하고 있어? 너 여기서 무엇을 찾고 있어? 너 여기서 무엇을 느끼고 있어?

아무 것도 하지 않아. 아무 것도 찾지 않아. 아무 것도 느끼지 않아.

그 땅은 페르뒤 씨에게 그야말로 아무 것도 말하지 않았다.

그들은 이미 메네르브와 그곳의 카레 같은 색깔 바위를 지났으며, 포도밭과 농장들을 따라 칼라봉 골짜기와 본뉴에 가까이 다가갔다.

"본뉴는 그랑루베롱과 프티루베롱 사이에 층을 이루고 있어. 마치 5단짜리 케이크처럼."

마농은 페르뒤 씨에게 설명했다.

"맨 위에 오래된 교회와 100년 묵은 아틀라스 시더우드와 루베롱의 가장 아름다운 묘지가 있고, 맨 아래에는 포도재배인과 과수재배인, 민박집들이 있어. 그 사이 3개 층에 집들과 음식점들이 자리하는데, 전부 가파른 길과 계단으로 연결되어 있어. 그래서 마을 아가씨들의 장딴지가 전부 예쁘고 단단하다니까."

마농은 페르뒤 씨에게 자신의 장딴지를 보여줬다. 그리고 그는 거기에 입 맞췄다.

"여기 참 아름다운 곳이에요."

조당이 말했다.

그들은 들판의 좁은 길을 덜커덩거리며 달리고 해바라기 밭을 빙 돌아가고 포도밭을 가로질렀다. 그러다 자신들이 어디에 있는지 모른다고 확정지었다. 페르뒤 씨는 길가에 차를 세웠다.

"여기 어딘가에 틀림없이 르 프티 생 장이 있을 텐데."

조당이 웅얼거리며 지도를 들여다봤다.

매미들이 맴맴 울었다. 이제는 '히히, 히히, 히히' 비웃는 소리처럼 들렸다. 그밖에는 아주 조용해서, 방금 끈 엔진이 낮게 돌아가는 소리만이 시골의 깊은 정적을 방해했다.

덜거덕거리는 트랙터가 그들을 향해 곧장 다가왔다. 트랙터는 포도밭 어디에선가 빠른 속도로 나타났다. 그들은 그런 트랙터를 본 적이 없었다. 폭이 극도로 좁고 타이어가 얇으면서도 높아서 포도밭 이랑을 질주할 수 있었다.

야구모자와 선글라스를 쓴 젊은 남자가 운전대에 앉아 있었다. 싹을 잘라낸 청바지와 빛바랜 흰 셔츠를 입고 있었는데, 덜커덩거리며 지나는 동안 살짝 고개 숙여 인사했다. 조당이 허둥지둥 손짓을 하자, 트랙터가 몇 미터 앞에서 멈췄다. 조당이 얼른 달려갔다.

"이봐요, 실례합니다!"

조당이 요란한 트랙터 소리 너머로 외치는 게 페르뒤 씨의 귀에 들렸다.

"브리지트 보네의 프티 생 장이 어디쯤 있죠?"

그 남자는 트랙터 시동을 끄고 야구모자와 선글라스를 벗으며 아래팔로 이마를 훔쳤다. 그러는 동안 초콜릿색의 긴 머리카락이 어깨로 쏟아져 내렸다.

"오, 미안합니다, 아가씨. 저는 당신이…… 남자인 줄 알았어요."

조당이 너무 당황한 나머지 숨을 헐떡이는 소리가 페르뒤 씨의 귀에까지 들렸다.

"그야 물론 당신은 여자라고 하면 트랙터를 모는 것보다 몸에 꼭 끼는 원피스 차림을 연상하겠죠."

낯선 여인은 쌀쌀맞게 말하며 머리카락을 다시 모자 속으로 밀어넣었다.

"아니면 임신했거나 조리대 앞에 맨발로 서 있는 걸 연상하죠."

조당이 덧붙였다.

순간 낯선 여인은 놀라 멈칫하더니 까르르, 웃음을 터트렸다. 운전석에서 페르뒤 씨가 두 사람을 돌아보자, 젊은 여인은 다시 커다란 검은 안경을 쓰고 조당에게 길을 알려주고 있었다. 보네의 집은 포도밭 반대편에 있었다. 그대로 계속 오른편으로 돌기만 하면 되었다.

"고마워요, 아가씨."

조당의 나머지 말은 엔진 부릉거리는 소리에 묻혀 들리지 않았다. 페르뒤 씨는 그 얼굴의 아랫부분만을 보았다. 그리고 뭐가 즐거운지 입가 위로 슬쩍 스치는 미소만을. 그녀는 속도를 내서 그들 옆을 부릉부릉, 지나갔다. 작은 먼지 구름을 남기고.

"여기, 정말 아름다운 곳이에요."

조당이 다시 차에 올라타며 말했다. 얼굴이 벌겋게 달아오른 게 페르뒤 씨의 눈에 뜨였다.

"무슨 일 있었어?"

페르뒤 씨가 물었다.

"그 여자 말이에요?"

조당은 웃음을 터트렸다. 웃음소리가 조금 지나치게 크고 지나치게 높았다.

"아하, 간단히 말해서, 아주 솔직히 말하면, 뭐냐면, 그러니까, 아무튼 엄청 예뻤어요."

페르뒤 씨에게 조당은 행복한 토끼인형처럼 보였다.

"지저분하고 땀에 절었지만 지독히 감미로웠어요. 냉장고에서 꺼낸 초콜릿처럼. 하지만 그밖에는, 아니, 그밖에는…… 아무 일도 없었어요. 근사한 트랙터였어요. 왜요?"

조당은 얼이 빠진 듯 보였다.

"그냥."

페르뒤 씨는 거짓말을 했다.

몇 분 후, 두 사람은 르 프티 생 장에 도착했다. 화보집에 나옴직한, 과거 18세기에 지어진 농가. 회색 물빛의 돌, 높고 길쭉한 창문, 그림 같은 정원, 자연 그대로 무성하게 꽃이 피어 있었다. 조당은 인터넷카페에서 루베롱 웹사이트에 이어 마담 보네를 발견하고는 그곳의 마지막 하나 남은 잠자리를 찾아냈다. 개조한 비둘기장이 비어 있었고 아침식사를 제공했다.

브리지트 보네, 키가 작고 머리를 짧게 자른 50대 초반의 여인은 다정한 미소를 머금은 얼굴로 그들을 맞이했다. 나무에서 갓 딴 살구를 가득 담은 바구니를 들고 남성용 러닝셔츠와 밝은 초록색 무릎 길이의 반바지 차림에 챙이 넓은 모자를 쓰고 있었다. 보네 부인은 호두처럼 햇볕에 갈색으로 그을리고 두 눈은 푸른 물빛으로 빛났다. 보네 부인의 살구는 야들야들하고 달콤한 솜털이 나 있었다.

개조한 비둘기장은 작은 빨래 대야와 장롱만한 화장실과 옷걸이 대용의 못 몇 개, 그리고 아주 작은 침대 하나가 놓인, 가로 세로 4미터 크기의 피난처로 드러났다.

"침대 하나는 또 어디에 있죠?"

페르뒤 씨가 물었다.

"어머, 침대는 하나밖에 없어요. 두 사람 한 쌍이 아닌가요?"

"내가 밖에서 잘게요."

조당이 얼른 말했다.

작은 비둘기장은 아주 아름다웠다. 문 높이의 창문에서 맞은편 발랑솔 고원까지 환히 보였다. 집은 거대한 과수원과 라벤더 밭, 조약돌이 깔린 테라스 그리고 자연석으로 쌓은, 마치 성벽의 잔재처럼 보이는 넓은 담장으로 에워싸여 있었다. 비둘기장 옆에서 작고 정겨운 샘물이 퐁퐁, 샘솟았다. 샘물에 포도주를 담가 차갑게 할 수 있었고, 그 옆 성벽에 앉아 발을 대롱거리며 과일나무와 채소밭, 포도밭 너머 저 멀리 골짜기를 내려다볼 수 있었다. 길도 없고 다른 농가들도 전혀 존재하지 않는 듯했다. 누군가가 전망에 대한 뛰어난 감각으로 그곳을 선택한 게 분명했다.

조당은 넓은 담장 위에 폴짝 뛰어 올라가 손으로 햇빛을 가리고 고원을 바라보았다. 주의를 집중하면, 트랙터 모터 소리가 들리고 멀리서 끊임없이 왼쪽에서 오른쪽으로, 오른쪽에서 왼쪽으로 움직이는 작은 먼지 구름이 보였다.

비둘기장의 테라스 주변에도 라벤더 덤불과 장미, 과일나무들이 심어져 있고 커다란 파라솔 아래에는 두 안락의자와 밝은 색의 편안한 쿠션, 모자이크 테이블이 놓여 있었다.

보네 부인이 얼음처럼 차가운 불룩한 오렌지맛 탄산음료 병 2개와 더불어 환영인사라며 차갑게 식힌 맛좋은 와인, 노르스름하게 어른거리는 와인을 내왔다. 그녀는 맛좋은 와인을 프로방스 식으로 발음했다.

"이곳에서 생산된 맛좋은 와인, 루크 바셋이에요."

보네 부인은 이야기를 늘어놓았다.

"그 농장은 17세기에 처음 생겼죠. 지방도로 D36 바로 건너편에 있어요. 여기서 걸어서 15분 거리죠. 거기서 생산한 마농 XVII이 올해 금메달을 땄어요."

"뭐라고요? 마농이라고요?"

페르뒤 씨가 깜짝 놀라 물었다. 어리둥절해하는 집주인에게 조당이 침착하게 듬뿍 감사를 표하는 일을 떠맡았다. 그러고는 브리지트 보네가 여기저기 풀을 뽑으며 현란한 꽃밭을 가로질러 멀어지는 동안, 와인 상표를 자세히 관찰했다. '마농'이라는 글자 위에 수채화로 그린 얼굴 그림이 인쇄되어 있었다. 곱슬머리가 부드럽게 얼굴을 에워싸고 미소가 반쯤 감돌았다. 커다란 눈의 강렬한 눈빛이 보는 사람을 응시했다.

"이분이 아저씨의 마농이에요?"

조당이 감탄하며 물었다. 처음에 페르뒤 씨는 고개를 끄덕였다. 그러더니 고개를 저었다. 아니, 그 여자는 물론 마농이 아니었다. 결코 그의 마농이 아니었다. 그의 마농은 세상을 떠났고 아름다웠고 오로지 꿈속에서만 살아 있었다.

그런데 지금 그녀가 아무런 예고 없이 그를 응시했다. 그는 조당의 손에서 병을 받아들었다. 페르뒤 씨는 마농의 얼굴 그림을 손끝으로 부드럽게 쓰다듬었다. 그녀의 머리카락. 그녀의 뺨. 그녀의 턱. 입. 목. 거기 곳곳에 그의 손길이 닿았었다. 그런데…….

이제야 전율이 휘몰아쳤다. 전율은 무릎에서 시작되어 끊일 줄 모르고 계속되었다, 긴장된 떨림이 배와 가슴 안쪽에서 팔과 손가락으로 옮아가고 입술과 눈꺼풀로 이어졌다. 온몸의 피가 금방 멎을 것만 같았다. 목소리가 속삭이듯 낮게 가라앉았다.

"그녀는 나무에서 갓 딴 살구가 내는 소리를 사랑했어. 살구를 엄지손가락과 다른 두 손가락으로 살며시 잡고 슬쩍 돌리면 뽀득, 소리가 나거든. 그녀의 고양이 이름은 야옹이였어. 겨울에 야옹이는 그녀의 머리 위에서 잤어. 모자처럼. 마농은 발가락, 가운데가 잘록한 발가락을 아버지에게 물려받았다고 말했지. 마농은 아버지를 무척 사랑했어. 그리고 바농 치즈로 만든 크레페와 라벤더 꿀을 좋아했어. 막스, 마농은 잠을 자면서 이따금 꿈속에서 웃었어. 마농은 루크와 결혼했고, 나는 연인에 지나지 않았어. 루크 바셋. 포도 재배인."

페르뒤 씨는 눈길을 들었다. 떨리는 손으로 와인을 모자이크 테이블 위에 내려놓았다. 마음 같아서는 와인을 담장에 내동댕이치고 싶었다. 마농의 얼굴에 상처가 날 거라는 비이성적인 걱정만 없었더라면.

페르뒤 씨는 견디기 어려웠다. 자신을 참아내기 어려웠다! 그는 지구상에서 가장 아름다운 장소로 손꼽히는 곳에 있었다. 아들처럼 신뢰하게 된 친구와 함께. 그는 배수진을 치고 남쪽을 향해 길을 떠났다. 물과 눈물을 넘어.

그런데 자신이 아직 준비가 되어 있지 않다는 것만을 겨우 확인했다. 머릿속에서는 여전히 집의 복도에 서 있었다. 책으로 막아버린, 그를 가둔 벽 앞에.

이곳에 오기만 하면 모든 것이 불가사의한 방식으로 해결되기를 기대했을까? 고통은 강물에 남겨두고 흘리지 못한 눈물을 죽은 여인의 용서와 맞바꿀 수 있기를. 구원받아 마땅할 만큼 충분히 멀리 왔기를. 맞아, 그랬다. 하지만 그렇게 단순하지 않았다.

결코 그렇게 단순하지 않아.

그는 우악스럽게 병을 잡아 홱, 돌려세웠다. 그런 모습을 마농이 더 이상 봐서는 안 되었다.

아니, 이런 상태로는 마농과 마주할 수 없었다. 언젠가 다시 누군가를 사랑하게 되고 그 사랑을 다시 잃어버릴까 봐 두려워, 정처 없이 아무 데나 조금씩 마음을 내려놓는 이런 허깨비 같은 사람으로는 아니었다.

조당이 손을 페르뒤 씨의 손바닥 안으로 디밀었고, 그는 그 손을 꼭 눌렀다. 아주 꼭.

36

남쪽의 비단결처럼 보드라운 공기가 차안을 뚫고 지났다. 페르뒤 씨는 낡아 털털거리는 르노5의 차창을 전부 내렸다. 제라르 보네, 브리지트의 남편이 그 자동차를 선물했다. 빌린 자동차는 이미 압트에서 반납했다.

오른쪽 문은 파란색이고 왼쪽 문은 빨간색이었다. 그 덜커덩거리는 상자의 나머지는 베이지색과 녹으로 이루어져 있었다. 페르뒤 씨는 그 자동차에 작은 여행 가방을 싣고 길을 떠났다. 본뉴를 지나 루르마랭을 향했고, 거기서부터 페르튀를 지나 액스로 차를 몰았다. 그리고 거기에서 가장 빠른 길을 택해 남쪽, 바다를 향했다. 거기 남쪽에서 마르세유가 도도하게 만灣을 끼고 눈앞에 자태를 드러냈다. 아프리카, 유럽, 아시아가 입을 맞대고 전쟁을 벌인 커다란 도시. 페르뒤 씨가 비트롤 산 너머의 고속도로 A7을 달려 내려가는데, 여름의 석양빛을 받은 항구도시가 반짝이며 숨을 쉬는 유기체처럼 보였다. 오른편에 도시의 흰 집들. 왼편에 하늘과 물의 푸른색. 매혹적인 광경이었다.

바다.

바다가 얼마나 반짝였던가.

"안녕, 바다."

페르뒤 씨는 속삭였다. 그 광경이 그를 끌어당겼다. 마치 물이 작살로 그의 심장을 꿰뚫어 튼튼한 밧줄로 조금씩 그를 끌어당기는 것만 같았다.

물. 하늘. 머리 위 푸른색을 가르는 하얀 비행기구름. 발아래 푸른색을 가르는 항적의 하얀 포말.

바로 이거야. 그는 그 경계 없는 푸른색에 합류하고 싶었다. 가파른 해안을 따라. 더 멀리, 더 멀리, 더 멀리. 마음속에서 여전히 그를 괴롭히는 떨림이 멎을 때까지. 룰루와의 이별 탓이었을까? 아니면 드디어 해냈다는 믿음과의 이별 때문이었을까?

페르뒤 씨는 스스로 확신이 설 때까지 달리고 싶었다. 상처 입은 짐승처럼 칩거할 수 있는 장소를 발견하고 싶었다.

치유. 난 치유해야 해.

파리를 떠날 때는 그걸 미처 알지 못했다.

그때는 모든 걸 미처 몰랐다, 라는 생각이 덮치기 전에 그는 라디오를 켰다.

"현재의 당신을 있게 해준 사건에 대해 우리에게 들려주고 싶습니까. 그건 무엇일까요? 스튜디오로 전화해서 저와 바르 주의 우리 모든 청취자에게 들려주십시오."

여자 아나운서가 전화번호를 알려주고 입속에서 스르르 녹는 초콜릿 무스 같은 달콤한 목소리로 곡명을 소개하고 음악을 내보냈다. 긴 곡이었다. 음악이 파도처럼 일렁였다. 기타가 이따금 멜랑콜리한 한숨소리를 섞어 넣었고 드럼이 부서지는 파도소리처럼 웅얼거렸다.

플리트우드 맥의 〈앨버트로스〉. 일몰을 나는 갈매기의 비행, 물결에 떠내려 온 나뭇조각들이 타닥타닥 타오르는 머나먼 세상 끝의 해변을 떠올리게 하는 노래.

여름의 열기 속에서 마르세유 도시고속도로를 달리며 어떤 사건이 지금의 나를 만들었을까 하고 페르뒤 씨가 헤아리는 동안, 라디오에서는 '오바뉴 출신의 마르고'가 지금의 자신이 되기 시작한 순간에 대해 이야기했다.

"첫 아이, 딸아이가 태어난 순간이었어요. 딸아이 이름은 플뢰르예요. 36시간 동안의 진통. 하지만 고통이 그런 행복, 그런 평온을 가져올 줄은 몰랐어요……. 마치 구원받은 기분이었어요. 갑자기 모든 것에 의미가 있었고 죽는 게 더 이상 두렵지 않았어요. 저는 하나의 생명을 낳았고 고통은 행복에 이르는 길이었어요."

페르뒤 씨는 오바뉴 출신의 마르고를 한순간 이해할 수 있었다. 하지만 그는 남자였다. 자신의 몸속에서 아홉 달 동안 둘이 함께 지낸다는 게 어떤 것인지 그로서는 끝내 알 수 없는 일이었다. 자신의 일부가 어떻게 한 아이에게로 옮겨가 영원히 사라지는지 결코 느낄 수 없을 것이었다.

페르뒤 씨는 대성당 아래를 관통하는 마르세유의 긴 터널 안으로 진입했다. 그런데도 라디오 방송이 들렸다.

이번엔 마르세유의 질이 전화를 걸었다. 그는 노동자 특유의 거칠고 무뚝뚝한 억양으로 말했다.

"저는 아들이 세상을 떠났을 때 제 자신을 찾았어요."

그는 더듬거리며 말했다.

"무엇이 중요한지 슬픔이 저에게 알려주었죠. 슬픔은 그래요, 처음에 슬픔은 늘 우리와 함께 있어요. 슬픔은 아침에 우리를 깨우고 하루 종일 우리 곁을 떠나지 않아요. 어디를 가든. 슬픔은 우리와 함께 저녁으로 들어가고, 잠을 잘 때도 우리를 가만 내버려두지 않아요. 우리의 목을 조르고 우리를 마구 뒤흔들죠. 하지만 슬픔은 우리를 아주 따뜻하게 만들어주기도 해요. 어떤 때는 멀리 가기도 하지만 절대로 영원히 가지는 않아요. 슬픔은 늘 다시 우리를 들여다보곤 해요. 그러다, 결국…… 인생에서 무엇이 중요한지 저는 문득 깨달았어요. 슬픔이 그걸 알려줬죠. 사랑이 중요해요. 음식. 그리고 '아니다'라고 말해야 할 때 등을 꼿꼿이 세우고 네, 라고 말하지 않는 것."

다시 음악이 이어졌다. 페르뒤 씨는 마르세유를 뒤로 했다.

나만 슬픔에 젖은 유일한 사람이라고 생각했던 걸까? 실패한 유일한 사람이라고? 아, 마농. 누군가하고 당신에 대해 이야기할 수 있으면 좋을 텐데.

파리에서 밧줄을 자르게 만든 동인, 그 실제로 진부한 동인이 뇌리에 떠올랐다. 북엔드로서 헤세의 《단계들》. 인간에 대한 깊은 이해를 바탕으로 하는 그 더없이 친밀한 시…….

페르뒤 씨는 자신도 단계들을 건너뛸 수는 없었다는 걸 어렴풋

이 이해했다.

그렇다면 어떤 단계들을 밟았을까? 여전히 끝에 있을까? 벌써 처음에 이르렀을까? 아니면 쓰러져서 걷지 못하는 걸까? 그는 라디오를 껐다. 곧 카시스로 나가는 도로가 보였고 그 길로 방향을 잡았다.

그는 계속 상념에 잠긴 채 고속도로를 벗어났다. 잠시 후 카시스에 이르렀고 구불구불 가파른 도로를 부릉거리며 지났다. 많은 휴양객, 물놀이용 플라스틱 장난감, 만찬을 위해 차려입은 드레스와 다이아몬드 귀걸이. 고급스러워 보이는 해변 레스토랑에 '발리 뷔페' 라는 커다란 플래카드가 붙어 있었다.

난 여기에 어울리지 않아.

그는 파리 정부 청사 근처에서 일하는 심리치료사 에릭 랑송이 생각났다. 랑송은 판타지 문학을 즐겨 읽었고, 문학을 이용한 심리분석으로 페르뒤 씨를 즐겁게 해주려 했다. 랑송과 이야기해볼 수 있을 텐데, 이 슬픔, 이 두려움에 대해! 그 심리치료사는 발리에서 한 번 장에게 엽서를 보낸 적이 있었다. 그곳에서는 죽음이 삶의 절정이었다. 춤과 종소리 합주와 바다 생물 뷔페로 죽음을 찬미했다. 그런 축제에 대해 조당이 뭐라고 말할까, 하는 생각이 떠올랐다. 틀림없이 뭔가 무례한 말, 즐거운 말을 할 것이었다.

조당은 헤어지면서 페르뒤 씨에게 두 사실을 알려줬다. 하나는 죽은 사람을 보고 화장하고 재를 묻어야 한다는 것, 그런 후에 그들의 이야기를 시작해야 한다는 것. "죽은 이들은 자신들에 대해 침묵하는 사람에겐 휴식을 주지 않아요." 다른 하나는 본뉴 지역이 정말 아름다워서 비둘기장에 머무르며 글을 쓸 거라는 것.

그곳에서 붉은 포도밭 트랙터도 중요한 역할을 할 거라고 장 페르뒤 씨는 예감했다. 그런데 뭐라고? 죽은 자들의 이야기를 해야 한다고? 페르뒤 씨는 헛기침을 하고 자동차 안의 고독을 향해 크게 말했다.

"마농은 자연이 어떤지 말했어. 그리고 늘 자신의 감정을 보여줬어. 그녀는 탱고를 사랑했어. 삶을 샴페인처럼 마시고 꼭 샴페인 대하듯 했어. 삶이 특별한 것임을 언제나 알고 있었어."

페르뒤 씨는 마음속에서 깊은 비애가 솟구치는 걸 느꼈다. 20년 동안 흘린 눈물보다 지난 2주 동안 흘린 눈물이 더 많았다. 하지만 전부 마농을 위한 눈물이었다. 한 방울 한 방울 모두. 그는 더 이상 부끄럽지 않았다.

페르뒤 씨는 카시스의 가파른 길을 빠르게 달렸다. 카프 카나이유와 그 웅장한 붉은 절벽을 오른편에 끼고, 마르세유와 칸을 이어주는 구불구불하고 오래된 해안도로를 따라 언덕을 넘고 소나무 숲을 지나 계속 달렸다. 마을들이 꼬리를 물고 이어졌고 집들이 도시 경계 너머까지 퍼져 있었다. 종려나무와 소나무, 꽃과 바위들이 번갈아가며 나타났다.

페르뒤 씨는 해변 진입로 옆의 주차장을 발견하고는 잔잔한 강물 같은 자동차 대열로부터 즉흥적으로 벗어났다. 허기가 밀려들었다.

낡고 쇠락한 빌라들과 최신식 실용적인 호텔시설로 이루어진 작은 도시의 넓은 해안은 가족 단위의 휴양객들로 붐볐다. 그들은 한가로이 해변과 산책로를 따라 걷고, 바다 쪽으로 창문이 활짝 열린 레스토랑과 간이음식점에서 음식을 먹었다.

거무스름하게 그을린 몇몇 소년이 부서지는 파도 속에서 원반던지기를 하며 놀았고, 경계를 표시하는 노란 부표들과 등대 너머 멀리에서 1인용 하얀 요트들이 떼 지어 이리저리 흔들거렸다.

페르뒤 씨는 해변에 위치한 간이음식점 레콰퇴르의 카운터 옆에 자리 잡았다. 모래사장으로부터 2미터, 부드럽게 넘실대는 파도로부터 10미터 떨어져 있었다. 번쩍이는 테이블 위에서 커다란 파란색 비치파라솔이 바람에 밀려 흔들거렸다. 소금에 절인 정어리처럼 손님들이 무더기로 복작거리는 휴가철에는 프로방스 지방 어디에서나 그렇듯이 테이블이 촘촘하게 늘어서 있었다. 페르뒤 씨는 카운터 옆의 칸막이 좌석을 차지했다.

높직한 검은색 냄비 속에서 김이 모락모락 오르는 뜨거운 섭조개에 채소생크림 수프를 듬뿍 곁들여 먹으며 물을 마시고 떫은 방돌 화이트 와인 한 잔을 마시는 동안, 페르뒤 씨는 바다에서 눈을 떼지 않았다.

늦은 오후의 햇살 아래서 바다는 밝은 푸른색이었다. 해넘이에는 진한 터키옥색을 선택했다. 모래는 밝은 금발 색에서 진한 아마

색으로 바뀌었다가 결국 회청색으로 물들었다. 지나가는 여자들의 얼굴이 점점 더 흥분되고 치마 길이가 짧아지고 웃음소리는 설렘으로 넘쳤다. 방파제에 야외무대가 설치되어 있었고, 갈색으로 반질반질 그을린 어깨 너머로 흘러내리는 짧은 셔츠에 청바지 차림이나 얇은 원피스차림의 젊은 사람들이 삼삼오오 떼를 지어 몰려갔다.

페르뒤 씨는 젊은 남녀의 뒷모습을 바라봤다. 살짝 앞으로 몸을 숙이고 빠르게 걷는 걸음걸이에서 뭔가를 하고 싶어 하는 젊음의 절제하기 어려운 욕망이 엿보였다. 모험이 있다고 예상되는 곳에 더 빨리 이르고 싶어 하는 욕망! 에로틱한 모험! 웃음, 자유, 서늘한 해변의 모래밭에서 날이 새도록 맨발로 추는 춤, 무릎의 열기. 그리고 영원히 잊지 못할 입맞춤.

생 시르와 레 레크는 일몰과 동시에 드넓고 흥겨운 파티장으로 변했다. 남쪽 지방 여름의 삶. 그것은 피가 혈관 속에 나른하고 진하게 뭉치는 무더운 오후를 만회하는 시간이었다.

페르뒤 씨의 왼쪽에서 집과 소나무로 뒤덮인 가파른 곳이 녹색을 띈 황금빛으로 빛났다. 수평선은 오렌지색과 푸른색으로 물들었고, 바다는 달콤하면서도 짭짤하게 일렁였다.

조개 냄비를 거의 다 비우고 바닷물을 탄 맛좋은 채소 생크림 수프와 검푸른 빛을 발하는 조개껍질 부스러기를 긁어먹는데, 바다와 하늘과 땅이 5분 동안 하나의 푸른색으로 녹아들었다. 회청색이

대기와 와인과 흰 벽과 산책로를 서늘하게 물들이고, 몇 분 동안 모든 사람을 말하는 석조 조각처럼 보이게 했다.

윈드서핑 선수 타입의 금발 청년이 페르뒤 씨의 조개 냄비와 껍질 접시를 가져가고 손 씻을 따뜻한 물을 가져왔다.

"디저트를 드시겠습니까?"

이 말은 친절하게 들렸지만 다르게도 해석할 수 있었다. "아니면 그만 가시죠. 그 자리에 손님을 두 번은 더 받을 수 있다고요." 그런데도 페르뒤 씨는 편안한 느낌이 들었다. 그는 바다를 먹고 눈으로 마셨다. 그러기를 갈망했고, 이제 마음속의 떨림이 조금 누그러졌다.

그는 남은 와인을 그대로 둔 채 카운터에 지폐 한 장을 던져놓고 다채로운 색상의 로노5로 걸음을 옮겼다. 입술에 생크림 소금기를 느끼며 다시 해안도로를 달렸다.

바다가 시야에서 사라지자, 그는 고집스럽게 다음 사거리에서 오른쪽으로 꺾어 국도를 벗어났다. 삿갓솔과 실측백나무, 바람에 휘어진 소나무, 집과 호텔, 빌라 사이에서 곧 다시 바다가 밝은 달빛을 받으며 모습을 드러냈다. 페르뒤 씨는 더없이 아름다운 주택가를 지나는 텅그러니 빈, 좁은 도로를 달렸다. 근사하고 화려한 빌라들. 그는 자신이 어디에 있는지는 몰랐지만, 다음날 아침 이곳에서 눈을 뜨고 일어나 바다에서 수영하고 싶은 욕구가 치미는 것은 알수 있었다. 별들 아래서 잠들 수 있도록 불을 피울 만한 해변이나 펜션을 찾아볼 시간이 되었다.

큰 가로수길 프레데리크 미스트랄을 내려가는데, 르노5가 휘파람 불듯 위이잉, 하는 소리를 내기 시작했다. 그 소리는 요란한 푸식, 하는 소리와 엔진이 기침하며 멈추면서 끝났다. 페르뒤 씨는 비탈길을 내려가는 마지막 추진력을 이용해 자동차를 길가로 유도했다.

거기서 르노는 최후의 숨을 쉬었다. 시동키를 돌리는데 전기로 작동하는 찰칵, 소리조차 나지 않았다. 자동차도 그곳에 머무르고 싶은 게 분명했다. 페르뒤 씨는 차에서 내려 주위를 둘러보았다.

아래쪽에 수영을 할 수 있는 작은 만이 있었고, 그 위로 500미터에 걸쳐 중심가까지 빌라와 원룸 주택이 밀집해 있는 듯 보였다. 오렌지색과 푸른색이 어우러진 불빛이 친근하게 어른거렸다. 그는 자동차에서 작은 여행 가방을 꺼내들고 자동차를 뒤로 한 채 뚜벅뚜벅 걷기 시작했다.

마음을 편하게 해주는 평온이 공기에 감돌았다. 야외무대도 없었고 자동차 대열도 없었다. 그래, 그곳에서는 바다조차 더 나지막이 일렁였다.

지은 지 오래된 작은 빌라들의 정원에는 꽃이 만발해 있었다. 그 빌라들을 따라 10분쯤 인도를 걷다 보니 네모난 모양의 기이한 망루에 이르렀다. 백 년 전쯤 사람들은 그 망루 주변에 호텔을 지었다. 페르뒤 씨는 자신이 어디에 이르렀는지 예감했다.

하필이면 그곳에 이르다니! 하지만 너무 당연했다.

페르뒤 씨는 경외심에 가득 차 부두에 발을 디뎠다. 냄새를 받아들이기 위해 눈을 감았다. 소금. 광활함. 상쾌함.

다시 눈을 떴다. 오래 된 어항. 비단결처럼 보드라운 푸른 물결 위에서 형형색색으로 살랑거리는 수십 척의 작은 배들. 멀리 뒤편에서 하얗게 빛나는 요트들. 집들은 모두 4층을 넘지 않았고 정면이 파스텔 톤으로 칠해져 있었다.

그 아름답고 오래 된 뱃마을. 낮에는 색채들을 꽃 피우게 하는 빛 속에 잠기고, 밤에는 수많은 별이 총총 빛나는 하늘에 덮이고, 저녁에는 고풍적인 가로등의 은은한 장밋빛에 감싸였다. 우람한 플라타너스 나무 아래 시장. 노랗고 빨간 차양을 친 판매대들. 오래 된 바와 새로 문을 연 카페의 무수히 많은 테이블과 의자에 앉아 태양과 바다의 위로에 시름을 잊고 몽상에 잠겨 앞을 바라보는 사람들. 피난처를 찾는 많은 사람을 알아보고 보호해준 곳.

사나리 쉬르 메르.

37

카트린에게

몽타냐르 길 27번지

75011 파리

사나리 쉬르 메르, 8월

멀리 있는 카트린.

지금까지 바다가 스물일곱 가지 색을 보여줬어요. 오늘은 푸른색과 초록색이 섞여 있어요. 부티크의 여자들은 그 색을 페트롤 색이라고 부르죠. 여자들은 색에 대해 잘 알아요. 난 '젖은 터키옥색'이라고 불러요.

카트린, 바다는 소리칠 수 있어요. 고양이처럼 할퀼 수 있어요. 애교를 부리며 당신을 어루만질 수도 있어요. 아주 매끄러운 거울이었다가는 금방 다시 사납게 날뛰며 파도 타는 사람들을 거칠고 요란한 너울 속으로 유혹하죠. 바다는 날마다 달라요. 그리고 갈매기들은 폭풍우가 몰아치는 날엔 어린 아이들처럼 외치고, 햇빛이 화창한 날엔 멋진 광경을 선포하듯 외치죠. "아름다워! 아름다워! 아름다워!" 사나리의 아름다움에 취해 죽어가면서도 그걸 알아채지 못할 수 있어요.

앙드레가 운영하는 펜션 아름다운 살롱의 내 푸른색 방, 아름다운 푸른색에서의 독신 생활은 7월 14일 직후 끝을 맺었어요. 이제는 옷가지를 침대시트에 둘둘 말아 사위가 장모에게 간청하는 듯한 눈빛으로 폴린 부인에게 가거나 시스 푸르 레 플라즈의 쇼핑센터 뒤편 빨래방에 갈 필요가 없어요. 세탁기를 구입했거든요. 서점에서 일을 해서 월급을 받았어요. 이곳에 최초로 서점을 연 미누 몽프레르 부인, MM은 나한테 만족해요. 부인 말로는 내가 거슬리지 않는대요. 그건 그렇고, 내 생애 최초의 여사장님은 나에게 아동용 도서와 백과사전, 고전을 맡기고 독일 망명 작가 분야를 새롭게 꾸밀 것을 부탁했어요. 나는 뭐든 몽프레르 부인이 원하는 대로 해요. 나 스스로 일을 주도할 필요가 없는 게 이상하게도 마음 편해요.

집도 구했어요, 세탁기와 나 자신을 위해.

항구 위쪽에 언덕이 있는데 그 언덕 위의 집이에요. 집 앞에는 노트르담 드 피티에 예배당이 있지만, 뒤쪽에는 휴양객들이 줄줄이 수건을 깔고 누워 있는 작은 해수욕장 포르티솔이 있어요. 파리에는 오래된 건물들이 있고, 그 건물들의 집 한 칸이 이 집 전체보다 더 커요. 하지만 이렇게 아름답지는 않아요.

집이 붉은 홍학 색과 노란 카레 색 사이의 여러 가지 빛깔로 어른거려요. 침실 창가에 서면, 종려나무와 삿갓솔, 많은 꽃, 작은 예배당의 뒷면이 보이고 꽃이 화려하고 탐스러운 하비스쿠스 너머로 바다가 보여요. 고갱이 사랑했을 것 같은 색채의 조합. 핑크색과 페트롤 색. 장밋빛과 짙은 터키옥색. 카트린, 여기에서 처음으로 사물을 보는 법을 배운다는 확실한 느낌이 들어요.

집세를 지불하는 대신, 이사 들어오면서 집을 수리하기로 했어요. 이 집도 앙드레와 폴린 부부의 소유죠. 그들 부부에겐 시간도 없고 밖으로 내몰 아이들도 없어요. 여름이면 부부가 운영하는 펜션의 방 9개가 손님들로 북적거려요. 성수기죠.

그 '푸른색 방', 2층의 3호실이 그립답니다. 앙드레의 쩌렁쩌렁한 목소리, 그가 차려주는 아침식사, 초록색 잎으로 지붕을 이은 조용한 뒤뜰도 그립고요. 앙드레는 우리 아버지와 닮은 구석이 있어요. 그는 펜션 손님들을 위해 요리를 하고, 폴린은 카드 게임이나 또는 여자 손님들의 요청에 따라 타로카드를 펼쳐놓으며 분위기를 띄우죠. 폴린이 담배를 피우며 탁탁, 소리 나게 카드를 플라스틱 테이블 위에 펼쳐놓는 모습이 눈에 선해요. 폴린은 나에게도 카드 게임을 제안했어요. 그

제안을 받아들여야 할까요?

펜션 도우미 에메와 줄림. 금발의 에메는 뚱뚱하고 무척 시끄럽지만 쾌활해요. 줄림은 몸집이 아주 작고 마르고 단단해요. 쪼글쪼글 마른 올리브처럼. 그리고 소리 없이 치아도 보이지 않고 웃어요. 파리 여자들이 루이비통이나 샤넬 핸드백을 들듯, 그들은 양동이의 손잡이를 팔에 걸고 다녀요. 항구 옆의 교회에서 에메를 종종 봐요. 에메는 눈물을 글썽이며 찬송가를 부른답니다. 이곳에서 예배는 인간을 위한 것이지요. 어린 복사들은 기다란 흰 가운을 입고 무척 다정하게 미소 짓죠. 흔히 남쪽의 많은 관광지에서 볼 수 있는 위선이 사나리에서는 거의 눈에 띄지 않아요.

바로 그런 식으로 노래해야 할 거요. 행복한 눈물을 흘리며. 망가진 샤워기의 물줄기가 몸에 닿을 때마다 폴짝폴짝 뛰며, 샤워하는 동안 나는 다시 노래하기 시작했어요. 하지만 아직도 내 마음이 단단히 봉해진 듯한 느낌이 이따금 들어요. 마치 나를 꽁꽁 가두고 아무도 들어오지 못하도록 가로막는, 보이지 않는 상자 안에 사는 것만 같아요. 그러면 내 목소리조차 거추장스럽게 여겨져요.

지금 테라스 위에 그늘막을 설치하는 중이요. 이곳에서는 햇빛이 그만큼 확실하거든요. 테라스는 귀족 저택의 커다란 살롱 같기도 해요. 거기에서 당신은 따뜻하고 푸근하게 안겨 있는 듯한 느낌이 들 거요. 호사스럽게 광채와 부드러움으로 감싸이지만, 열기가 너무 오래 계속되면 위험하고 답답하고 숨 막힐 것 같기도 하죠. 오후 2시와 5시 사이, 때로는 7시까지도 사나리 사람들은 그늘을 벗어나지 않아요. 그보다는 집안의 제일 시원한 구석을 찾아서 지하실의 차가운 타일 위에 알몸으로 누워, 집밖의 아름다움과 오븐이 마침내 자비를 베풀길 기다리죠. 나는 축축한 수건을 머리와 등에 두른답니다.

지금 짓고 있는 부엌 앞 테라스에 서면 배의 돛대들 사이로 항구의 아롱다롱한 모습이 보여요. 하지만 무엇보다 하얗게 빛나는 요트들과 방파제 끝의 등대가 보이죠. 등대에서 7월 14일 소방대원들이 하늘을 향해 불꽃놀이를 터트렸어요. 맞은편의 굽이치는 언덕들과 산들, 그 너머로 툴롱과 이에르도 보이죠. 바위 코처럼 튀어나온 언덕 위에 드문드문 널린 순전히 하얀 작은 집들. 당신이 발돋움을 하고 서야만 유서 깊은 생나제르의 사각형 망루가 보일 거요. 그 주변에 호텔 드 라 투르가 있어요. 고약한 전쟁 시절 몇몇 독일 작가들이 망명해 살았던 밋밋한 통나무 같은 건물.

토마스 만 일가, 포이히트방거 일가, 브레히트. 본디 일가, 톨러. 츠바이크라는 이름의 두 사람, 볼프, 제거 일가, 마사리. 여자 이름으로는 멋진 프리치. (내가 지금 강연을 하고 있어요, 미안해요, 카트린! 종이는 참을성이 많네요.)

7월 말 오래 된 항구 옆 윌슨 방파제에서 드디어 내가 서투른 초보자 신세를 벗어나 페탕크 게임을 하고 있는데, 키가 작고 통통한 나폴리 남자가 모퉁이를 돌아 나왔어요. 머리에 파나마모자를 쓰고 흡족한 고양이처럼 부르르 콧수염을 떨며. 그리고 큼지막한 한 손에는 얼굴만 봐도 다정한 사람이라는 걸 알 수 있는 여자가 매달려 있었어요. 쿠에노와 사미! 두 사람은 이곳에 일주일 머물렀고, 그동안 배는 퀴즈리 시의 감독

하에 있었어요. 그곳이 제 자리였죠. 룰루, 책 수집광, 같은 부류끼리.

어디서 오는 길이냐, 왜 왔느냐, 무슨 일로 왔느냐, 반가운 인사.

"왜 도대체 휴대전화는 항상 꺼두는 거야, 이 종이 당나귀 양반아?" 사미가 울부짖듯 나무랐어요. 참나, 그런데도 두 사람은 나를 찾아냈어요. 물론 조당과 로잘레트 부인을 통해. 언제나 그렇듯이 로잘레트 부인은 첩보 활동의 결과를 인심 좋게 나눠줬어요. 내가 당신에게 보내는 편지의 소인을 치밀하게 연구해, 몇 주 전부터 사나리의 내 위치를 파악하고 있었거든요. 이 세상에 관리인들이 없다면 친구들과 연인들의 세상은 어떻게 될까요? 혹시 '인생'이라는 커다란 책에 우리의 모든 임무가 쓰여 있을지 누가 알겠어요? 사랑하는 데 유난히 재주가 뛰어난 사람들이 있는가 하면, 또 사랑하는 사람을 잘 지켜주는 데 유난히 재주가 뛰어난 사람들도 있어요.

내가 왜 휴대전화를 잊고 있었는지 물론 잘 알죠.

내가 너무 오래 종이로 된 세상에서 살았기 때문이요. '여기 이것'을 지금에서야 비로소 배우고 있어요.

나흘 동안 쿠에노는 벽 쌓는 일을 도와주고, 사랑을 만들 듯 음식 만드는 법을 나에게 알려주려고 했어요. 토마토, 콩, 멜론, 과일, 마늘, 세 종류의 당근, 멍덕딸기, 감자, 양파가 상자에 그득그득 담겨 장사꾼 여인들의 머리보다 높이 쌓여 있는 시장에서 시작된 별난 수업이었고 가르침이었죠. 회전목마 뒤편의 아이스크림 가게에서 우리는 짭짤한 캐러멜아이스크림을 먹었어요. 짭짤한 맛이 은은히 감돌고 불에 눌은 듯 달콤하고 크림처럼 부드럽고 시원한 아이스크림. 전에는 결코 완벽한 아이스크림을 먹어본 적이 없어요. 그런데 이제는 날마다 그런 아이스크림을 먹어요. (때로는 밤에도.)

손으로 보는 법을 쿠에노에게 배웠어요. 쿠에노는 어떻게 식별하고 무엇을 어떻게 다뤄야 하는지 알려줬어요. 또 냄새를 맡는 법과 냄새가 무엇을 알려주는지, 무엇이 서로 어울리고 그것으로 무엇을 요리할 수 있는지도 가르쳐줬죠. 쿠에노가 커피가루 한 컵을 냉장고 안에 넣어뒀는데, 그것이 냉장고의 거슬리는 냄새를 전부 흡수해요. 우리는 생선을 삶고 끓이고 볶고 구웠어요.

당신을 위해 요리할 수 있느냐고 한 번 더 나에게 묻는다면, 그동안 쿠에노에게 배운 모든 것으로 당신을 유혹할 거요.

사미는 자신이 아는 것 중에서 제일 으뜸가는 지혜를 나에게 선사했어요. 작으면서도 커다란 내 친구. 내가 거기 앉아 바다를 응시하며 색채를 헤아리고 있는데, 사미가 이례적으로 소리치지 않고 (평소에는 툭하면 소리 지르거든요) 나를 부둥켜안았어요. 그러고는 아주 조용히 속삭였어요.

"끝과 새 출발 사이에 중간세계가 있다는 거 알아요? 장 페르뒤, 그건 상처 입은 시간이에요. 그 시간은 늪이고 그 속에 꿈과 근심과 잊힌 계획들이 쌓여 있어요. 그 시간 동안은 걸음걸이가 갈수록 무거워지죠. 이별과 새 출발 사이의 그 과도기를 과소평가하지 말아요. 서두르지 말아요. 그런 문지방들이 한 걸음에 넘을 수 있는 것보다 더 넓을 때도 간혹 있어요."

그후로, 사미가 상처 입은 시간, 중간세계라고 불렀던 것에 대해 자주 골똘히 생각하게 돼요. 이별과 새 출발 사이에서 넘어야 하는 문지방. 내 문지방은 이제 비로소 시작하는 게 아닌가 싶은 의문이 들어요……. 아니면 벌써 20년 동안이나 계속되고 있는지.

당신도 그 상처 입은 시간을 알죠? 죽고 싶을 만큼 슬픈 사랑의 아픔. 당신에게 이런 걸 물어도 될까요?

독일 작가를 권하면 주민들이 미소를 짓는 곳은 우리 프랑스에 몇 군데 안 되는데, 아마 사나리가 그중 하나일 거요. 주민들은 독재 시절 독일의 뛰어난 작가들에게 피난처를 제공했다는 사실에 일종의 자부심을 느끼고 있어요. 하지만 망명객들이 묵었던 집은 몇 채 남아 있지 않아요. 여서 일곱 채 쯤 남아 있어요. 토마스 만이 살던 집은 나중에 원래대로 복원되었어요. 서점에서 그들의 작품은 거의 취급하지 않아요. 그런데도 이곳에 수십 명의 망명 작가가 있었어요. 지금 나는 그 분야를 확장하고 있는 중이죠. MM이 내 마음대로 하라고 허락했어요.

MM은 시내 유지들에게도 나를 추천했어요, 한번 생각해봐요. 이곳 시장, 키가 크고 은발을 짧게 자르고 양복을 멋지게 차려 입은 멋쟁이는 7월 14일에 소방차들의 퍼레이드를 자랑스럽게 인솔했어요. 카트린, 퍼레이드에서 그들은 자신들이 가진 모든 걸 보여줬어요. 화물차, 탱크, 지프, 심지어는 자전거와 보트를 실은 트레일러도 있었죠. 아주 멋졌어요. 그리고 그 뒤를 따라 행진하는 젊은 세대들. 그런데 시장님의 장서는 초라한 약장 하나가 전부더라고요. 카뮈, 보들레르, 발자크 같은 유명한 이름들. 전부 가죽 장정인 것들. 방문객들은 틀림없이 필시 이렇게 생각했을 겁니다. "오! 몽테스키외! 그리고 프루스트, 세상에, 얼마나 지루할까."

나는 좋은 인상을 준다고 생각되는 것 말고 원하는 책을 읽으라고 시장님에게 제안했어요. 그리고 장서들을 보호커버의 색깔이나 알파벳이나 장르 별로 정돈하지 말고 부류 별로 묶을 것을 추천했어요. 예를 들어 이탈리아에 관련한 모든 것을 한구석에 모아놓는 거죠. 요리책, 레온의 추리소설, 장편소설, 화보집, 다빈치 개론서, 아시시의 종교적인 논문 등 무엇이 되었든. 헤밍웨이에서부터 상어의 종류, 물고기에 대한 시집, 생선 요리법에 이르기까지 바다에 대한 책들은 또 다른 구석에.

시장은 내가 무척 현명한 줄 알고 있어요. 사실은 그렇지 않은데.

MM의 서점에는 내가 무척 좋아하는 자리가 있어요. 백과사전 바로 옆, 아주 조용한 곳이죠. 이따금 어린 소녀들이 잠깐 들러 몰래 뭔가를 찾아보곤 할 뿐이에요. 부모들이 아이들을 이런 말로 떨쳐내기 때문이죠. "그런 걸 알기엔 넌 아직 너무 어려. 나중에 크면 설명해줄게." 내 개인적인 생각으로, 감당하기 어려운 너무 큰 질문은 없는 거 같아요. 자신의 답변에 스스로 적응해야 해요.

나는 그 구석의 짧은 사다리에 앉아 지적인 표정으로 숨을 들이쉬었다가 내쉬지요. 그밖에는 아무 것도 하지 않아요.

거기 은신처에서 열린 유리문에 비친 하늘과 멀리 바다 한 조각을 바라봐요. 그곳에서 유독 더 아름답게 보일 리가 없는데도 모든 게 더 아름답고 더 부드럽게 생각돼요. 마르세유와 툴롱 사이 해변의 하얀 상자 같은 집들로 이루어진 도시들 한가운데서, 사나리는 휴양객이 전혀 없어도 살 수 있는 최후의 장소예요. 물론 6월에서 8월까지는 모든 게 휴양객 위주로 돌아가죠. 그때는 저녁에 예약하지 않으면 음식점에 자리를 구할 수 없어요. 하지만 손님들이 가고 나도 휑하니 찬바람 부는 빈 집들과 쓸쓸한 슈퍼마켓 주차장만 남지 않아요. 이곳에는 항상 사람이 살아요. 골목들은 비좁고 형형색색의 집들은 작아요. 주민들은 서로 도우며 살고, 새벽녘에 어부들이 배에서 엄청 큰 물고기들을 팔지요. 루베롱에 있을 법한 작은 도시. 시골스럽고 독특하고 자부심이 강해요. 하지만 루베롱은 파리의 스물한 번째 구이고 사나리는 동경의 장소죠.

매일 밤 나는 페탕크를 해요. 페탕크 경기장이 아니라 윌슨 방파제에서. 자정 한 시간 전까지 탐조등이 켜있어요. 그곳에서 조용한 남자들이(늙은 남자들이라고 말하는 사람도 있을 겁니다) 페탕크 게임을 하죠. 말은 많이 오가지 않아요.

그곳이 사나리에서도 가장 아름다운 장소랍니다. 거기서 바다, 도시, 불빛, 페탕크 공, 보트를 볼 수 있어요. 한창 게임이 진행 중인데도 정적이 흐르죠. 박수소리는 전혀 들리지 않고, 이따금 낮게 아, 하는 소리, 찰칵 공 부딪치는 소리, 그리고 내 새로운 치과의사인 공격수가 공을 맞히면 탕, 하는 소리가 들릴 뿐이죠. 우리 아버지가 그 소리를 좋아하실 겁니다.

요즘 아버지하고 페탕크 게임을 하는 광경을 자주 떠올려봐요. 그리고 이야기를 나누고 웃는 광경을. 아, 카트린, 우리 함께 이야기하고 웃을 일들이 아주 많이 있어요.

지난 20년 세월은 어디로 흘러가버렸을까요?

카트린, 남쪽은 온갖 푸른색으로 넘쳐나요.

이곳에 당신의 색깔이 없어요. 당신의 색깔이 모든 걸 환히 빛나게 할 거요.

장으로부터.

38

매일 아침 열기가 기승을 부리기 전에, 매일 저녁 해가 지기 직전에 페르뒤 씨는 수영을 했다. 그것이 마음속의 슬픔을 밖으로 내보낼 수 있는 유일한 길이라는 것을 알아냈다. 조금씩 조금씩 흘려서 내보낼 수 있는 유일한 길.

물론 교회에서 기도도 시도해봤다. 노래도 시도해봤다. 사나리 뒤편의 산악지대도 방랑해봤다. 마농의 이야기를 혼자서 크게 말해보기도 했다. 부엌에서. 새벽에 산악지대를 걸으며. 갈매기들과 말똥가리들에게 마농의 이름을 외쳤다. 하지만 그건 어쩌다 조금 도움이 되었을 뿐이다.

상처 입은 시간.

슬픔은 그가 잠이 들려고 하면 종종 찾아와 붙잡았다. 하필 긴장을 풀고 여유롭게 떠돌려고 하면. 그는 거기 어둠 속에 누워 비통하게 울었다. 그 순간 세상은 방처럼 작았으며 그 어디에도 의지할 데

없이 쓸쓸했다. 그런 순간이면, 다시는 미소 지을 수 없고 고통이 절대 멈출 것 같지 않아 두려웠다. 그런 음울한 시간들에, '만일…… 한다면 어떨까'라는 수없이 다양한 생각이 마음속과 머릿속을 오갔다. 아버지가 페탕크를 하다 돌아가신다면. 어머니가 텔레비전과 큰 소리로 이야기를 나누고 수심에 잠겨 쇠약해지신다면. 그는 카트린이 편지들을 친구들에게 읽어주고 함께 조롱하지 않을까 두려웠다. 자신이 좋아하는, 무척 좋아하는 누군가를 다시 애도해야 하는 일이 벌어질까 두려웠다.

그걸 어떻게 견뎌낼 것인가? 남은 인생 동안. 누군가는 그걸 어떻게 견뎌냈을까? 페르뒤 씨는 어딘가에 빗자루처럼 자신을 세워둘 수 있기를 바랐다. 맨 처음 바다가 그의 슬픔을 감당해주었다.

그는 열심히 훈련한 끝에 물의 흐름에 자신을 맡길 수 있었다. 반듯이 누워 발을 해변으로 향한 채. 거기 파도 위에서 손가락을 쫙 펼치고 손가락 사이로 물을 흘려보내며, 마농과 함께 보낸 모든 시간들을 기억의 심연으로부터 끌어내었다. 그는 그 시간들을 지켜보았다. 그 시간들이 지나가버린 게 더 이상 애석하게 여겨지지 않을 때까지. 그런 후 그 시간들을 자유롭게 놓아주었다.

페르뒤 씨는 그렇게 파도에 흔들리며 높이 치솟았다가 멀리 흘러갔다. 그리고 서서히, 한없이 서서히 신뢰하기 시작했다. 바다는 아니었다. 결코 아니었다. 그 누구의 잘못도 아니었다! 페르뒤 씨는 자기 자신을 다시 신뢰하기 시작했다.

그는 좌절하지 않을 것이었다. 감정에 빠져 익사하지 않을 것이었다. 그리고 자신을 바다에 맡기고 나면 번번이 밀알만큼씩 두려움이 사라져 갔다. 그건 그가 기도하는 방식이었다. 7월 내내. 그리고 8월의 절반이 지나도록.

어느 날 아침, 바다는 온유하고 잔잔했다. 페르뒤 씨는 그 어느 때보다도 멀리 헤엄쳐 나갔다. 거기 육지 밖에서, 해안 멀리에서 자유형을 하고 잠수를 한 후 이제 휴식할 수 있다는 달콤한 감정에 자신을 내맡겼다. 마음속에 따사한 평온이 찾아들었다.

어쩌면 잠깐 잠들었을 수도 있었다. 어쩌면 비몽사몽간에 꿈을 꾸었을 수도 있었다. 그가 아래로 가라앉는데, 물이 뒤로 물러났다. 그래서 바다가 따뜻한 대기가 되고 보드라운 풀이 되었다. 상큼하고 보드라운 산들바람, 버찌와 옥수수의 향긋한 내음이 풍겼다. 참새들이 비치체어의 팔걸이에서 폴짝폴짝 뛰었다.

거기 그녀가 앉아 있었다.

마농. 그녀는 페르뒤 씨를 향해 다정하게 미소 지었다.

"당신 대체 여기서 뭐하고 있어?"

대답 대신 페르뒤 씨는 그녀에게 다가가 무릎 꿇고 앉아 그녀를 부둥켜안았다. 마치 그녀 안으로 숨어 들으려는 듯 그녀의 어깨에 머리를 기댔다.

마농은 손으로 그의 머리카락을 쓰다듬었다. 그녀는 나이를 먹지 않았다. 단 하루도 더 먹지 않았다. 21년 전 8월의 어느 날 저녁 마지막으로 보았던 마농처럼 젊고 환히 빛났다. 그녀에게서 따사하고 활기찬 냄새가 풍겼다.

"힘든 당신을 못 본 체해서 미안해. 내가 어리석었어."

"그건 그래, 장."

마농은 부드럽게 속삭였다.

뭔가가 변했다. 마치 그가 마농의 눈으로 자신을 바라보는 듯 했다. 자신 위를 떠도는 듯했다. 그 모든 시간을 뚫고, 완전히 잘못 살아온 인생을 뚫고. 그는 자신의 두 가지, 세 가지, 다섯 가지 과제를 헤아렸다……. 여러 인생 단계의 모든 과제를.

그때 얼마나 부끄러웠던가! 전부 맞추자마자 다시 흐트러뜨려 새로 맞추곤 했던 풍경 퍼즐을 내려다보는 장 페르뒤.

그다음엔, 단출한 부엌에 혼자 앉아 삭막한 벽을 응시하는 장 페르뒤. 갓도 없이 어두침침한 빛을 발하는 전등 아래서. 그전에 인스턴트 치즈를 비닐봉지 안의 빵과 함께 깨작깨작 씹어 먹었다. 좋아하는 음식을 먹을 수가 없어서. 뭔가가 흥분을 야기할지 모른다는 두려움에 젖어서.

그다음엔 여자들을 무시하는 장 페르뒤. 그들의 미소를. 그들의 이런 질문을. "오늘 저녁에 뭐 할 거예요?" 또는 "시간 나면 나한테 전화할래요?" 그의 안에 커다란 슬픈 구멍이 있다는 것을 여자들만 가진 안테나로 감지할 때의 다정함. 하지만 그가 섹스와 사랑을 분리하지 못하는 것에 대한 몰이해와 투정도 있었다.

그리고 다시 뭔가가 변했다.

이제 페르뒤 씨는 자신이 나무가 되어 하늘을 향해 즐겁게 뻗어 간다는 느낌이 들었다. 나풀나풀 날아가는 나비의 날갯짓과 산꼭대기를 따라 휘익 날아가는 말똥가리의 날갯짓 속에 동시에 들어 있다는 생각이 들었다. 바람이 깃털을 뚫고 배로 밀고 들어오는 게 느껴졌다. 그는 하늘을 날았다! 그는 바다를 가르고 잠수했다. 힘차게. 그는 물속에서 숨을 쉴 수 있었다.

예전에는 미처 몰랐던 터질 듯 팽팽한 힘이 그의 안에서 고동쳤다. 자신에게 무슨 일이 일어났는지 드디어 그는 이해했다…….

눈을 뜨고 깨어났을 때는, 파도에 밀려 거의 육지 가까이 와 있었다.

그날 아침 수영한 후, 백일몽을 꾼 후, 이유는 알 수 없었지만 그는 슬프지 않았다. 화가 났다! 분노가 치밀었다. 그렇다, 그는 마농을 보았다. 그렇다, 마농은 그가 얼마나 고약한 삶을 선택했는지 보여주었다. 두 번 신뢰할 용기가 없었던 탓에 그가 고집한 외로움, 그것은 얼마나 뼈아픈 것이었던가. 사랑에서 달리는 전혀 가능하지 않은 탓에 완전히 신뢰해야하는 용기가. 본뉴에서 병에 그려진 마농의 얼굴이 자신을 응시했을 때보다 더 큰 분노가 치밀었다. 전에 없이 화가 치밀었다.

"아, 젠장!"

페르뒤 씨는 부서지는 파도를 향해 외쳤다.

"이런 멍청한, 멍청한, 멍청한 여자 같으니라고. 왜 한창 나이에 갑자기 죽느냔 말이야!"

뒤편의 해안을 따라 아스팔트 포장된 도로를 조깅하던 두 여자가 깜짝 놀라 그를 쳐다보았다. 그는 부끄러웠다. 하지만 부끄러움은 금세 지나갔다.

"뭘 봐요?"

페르뒤 씨는 그들에게 버럭 소리를 질렀다. 그는 이글거리며 울부짖는 분노로 넘실거렸다.

"왜 당신은 보통 사람들처럼 전화하지 않았어? 아프다고 말하는 게 뭐가 어때서? 어떻게 그럴 수 있었어, 마농? 그 많은 밤을 내 옆에서 자면서 어떻게 단 한마디도 하지 않을 수 있었어? 젠장, 이 멍청한…… 이…… 오, 하느님!"

그는 어디에 분노를 터트려야 할지 몰랐다. 뭔가를 때려 부수고 싶었다. 무릎을 꿇고 모래밭을 두들겼다. 두 손으로 모래를 파 제쳤다. 모래를 팠다. 분노했다. 그리고 계속 모래를 팠다. 하지만 그래도 울분이 가라앉지 않았다. 그는 벌떡 일어나 물속으로 달려갔다. 두 주먹으로, 두 손으로 연거푸 마구 파도를 두들겼다. 짠물이 눈에 튀었다. 눈이 쓰라렸다. 그래도 계속 주먹질을 했다.

"왜 그랬냐고? 왜?"

자신, 마농, 죽음, 누구에게 묻든 상관없었다. 아무래도 상관없었다. 그는 분노했다.

"나는 우리가 서로를 잘 안다고 생각했어. 당신이 내 편이라고 생각했어. 난 생각했단 말이야…… ."

그의 분노가 흘러내렸다. 파도를 가르고 바닷속으로 가라앉아 떠내려갔다. 그것은 다시 어딘가로 떠내려가 다른 누군가를 분노하게 할 것이다. 느닷없이 삶을 망쳐놓은 죽음에 대해.

맨발 아래 돌이 느껴졌다. 그는 오들오들 떨었다.

"당신이 나에게 말했더라면 얼마나 좋았을까, 마농."

그는 좀 더 조용히, 숨을 헐떡이며 냉정하게 말했다. 실망스러웠다. 바다는 무심하게 계속 일렁였다.

울음이 멎었다. 여전히 그는 마농과 함께 지낸 순간들을 생각하며 물속을 휘저으며 기도를 계속했다. 그러고는 물가로 나와 모래밭에 쪼그리고 앉았다. 아침 해에 몸을 말리며 오슬오슬 한기를 즐겼다. 그렇다, 맨발로 물가를 따라 걷는 걸 즐기고, 하루의 첫 에스프레소를 사는 걸 즐기고, 아직 젖은 머리카락으로 바다와 바다 색깔을 응시하며 에스프레소 마시는 걸 즐겼다.

페르뒤 씨는 술은 거의 입에 대지 않고 요리하고 수영하고 규칙적으로 수면을 취하고 매일 페탕크 게임꾼들을 만났다. 페르뒤 씨는 계속 편지를 썼다. 《작은 감정들의 백과사전》을 쓰고, 저녁에는 서점에서 반바지 차림의 사람들에게 책을 팔았다.

그곳에서 그는 책과 독자를 맺어주는 방법을 바꿨다. 그는 종종 물었다. "잠들면서 무엇을 느끼고 싶으십니까?" 손님들 대부분은 잠들면서 편안하고 푸근하게 느끼고 싶어 했다. 또는 가장 좋아하는 물건들이 뭐냐고 물었다. 요리사들은 자신의 칼을 사랑했고, 부동산중개업자들은 열쇠다발이 내는 소리를 좋아했다. 치과의사들은 환자의 눈에서 두려움이 가물거리는 걸 좋아했다, 페르뒤 씨는 그렇다고 예감했다.

그는 무엇보다 자주 이렇게 물었다. "책이 어떤 맛이 나야 합니까? 아이스크림 맛? 매운 맛, 고기 맛? 아니면 서늘한 장미 같은 맛?" 음식과 책은 밀접한 유사성이 있었다. 사나리에서 처음으로 페르뒤 씨는 그걸 발견했다. 그것은 페르뒤 씨에게 '책을 먹는 사람'이라는 별명을 붙여주었다.

8월 중반이 넘어서면서 집 수리가 끝났다. 그는 어디선가 나타난 심통스러운 표정의 호랑이무늬 수고양이와 함께 그 집에서 살았다. 고양이는 절대 야옹야옹 울지도 않고 결코 그르렁거리지도 않고 그냥 저녁이면 찾아왔다. 하지만 신뢰하는 표정으로 그의 침대 옆에 자리 잡고서 경계하는 눈길로 문을 응시했다. 그렇게 고양이는 페르뒤 씨의 잠을 수호했다.

그는 고양이를 처음에 올손이라고 이름 지었지만, 그 짐승이 올손이라는 이름을 듣고 소리 없이 씩씩거리자 '쉿'으로 이름을 바꿨다.

페르뒤 씨는 여자에게 자신의 감정을 분명하게 알리지 않는 실수를 두 번 하고 싶지 않았다. 비록 그 감정들이 분명하지 않을지라도. 그는 아직도 중간지대에 있었다. 어떤 식으로든 새로운 시작은 안개 속에 숨어 있었다. 내년 이맘때쯤 어디에 있을 것인지도 전혀 말할 수 없었다. 다만 목표가 무엇인지 알아내려면 계속 길을 가야 한다는 것만 알았다. 그래서 그는 카트린에게 편지를 썼다. 강을 따라 여행하며 처음 편지를 썼던 것처럼, 그리고 사나리에 도착한 후로는 심지어 사흘에 한 통씩.

사미는 충고했다.

"전화도 한번 해보라고. 흥분되는 작은 사건이 될 거야. 내가 장담한다니까요."

그래서 어느 날 저녁 페르뒤 씨는 휴대전화를 들고 파리의 전화번호를 눌렀다. 그가 어떤 사람인지 카트린이 알아야 했다. 어둠과 빛 사이의 남자. 사랑하는 이들이 죽으면 사람은 달라지기 마련이었다.

"27번지입니다. 여보세요? 누구시죠? 말씀하세요!"

"로잘레트 부인…… 머리 색깔을 또 바꾸셨습니까?"

페르뒤 씨는 더듬거리며 물었다.

"어머! 페르뒤 씨, 어떻게……."

"카트린 부인의 전화번호 아시죠?"

"물론 알죠. 이 집의 모든 전화번호를 알고말고요. 글쎄, 위층의 걸리버가 또 다시……."

"그 전화번호 알려주실 수 있습니까?"

"걸리버 부인요? 근데 왜요?"

"아뇨. 카트린 부인의 전화번호 말입니다."

"아, 그렇군요. 그럼요. 카트린 부인에게 자주 편지를 쓰시죠, 맞죠? 카트린 부인이 늘 편지들을 가지고 다녀서 제가 잘 알아요. 한번은 핸드백에서 편지들이 쏟아진 적이 있어요. 그때 안 보려야 안 볼 수가 없었죠. 그날 골덴베르 씨가……."

페르뒤 씨는 전화번호를 알려달라고 더 이상 채근하지 않고 로잘레트 부인이 하는 이야기를 들었다. 걸리버 부인의 새 산홋빛 배클리스 샌들이 계단에서 쓸데없이 끔찍하게 요란한 소리를 낸다는 둥, 코피가 정치학을 전공할 생각이라는 둥, 봄므 부인의 눈 수술이 성공해서 더 이상 독서용 돋보기가 필요 없다는 둥, 비올렛 부인의 발코니 연주회가 너무 훌륭해서 누군가가 비디오로 찍어 인터넷에 올렸는데, 사람들이 아주 많이 클릭 하는 바람에 비올렛 부인이 이제 유명해졌다는 둥.

"클릭했다고요?"

"그렇다니까요."

"그리고 아 참, 베르나르 부인이 다락방을 개조했는데 거기 예술가를 들일 생각이에요. 그리고 그 예술가의 약혼자도 함께 말이죠. 약혼자라고 하더라고요? 왜 금방 해마라고 말하지 않았을까요?"

페르뒤 씨는 자신의 웃음소리가 들리지 않도록 휴대전화를 머리에서 조금 멀리 했다. 로잘레트 부인은 계속 수다를 떨었지만, 페르뒤 씨의 머릿속에서는 오로지 한 가지 생각만이 맴돌았다. 카트린이 그 편지들을 모아 지니고 다닌다니. 대·단·하다고 관리인은 논평할 것이었다.

로잘레트 부인이 수다 떠는 동안 페르뒤 씨는 마치 몇 시간이 지난 듯한 기분이었다. 이윽고 그녀는 카트린의 전화번호를 알려줬다.

"우리 모두 페르뒤 씨를 그리워하고 있어요."

로잘레트 부인은 말했다.

"페르뒤 씨가 너무 끔찍하게 슬퍼하지 않았으면 좋겠어요."

그는 휴대전화를 꽉 움켜쥐었다.

"이젠 괜찮아요. 고맙습니다."

그는 말했다.

"천만에요."

로잘레트 부인은 다정하게 대답하고 전화를 끊었다.

페르뒤 씨는 카트린의 전화번호를 누르고 눈을 감은 채 휴대전화를 귀에 바짝 갖다 댔다. 벨이 울렸다. 한 번, 두 번…….

"여보세요."

"에…… 나예요."

나라고? 어이쿠, '나예요'가 누군지 무슨 수로 알겠어! 맙소사.

"장?"

"그래요."

"어머, 세상에."

카트린이 숨을 가쁘게 들이쉬며 수화기를 내려놓는 소리가 들렸다. 그녀는 코를 풀고 다시 수화기를 들었다.

"당신이 전화할 줄은 생각도 못했어요."

"그럼 끊을까요?"

"끓기만 해봐요!"

그는 미소 지었다. 카트린의 침묵은 그녀도 미소 짓고 있는 듯이 느껴졌다

"어떻게……."

"뭘……."

두 사람은 웃었다. 그리고 동시에 말했다.

"요즘 무슨 책을 읽고 있어요?"

그가 부드럽게 물었다.

"당신이 가져다준 책들요. 아마 다섯 번째로 읽지 싶어요. 우리가 만난 날 저녁에 입었던 원피스도 빨지 않았어요. 당신의 에프터 셰이브 로션 잔향이 거기 아직도 조금 묻어 있어요. 그리고 같은 문장인데도 책을 읽을 때마다 번번이 다른 생각을 떠올리게 해요. 밤엔 그 원피스를 볼에 대고 누워요. 당신 냄새가 나거든요."

카트린은 침묵했다. 그리고 그도 침묵했다. 홀연히 덮친 행복에 놀라서.

두 사람은 말없이 서로에게 귀 기울였다. 페르뒤 씨는 카트린이 아주 가까이에 있는 것만 같았다. 파리가 바로 귀 옆에 있는 듯했다. 눈을 뜨기만 하면, 그녀의 초록색 문 앞에 앉아 그녀의 숨결에 귀 기울이고 있을 것만 같았다.

"장?"

"네, 카트린."

"괜찮아지고 있죠?"

"네, 괜찮아지고 있어요."

"그래요. 사랑의 슬픔은 죽음을 애도하는 것과 같아요. 왜냐면 당신이 죽고 당신의 미래가 죽고 거기서 당신도…… 그리고 상처 입은 시간이 있어요. 그 시간은 끔찍하게 오래 걸려요."

"하지만 좋아지고 있어요. 이젠 그걸 알아요."

카트린의 침묵이 편안했다.

"우리가 키스하지 않았다는 생각이 자꾸만 나요."

그녀가 서둘러 속삭였다.

그는 깊이 감동해 침묵을 지켰다.

"그럼, 내일까지 잘 지내요."

그녀는 수화기를 내려놓았다. 그 말은 또 전화하라는 뜻이었을까? 그는 부엌의 어둠 속에 앉아 빙긋이 미소 지었다.

39

8월 말 페르뒤 씨는 몸이 한층 가뿐해진 걸 느꼈다. 구멍을 두 개 더 앞쪽으로 당겨 벨트를 매야 했고, 위팔의 근육에 셔츠가 팽팽하게 달라붙었다.

옷을 입으면서 거울에 비친 자신의 모습을 보았다. 파리에 있었을 때와는 전혀 다른 남자가 되어 있었다. 갈색으로 그을리고 탄탄하고 반듯했다. 희끗희끗한 검은 머리는 더 길고 더 곱실거렸으며 뒤로 빗어 넘겨져 있었다. 해적처럼 수염을 기르고 자주 빨아 입은 리넨 셔츠의 단추는 헐겁게 채워져 있었다. 그는 쉰이었다.

머지않아 쉰하나가 될 것이다.

페르뒤 씨는 거울 앞으로 바싹 다가갔다. 햇빛에 그을려 주름살이 깊이 패여 보이고 웃을 때면 눈가에 잔주름도 더 많이 드러났다. 그리고 일부는 주근깨가 아니라 검버섯이라고 짐작되었다. 하지만 그건 아무래도 괜찮았다……. 그는 살아 있었다. 오로지 그것만이 중요했다. 태양이 그의 몸에 건강하게 빛나는 갈색을 선사했고 초록빛 눈은 그만큼 더욱 밝게 보였다.

그가 사흘 동안 수염을 안 깎으면 고상한 악당처럼 보인다고 MM이 지적했다. 독서용 안경만이 그런 인상을 방해했다.

어느 토요일 저녁 MM은 페르뒤 씨를 불러 단둘이 이야기를 나눴다. 조용한 저녁이었다. 펜션들을 채울 새 휴양객 무리들이 막 도착해 여름의 그 모든 감미로움에 흠뻑 취해 있었다. 그들은 서점을 찾는 것 말고 다른 계획을 품고 있었다. 일이 주 후 이곳을 떠나기 직전에야 의례적으로 엽서를 사러 올 것이었다.

"요즘 어때요?"

MM이 물었다.

"당신이 좋아하는 책은 어떤 맛이 나죠? 어떤 책이 당신을 그 모든 악에서 구해주죠?"

그녀는 크게 웃으며 물었다. 책을 먹는 남자를 흥미롭게 여기는 여자 친구들이 그 점을 궁금하게 여겼기 때문이다. 여전히. 그가 좋아하는 책은 처음으로 카트린과 함께 먹었던 로즈메리감자 맛이 날 것이었다.

어떤 책이 나를 구해줄까?

그 대답이 생각났을 때 자신도 모르게 웃음이 나올 뻔했다.

"책들이 많은 걸 할 수 있지만 모든 걸 할 수는 없어요. 중요한 일들은 직접 살아봐야 해요. 책으로 읽지 말고. 나는 내 책을…… 직접 체험해야 합니다."

MM이 큰 입을 벌쭉 벌려 미소 지었다.

"당신의 마음이 나 같은 여자들을 몰라보다니 유감이군요."

"하지만 다른 여자들에게도 마찬가지입니다, 부인."

"그렇담 위로가 되는군요."

MM은 말했다.

"조금."

열기가 거의 위협적으로 느껴지는 오후면, 페르뒤 씨는 침대에 꼼짝 않고 누워 지냈다. 짧은 반바지만을 입은 채 이마와 가슴과 발에 젖은 수건을 올려놓고.

테라스 문은 열려 있었고 커튼이 미풍에 느릿느릿 춤을 췄다. 그는 몸을 스치는 따뜻한 바람을 느끼며 깜박 잠이 들었다.

자신의 몸으로 돌아온 게 좋았다. 다시 살아 있는 몸, 느낄 수 있는 몸이라는 것. 시들시들하고 무감각하게 느껴지지 않는 몸. 이제는 사용되지 않는다고도 느껴지지 않았고 적처럼 느껴지지도 않았다. 마치 영혼 안을 여기저기 걸어 다니며 모든 공간을 들여다보듯 자신의 몸을 통해 생각하는 것에 페르뒤 씨는 익숙해졌다.

그렇다, 슬픔은 그의 가슴속에 살고 있었다. 슬픔은 찾아오면 그를 꼼짝 못하게 압박했다. 숨을 못 쉬게 했고 세상을 작게 만들었다. 하지만 이제는 슬픔이 두렵지 않았다. 슬픔이 찾아오면 자신을 지나 흘러가도록 내버려두었다.

목이 두려움을 지배했다. 조용히 오랫동안 숨을 쉬면 두려움은 기세가 꺾였다. 페르뒤 씨는 숨 쉴 때마다 두려움을 점점 작게 만들고 뭉뚱그려, 고양이가 두려움의 공을 가지고 놀며 집 밖으로 내몰도록 쉿에게 던지는 상상을 했다.

그의 복강신경조직 안에서는 기쁨이 춤을 췄다. 그는 춤을 추도록 내버려두었다. 그리고 사미와 쿠에노, 조당의 즐거운 편지들을 생각했다. 그 편지들 속에서 '빅'이라는 이름이 갈수록 은근슬쩍 자주 등장했다. 트랙터 아가씨. 조당이 빨간 포도 트랙터를 뒤쫓아 루베롱을 이리저리 뛰어다니는 광경이 상상되었다. 저절로 웃음이 나왔다.

놀랍게도 사랑은 페르뒤 씨의 혀를 선택했다. 사랑에서 카트린의 목덜미 맛이 났다. 페르뒤 씨는 눈을 감은 채 미소를 지었다. 여기, 남녘의 빛과 따사함 속에서 돌아온 게 또 있었다. 활력. 감수성. 쾌감.

항구 뒤편의 담장 위에 앉아 먼 바다를 바라보거나 책을 읽는 날이면, 태양의 온기만으로도 쾌적하면서도 가슴 조이는 듯한 불안한 긴장으로 빠져들었다. 거기에서도 그의 몸은 슬픔을 떨쳐냈다.

20년 동안 그는 여자와 잠자리를 같이 하지 않았다. 이제 그걸 향한 갈망이 치솟았다. 페르뒤 씨는 과감하게 카트린과 산책하는 생각을 해봤다. 그녀의 몸에 닿았던 감촉이 여전히 두 손에 느껴졌다. 그녀가, 그녀의 머리카락이, 그녀의 피부가, 그녀의 근육이 어떤 느낌이었는지 생생했다. 그녀의 허벅지가 어떤 느낌일지 떠올려보았다. 그리고 그녀의 가슴. 그녀가 어떤 모습이고 어떻게 숨을 헐떡일지. 두 사람이 살갗과 자아로 어떻게 서로 더 가까워질지. 배와 배가 어떻게 서로 맞닿을지, 기쁨과 기쁨이. 그는 모든 것을 머릿속에 그려보았다.

"나는 다시 돌아왔어."

그가 속삭였다.

그가 혼자 살며 음식을 먹고 수영을 하고 책을 팔고 새 세탁기로 빨랫감을 탈수하는 동안, 내면의 뭔가가 앞을 향해 한 걸음 더 내딛는 시간이 갑자기 찾아왔다. 그냥 그렇게 찾아왔다. 휴가가 끝날 무렵, 8월 28일.

마침 점심식사로 샐러드를 먹으며, 마농을 위해 노트르 담 드 프티 예배당에 촛불을 붙일까 아니면 이솔 항구의 바다로 수영하러 갈까 생각하고 있었다.

그런데 마음속에 분노하는 것이 더 이상 남아 있지 않은 걸 깨달았다. 가슴을 아리게 하는 것. 경악과 상실의 눈물을 치솟게 하는 것이 전혀 남아 있지 않았다. 그는 자리에서 일어나 불안한 마음으로 테라스로 나갔다.

이럴 수 있을까? 이게 사실일 수 있을까? 아니면 슬픔이 그를 놀리려고 금방 다시 앞문으로 뛰어 들어올까? 그는 기진맥진하고 슬픈 영혼의 수심 밑바닥에 있었다. 지칠 대로 지쳐 있었다. 그런데 갑자기, 거기 다시 빈자리가 생겼다. 그는 성급하게 집안으로 달려 들어갔다 서랍장 옆에 늘 연필과 종이가 놓여 있었다. 그는 조급하게 글을 써내려갔다.

카트린,

우리가 얻는 게 있을지, 우리가 절대 서로 마음을 안 아프게 할 수 있을지는 모르겠어요. 우리가 사람인 이상 아마 그러기는 어려울 거요.

하지만 지금, 그토록 갈망한 이 순간, 내가 아는 건, 당신과 함께인 삶이 나를 더 편안히 잠들게 하고 더 편안히 깨어나게 하고 더 잘 사랑하게 만들 거라는 것이에요.

당신이 굶주림으로 기분이 언짢으면 내가 당신을 위해 요리하겠어요. 그 어떤 굶주림이든. 삶의 굶주림, 사랑의 굶주림, 빛과 바다와 여행과 독서와 잠의 굶주림이든.

당신이 너무 거칠거칠한 돌을 만지면, 내가 당신의 손에 로션을 발라주겠어요. 나는 당신 꿈을 꿔요, 층층이 쌓인 돌 아래서 심장의 흐름을 볼 수 있는 돌의 구원자인 당신의 꿈을. 당신이 모랫길을 따라 걷다 뒤돌아보며 나를 기다리는 모습을 보고 싶어요.

나는 그 모든 크고 작은 일을 원해요. 당신과 다투고 싶고 그러면서 사이사이 웃고 싶어요. 추운 날엔 당신이 좋아하는 컵에 초콜릿을 따라주고 싶어요. 다정하고 쾌활한 친구들과 어울린 후, 당신이 행복하게 차에 오르면 당신을 위해 차문을 열어주고 싶어요. 내 따사한 배에 와닿는 당신의 작은 엉덩이를 느끼고 싶어요.

나는 수천 가지 크고 작은 일을 당신과 함께 하고 싶어요. 우리와 함께. 당신, 나, 우리가 함께, 내 안의 당신과 당신 안의 내가.

카트린, 부탁해요, 이리로 와요! 어서 와요!

나에게로 와요!

사랑이 사랑의 부름보다 더 나아요.

장으로부터.

PS. 진심이요!

40

9월 4일 페르뒤 씨는 여느 때처럼 언덕길을 지나고 항구를 한 바퀴 돌아 산책해도 서점에 늦지 않으려고 일찍 집을 나섰다.

머지않아 가을이 오면서 모래성보다는 책성을 즐겨 쌓는 손님들을 데려올 것이었다. 예전부터 가을은 그가 좋아하는 계절이었다. 신간서적, 그것은 새로운 우정, 새로운 인식, 새로운 모험을 예고했다.

한여름의 뜨거운 햇볕이 곧 찾아올 가을 앞에서 온화해졌다. 그것은 베일처럼 메마른 육지로부터 사나리를 보호해줬다.

그는 항구의 리옹이나 노티크나 마린에서 번갈아가며 아침식사를 했다. 물론 이제 그곳은 브레히트가 민족사회주의자들을 겨냥해 이데올로기를 풍자한 시를 낭송했던 시절과 달랐다. 그런데도 망명의 거친 숨결이 느껴졌다. 페르뒤 씨에게 카페는 고양이 쉿과의 외로운 삶에서 아늑한 혼잡의 섬이었다. 카페는 조금이나마 가족을 대신했고 파리의 입김을 맛보게 해줬다. 카페는 고해석이고, 사나리의 무대 뒤에서 무슨 일이 벌어지는지, 해초 번식기에 어획량이 어떤지, 페탕크 게임꾼들이 어떻게 가을 경기를 준비하고 있는지 정확하게 알 수 있는 프레스센터이기도 했다. 윌슨 방파제의 게임꾼들은 페르뒤 씨에게 선수 자리를 제안했다. 그건 후보 선수로서 경기에 참여할 수 있는 영예를 뜻했다. 그에게 카페는 대화나 일에 참여하지 않아도 주의를 끌지 않으며 살아 있을 수 있는 장소였다.

이따금 페르뒤 씨는 카페의 외진 구석에 앉아 아버지 조아킨과 통화했다. 그날 아침에도 그랬다. 아버지는 시오타의 페탕크 경기에 대한 이야기를 듣고는 당장 공을 반질반질하게 닦고 길 떠날 채비를 하려고 들었다.

"그러지 마세요."

페르뒤 씨는 간청했다.

"이런, 왜 안 된다는 거냐? 그래. 그럼, 그 여자 이름이 뭐냐?"

"왜 꼭 여자 때문이라고 생각하세요?"

"그러니까 최근에 그 여자 아니냐?"

페르뒤 씨는 웃음을 터트렸다. 페르뒤 부자는 함께 웃었다.

"아버지는 정말 트랙터를 갖고 싶었어요?"

그러다 페르뒤 씨가 물었다.

"어린 시절에 말이에요."

"아들아, 나는 트랙터를 사랑한다! 그건 왜 묻냐?"

"막스가 사람을 사귀기 시작했거든요. 트랙터 아가씨요."

"트랙터 아가씨라고? 굉장하군. 그런데 언제나 막스를 볼 수 있겠냐? 너 막스를 좋아하지, 그렇지?"

"우리가 누구예요? 아버지가 새로 사귀시는 분, 그 요리하기 싫어하시는 분인가요?"

"이런, 쓸데없는 소리! 네 어머니지. 그래, 네가 뭘 원하는지 아니면 뭘 숨기고 있는지 말해봐라. 마담 베르니에와 나. 그래서 어쨌단 말이냐? 헤어진 아내와 만나면 안 된다는 법이라도 있냐? 7월 14일부터…… 그러니까…… 우리는 단순히 만나는 관계 이상이다. 물론 네 어머니는 그렇게 생각하지 않는다고 말하지. 어쩌다 만나는 사이일 뿐이라고. 그리고 나더러 쓸데없이 착각하지 말란다."

조아킨 페르뒤 씨는 담배 피우면서 웃음을 터트렸고, 그것은 쾌활한 기침으로 넘어갔다.

"아무렴 어쩌겠냐."

그는 말했다.

"리라벨은 내 최고의 친구다. 난 리라벨 냄새가 좋아. 그리고 네 어머니는 결코 날 바꾸려 하지 않았어. 게다가 요리도 잘하지 않냐. 내 인생은 갈수록 더 행복해지고 있어. 그리고 얘야, 나이가 들수록 함께 이야기를 나누고 함께 웃을 수 있는 사람과 같이 지내고 싶은 법이란다."

쿠에노의 철학에 따르면 다시 제대로 '행복해지기' 위해서는 반드시 필요한 세 가지가 있는데, 틀림없이 아버지도 거기에 금방 동의했을 것이다.

첫째, 좋은 음식. 사람을 오로지 불행하고 게으르고 뚱뚱하게 만들 뿐인 허접한 음식은 먹지 않는 것.

둘째, 숙면(운동은 늘이고 술은 줄이고 좋은 생각을 하는 것에 힘입어).

셋째, 나름의 방식으로 너를 이해하려 하는 호의적인 사람들과 시간을 보내는 것.

넷째, 더 많은 섹스. 사실 이 말은 사미가 했다. 페르뒤 씨는 아버지에게 이 말을 할 필요는 전혀 없다고 보았다.

그런 후 카페에서 서점으로 가는 길에 페르뒤 씨는 종종 어머니하고 통화했다. 그는 바람을 향해 전화기를 내밀었다. 어머니가 파도와 갈매기 소리를 들을 수 있도록. 그 9월의 아침에 바다는 잔잔했다. 페르뒤 씨는 어머니에게 물었다.

"요즘 아버지가 어머니에게 자주 들린다면서요?"

"그게 그렇다. 그 양반은 통 요리를 못하지 않냐. 그러니 나로서 어쩌겠냐?"

"그러면 저녁식사와 아침식사는요? 잠은요? 우리 불쌍한 아버지는 침대도 없지 않아요?"

"너는 우리가 무슨 부도덕한 짓이라도 하는 거처럼 말하는구나."

"지금까지 한 번도 어머니를 사랑한다는 말을 하지 않았어요."

"이런, 내 금쪽같은 새끼……."

어머니가 상자를 열었다 닫는 소리가 들렸다. 페르뒤 씨는 그 소리와 그 상자를 알았다. 그 안에 크리넥스가 들어 있었다. 감상적인 기분에 젖을 때도 베르니에 부인이 늘 우아하게 여닫는 상자.

"나도 널 사랑한다, 장. 이 말을 늘 마음속으로만 생각했지 한 번도 네게 말하지 않은 거 같구나. 그렇지?"

그 말은 맞았다. 하지만 그는 대답했다.

"그런데도 난 늘 알고 있었어요. 몇 년에 한 번씩 새삼스럽게 말할 필요가 어디 있어요."

베르니에 부인은 웃으며 뻔뻔한 녀석이라고 나무랐다.

굉장하군. 쉰하나가 다 되었는데도 여전히 금쪽같은 새끼라니.

리라벨은 이혼한 남편에 대해 더 뭐라 불평했지만 목소리에 애정이 어려 있었다. 그리고 책 시즌에 대해서도 불만을 토로했지만 단지 습관적으로 하는 말이었다.

모든 게 여느 때와 다름없었다. 그런데도 완전히 달랐다. 페르뒤 씨가 선창을 지나 서점으로 걸음을 옮기는데, MM이 엽서판매대를 문 앞으로 밀고 나왔다.

"오늘 날씨 참 좋을 거예요!"

서점 주인이 페르뒤 씨를 향해 외쳤다. 그는 MM에게 크루아상 봉지를 건넸다.

"네, 그럴 거 같군요."

해가 지기 직전, 페르뒤 씨는 좋아하는 자리로 물러났다. 문, 유리에 비친 하늘, 한 조각의 바다가 보이는 곳으로.

거기서 한참 상념에 잠겨 있는데 그녀의 모습이 시야에 들어왔다.

페르뒤 씨는 유리에 비친 모습을 유심히 살펴보았다. 마치 그녀가 구름과 물속에서 곧바로 걸어 나온 듯 했다.

억제할 수 없는 기쁨이 휘몰아쳤다.

페르뒤 씨는 몸을 일으켰다.

맥박이 사납게 요동치 듯 뛰었다.

그 어느 때보다 마음의 준비가 되어 있었다.

이 순간이야!

그는 생각했다.

그 순간 시간들이 다시 하나로 모아졌다. 마침내 그는 경직된 시간, 정지된 시간, 상처 입은 시간으로부터 걸어 나왔다. 그 순간.

카트린은 청회색의 원피스 차림이었고 옷이 그녀의 눈을 더욱 두드러져 보이게 했다. 그녀는 살짝 몸을 흔들며 똑바로 걸었다.

그때보다 더 단호하게 걸음을 옮겼다…….

그녀도 끝에서 처음을 향한 길을 걸었다.

어느 방향으로 갈 것인지 생각하려는 듯 카트린은 카운터에서 잠깐 걸음을 멈췄다.

MM이 물었다.

"무슨 특별한 걸 찾으시나요, 부인?"

"네. 저는 오랫동안 찾아다녔어요……. 하지만 이제 그걸 찾아냈어요. 특별한 것."

카트린은 이렇게 말하고 서점을 가로질러 페르뒤 씨를 보았다. 얼굴에 빛나는 미소를 머금고. 그러고는 곧장 그를 향해 걸음을 옮겼다. 그는 두근거리는 가슴으로 카트린에게 달려갔다.

"당신이 오라고 하기를 내가 얼마나 간절히 기다렸는지 모를거예요."

"정말이요?"

"그럼요. 그리고 난 아주 굶주려 있어요."

카트린은 말했다.

그 말이 무슨 뜻인지 페르뒤 씨는 정확하게 알아들었다.

그날 저녁, 두 사람은 처음으로 키스했다. 식사를 하고, 바닷가에서 오랫동안 아주 멋진 산책을 하고, 하비스쿠스 정원의 그늘막 아래서 가벼운 마음으로 오래 대화를 나눈 후. 그들은 약간의 포도주와 많은 물을 마시고 무엇보다 둘이 함께 있는 걸 즐겼다.

"이곳의 따뜻함이 위안이 되요."

그러다 언젠가 카트린이 말했다. 그 말은 사실이었다. 사나리의 태양은 페르뒤 안의 모든 냉기를 빨아들이고 모든 눈물을 말려주었다.

"그리고 용기를 북돋아줘요."

그는 속삭였다.

"신뢰할 수 있는 용기를 북돋아주죠."

저녁바람을 맞으며, 인생에서 또 다시 신뢰할 수 있다는 용감함에 당황하고 황홀해하며, 그들은 키스했다.

페르뒤 씨는 마치 생전 처음으로 키스하는 듯한 기분이었다. 카트린의 입술은 보드라웠으며 그의 입술을 향해 편안하고 적절하게 움직였다. 드디어 그 입술을 먹고 마시고 느끼고 애무하는 건 큰 기쁨이었고…… 큰 쾌감이었다. 그는 두 팔로 여인을 안고 키스했다. 그녀의 입을 살며시 깨물고 그녀의 입가를 입술로 더듬었다. 그녀의 뺨을 따라 향긋하고 나긋나긋한 관자놀이까지 키스했다. 그는 카트린을 꼭 끌어안았다. 그는 다정함과 홀가분함으로 넘쳤다. 그 여인이 곁에 있으면, 잠 못 이루는 일은 더 이상 결단코 없을 것이었다. 결단코. 더 이상 결단코 외로움에 비통해하지도 않을 것이었다. 그는 구원받았다. 두 사람은 그렇게 서로를 붙잡고 서 있었다.

"당신은 어때요?"

이윽고 카트린이 물었다.

"네?"

"계산해봤어요. 2003년에 마지막으로 전남편하고 잤더라고요. 서른여덟 때. 그게 실수였던 거 같아요."

"굉장하군. 그렇담 우리 둘 중에서 당신이 더 경험이 많군요."

두 사람은 웃었다.

이 얼마나 신기한가, 페르뒤 씨는 생각했다. 그 모든 겹핍, 그 모든 괴로움이 한 번의 웃음으로 지워지는 듯 했다. 단 한 번의 웃음으로. 그리고 그 오랜 세월이 스르르 녹아 없어졌다…… 사라졌다.

"하지만 난 한 가지 더 알고 있어요."

페르뒤 씨는 시인했다.

"해변에서의 사랑은 과대평가되곤 하죠."

"쓸데없이 모래가 사방 천지에 있어요."

"모기는 더 해요."

"해변 말고 다른 곳에는 모기가 없나요?"

"사실은 나도 전혀 몰라요, 카트린."

"이제 내가 당신에게 보여줄 게 있어요."

카트린이 속삭였다. 페르뒤 씨를 침실로 잡아끄는 그녀의 얼굴은 젊고 당돌해 보였다.

달빛 속에서 네 발 달린 그림자가 휙 지나가는 게 보였다. 테라스에서 쉿은, 그들에게 붉은색과 흰색의 호랑이무늬 등을 돌리고 앉는 이해심을 보여줬다.

카트린이 내 몸을 좋아해야 할 텐데. 내 기력이 날 궁지에 빠트리지 않아야 할 텐데. 카트린이 원하는 대로 내 손길이 쫓아가야 할 텐데. 또…….

"생각 좀 그만해요, 장 페르뒤!"

카트린이 부드럽게 명령했다.

"눈치챘어요?"

"사랑하는 사람, 당신 마음을 알아채기는 너무 쉬워요."

그녀는 소곤거렸다.

"내 사랑, 아, 너무 그리웠어요, 당신이…… 또 당신이……."

두 사람은 계속 속삭였다. 하지만 처음도 끝도 없는 문장들이 이어졌다.

그는 카트린의 옷을 벗겼다. 그녀는 원피스 아래에 흰색의 수수한 팬티만을 입고 있었다. 카트린은 그의 셔츠 단추를 풀고 그의 목과 가슴에 얼굴을 묻고 그의 냄새를 맡았다. 그녀의 숨결의 흐름이 그를 어루만졌다. 그리고, 아니, 그는 힘이 달리지 않을까 걱정할 필요가 없었다. 수수한 면 삼각팬티가 어둠 속에서 빛나는 걸 보고 손 안에서 그녀의 몸이 움직이는 걸 느끼는 순간 이미 힘이 넘쳤다.

그들은 사나리에서 9월 내내 머물렀다. 마침내 페르뒤 씨는 남녀의 빛을 충분히 만끽했다. 그는 잃어버린 자신을 되찾았다. 상처 입은 시간은 지나갔다.

이제 본뉴에 찾아가 그 단계를 끝낼 수 있었다.

41

사나리를 떠나는 카트린과 페르뒤 씨에게 그 어촌은 은밀한 고향이 되었다. 사나리는 두 사람이 마음속에 품을 수 있을 만큼 충분히 작았고, 두 사람을 보호할 수 있을 만큼 충분히 컸다. 그리고 서로를 더듬을 수 있는 그리움의 장소로 영원히 남을 만큼 충분히 아름다웠다. 사나리, 그것은 이제 행복, 평화, 평온을 뜻했다. 그것은 이유도 모른 채 사랑하는, 원래는 낯선 사람의 마음을 느끼는 걸 뜻했다.

당신은 누구인가? 어떻게 지금의 당신이 되었는가? 당신은 무엇을 느끼는가? 한 시간, 하루, 몇 주 동안 당신의 기분은 어떤 곡선을 그리는가? 그런 것들을 그들은 아주 쉽게 알아내었다. 거기 마음 크기만 한 고향에서. 조용한 시간에 장과 카트린은 서로에게 가까워졌다. 그래서 그들은 축제, 시장, 극장, 낭독회처럼 시끄럽고 복작거리는 순간들은 대부분 피했다.

그들이 조용히 깊게 사랑을 배워가는 과정을 구월은 노란색과 당아욱 색, 황금빛과 연보랏빛 사이의 모든 색채로 감쌌다. 부겐빌레아, 일렁이는 바다, 자부심과 역사를 숨 쉬는 항구의 다채로운 집들, 페탕크 경기장의 자그락거리는 황금빛 자갈. 그것들은 두 사람의 애정과 우정, 서로에 대한 깊은 이해심을 북돋우는 배경을 이루었다.

두 사람은 매사에 서두르지 않았다. 중요한 일일수록 더욱 더 서두르면 안 돼, 그들이 서로를 유혹하기 시작하면 페르뒤 씨는 종종 생각했다. 그들은 여유 있게 키스하고 차분히 옷을 벗고 천천히 몸을 눕히고 더욱 천천히 서로에게로 흘러들어갔다. 그처럼 서로를 향한 신중하고 깊은 몰입은 두 사람에게서 유난히 강렬한 열정을 이끌어냈다. 몸과 영혼, 감정에서. 그것은 완벽한 하나 됨이었다.

카트린과 함께 잘 때마다 페르뒤 씨는 말하자면 삶의 강에 다시 가까워졌다. 20년 동안 그는 강 저편에 머물렀다. 색깔과 애무, 향기와 음악을 피하고 돌처럼 굳어 외롭게 자신만을 고집하며.

그런데 지금…… 그는 다시 헤엄쳤다. 페르뒤 씨는 사랑하기에 다시 살아났다. 페르뒤 씨는 그 여인에 대해 수백 가지 사소한 일들을 알고 있었다. 이를테면 아침에 카트린이 잠에서 깨어난 후에도 반은 잠에 취해 있다는 것을 알았다. 때로는 꿈의 우울함을 떨쳐내지 못했다. 밤의 어둠 속에서 겪은 일 때문에 몇 시간 동안 불안해하거나 부끄러워하거나 화를 내거나 수심에 차 있었다. 그것은 중간세계를 관통하는 매일매일의 싸움이었다. 페르뒤 씨는 뜨거운 커피를 끓이고 카트린을 바닷가로 데려가 함께 커피를 마시면 꿈의 정령들을 몰아낼 수 있다는 걸 알아냈다.

"당신이 나를 사랑해줘서 나도 나 자신을 사랑하는 법을 배우고 있어요."

어느 날 아침 카트린이 페르뒤 씨에게 말했다. 바다는 아직 회청색으로 반쯤 잠들어 있었다.

“나는 늘 삶이 주는 것만 받았어요……. 하지만 나 스스로에게 뭔가를 줘본 적은 한 번도 없었어요. 나 자신을 위해 노력하는 데 서툴렀어요.”

페르뒤 씨는 카트린을 부드럽게 안으며 자신도 마찬가지라고 생각했다. 카트린이 그를 사랑해줘서 그도 비로소 자신을 사랑할 수 있었다.

카트린이 그를 단단히 부여잡은 밤이 찾아왔다. 커다란 분노의 파도가 두번째로 그를 휘몰아쳤던 것이다. 이번에는 자기 자신에 대한 분노였다. 그가 얼마나 절망적으로 통렬하게 자기 자신을 욕했던가. 시간을 되돌릴 수 없이 낭비했으며 남은 인생이 끔찍하게도 짧다는 것을 고통스러울 정도로 분명하게 이해한 사람의 분노였다. 카트린은 그를 말리지도 달래지도 않고 몸을 돌려 그 자리를 떠나지도 않았다.

그러다 어떻게 평온이 그를 찾아왔던가. 그런데도 조금의 시간만으로도 충분할 것이기 때문에. 단 며칠이 일생을 품을 수 있기 때문에.

그리고 이제 본뉴. 아주 오래 된 과거의 장소. 그 과거는 여전히 페르뒤 씨 안에 깃들어 있었지만, 더 이상은 그의 내적 감정의 터전을 이루는 유일한 것이 아니었다. 그에게는 마침내 과거에 맞설 수 있는 현재가 있었다.

10월 초 어느 늦은 오후 루르마랭에서 본뉴로 이어지는 좁은 바위 길을 카트린과 함께 차로 달렸다. 왠지 그래서 돌아가는 것이 더 쉽게 느껴진다는 생각이 들었다. 가는 도중 그들은 자전거 하이킹족들을 추월하고 산중의 협곡에서 나는 사냥 총소리를 들었다. 드문드문 잎이 달린 나무들이 이따금 엉성한 그늘을 선사했고, 그밖에는 해가 모든 색채를 흡수했다. 활기차게 일렁이는 바다를 본 후, 꼼짝 없이 육중하게 누워 있는 루베롱 산맥은 황량하고 냉엄해 보였다. 페르뒤 씨는 조당을 만나서 기뻤다. 많이 기뻤다. 조당은 두 사람을 위해 본느 부인의 집에 커다란 방을 예약했다. 지붕 아래 아이비에 뒤덮인, 과거 레지스탕스의 은신처.

카트린과 페르뒤 씨가 여장을 풀자, 조당이 자신의 비둘기장으로 그들을 데려갔다. 샘물 옆 넓은 담장 위에 이미 상큼한 음식이 준비되어 있었다. 포도주, 과일, 햄, 바게트. 트뤼플버섯과 수확의 계절이었다. 들풀 냄새 풍기는 땅이 적갈색과 엷은 황색의 가을빛으로 빛났다. 페르뒤 씨는 조당이 좀 그을려진 것처럼 보였다. 갈색으로 그을리고 어른이 되어 있었다.

2개월 반 만에 조당은 혼자 루베롱에 완벽하게 적응해 있었다. 마치 마음속으로는 이미 언제나 남쪽의 남자였던 것처럼. 하지만 왠지 피곤해 보인다고 페르뒤 씨는 생각했다.

"지구가 춤을 추는데 무슨 잠을 자겠어요?"

왜 피곤해 보이느냐고 페르뒤 씨가 말을 걸자, 조당이 뜻 모를 말을 웅얼거렸다.

조당은 자신이 앓아누웠을 때 보네 부인이 망설임 없이 모든 수발을 들어줬다고 이야기했다. 보네 부인과 남편 제라르는 쉰이 넘었고, 휴양객을 위한 세 채의 집이 있는 대지는 둘이서 늙어가기에 너무 넓었다. 그들은 채소와 과일, 약간의 포도를 재배했다. 조당은 방세와 밥값 대신 일손을 도왔다. 그의 비둘기장은 짧은 메모와 이야기, 아이디어를 쓴 종이 더미에 파묻혀 있었다. 그는 밤에는 글을 쓰고, 아침부터 정오까지 그리고 늦은 오후부터는 풍성하게 만개한 텃밭에서 일하며 제라르가 시키는 모든 것을 했다. 포도덩굴을 자르고 잡초를 뽑고 과일을 따고 지붕을 수리하고 씨를 뿌리고 수확을 하고 땅을 파고 배달차에 짐을 싣고 제라르와 함께 시장에 갔다. 흠 있는 버섯을 골라내고 송로버섯을 손질하고 무화과나무를 흔들고 실측백나무를 살아 있는 선돌 모양으로 자르고 수영장을 청소하고 아침마다 손님들을 위해 빵을 사왔다.

"이젠 트랙터도 운전하고 연못의 두꺼비들도 전부 노랫소리로 구별할 수 있어요."

조당은 자조적으로 웃으며 페르뒤 씨에게 말했다.

태양과 바람이 그리고 프로방스 땅을 무릎으로 기어 다닌 시간이 도시 소년의 얼굴을 남자로 만들었다.

"아팠다고?"

조당이 그동안의 일에 대한 보고를 마치고 방투 화이트 와인을 따르는데, 페르뒤 씨가 물었다.

"어디가 아팠는데? 그 이야기는 전혀 편지에 쓰지 않았잖아."

조당의 거무스름한 얼굴이 붉어지면서 불안해 하는 기색이 역력했다.

"남자가 진지하게 사랑에 빠지면 앓는 병이죠."

그가 고백했다.

"잠을 이루지 못하고 꿈자리가 어수선하고 머릿속이 비비꼬이는 것. 책을 읽지도 글을 쓰지도 못하고 음식을 먹지도 못하는 것. 브리지트 아주머니와 제라르 아저씨가 더는 두고 볼 수 없었는지, 이성을 완전히 잃지 않도록 몸을 움직이게 했어요. 그래서 두 분을 위해 일하게 되었죠. 나한테도 두 분에게도 모두 도움이 돼요. 돈 이야기는 서로 하지 않아요. 이대로 좋아요."

"빨간 트랙터 아가씨 맞지?"

페르뒤 씨가 물었다.

조당은 고개를 끄덕이고는 이야기를 털어놓으려는 듯 숨을 가다듬었다.

"맞아요. 빨간 트랙터 아가씨. 그게 딱 맞는 핵심어죠. 왜냐면 그 아가씨에 대해 아저씨에게 중요한 할 이야기가……."

"미스트랄이 와요!"

보네 부인이 걱정스러운 표정으로 외치며 조당의 고백을 중단시켰다. 그 키 작고 다부진 부인은 언제나처럼 짧은 반바지와 남자용 셔츠 차림으로 과일 바구니를 손에 들고 가까이 다가와 라벤더 꽃밭 옆의 빙글빙글 도는 바람개비를 가리켰다. 그때까지는 산들바람이 풀줄기를 흔들었을 뿐인데, 이제 하늘이 맑고 깊은 짙푸른 색을 드러냈다. 구름들이 모조리 어디론가 쓸려가버리고 먼 곳이 가까이 다가온 듯했다. 방투 산과 세벤느 산맥이 뚜렷이 선명하게 보였다. 사납게 날뛰는 북서풍의 전형적인 징후였다.

그들은 인사를 나누었다. 브리지트가 궁금해했다.

"미스트랄을 겪어본 경험이 있어요?"

카트린과 페르뒤 씨, 조당은 묻는 듯한 눈길로 서로를 바라봤다.

"우리는 그걸 마에스트랄레라고 부르죠. 지배자. 아니면 미친바람, 방 뒤 파다라고 부르든지요. 바람이 사람을 미치게 만들거든요. 우리 집의 건물들은 그 바람에게 좁은 앞면만을 내밀 뿐이죠."

보네 부인은 농장의 건물 방향을 가리켰다.

"그래야 그 미친바람이 건물들에 많은 관심을 보이지 않거든요. 바람이 불어오면 단순히 서늘해지는 것만으로 그치지 않아요. 아주 요란해지고 모든 움직임이 무거워지죠. 모두들 며칠 동안 정신이 나갈 거예요. 중요한 이야기는 서로 하지 않는 게 상책이에요. 오로지 다투기만 할 뿐이거든요."

"그래요?"

조당이 나지막이 말했다.

보네 부인은 호두 빛 얼굴에 다정한 미소를 머금고 조당을 바라봤다.

"그럼, 상대방이 응답을 해줄지 어쩔지 도무지 알 수 없는 사랑 같다니까. 방 뒤 파다는 사람을 그렇게 멍청하고 예민하고 미치게 만든다니까요. 하지만 지나가고 나면 모든 게 깨끗이 청소되죠. 땅도 머리도. 모든 게 다시 깨끗하고 투명해요. 그리고 우리는 다시 삶을 시작하죠."

보네 부인은 자리를 뜨며 말했다.

"파라솔을 접고 의자들을 단단히 붙들어 매야겠어요."

그리고 페르뒤 씨는 조당에게 물었다.

"방금 무슨 말을 하려고 했지?"

"에 뭐더라…… 까먹었어요."

조당은 서둘러 얼버무렸다.

"배고프지 않아요?"

그들은 본뉴의 작은 레스토랑 프티 쿠앵 드 퀴진에서 저녁시간을 보냈다. 붉은빛과 황금빛이 어우러진 일몰과 골짜기의 정경이 더없이 아름다웠고, 그 뒤를 이은 하늘의 별들이 얼마나 청아하게 반짝이는지 별빛이 마치 얼음처럼 느껴졌다. 쾌활한 종업원 톰이 나무 쟁반에 담은 프로방스 피자와 양고기 스튜냄비를 내왔다. 거기 정겨운 바위 천장 아래 건들거리는 붉은 테이블에서, 카트린은 페르뒤 씨와 조당의 화학 결합을 위한 기분 좋은 새로운 요인인 것 같았다. 카트린의 존재는 조화로움과 따사로움을 만들어냈다. 그녀가 사람들을 바라보는 방식은 모든 것을 진지하게 받아들인다는 인상을 일깨웠다. 막스가 자신의 이야기를 들려주었다. 어린 시절, 청소년 시절의 실연, 소음으로부터의 도주, 페르뒤 씨에게는 절대 이야기하지 않았을 것들.

두 사람이 대화를 나누는 동안, 페르뒤 씨의 생각은 이따금 슬며시 다른 곳으로 향했다. 위쪽으로 채 100미터도 떨어지지 않은 곳, 교회 언덕에 묘지가 있었다. 겨우 몇 천 톤의 돌들과 두려움만이 그와 묘지를 갈라놓고 있었다.

그들이 벌써 눈에 띄게 맹렬해진 바람을 맞으며 골짜기를 향해 걸음을 내딛기 시작했을 때에야 비로소, 페르뒤 씨는 막스가 트랙터 아가씨에 대해 은근슬쩍 넘어갈 심산으로 그런 많은 이야기를 늘어놓지 않았는가 싶은 의문이 들었다. 조당은 두 사람을 방까지 데려다줬다.

"먼저 들어가요."

페르뒤 씨가 카트린에게 말했다.

그러고는 조당과 함께 본채와 헛간 사이의 그늘로 갔다. 바람이 모퉁이를 돌아 윙윙거리며 끊임없이 낮게 울부짖었다.

"막스, 아까 무슨 말을 하려다 말았지?"

페르뒤 씨가 다정하게 물었다. 조당은 침묵을 지켰다.

"바람이 지나갈 때까지 기다리면 안 돼요?"

이윽고 조당이 부탁했다.

"그렇게 심각해?"

"어서 이야기하고 싶어 아저씨가 오길 기다렸을 만큼 심각해요. 하지만…… 죽을 만큼은 아니에요. 그러길 바라요."

"말해, 막스. 어서 말해. 그렇지 않으면 온갖 상상이 떠오를 거야. 그러니까 부탁이야, 어서 말해."

예를 들어 마농이 아직 살아 있고 장난 쳤을 뿐이라는 상상.

조당은 고개를 끄덕였다. 미스트랄이 굉음을 울렸다.

"마농이 죽고 3년 후, 마농의 남편 루크 바셋은 재혼했어요. 이 지방에서 아주 유명한 요리사 밀라하고."

조당은 말을 꺼냈다.

"루크 바셋은 마농의 아버지에게 결혼선물로 포도밭을 받았어요. 그 농장의 와인은…… 무척 인기가 있어요. 그리고 밀라의 레스토랑도 마찬가지고요."

페르뒤 씨는 샘이 나 가슴이 따끔거리는 걸 느꼈다.

루크와 밀라는 포도밭과 커다란 농장과 유명한 레스토랑을 가지고 있었다. 아마 정원도 있을 터였다. 그들은 따뜻하고 꽃 피는 프로방스와 모든 속내를 말할 수 있는 사람이 있었다. 루크는 간단히 또 한 번 행복을 거머쥔 것이다. 어쩌면 간단히는 아니겠지만, 페르뒤 씨는 사태를 정확히 판단할 수 있는 여력이 없었다.

"정말 잘됐군."

그는 웅얼거렸다. 원래 의도보다 비꼬듯 들렸다.

조당이 씨근덕거렸다.

"아저씬 뭘 기대했어요? 루크가 자책하며 여자는 거들떠보지도 않고 말라비틀어진 빵과 쭈글쭈글한 올리브와 마늘을 먹으며 죽을 날만 기다릴 줄 알았어요?"

"그게 무슨 말이야?"

"무슨 말인지 모르겠어요?"

조당은 다시 씩씩거렸다.

"각자 애도하는 방식이 다른 법이에요. 포도재배인은 '새 여자'라는 방식을 선택했어요. 그래서요? 그게 비난받을 짓이에요? 그러면 안 되었나요……. 아저씨처럼?"

페르뒤 씨의 가슴속에서 맹렬한 분노가 끓어올랐다.

"널 한 대 후려치고 싶구나, 막스."

"나도 알아요."

조당이 대답했다.

"하지만 그런 후 우리가 함께 늙어갈 수 있다는 것도 알아요, 멍청한 아저씨."

"미스트랄 때문이라니까."

보네 부인이 다투는 소리를 듣고 말했다. 부인은 음울한 표정으로 자그락거리는 자갈을 밟고 그들 곁을 지나 본채로 들어갔다.

"미안하다."

페르뒤 씨가 나지막이 말했다.

"나도 죄송해요. 빌어먹을 바람."

그들은 다시 침묵을 지켰다. 아마 사실은 바람도 핑계에 지나지 않았을 것이다.

"그런데도 루크를 찾아갈 거예요?"

조당이 물었다.

"그럼, 물론이지."

"아저씨에게 할 말이 또 있어요. 아저씨가 도착하자마자 말하고 싶었어요."

지난 몇 주 내내 무엇 때문에 그토록 많이 아팠는지 조당이 털어놓았을 때, 페르뒤 씨는 윙윙거리고 조롱하는 바람 소리 탓에 자신이 잘못 들었다고 확신했다. 그렇다, 그랬음에 틀림없었다. 그가 들은 말은 너무나 아름다우면서도 잔인해서 도저히 사실일 리 없었기 때문이다.

42

보네 부인이 아침식사로 준비한 향긋한 송로버섯 달걀찜을 듬뿍 접시에 담았다. 보네 부인은 전통 프로방스 식으로 신선한 달걀 9개를 조생종 겨울송로버섯 하나와 함께 사흘 동안 병조림용 병에 넣어두었다. 버섯 향이 달걀 속속들이 스며들 때까지. 그걸로 조심스럽게 달걀찜을 만들고 얇게 썬 야들야들한 송로버섯 조각을 곁들였다. 그것은 감각적이고 야생적인 맛, 거의 고기 맛과 흙 맛이 어우러져 났다.

이 얼마나 풍성한 마지막 이별의 식사인가, 페르뒤 씨의 뇌리를 스쳤다. 그날이 자신의 인생에서 가장 힘들고 가장 긴 날이 되지 않을까 두려웠다. 그는 기도하듯 음식을 먹었다. 말없이, 앞으로 다가올 몇 시간 동안 의지할 수 있는 뭔가를 확보하기 위해 조용히 주의를 집중해 모든 걸 맛보았다.

달걀찜과 더불어 싱싱한 카바이용 산 멜론이 식탁에 올랐다. 흰색과 오렌지색의 멜론들. 향긋한 커피가 김이 모락모락 오르는 달콤한 우유와 함께 커다란 꽃무늬 잔에 담겨 있었다. 게다가 집에서 직접 만든 자두 잼과 라벤더, 조당이 부르릉거리는 오토바이를 타고 언제나처럼 본뉴에서 가져온, 갓 구운 바게트와 버터 크루아상. 페르뒤 씨는 접시에서 눈길을 들었다. 거기 위쪽에 멀리 너머에 보이는 고풍적인 로마네스크 양식의 본뉴 교회가 있었다. 그 옆에 묘지의 담장이 밝게 빛났고, 석조 십자가들이 하늘을 향해 기지개를 켰다. 페르뒤 씨는 자신이 깬 약속을 떠올렸다.

당신이 나보다 먼저 죽었으면 좋겠어.

그녀의 몸이 그를 받아들이는 동안, 그녀는 신음하듯 졸랐다.

"약속해! 약속하라니까!"

그는 약속했다. 그리고 오늘 분명하게 깨달았다. 그때 이미 마농은 그가 약속을 지키지 못하리라는 걸 알았다는 것을.

내 무덤에 이르는 길을 당신 혼자 가게 하고 싶지 않아.

그 마지막 길을 그는 혼자 가야 했다.

아침 식사를 한 후, 셋이 함께 집을 나섰다. 실측백나무 숲과 넓은 과일농장, 채소밭과 포도밭을 가로질러 걸었다. 바셋 농장, 은은한 노란빛의 길게 뻗은 3층짜리 건물, 우람한 밤나무와 너도밤나무, 떡갈나무로 에워싸인 대저택이 반시간 후 포도밭이랑 사이로 반짝였다.

페르뒤 씨는 불안한 눈길로 그 눈부신 풍성함을 바라보았다. 바람이 덤불과 나무들을 간질였다. 뭔가가 그의 안에서 꿈틀거렸다. 시기심도 허영심도 어젯저녁의 분노도 아니었다. 다만…….

우려하는 것과는 전혀 다를 때가 종종 있어.

애정. 그렇다, 그는 느슨한 애정을 느꼈다. 자신들이 빚은 와인을 마농이라 부르고 자신들의 행복을 다시 일구기 위해 애쓴 사람들과 그 장소에 대한 애정.

그날 아침 조당은 지혜롭게 조용히 굴었다.

페르뒤 씨는 카트린의 손을 잡았다.

"고마워요."

그가 말했다. 카트린은 그의 말뜻을 이해했다.

농장 오른쪽에 새로 지은 건물이 있었다. 트레일러, 크고 작은 트랙터와 그 타이어가 높고 좁은 포도 농장 전용의 트랙터를 위한 건물이었다. 빨간 트랙터 아래서 작업복 차림의 다리가 반쯤 보였다. 그리고 트랙터 엔진 아래서 기발한 욕설들과 공구들 특유의 딸그락거리는 소리가 들렸다.

"안녕, 빅토리아!"

조당이 외쳤다. 그의 목소리에는 행복과 불행이 뒤섞여 있었다.

"아, 냅킨 이용자 씨."

젊은 아가씨 목소리가 들려왔다.

1초 후 트랙터 아가씨가 기구 아래서 몸을 굴려 나왔다. 당혹스러운 듯 아가씨는 표정이 풍부한 얼굴을 손으로 훔쳤지만, 먼지와 기름 얼룩만 더욱 풍부해질 뿐이었다. 페르뒤 씨는 마음을 단단히 먹고 왔는데도 버티기 힘들었다. 바로 앞에 스무 살의 마농이 서 있었다. 화장하지 않은 맨 얼굴에 머리는 더 길고 몸매는 더 소년 같았다. 물론 마농과는 달랐다. 그 활기차고 매혹적이고 자부심 강한 소녀를 보고 있으니 눈앞이 어른거렸다. 아홉 번을 바라봐도 마농의 모습은 드러나지 않았다. 하지만 열 번째로 보았을 때, 낯선 젊은 얼굴에서 마농의 모습이 엿보였다.

이제 빅토리아는 온전히 조당에게 집중했다. 머리끝에서부터 발끝까지 그를 훑어보았다. 그의 작업화, 낡은 바지, 빛바랜 셔츠. 빅토리아의 눈빛에 인정한다는 듯한 기색이 어렸다. 그녀는 만족스러운 얼굴로 고개를 끄덕였다.

"아가씨는 막스를 냅킨 이용자라고 불러요?"

카트린이 순진한 척 물었다.

"네."

빅토리아가 말했다.

"정확히 그런 타입이었어요. 냅킨을 이용하고 발로 걷는 대신 지하철을 타고, 개라고는 오직 핸드백 속의 개만 아는 그런 타입이요."

"이 젊은 숙녀분을 이해해주세요. 여기 시골에서는 결혼을 코앞에 두고서야 비로소 예의범절을 배우거든요."

조당이 다정하게 비꼬았다.

"다들 아시겠지만, 파리 여자들의 인생에서는 그게 가장 중요한 사건이거든요."

빅토리아가 반격을 가했다.

"그것도 한 번 이상을 원하죠."

조당이 빙긋이 미소 지었다. 빅토리아는 그 미소에 미소로 답했다. 공범자 같은 미소였다. 사랑이 시작되면 어떤 여행이든 끝나기 마련이지. 페르뒤 씨는 서로에게 푹 빠진 젊은 사람들을 지켜보며 생각했다.

"우리 아빠를 만나시려고요?"

빅토리아가 불쑥 물었다.

조당은 멍한 눈길로, 페르뒤 씨는 불안한 표정으로 고개를 끄덕였다. 카트린이 미소를 머금고 말했다

"그래요, 그것도 여기 찾아온 여러 이유 중 하나죠."

"제가 본채까지 모셔다 드릴게요."

빅토리아의 뒤를 따라 우람하게 치솟은 플라타너스 길을 지나는 동안, 빅토리아는 걸음걸이도 마농과는 다르게 페르뒤 씨의 눈에 뜨였다. 플라타너스 나무에서 베짱이들이 노래했다. 젊은 아가씨는 다시 페르뒤 씨를 돌아보았다.

"참, 전 레드 와인이에요, 빅토리아. 화이트 와인은 우리 엄마예요. 마농. 포도밭이 원래 엄마 거였거든요."

페르뒤 씨는 더듬거리며 카트린의 손을 찾았다. 카트린이 그의 손을 잠깐 꼭 잡아주었다.

조당의 눈길이 앞장서서 계단을 뛰어올라가는 빅토리아에게서 떨어질 줄 몰랐다. 빅토리아는 한 번에 두 계단씩 뛰어올랐다. 그런데 조당이 별안간 걸음을 멈추고 페르뒤 씨의 팔을 붙잡았다.

"어젯밤에 아저씨에게 말하지 않은 게 있어요. 빅토리아는 내가 결혼할 여자예요."

조당은 진지하고 침착하게 말했다.

"빅토리아가 아저씨 딸이라고 해도 그럴 거예요."

뭐라고. 내 딸이라고?

빅토리아가 어서 들어오라고 손짓하며 와인 시음실을 가리켰다. 빅토리아가 조당의 말을 들었을까? '나랑 결혼한다고, 너 같은 냅킨 이용자가? 그러려면 조개탄을 몇 개 더 얹어야 할걸?' 이런 비슷한 의미의 뭔가가 그녀의 미소 속에서 반짝 빛을 발했다. 빅토리아가 큰 소리로 말했다.

"왼쪽으로 가면 낡은 지하실이 있어요. 그곳에서 우리는 '빅토리아'를 숙성시켜요. '마농'은 살구 밭 아래의 지하실에서 숙성시키죠. 아버지를 모셔올게요. 아버지가 포도재배지역을 보여주실 거예요. 성함을…… 뭐라고 전할까요?"

빅토리아는 쾌활하면서도 좀 과장된 표정으로 물었다. 그리고 조당에게 눈부시게 빛나는 미소를 보냈다. 온몸에서 뿜어 나오는 듯한 미소.

"장 페르뒤. 파리에서 왔어요. 서점 주인이죠."

페르뒤 씨가 말했다.

"장 페르뒤 씨. 파리에서 온 서점 주인이시라고요."

빅토리아는 흡족한 얼굴로 말하고는 사라졌다.

카트린과 페르뒤 씨, 조당은 빅토리아가 삐걱거리는 층계를 통통 튀듯 올라가 복도를 따라 걸어가더니 누군가와 이야기하는 소리를 들었다. 두 사람은 상당히 오래 이야기했다. 묻고 대답하고 또 묻고 대답하고. 올라갈 때처럼 날렵하고 가뿐하게 층계를 내려오는 빅토리아의 걸음소리가 들렸다.

"곧 오실 거예요."

빅토리아는 고개를 방안으로 디밀고 미소 지었다. 그 모습이 마농과 똑같았다. 곧 다시 사라졌다. 위층에서 루크가 이리저리 오가는 소리가 페르뒤 씨의 귀에 들렸다. 장롱이나 서랍을 여는 소리도 들렸다.

페르뒤 씨는 거기에 서 있었다. 미스트랄이 기세를 더해 높직한 덧창을 잡아 흔들고 우뚝 솟은 밤나무 잎들을 휩쓸고 포도나무들 사이의 마른 흙을 휘날리는 동안. 그는 거기에 서 있었다. 조당은 눈에 띄지 않게 슬며시 시음실과 집을 나서서 빅토리아 뒤를 좇아갈 때까지. 카트린이 그의 어깨를 어루만지며 속삭일 때까지.

"음식점에서 기다리고 있을게요. 결과가 어떻게 되든 난 당신을 사랑해요."

그녀는 밀라의 왕국을 방문하기 위해 길을 나섰다.

페르뒤 씨는 묵묵히 기다렸다. 루크의 발걸음이 삐거덕 소리를 내는 복도와 삐걱거리는 층계와 타일을 붙인 바닥을 지나 가까이 다가올 때까지. 페르뒤 씨는 문 쪽으로 몸을 돌렸다. 곧 마농의 남편과 마주서게 되리라. 사랑했던 여인의 남편과.

페르뒤 씨는 루크에게 무슨 말을 할 것인지 단 1초도 생각하지 않았다.

43

루크의 키는 페르뒤 씨와 엇비슷했다. 햇빛에 시달린 아몬드색의 머리카락. 짧게 자른 머리가 자라 있었고, 밝은 갈색의 지적인 눈은 많은 잔주름에 에워싸여 있었다. 청바지와 빛바랜 푸른색 셔츠 차림으로 마치 늘씬하게 쭉 뻗은 나무 같았다. 몸에서 흙과 열매와 돌을 다루는 사람의 냄새가 물씬 났다.

페르뒤 씨는 마농이 그의 어떤 점을 좋아했는지 즉시 알아챘다.

루크 바셋은 외모만 봐도 신뢰감을 일깨우는 사람이었으며 감정과 남성다움을 겸비하고 있었다. 돈이나 성공, 빠른 말솜씨가 아니라 힘과 지구력 그리고 가족과 집과 땅뙈기를 보살피는 능력으로 측정되는 남성다움. 그런 남자들은 조상들의 땅에 묶여 있다. 그 땅을 일부 팔거나 임대하거나 또는 새 사위에게 넘겨주는 것조차도 마치 몸의 일부를 떼어내는 것처럼 느낀다.

"비바람이 불어도 끄떡없을 사람이야." 페르뒤 씨의 어머니, 리라벨이 루크를 봤다면 이렇게 말했을 것이다. "어린 시절 지역난방 시설 대신 활활 타오르는 불길에 몸을 녹이고, 보도에서 헬멧을 쓰고 자전거를 타는 대신 나무에 기어오르고, 텔레비전 앞에 쪼그리고 있는 대신 밖에서 뛰어놀면, 다른 사람이 될 수 있어." 그래서 리라벨은 비가 오는데도 페르뒤 씨를 브르타뉴의 친척들에게 보냈고 페르뒤 씨를 위해 벽난로에 목욕물을 데워주었다. 그때만큼 따뜻한 물이 좋았던 적은 두 번 다시없었다.

루크를 보는데 왜 펄펄 끓던 브르타뉴의 물솥이 떠오르는 걸까? 마농의 남편이 그처럼 격렬하고 활기차고 순수했기 때문일까. 루크의 반듯한 어깨, 노동에 익숙한 양팔, 몸가짐, 모든 것이 나는 절대 꺾이지 않는다고 말했다. 그 남자는 검은 눈으로 페르뒤 씨를 유심히 살피고 페르뒤 씨의 얼굴을 샅샅이 훑어보고 그의 몸과 손가락을 눈여겨보았다. 그들은 악수하지 않았다.

"무슨 일이죠?"

루크는 문 앞에 서서 물었다. 낮고 침착한 목소리였다.

"저는 장 페르뒤입니다. 당신의 부인 마농이 파리에서 함께 살았던 남자죠. 그러니까…… 21년 전에. 5년 동안."

"알고 있습니다."

루크는 조용히 말했다.

"마농이 죽음을 앞두고 저에게 말했습니다."

두 남자는 서로 마주 보았다. 한순간 페르뒤 씨는 이제 둘이 부둥켜안을 거라고 생각했다. 서로 상대방의 아픔을 이해할 수 있기 때문에.

"저는 용서를 구하러 이곳에 왔습니다."

루크의 얼굴에 살며시 미소가 스쳤다.

"누구한테요?"

"마농한테요. 오로지 마농한테만. 마농의 남편인…… 당신은 제가 당신 부인을 사랑한 걸 절대 용서할 수 없을 것입니다. 또한 제가 당신의 부인이 만난 남자였다는 것도 용서할 수 없을 것입니다."

루크의 눈이 가늘어졌다. 그는 무척 주의 깊게 페르뒤 씨를 바라보았다. 마농이 이 남자의 손길을 느끼는 것을 좋아했을지 궁금했을까? 그가 자신만큼 자신의 아내를 사랑할 수 있었는지 궁금했을까?

"왜 이제야 오셨습니까?"

루크는 천천히 물었다.

"그 당시 저는 편지를 읽지 않았습니다."

"맙소사."

루크는 깜짝 놀라 말했다.

"왜 읽지 않았습니까?"

그것이 가장 어려운 부분이었다.

"흔히 여자들이 사귀던 사람에게 싫증나면 하는 말이 쓰여 있을 거라고 예상했죠."

페르뒤 씨가 말했다.

"당시 제 품위를 지키는 유일한 방법은 거절하는 것이었습니다."

이런 말들이 그의 입에서 어렵사리, 아주 어렵사리 나왔다.

이제 당신의 증오심을 나에게 쏟아 부을 차례라고.

루크는 서두르지 않았다. 그는 와인 시음실 안을 이리저리 오가더니 이윽고 다시 입을 열었다. 이번에는 페르뒤 씨의 등 뒤에서.

"그러다 마침내 편지를 읽었다면, 틀림없이 많이 힘들었겠군요. 그리고 당신이 그동안 내내 잘못 생각했다는 것을 깨달았겠죠. 그것은 흔히 하는 말이 아니었습니다. '이제 우리 친구로 지내자.' 하는 식의 허튼소리가 아니었죠. 그런데 당신은 그런 말을 예상했습니다, 그렇죠? '당신 탓이 아니야. 내 탓이야…… 당신에게 어울리는 사람을 만나길 빌어…….' 하지만 사실은 그게 아니었습니다."

페르뒤 씨는 자신의 마음을 그렇게 이해해줄 거라고는 기대하지 않았다. 왜 마농이 루크와 결혼했는지 점점 이해가 갔다. 그리고 왜 자신과 결혼하지 않았는지.

"그건 지옥이었습니다."

페르뒤 씨는 인정했다. 하고 싶은 말이 많았다. 아주 많았다. 하지만 목이 멨다. 마농의 시선이 결코 열리지 않은 문을 응시했을 생각을 하면.

페르뒤 씨는 루크 쪽으로 몸을 돌리지 않았다. 부끄러움의 눈물이 뜨겁게 치솟으며, 눈이 따가웠다. 그때 어깨에 루크의 손이 느껴졌다. 그 남자는 페르뒤 씨의 몸을 돌려 마주 보았다. 페르뒤 씨의 눈을 응시하고 그의 표정을 살피고 자신의 슬픔도 그에게 감추지 않았다. 두 남자는 말할 수 없는 것을 서로 눈빛으로 표현하는 동안 서로에게서 겨우 1미터 떨어져 있었다.

페르뒤 씨는 슬픔과 애정, 분노와 이해심을 보았다. 이제 두 사람이 무엇을 해야 할지 생각하는 루크를 보았다. 하지만 모든 것을 견뎌내는 용기도 보았다.

예전에 루크를 알았더라면 좋았을걸. 두 사람은 함께 슬퍼할 수 있었을 것이다. 미움도 질투심도 이겨내면서 말이다.

"한 가지 꼭 묻고 싶은 게 있습니다."

페르뒤 씨가 말했다.

"그 아이를 본 후로 마음이 진정되지 않아요. 빅토리아가…… 빅토리아가……."

"우리 딸입니다. 마농이 다시 파리로 갔을 때 임신 3개월째였어요. 빅토리아는 봄에 가진 거죠. 그때 이미 마농은 자신이 병들었다는 걸 알았지만 아무에게도 말하지 않았어요. 그리고 의사들이 아기가 살아날 가망이 있다고 하자 항암 치료 대신 아이를 선택했습니다."

이제 루크의 목소리도 떨렸다.

"마농은 혼자서 죽음을 결정했어요. 그리고 더 이상 손을 쓸 수 없게 되었을 때가 되어서야 비로소 털어 놓았습니다……. 아이를 포기하고 치료를 시작하기엔 너무 늦었을 때. 마농은 당신에게 편지를 쓸 때까지 암이라는 것을 저에게 비밀로 했어요. 그녀는 자신이 무척 부끄럽다고 말했습니다. 그것은 한 번의 삶에서 두 남자를 사랑했으니 받아 마땅한 벌이라고. 맙소사! 사랑이 무슨 범죄라고……. 왜 자신을 그렇게 벌했을까요? 왜?"

두 남자는 거기 서 있었다. 그들은 울지 않았다. 하지만 서로 상대방이 어떻게 숨을 쉬려고 애쓰고 어떻게 참고 어떻게 이를 악물고 어떻게 쓰러지지 않으려고 버티는지 보았다.

"나머지 이야기를 듣고 싶은가요?"

루크가 물었다.

페르뒤 씨는 고개를 끄덕였다.

"네, 듣고 싶어요. 모든 걸 알고 싶어요. 그리고 루크……. 미안합니다. 나는 다른 사람의 사랑을 훔치는 도둑이 될 생각은 전혀 없었어요. 포기하지 않아서 미안해요, 또……."

"그건 잊어버려요!"

루크가 발끈해서 퉁명스럽게 말했다.

"당신을 나쁘게 생각하지 않아요. 물론 마농이 파리에 있으면, 내가 잊힌 사람처럼 생각되었죠. 그러다 마농이 내 곁에 있으면 내가 다시 그녀의 연인, 당신의 연적으로 살아났어요. 그러면 순식간에 당신은 배신당한 남편이 되었죠. 하지만 그 모든 게 삶이었어요. 어떤 사람들에게는 이해할 수 없는 일일지 몰라도, 용서받을 수 없는 일은 아니에요."

루크는 한 손을 주먹 쥐고 다른 손바닥을 내리쳤다. 이제 그의 얼굴이 흥분으로 벌겋게 달아올랐고, 페르뒤 씨는 그가 곧 자신을 벽으로 밀어붙일지 모른다는 생각이 들었다.

"마농이 그렇게 힘들어했다니 정말 마음이 아픕니다. 나의 사랑은 마농과 당신을 위해서 뭐든 했을 겁니다. 정말입니다, 마농의 사랑이 당신과 나를 위해서라면 뭐든 했을 것처럼. 마농은 나에게서 아무것도 빼앗아가지 않았어요. 아무것도! 왜 마농은 자기 자신을 용서하지 않았을까요? 쉽지는 않았을 겁니다. 당신과 나와 마농 그리고 또 누가 있는지 모르지만요. 하지만 어차피 삶은 쉽지 않아요. 그리고 수없이 많은 길을 지나야 하죠. 마농이 두려워하지 않았더라면 좋았을 텐데요. 우리가 길을 찾아낼 수 있었을 텐데. 아무리 힘들어도 항상 길은 있기 마련입니다. 항상."

루크가 이 말을 곧이들을까? 인간이 그렇게 강할 수 있고 그렇듯 완벽한 사랑이 있을 수 있을까?

"따라와요!"

루크는 앞장서서 복도를 내려가 오른쪽에 이어 왼쪽으로 굽어진 후 다시 복도를 지났다. 그런 다음…….

밝은 갈색의 문이 있었다. 마농의 남편은 열쇠를 자물쇠에 꽂기 전에 마음을 가다듬었다. 그리고 열쇠를 돌렸다. 듬직한 커다란 손이 황동 문손잡이를 눌렀다.

"이 방에서 마농이 숨을 거두었어요."

그는 무덤덤하게 설명했다.

방은 그다지 크지 않았지만 햇살이 환히 비쳤다. 누군가가 여전히 거처하고 있는 듯한 느낌이 들었다. 높직한 목제 장롱, 책꽂이 겸용 책상, 의자 하나. 의자 위에 마농의 셔츠가 걸려 있었다. 소파 하나, 그 옆에 책이 한 권 펼쳐져 있는 작은 탁자. 방은 살아 있었다. 페르뒤 씨가 파리에 두고 온 방과는 달랐다. 그가 추억과 사랑을 가둬버린 그 핏기 없고 지치고 슬픈 방과는.

여기 이 방은 마치 방 주인이 잠깐 외출한 듯했다. 크고 높직한 문이 석조 테라스에 이어 밤나무와 부겐빌레아, 아몬드나무, 장미, 살구나무가 있는 정원으로 통했다. 마침 눈처럼 흰 고양이가 살구나무 아래서 어슬렁거렸다.

페르뒤 씨는 침대를 바라봤다. 결혼식을 앞두고 마농이 직접 바느질한 화사한 체크무늬 이불이 덮여 있었다. 그의 곁에서, 파리에서. 이불과 책 새가 그려진 깃발을 바느질했다. 루크는 페르뒤 씨의 시선을 좇았다.

"저 침대에서 숨을 거두었어요. 1992년 크리스마스이브에. 마농은 자신이 그 밤을 넘길 수 있느냐고 나에게 물었어요. 나는 그렇다고 대답했죠."

루크는 페르뒤 씨를 돌아보았다. 그의 눈은 음울했고 얼굴은 고통으로 일그러졌다. 그는 자제력을 상실했다. 그의 목 멘 소리는 격앙되고 고뇌로 가득 차 있었다.

"나는 그렇다고 대답했어요. 내가 내 아내에게 거짓말한 건 그때 단 한 번뿐이었어요."

페르뒤 씨는 자신이 무엇을 하는지 의식하지 못한 채 두 팔을 뻗어 루크를 끌어안았다. 그는 저항하지 않았다. "오, 하느님!"이라는 말로 페르뒤 씨의 포옹에 대답했다.

"당신들이 서로를 위해 지녔던 마음은 나라는 존재에 의해 방해받지 않았어요. 마농은 절대 당신 없이는 살려고 하지 않았어요. 절대로."

"난 한 번도 마농에게 거짓말하지 않았어요."

페르뒤 씨의 말을 전혀 듣지 않은 듯 루크가 웅얼거렸다.

"한 번도, 단 한 번도."

루크가 경련하듯 온몸을 떨자 페르뒤 씨는 그를 꼭 붙잡았다. 루크는 울지 않았다. 루크는 말하지 않았다. 다만 페르뒤 씨의 품안에서 한없이 경련했을 뿐이다.

페르뒤 씨는 1992년 크리스마스이브를 떠올리고 심히 부끄러웠다. 그는 술에 취해 비틀비틀 파리 시내를 배회하고 센 강에 욕설을 퍼부었다. 그가 그런 시시한 허튼짓거리를 하고 있는 동안, 마농은 사투를 벌이고 있었다. 혹독한 사투를. 그리고 그 사투에서 패배했다.

나는 마농이 숨을 거뒀을 때 그걸 느끼지 못했어. 가슴을 찢는 고통도. 세상을 뒤흔드는 지진도. 번개도. 아무 것도 느끼지 못했어.

페르뒤 씨의 품속에서 루크가 진정을 찾았다.

"마농의 일기. 당신이 언젠가 찾아오면, 마농은 그 일기를 당신에게 전해주라고 했어요."

루크는 가느다란 목소리로 간신히 말했다.

"마농이 그걸 원했어요. 죽은 후에라도 그렇게 되길 바랐어요."

두 남자는 엉거주춤 서로에게서 떨어졌다. 루크가 소파에 앉아 협탁에 손을 뻗어 서랍을 열었다. 페르뒤 씨는 그 표지를 금방 알아보았다. 파리 행 기차 안에서 두 사람이 처음 만났을 때도, 마농은 거기에 뭔가를 적고 있었다. 마농이 남쪽을 떠나게 되어 울고 있었을 때. 그리고 그들이 사랑을 나눈 후, 잠을 이루지 못하는 밤에도 종종 거기에 글을 썼다.

루크는 몸을 일으켜 페르뒤 씨에게 일기를 건네주었다. 그리고 페르뒤 씨는 손을 내밀었다. 하지만 건장한 포도 재배인은 일기책을 한 순간 더 꼭 붙잡고 있었다.

"그리고 나도 당신에게 줄게 있어요."

루크는 침착하게 말했다. 페르뒤 씨는 충분히 예상했던 일이었고 또 피해서는 안 된다는 것도 알고 있었다. 그래서 다만 눈을 감았을 뿐이다.

루크의 주먹이 그의 입술과 턱 사이를 가격했다. 아주 세게는 아니었다. 그래도 숨이 턱 막히고 눈앞이 흐려지고 벽 쪽으로 비틀거릴 만큼 셌다. 어디선가 루크의 사과하는 목소리가 들려왔다.

"당신이 내 아내와 잤기 때문이라고는 생각하지 말아요. 나는 마농과 결혼하려고 했을 때 이미, 마농에겐 절대 한 남자가 전부일 수 없다는 걸 알고 있었어요."

루크가 페르뒤 씨에게 손을 내밀었다.

"당신이 제때에 마농에게 오지 않았기 때문이요."

한순간 모든 것이 겹쳐 나타났다.

몽타냐르 길에 있는 그의 생기 없는 금지된 방.

마농이 숨을 거둔 따뜻하고 밝은 방.

그의 손이 쥐고 있는 루크의 손.

그리고 갑자기 그 기억이 다시 떠올랐다.

페르뒤 씨는 마농이 숨을 거두었을 때 분명 뭔가 느꼈다.

크리스마스를 앞두고 며칠 동안 그는 곤드레만드레 취해 있었고 그러다 설핏 잠이 들었다. 그 혼란스러운 상태에서도 마농이 말하는 소리가 들렸다. 그는 바람결에 날아온 그 말들을 이해하지 못했다. '찻잔 문', '색연필', '남녘의 빛' 그리고 '까마귀'.

그는 거기 서 있었다. 마농의 방에, 손에 그녀의 일기를 든 채. 그리고 그 말들이 일기 안에 쓰여 있을 것을 직감했다. 별안간 그의 마음에 커다란 평온이 찾아들었고, 얻어맞아 마땅했던 주먹이 남긴 알알한 통증이 얼굴을 화끈거리게 했다.

"식사할 수 있겠어요?"

루크가 당황한 표정으로 물으며 페르뒤 씨의 턱을 가리켰다.

"밀라가 레몬 닭요리를 준비했어요."

페르뒤 씨는 고개를 끄덕였다. 그는 왜 루크가 마농에게 와인을 바쳤는지 묻지 않았다. 이제 이해할 수 있었다.

마농의 여행일기

1992년 12월 24일, 본뉴

엄마는 열세 가지 디저트를 준비하셨다. 여러 종류의 견과, 여러 종류의 과일, 건포도, 두 가지 색깔의 누가, 식용유를 넣어 구운 케이크, 계피우유를 넣은 버터케이크. 빅토리아는 요람에 누워 있다. 장밋빛 볼에 호기심 어린 눈망울. 아빠를 꼭 닮았다.

내가 떠나는 대신 빅토리아가 남는 것, 그걸 뒤바꿀 수 없는 것에 루크는 더 이상 나를 나무라지 않는다.

빅토리아는 남녘의 빛이 될 것이다. 크게 빛날 것이다.

장이 오게 되면, 언젠가, 언제라도 오게 되면, 이 일기를 읽을 수 있도록 전해 달라고 루크에게 부탁한다. 모든 것을 설명할 이별의 편지를 쓸 힘이, 나에게는 없다.

내 어린 남녘의 빛. 비키와 이제 겨우 스물여덟 날을 함께 보냈을 뿐이다. 하지만 나는 기나긴 세월을 꿈꿨다. 내 딸을 기다리고 있을 많은 삶을 보았다.

엄마가 나를 대신해 이 글을 받아 적고 계신다. 내겐 연필을 쥘 힘마저 없기 때문이다. 나는 죽은 자를 위한 빵이 아니라 열세 가지 디저트를 내 손으로 먹기 위해 남은 힘을 모두 써버렸다.

생각하는 데 많은 시간이 걸린다.

말들이 점점 줄어들었다. 모든 것이 빠져나갔다.

넓은 세상으로. 연필들 중에서도 순전히 색연필들만.

순전히 어둠 속의 빛들만.

이 집안에 사랑이 넘친다.

모두 서로 사랑하고 나를 사랑한다. 모두 의연하고 아기에게 푹 빠져 있다.

(내 딸은 자신의 딸을 곁에 두고 싶어 한다. 마농과 빅토리아는 함께 누워 있고 벽난로에서 나뭇가지가 바스락거리며 타오른다. 루크가 와서 모녀를 부둥켜안는다. 마농이 뭔가를 더 쓰고 싶다고 나에게 눈짓한다. 연필을 든 내 손이 얼음장처럼 차갑다. 남편이 따뜻한 브랜디를 가져다주는데도 내 손가락은 따뜻함을 느끼지 못한다.)

사랑하는 빅토리아, 내 딸, 귀여운 것. 널 위해 내 목숨을 내놓는 건 아주 쉬운 일이었단다. 원래 그렇단다. 그러니 방긋 웃으렴. 너는 사랑받을 거야. 언제나.

딸아, 내가 파리에서 보낸 삶에 대한 나머지 글을 읽고 신중하게 판단하려무나.

(마농이 잠깐 말을 쉬고 있다. 나는 마농이 속삭이는 것만을 받아쓸 뿐이다. 어디선가 문 열리는 소리가 들리면 마농은 움찔한다. 여전히 그 남자를 기다리고 있다. 파리의 남자를. 마농은 여전히 희망을 버리지 않고 있다.)

장은 왜 오지 않았을까.

너무 고통스러워서?

그래, 너무 고통스러워서.

고통은 사람을 멍청하게 만들고 사람은 멍청해지면 쉽게 겁에 질려.

삶의 종양, 내 까마귀는 그 병에 걸렸어.

(내 딸이 내 눈앞에서 스러져간다. 나는 이 글을 쓰며 울지 않으려 애쓴다. 내 딸은 자신이 이 밤을 살아서 넘길 수 있느냐고 묻는다. 나는 거짓말한다. 그럼, 그렇고말고. 내 딸은 나도 루크처럼 거짓말한다고 말한다. 마농이 잠깐 잠이 든다. 루크가 아기를 안는다. 마농이 눈을 뜬다.)

그가 편지를 받았다고 로잘레트 부인, 그 착한 부인은 말한다. 로잘레트 부인은 힘이 닿는 한, 그가 허용하는 한, 그에게 주의를 기울일 것이다. 나는 부인에게 말한다. 자존심이 세요! 미련해요! 고통스러워해요!

부인 말로는, 그가 가구들을 때려 부쉈으며 뻣뻣하게 굳었다고 한다. 어찌나 굳었는지 거의 죽은 사람 같다는 것이다.

이 점에서 우리는 일치한다.

(내 딸이 웃는다.)

엄마가 나 몰래 뭐라고 일기에 써넣었다. 그러면 안 될 것이다.

그러고는 나한테 보여주려고도 하지 않는다.

우리는 최후의 몇 미터를 남겨두고도 다툰다.

아무렴 어떠랴, 그렇다고 할 일도 없는데.

죽음이 낫을 쳐들 때까지 제일 좋은 속옷을 차려 입고 말없이 기다리겠는가?

(내 딸이 또 웃다가 기침을 한다. 바깥에서는 눈이 아틀라스 시더우드를 수의처럼 물들인다. 하느님, 저는 당신을 가장 증오합니다. 제 딸을 이렇듯 일찍 저에게서 앗아가시고 슬프게도 손녀딸을 남겨주시기 때문입니다. 앞으로 어쩌란 말입니까? 죽은 고양이 대신 어린 고양이를 기르고, 죽은 딸 대신 손녀딸을 기르란 말입니까?)

죽음을 화나게 하려면 마지막까지 평소처럼 살아야 하지 않을까? 최후의 한 모금까지 살아야 하지 않을까?

(여기서 내 딸은 기침을 하고 다시 말을 할 수 있기까지 20분이 흐른다. 딸아이는 할 말을 찾는다.

설탕, 말한다. 하지만 그것이 아니다. 딸아이가 화를 낸다.

탱고, 딸아이가 속삭인다.

찻잔 문, 딸아이가 외친다.

나는 무슨 말인지 알아듣는다. 테라스 문.[22])

장. 루크. 두 사람. 당신들.

결국. 난 다만 옆방으로 갈 뿐이야.

복도 끝으로, 내 아름다운 방으로.

그리고 거기서 정원으로. 그리고 거기서 빛이 되어 내가 원하는 곳

---

22) 독일어에서 찻잔 문은 'Tassentür'이고 테라스문은 'Terassentür'로 발음이 유사하다.

으로 갈 거야.

저녁에 이따금 거기 앉아서 우리가 함께 살았던 집을 바라볼 거야.

루크, 내 사랑하는 남편, 당신이 방들을 오락가락하는 것을 보고, 장, 당신이 다른 방들을 오락가락하는 것을 볼 거야.

당신은 나를 찾고 있어.

물론 나는 더 이상 닫힌 방안에 있지 않을 거야.

나를 봐! 여기 바깥을 봐.

눈을 들어, 나 여기 있어!

나를 생각하며 내 이름을 불러!

다만 내가 멀리 있다고 해서 줄어드는 건 아무 것도 없어.

죽음은 사실 아무 의미도 없어.

죽음은 삶을 전혀 변화시키지 못해.

우리는 서로에게 언제까지나 지금처럼 머무를 거야.

마농의 서명은 허깨비처럼 희미했다. 20년도 더 지난 지금, 페르뒤 씨는 그 삐뚤빼뚤한 글자에 몸을 숙이고 입을 맞췄다.

44

사흘째 되던 날 미스트랄이 돌연히 종적을 감추었다. 언제나 그런 식이었다. 미스트랄은 커튼을 잡아채고 주변에 흩어져 있는 비닐봉지들을 새로이 공평하게 나눠주고 개들을 짖게 만들고 사람들을 울게 만들었다.

미스트랄이 사라지면서 먼지와 혼탁한 열기와 피곤도 사라졌다. 땅은 늘 조금 너무 조급하고 너무 분주하고 너무 탐욕스럽게 작은 도시에 몰려드는 관광객들도 떨쳐냈다. 이제 루베롱은 오로지 자연의 주기만을 따르는 자신의 속도를 되찾았다. 꽃이 피고 씨를 뿌리고 짝짓기 하고 기다리고 인내하고 수확하고 망설임 때맞춰 적절하게 대처하는 것.

따뜻한 기운이 돌아왔지만, 그건 온화하게 미소 짓는 가을의 따사함이었다. 저녁의 뇌우와 아침의 신선함을 반기는 따사함, 대지를 갈증에 떨게 하며 찌는 듯 무더웠던 몇 개월 여름 동안 그리워한 따사함.

페르뒤 씨가 가파르고 여기저기 패인 사암길을 높이 올라갈수록 주변은 더욱 고요해졌다. 본뉴 교회가 위치한 육중한 산을 힘겹게 오르는 동안, 귀뚜라미와 매미 소리, 은근히 비탄하는 듯한 바람소리만이 그를 동반했다. 그는 코르크마개를 따서 다시 살짝 눌러 막은 루크의 포도주병과 잔, 그리고 마농의 일기를 손에 들고 있었다.

가파르고 울퉁불퉁한 길을 가면 그렇듯이, 그는 몸을 구부정하게 숙이고 걸었다. 참회의 길. 종아리를 타고 올라와 다리와 등과 머리를 관통하는 통증을 느끼며 조금씩 발을 내딛었다. 페르뒤 씨는 교회와 돌사다리 같은 계단과 아틀라스 시더우드를 지났다. 그러자 산 정상에 이르렀다.

눈앞에 펼쳐진 광경에 현기증이 일었다. 멀리, 뒤편 저 멀리까지 대지가 뻗어 있었다. 미스트랄 후의 청아한 날이 하늘의 피를 말끔히 씻어냈다. 아비뇽이라고 추정되는 곳에서 지평선은 거의 흰색에 가까웠다.

그는 모래 빛깔의 집들을 보았다. 여느 역사화歷史畵에서처럼 집들이 초록색과 붉은색과 노란색의 주사위 모양을 하고 있었다. 싱싱하게 무르익은 포도나무들이 줄줄이 길게 병사들처럼 도열해 있었다. 꽃이 시든 드넓은 라벤더 밭. 초록색, 갈색, 카레 빛 노란색의 들판들. 그 사이 드문드문 손짓하며 몸을 흔드는 초록색 나무들. 아주 아름다운 곳이었다. 영혼을 가진 모든 이를 제압하는 장엄한 광경.

두꺼운 벽과 육중한 석관, 손가락처럼 하늘을 가리키는 돌 십자가들이 재현하는 골고다언덕은 마치 하늘의 맨 아래 계단인 듯했다.

하느님이 눈에 띄지 않게 그 밝은 높은 곳에 앉아 내려다보실 것이었다. 죽은 자들과 하느님만이 그 드넓고 장엄한 광경을 마음껏 누릴 수 있었다.

페르뒤 씨는 고개를 숙인 채 두근거리는 가슴을 안고 굵은 자갈을 지나 높은 철문에 이르렀다. 묘원은 좁고 길쭉했다. 두 층으로 되어 있는데, 각 층마다 무덤이 두 줄로 늘어서 있었다. 위층에 풍화된 모래 빛깔의 관과 흑회색의 대리석 석관들. 아래층도 마찬가지였다. 묘비들은 문짝만큼 높고 침대만큼 넓었으며, 종종 견고한 십자가로 장식되어 있었다. 대부분 가족 묘지였다. 수백 년에 걸친 슬픔이 안주하고 있는, 땅에 묻힌 관들. 늘씬하게 다듬은 실측백나무들이 무덤들 사이에 서 있었지만 그늘은 드리우지 않았다. 모든 게 헐벗고 앙상했다. 몸을 피할 만한 곳이 없었다. 그 어디에도.

페르뒤 씨는 가쁜 숨을 몰아쉬었다. 천천히 맨 앞줄의 무덤을 따라 걸으며 이름들을 읽었다. 커다란 석관들 위에 사기로 만든 꽃들과 돌로 만든 책 모양의 장식품들이 놓여 있었다. 반질반질 윤이 나는 책에 사진이 박히거나 짧은 시구가 쓰여 있었다. 아일랜드 사냥견과 함께 있는 사냥옷 차림의 남자. 이름이 브루노였다.

카드를 든 손으로 장식된 무덤도 있었다.

그 옆의 무덤은 고메라 섬의 모양을 닮았다. 죽은 자가 그 섬을 그리워한 모양이었다. 사진, 엽서, 작고 단단한 장식품들이 놓인 석조 서랍장. 본뉴의 산 사람들은 죽은 사람들을 많은 소식과 함께 떠나보냈다. 그런 장식품들은 클라라 비올렛을 떠올리게 했다. 그녀는 늘 플라이엘 피아노 위에 온갖 잡동사니를 가득 늘어놓았다. 그러다 발코니 연주회를 열게 되면 페르뒤 씨에게 그것들을 치우도록 허락했다.

페르뒤 씨는 자신이 몽타냐르 길 27번지 사람들을 그리워한다는 걸 문득 깨달았다. 그 오랜 세월 동안 친구들에게 둘러싸여 있었으면서도 전혀 알아차리지 못했단 말인가?

페르뒤 씨는 묘비 둘째 줄 가운데, 골짜기가 내려다보이는 곳에서 마농을 발견했다. 마농은 그녀의 아버지 아르눌 모렐로 옆에 누워 있었다.

적어도 아주 혼자는 아니구나, 저 안에서.

그는 무릎을 꿇고 묘비에 뺨을 댔다. 부둥켜안으려는 듯 두 팔로 석관을 감쌌다. 햇빛이 어른거리는데도 대리석은 서늘했다. 귀뚜라미들이 울었다. 바람이 구슬피 탄식했다. 페르뒤 씨는 뭔가가 가슴에 와닿길 기다렸다. 그녀가 가슴에 와닿길.

하지만 그의 감각은 등을 타고 흘러내리는 땀, 귓속까지 울리는 고통스러운 심장의 고동소리, 무릎 아래의 뾰족한 자갈돌만을 전해주었다.

그는 다시 눈을 뜨고 마농 바셋, '1967-1992'라는 문구와 마농의 흑백사진이 들어 있는 사진틀을 응시했다. 그런데도 아무런 느낌이 없었다.

마농은 이곳에 없어.

별안간 돌풍 한줄기가 실측백나무를 훑고 지나갔다.

마농은 이곳에 없어!

실망한 페르뒤 씨는 당혹감을 감추지 못하고 몸을 일으켰다.

"당신 어디에 있어?"

그는 바람에 대고 속삭였다.

가족묘지는 이런저런 것들로 빽빽이 들어차 있었다. 사기로 만든 꽃, 고양이 형상의 인형, 펼쳐 놓은 책 모양의 조각. 비닐에 싸인 사진들도 있었다. 전부 페르뒤 씨가 모르는 마농의 사진들. 결혼식 사진. 그 아래 문구. '사랑해. 결코 후회하지 않았어. 루크.' 마농이 고양이를 팔에 안고 있는 사진에는 이렇게 쓰여 있었다. '테라스 문은 언제나 열려 있어, 엄마가.' 세 번째 사진. '엄마가 떠나서 내가 왔어, 빅토리아.'

페르뒤 씨는 펼쳐 놓은 책 모양의 조각을 붙잡고 거기에 새겨진 글귀를 읽었다.

"죽음은 아무 의미도 없어. 우리는 서로에게 언제까지나 지금처럼 머무를 거야."

페르뒤 씨는 그 문구를 한 번 더 읽었다. 이번에는 크게 소리 내어. 그들이 본뉴의 컴컴한 산속에서 그들의 별을 찾았을 때, 마농이 했던 말이었다. 그는 석관을 어루만졌다.

하지만 마농은 이곳에 없어.

마농은 거기에 없었다. 거기 돌 속에 갇혀 있지도 않았고 흙과 황량한 고독에 에워싸여 있지도 않았다. 무덤 속의 버림받은 육신에게로 단 1초도 내려오지 않았다.

"당신 어디에 있어?"

페르뒤 씨는 다시 물었다. 그는 돌난간에 다가가 발아래 펼쳐져 있는 드넓고 아름다운 칼라봉 골짜기의 풍경을 내려다보았다. 모든 게 아주 작았다. 그는 말똥가리가 되어 하늘을 나는 듯한 기분이 들었다. 그는 대기의 냄새를 맡았다. 숨을 깊이 들이쉬었다가 내쉬었다. 따사함을 느끼고 아틀라스 시더우드 속에서 바람이 노니는 소리를 들었다. 더욱이 마농의 포도밭도 보였다.

실측백나무 옆, 꽃에 물을 주기 위한 호스 옆에 위층으로 이어지는 돌층계가 있었다.

페르뒤 씨는 거기 앉아 마농XV 코르크마개를 열고 와인을 조금 잔디에 부었다. 그리고 조심스레 한 모금 마시고 와인 냄새를 맡았다. 기분 좋게 향긋했다. 마농에서 꿀맛, 맑은 과일 맛, 잠들기 전의 다정한 한숨의 맛이 났다. 생기와 모순에 넘치는 와인, 사랑이 가득한 와인.

루크의 솜씨가 뛰어나군.

페르뒤 씨는 바로 옆의 돌층계에 잔을 내려놓고 마농의 일기를 펼쳤다. 조당과 빅토리아와 카트린이 포도밭에서 함께 일하는 동안, 지난 며칠 밤낮으로 그 일기를 읽고 또 읽었다. 그 사이 달달 외운 구절도 있었고 깜짝 놀란 구절도 있었다. 어떤 구절은 그의 마음을 상하게 했지만, 많은 구절이 그의 마음을 고마움으로 채웠다. 그는 자신이 마농에게 얼마나 많은 의미가 있었는지 몰랐다. 예전엔 그랬으면 좋겠다고 무척 바랐지만, 마음의 평온을 찾고 새로이 사랑에 빠진 지금에 와서야 비로소 진실을 알게 되었다. 그리고 진실은 옛 상처를 치유했다.

이제 그는 마농이 기다림의 시간 동안 기록한 글을 찾았다.

나는 충분히 오래 살았어.

마농은 늦가을에 이렇게 썼다. 꼭 오늘 같은 10월의 어느 날에.

나는 진정으로 살고 사랑했어. 그래서 세상에서 가장 좋은 것을 누렸어. 끝을 애통해야 할 이유가 어디 있겠어? 왜 나머지를 붙들어야 할 이유가? 죽음은, 죽음을 더 이상 두려워할 필요가 없다는 장점이 있어. 죽음 속에는 평화도 있어.

페르뒤 씨는 그녀의 일기를 계속 넘겼다. 너무 가여워서 심장이 터질 것 같은 글들도 있었다. 파도처럼 온몸을 휩쓰는 두려움에 대해 이야기하는 글들. 적막한 어둠 속에서 마농이 눈을 뜨고 죽음이 슬금슬금 가까이 다가오는 소리를 듣는 밤. 또 만삭의 몸으로 루크의 방에 피신했던 밤의 이야기. 그런 밤이면 루크는 날이 샐 때까지 마농을 꼭 붙잡고 울지 않으려 안간힘을 썼다. 그리고 마농이 듣지 않는다고 생각되면 샤워기 아래서 울었다. 물론 마농은 그 울음소리를 들었다.

마농은 루크의 강인함에 놀랐다는 말을 여러 번 표현했다. 루크는 그녀에게 음식을 떠먹여주고 몸을 씻어주었다. 아기를 품은 배 말고는 마농이 점점 더 야위어가는 걸 함께 지켜보았다.

페르뒤 씨는 잠깐 일기에서 눈을 떼고 와인을 한 잔 더 마셨다.

내 아이가 나를 먹고 자란다. 건강한 살을 섭취한다. 내 배는 장밋빛으로 터질듯 팽팽하고 생기에 넘친다. 그 안에 어린 고양이 떼가 앉아 있을지도 모른다. 더없이 활기찬 어린 고양이들. 내 나머지 부분은 천 살도 더 먹었다. 나는 생기 없이 썩음 썩음하고 북유럽 사람들이 즐겨 먹는 비스킷처럼 얄팍하다. 내 딸은 금빛으로 반들반들 빛나는 뿔 모양의 빵을 먹을 것이다. 내 딸은 승리할 것이다. 죽음을 누르고. 우리는 죽음의 코를 납작하게 만들 것이다. 아이와 나는. 나는 딸아이를 빅토리아라고 이름 짓고 싶다.

마농은 뱃속의 아이를 얼마나 사랑했던가! 자신 안에서 넘치게 활활 타오르는 사랑으로 어떻게 아이를 먹여 살렸던가.

빅토리아가 그렇게 활기에 넘치는건 당연해.

페르뒤 씨는 생각했다.

마농은 자신의 모든 것을 그 아이에게 주었어.

페르뒤 씨는 일기장을 앞쪽으로 넘겨 마농이 그를 떠나기로 결심했던 8월의 밤을 찾았다.

지금 당신은 마치 한쪽 발로 서서 빙그르르 도는 무희처럼 누워 있어. 한쪽 다리는 길게 뻗고, 다른 한쪽 다리는 위로 끌어올린 채. 한 팔은 머리 위에, 다른 한 팔은 허리를 받치듯.

당신은 늘 세상에 하나밖에 없는 유일무이한 존재처럼 날 바라봤어. 5년 동안. 내 신경을 거슬리게 하거나 무관심하게 날 바라본 적이 단 한 번도 없었어. 어떻게 그럴 수 있었어?

카스토르가 나를 뚫어지게 바라보고 있어. 어쩌면 고양이들에겐 우리 두 발 달린 인간들이 극히 별난 존재일지도 몰라.

나를 기다리고 있는 영원이 가슴을 답답하게 조여와.

이따금, 하지만 그건 정말로 고약한 생각이야.

나를 사랑하는 사람이 나보다 먼저 떠나기를 바란 적이 예전에 이따금 있었어. 나도 그걸 견뎌낼 수 있는지 알고 싶어서.

나도 그걸 견뎌낼 수 있기 위해 당신이 나보다 먼저 떠나야 한다고 이따금 생각했어. 당신이 나를 기다릴 거라 굳게 믿고서…….

안녕, 장 페르뒤.

당신이 앞으로 누리게 될 모든 시간이 부러워.

나는 내 최후의 방을 거쳐 정원으로 갈 거야. 그래, 그럴 거야. 정겹고 높은 테라스 문을 지나 해님이 한가운데로 걸어 들어갈 거야. 그런 다음, 그런 다음 빛이 되고, 그런 다음 어디에나 있을 수 있어.

그게 나의 본성일 거야. 나는 영원히 곁에 있을 거야. 매일 저녁.

페르뒤 씨는 와인을 한 잔 더 따랐다. 해가 뉘엿뉘엿 지고 있었다. 장밋빛 햇살이 땅을 뒤덮고 건물들의 정면을 황금빛으로 물들이고 유리와 창문들을 다이아몬드처럼 빛나게 했다.

그 후의 일이었다. 대기가 뜨겁게 달아오르기 시작했다. 반짝이며 춤을 추는 수백만 개의 물방울이 용해되듯, 빛의 베일이 골짜기를, 산을 페르뒤 씨를 덮었다. 웃는 듯 보이는 빛의 베일. 한번도, 정말로 한 번도 페르뒤 씨는 그런 일몰을 본 적이 없었다. 구름이 버찌 색에서 산딸기 색을 거쳐 복숭아 색과 노란 멜론 색에 이르는 온갖 색조로 펼쳐지는 동안, 그는 포도주를 한 모금 더 마셨다. 그 때 마침내 페르뒤 씨는 이해했다.

마농은 이곳에 있어. 저기에!

마농의 영혼, 마농의 에너지, 육신에서 해방된 마농의 존재, 그래, 마농은 땅이었고 바람이었다. 그녀는 곳곳에 있었고 모든 것 안에 있었다. 그녀는 빛을 발했고, 바로 그녀인 모든 것 속에서 그에게 자신을 드러냈다.

…… 모든 것이 우리 안에 있기 때문에. 그리고 그 어느 것도 사라지지 않기 때문에.

페르뒤 씨는 웃으면서도 마음이 너무 아렸다. 그래서 입을 다물고, 자신의 웃음소리가 계속 춤을 추는 마음속에 귀를 기울였다.

마농, 당신 말이 맞아. 모든 것은 그대로 여기 있어. 우리가 함께 보낸 시간들은 사라지지 않아. 영원히 남아 있어. 그리고 삶은 절대 멈추지 않아. 우리가 사랑하는 사람들의 죽음은 다만 끝과 새로운 시작 사이의 문지방일 뿐이야.

페르뒤 씨는 숨을 깊이 들이쉬었다 다시 천천히 내쉬었다. 다음 단계, 다음 삶을 함께 탐색해보자고 카트린에게 청할 생각이었다. 21년 전 시작되었던 그 길고 어두운 밤이 지난 후의 이 새롭고 밝은 날을.

"잘 있어, 마농 모렐로. 잘 있어."

페르뒤 씨는 속삭였다.

"당신이 있어서 정말 근사했어."

해가 보클뤼즈 구릉 너머로 사라지면서, 흐르는 불길에 뒤덮인 하늘이 붉게 달아올랐다. 색조들이 흐릿해지고 세상이 어스름에 잠기기 시작했을 즈음에야 비로소 페르뒤 씨는 마농이 담긴 잔을 비웠다. 마지막 한 방울까지.

마지막

그들은 벌써 두 번째로 크리스마스이브의 열세 가지 디저트를 함께 먹었으며 죽은 사람들과 산 사람들, 그리고 새해의 행복을 위해 세 벌의 식기를 차렸다. 루크 바셋 집에 있는 기다란 식탁의 세 자리는 항상 비어 있었다,

주방의 활활 타오르는 벽난로 옆에서 그들은 빅토리아가 낭송한 '재의 의식', 프로방스 전통적인 죽은 자들의 청원기도를 들었다. 어머니가 돌아가신 날에 어머니 마농과 자신을 위해 그 기도를 낭송하는 건 빅토리아의 바람이었다. 그것은 죽은 자들이 사랑하는 사람들에게 보내는 메시지였다.

"저는 당신을 저에게로 인도하는 배입니다."

빅토리아는 낭랑한 목소리로 낭송하기 시작했다.

"저는 당신의 무감각한 입술 위의 소금입니다. 저는 향미료, 모든 음식의 본질입니다……. 저는 깜짝 놀란 아침놀이고 수다스러운 해넘이입니다. 저는 바다가 피해가는 불굴의 섬입니다. 당신은 저

를 찾아내어 서서히 자유롭게 해줍니다. 저는 당신의 혼자 있음과 맞닿아 있습니다."

마지막 구절을 읽으며 빅토리아는 울었다. 손을 맞잡고 있는 페르뒤 씨와 카트린도 울었다. 그리고 여기 본뉴에서 일종의 휴전협정을 맺고 서로에 대한 사랑을 시험 중인 조아킨 알베르 페르뒤와 리라벨 베르니에도 울었다. 리라벨 베르니에는 이따금 리라벨 페르뒤 씨가 되었다. 말에는 물론이고 그 어느 것에도 좀처럼 마음이 움직이지 않는 근엄한 북쪽지방 사람들.

그들은 조당, '말하자면 입양한' 손자를 무척 사랑했다. 그리고 사랑과 죽음과 아픔을 통해 그들의 삶과 결합된 바셋 가족도 마찬가지로 사랑했다. 짧은 크리스마스 연휴 동안 그 모든 독특한 감정들은 페르뒤 씨의 부모를 하나로 묶어주었다. 침대에서, 식탁에서, 함께 이용하는 자동차 안에서. 물론 한 해 중 나머지 기간에는 어머니가 이혼한 남편을 '예절 장애인'이라고 불평하는 소리나 아버지가 여교수에 대해 짓궂게 하소연하는 소리를 페르뒤 씨는 계속 전화로 들어야 했지만.

카트린은 두 분이 국경일이나 크리스마스, 최근에는 심지어 페르뒤 씨의 생일에도 정열적으로 서로의 품에 안기기 위해 일부러 비꼬는 말로 서로를 달구는 게 아닌가 하고 추정했다.

페르뒤 씨의 부모님뿐만 아니라 페르뒤 씨와 카트린도 12월 23일에서 공현축일[23)]까지 본뉴에서 시간을 보냈다. 그들은 연말연시를 많은 음식과 웃음과 대화, 긴 산책과 와인, 여자들의 이야기와 남자들의 침묵으로 보냈다. 그리고 이제 새로운 시간이 가까이 왔다. 또 한 번.

겨울이 끝나갈 무렵, 다가오는 봄이 론 강변의 과일나무들에게 꽃부리를 얹어 주면 복숭아꽃은 프로방스의 새로운 시작을 뜻했다. 조당과 빅토리아는 연분홍빛 복사꽃이 세상을 수놓는 계절에 결혼하기로 결정했다. 빅토리아가 키스를 허락하기까지, 조당은 12개월 동안 빅토리아의 마음을 얻으려 애썼다. 하지만 그때부터는 일사천리로 진행되었다.

그리고 얼마 후, 조당의 첫 동화책이 출간되었다.《정원의 마법사. 영웅 이야기》. 동화책은 신문의 문예란을 어리둥절하게 만들고 부모들을 당황하게 하고 아이들과 10대들을 열광시켰다. 아이들과 10대들은 그 책이 자신의 친권자들을 매우 격분시킨 것에 즐거워했다. 어른들이 '그건 안 돼!'라고 못 박는 모든 것에 대해 다시 생각하라고 요구했기 때문이다.

카트린은 페르뒤 씨와 함께 프로방스 곳곳을 돌아다니며 열심히 아틀리에를 찾아다닌 끝에 맘에 드는 것을 발견했다. 건물은 결코 문제되지 않았다. 그녀는 두 사람의 영혼의 경관에 꼭 맞는 주변경관을 원했다. 프로방스 마을, 소와 마장 사이에서 그들은 결국 조금 쇠락했지만 아주 매혹적인 농가 옆의 헛간을 발견했다. 오른편으

---

23) 세 동방박사가 아기 예수를 참배하러 왔던 일을 기념하는 축일로 1월 6일이다.

로는 라벤더 밭이 펼쳐지고 왼편으로는 산이 솟아 있었다. 앞쪽으로는 포도밭과 방투 산이 환히 보였고, 뒤쪽에는 그들의 고양이 로댕과 네미로프브키가 어슬렁거리는 과일나무 숲이 있었다.

"꼭 집에 돌아온 기분이에요."

카트린은 흡족한 표정으로 이혼 위자료의 상당부분을 공증인에게 맡기면서 페르뒤 씨에게 선언했다.

"마침내 비비 꼬인 길에서 벗어나 내 영원한 집을 발견한 거 같아요."

카트린의 조각상들은 실제 사람보다 거의 2배 만큼 높았다. 카트린은 돌 속에 갇힌 본질을 보는 것 같았으며, 다듬진 않은 네모난 돌을 꿰뚫고서 그 영혼을 보고 그 부름을 듣고 그 심장이 뛰는 걸 느낄 수 있는 것 같았다. 카트린은 돌을 두드려 본질을 해방시키기 시작했다.

항상 마음에 드는 것만을 조각하는 건 아니었다.

증오심. 고뇌. 너그러움. 영혼을 읽는 사람.

잠깐!

정말이었다. 손가락으로 바나나 상자 모양의 입방체 안을 다듬어 뭔가를 만들고 있던 카트린이 두 손을 꺼냈다. 그녀는 읽고 어루만졌을까? 두 손이 낱말들을 더듬어 찾아냈을까? 그 낱말들은 누구의 것이었을까? 그것들은 밖으로 나왔을까, 아니면 더듬더듬 안으로 들어갔을까? 얼굴을 돌에 갖다 대면 꼭꼭 숨겨진 문이 열린다고 카트린은 생각했다. 방에 이르는…… 작은 문이?

"모든 사람의 마음속에는 각자의 악령이 숨어 기회를 엿보는 방이 있어요. 방문을 열고 그 악령에 맞서야만 자유로울 수 있어요."

그녀는 말했다.

프로방스에서든 몽타냐르 길의 낡은 집에서든 페르뒤 씨는 카트린이 마음 편히 지내도록 배려했다. 카트린이 잘 먹고 잘 자고 친구들을 만나고 아침에 꿈속의 망상들을 떨쳐내도록 세심하게 주의를 기울였다.

두 사람은 종종 함께 잤다. 여전히 서로에게 주의를 집중해 서두르지 않았다. 페르뒤 씨는 카트린의 모든 것, 모든 완벽한 부위와 모든 완벽하지 않은 부위를 알았다. 자신에게는 그녀가 가장 아름다운 여인이라는 말을 그녀의 몸이 믿을 때까지, 모든 완벽하지 않은 부위를 어루만지고 애무했다.

페르뒤 씨는 바농의 서점에서 시간제로 일하며 틈날 때마다 사냥감을 찾아 나섰다. 파리나 시골의 농가에서 카트린이 혼자 조각에 열중하고 예술 강좌를 열고 예술품을 팔고 줄로 갈고 매끄럽게 윤내고 다듬는 동안, 세상에서 가장 흥분되는 책들을 찾아다녔다. 학교 도서관에서, 무뚝뚝한 고등학교 교사들과 수다스러운 과수원 여자들의 유산 속에서, 사람들에게 잊힌 지하실 금고와 냉전 시대 손수 지은 삭막한 방공호 안에서.

페르뒤 씨는 우여곡절 끝에 입수한 사나리의 자필 원고를 복사하는 것으로 희귀본 사업을 시작했다. 사미는 끝까지 본명을 밝히지 않을 것을 고집했다.

곧 이어 몽타냐르 길 27번지의 4층에 사는 경매회사 서기 클로딘 걸리버의 중개로 그 유일무이한 작품을 구매할 능력을 갖춘 수집가가 나타났다. 그러나 페르뒤 씨는 구매신청자가 진정으로 책을 아끼는지 일종의 시험을 해본 후에야 책을 판매했고, 그러자 오로지 돈만을 문제 삼는 사람들에게는 책을 넘겨주지 않는 기이한 책 애호가라는 명성이 생겨났다. 때로는 책 한 권에 수십 명의 소장가들이 몰려들기도 했지만 페르뒤 씨는 책의 연인으로서, 친구로서, 제자로서, 환자로서 가장 적당해 보이는 사람을 골랐다. 돈은 중요하지 않았다.

페르뒤 씨는 이스탄불에서 스톡홀름까지 리스본에서 홍콩까지 여행하면서 가장 귀중하고 가장 지혜롭고 가장 위험한 책들, 그리고 잠들기에 가장 아름다운 책들을 찾아냈다.

바로 지금처럼 페르뒤 씨는 종종 프로방스 전통 농가의 여름부엌에 앉아서 로즈메리와 라벤더 꽃을 꺾어 눈을 감은 채 그 내밀한 프로방스의 향기를 맡고《작은 감정들의 커다란 백과사전. 서점 주인들과 사랑에 빠진 사람들과 문학 약제사들을 위한 참고서적》을 집필한다.

마침 K 항목[24]에 이렇게 써넣는다.

"부엌의 위안. 부엌 불 위에서 맛좋은 음식이 보글보글 끓고 유리창에 김이 서린 뒤를 이어 소중한 사람들이 당신과 함께 식탁에 앉아 음식을 뜨며 만족스러운 표정으로 당신을 바라볼 때의 감정."

---

24) 독일어의 부엌은 'Küche'로서 'K'로 시작된다.

부록

페르뒤 씨의 종이약국, 애덤스에서 아르님까지

감정 혼란의 증상이 경미하거나 또는 어느 정도 심각한 경우에

정신과 마음을 빠르게 진정시켜주는 약.

다른 처방이 없으면, 소화하기 좋은 분량으로(약 5~50쪽) 여러 날에 걸쳐 나눠 복용한다. 가능하면 발을 따뜻하게 하고 고양이를 무릎에 안거나 아니면 두 방법 중의 하나를 선택한다.

▸ 은하수를 여행하는 히치하이커를 위한 안내서 더글라스 애덤스

복용량을 높이는 경우, 병적인 낙천주의나 유머불감증에 효과가 좋다. 사우나 가면서 수건에 거부감을 느끼는 사람들에게 권장한다.

부작용 소유에 대한 혐오, 만성적으로 모닝가운을 착복할 가능성이 있다.

▸ 고슴도치의 우아함 뮈리엘 바르베르

복용량을 높이는 경우, '만약 ……라면 ……할 텐데' 식의 사고방식에 빠진 사람들에게 효과가 좋다. 인정받지 못한 천재, 난해한 영화 애호가, 버스 운전기사를 증오하는 사람들에게 권장할 만하다.

▸ 라만차의 돈키호테 미겔 데 세르반테스

현실과 이상 사이의 갈등에 시달리는 사람들을 위한 약.

부작용 우리 개개인이 마치 풍차와 싸우듯 기계의 위력과 싸워야 하는 테크노크라시 사회에 대한 불안.

▸ 기계가 멈추다 에드워드 모건 포스터

주목하라. 인터넷 테크노크라시와 아이폰 맹신에 매우 효과적인 해독제. 또한 페이스북 중독과 영화 〈매트릭스〉 집착에도 도움이 된다.

주의사항 해적당[25] 당원이나 인터넷 활동가의 경우에는 소량 복용하라!

▸ 새벽의 약속 로맹 가리

모성애에 대한 이해를 돕고 어린 시절의 기억을 미화시키는 효과가 있다.

부작용 환상 세계로의 도피, 사랑의 갈망.

▸ 다리에서 여자들을 던지다 군터 게흘라흐

글줄이 막힌 작가들과 추리소설에서 살인이 과대평가된다고 여기는 사람들을 위한 책.

부작용 현실감 상실, 뇌 팽창.

---

25) 인터넷 정보의 자유로운 공유, 저작권법 및 특허권 철폐, 불법 다운로드를 지지하는 정당.

▶ 단계들(시선집) 헤르만 헤세

슬픔을 이기고 신뢰하도록 용기를 북돋우는 책.

▶ 어느 개의 연구 프란츠 카프카

아무에게도 이해받지 못한다는 특이한 감정에 휘말리는 경우 도움이 된다.

부작용 염세주의, 고양이에 대한 그리움.

▶ 닥터 에리히 캐스트너의 서정적 가정약방 에리히 캐스트너

서정적인 캐스트너 박사가 사사건건 아는 체 하는 사람, 이혼의 상실감, 일상생활에서 부딪치는 불쾌한 일, 가을의 우울증 같은 여러 가지 고민과 고충에 대처하도록 도와준다.

▶ 말괄량이 삐삐 아스트리드 린드그렌

후천적으로 획득한(천성적으로 타고나지 않은) 염세주의 및 기적에 대한 두려움에 효과가 있다.

부작용 계산능력의 상실, 샤워하면서 노래할 가능성.

▶ 왕좌의 게임 조지 R.R. 마틴

텔레비전 중독증 치유에 도움이 되며, 실연의 아픔을 겪거나 온 세상이 못마땅하거나 지루한 꿈을 꾸는 사람들에게 효과가 있다.

부작용 수면장애, 격렬한 꿈.

▶ 모비 딕 허먼 멜빌

채식주의자들을 위한 책.

부작용 물에 대한 두려움.

▶ 카트린 M.의 성생활 카트린 밀레

사람이 또는 여자가 너무 쉽게 응하지 않았는가 하는 중대한 물음을 위한 책. 늘 상황이 더 나빠질 수 있음을 명심하라.

▶ 특성 없는 남자 로베르트 무질

자신이 인생에서 무엇을 원했는지 망각한 남자들을 위한 책. 목표를 상실한 사람들에게 효험이 있다.

부작용 약이 효과를 발휘하기까지 많은 시간이 걸린다. 2년 후에야 비로소 삶이 달라진다. 특히 친구를 상실하거나 사회비판의 욕구가 움트거나 같은 꿈을 반복해서 꿀 위험이 있다.

▶ 비너스의 삼각주 아나이스 닌

의욕상실 및 관능적 욕구상실의 경우에 단기간만 복용해도 효과가 있다.

부작용 자신도 모르게 흥분할 위험성이 있다.

▶ 1984 조지 오웰

사람 말을 쉽게 믿고 세상사에 무관심한 증상에 효험이 있다. 병적인 낙천주의나 심신 쇠약의 징후가 나타나기 시작하면 과거 가정에서 상비약으로 사용했다.

▶ 한밤중 톰의 정원에서 필리파 피어스

이루어질 수 없는 사랑으로 괴로워하는 사람들에게 적합하다.

(이 병에 걸리는 경우에는 예를 들어 스플래터, 스릴러물, 스팀 펑크[26] 등 사랑과 관계없는 모든 것을 읽을 수 있다.)

▶ 디스크월드 테리 프래쳇

세계고에 시달리거나 너무 순진해서 생존의 위협을 받는 사람들에게 효과가 있다. 정신에 마법을 거는 경우에 좋고 초보자들에게도 유익하다.

▶ 황금 나침반 필립 풀먼

이따금 내면의 그윽한 목소리에 귀를 기울이고 영혼이 통하는 동물들이 있다고 믿는 사람들을 위한 책.

▶ 어린이 기도 요하임 링겔나츠

불가지론자가 한 번쯤 기도하려는 경우에 좋다.

부작용 순간적으로 떠오르는 어린 시절 저녁시간의 추억.

---

26) 현재나 미래의 기술문명을 소재로 하는 환상적인 공상과학소설.

▶ 눈먼 자들의 도시 주제 사라마구

과로에 시달리거나 진정으로 무엇이 중요한지 알아내려는 사람들에게 좋다. 또한 삶의 의미에 눈먼 경우에도 유익하다.

▶ 드라큘라 브램 스토커

지루한 꿈을 꾸거나 멍하니 전화를 기다리는 사람들에게('그가 언제나 전화할까?') 추천할 만한 책.

▶ 재의 의식 알렘 쉬르가르시아·프랑수아 메뤼엘

사랑하는 이를 떠나보내고 슬픔을 이기지 못하는 사람들에게 도움이 되고 교회나 종파에 관계없이 무덤가에서 웅얼웅얼 기도하기에 좋다.

부작용 눈물.

▶ 자유로운 남자 자크 토에스

밀롱가 두 명 사이에서 탱고를 추는 남자들과 사랑을 두려워하는 남자들을 위한 책.

부작용 자신의 여자관계에 대해 지나치게 골똘히 생각한다.

▶ 톰 소여의 모험 마크 트웨인

어른들에 대한 두려움을 극복하고 자신 안의 동심을 재발견하는 데 도움이 된다.

▶ 마법의 4월 엘리자베스 폰 아르님

우유부단을 극복하고 친구를 신뢰할 수 있도록 도와준다.

부작용 이탈리아에 매료되고 남쪽을 동경하고 정의감이 고조된다.

▶ 사나리 《남녘의 빛》, P.D.올손, 막스 조당 《밤》은 이 소설 속에만 존재함을 밝혀둔다.

일어나라! 불면의 밤을 넘어 조슈아 페리스 지음 | 이원경 옮김

미국 최초의 맨부커상 최종 후보작
딜런 토마스상 수상작

데뷔작《호모 오피스쿠스의 최후》로 수많은 매체의 극찬을 받으며 내셔널 북 어워드 최종 후보에 올랐고 2007년 펜·헤밍웨이 상을 수상한 조슈아 페리스의 세 번째 장편 소설. 현대문명과 종교 그리고 인간의 돌이킬 수 없는 관계를 풍자한다.

실로 아름다운 소설이다. 게다가 재미있고, 생각하게 만들고, 감동적이기까지 하다.
독특한 세계관과 독창적 이야기로 독자의 마음을 사로잡는 탁월한 소설이다.
스티븐 킹

용서해줘, 레너드 피콕 매튜 퀵 지음 | 박산호 옮김

《실버라이닝 플레이북》의 작가 매튜 퀵의 성장소설
채닝 테이텀이 감독 데뷔를 준비하는 영화의 원작소설

오늘 열여덟 번째 생일을 맞은 고등학생 나, 레너드 피콕은 한때 단짝이었던 더럽게 야비한 개자식 애셔 빌을 죽이고 자살하기로 결심했다. 아무도 기억해주지 않는 내 생일. 누군가 한 사람만 "생일 축하해."라고 말해주면, 그 한마디만 듣는다면 이 총을 버릴지도 모르는데…. 욕설 같은 나이 열여덟, 살인과 자살의 미몽에 빠진 사랑스러운 미친놈 이야기!

심장박동을 듣는 기술 얀 필립 젠드커 지음 | 이은정 옮김

전 세계에서 베스트셀러에 오른 얀 필립 젠드커의 첫 장편소설
우리가 꿈꾸어오던 가장 완벽한 사랑의 이야기

어느 날 앞을 볼 수 없게 된 틴 윈과 걷지 못하는 장애를 갖고 태어난 미밍. 틴 윈은 미밍의 도움으로 보는 것은 영혼으로 느끼고 귀로 들으며 가슴으로 깨닫는 거라는 사실을 알게 된다. 둘은 서로 영혼을 깊이 탐구하며 온전한 하나를 이루는 반쪽임을 알게 된다. 하지만 두 사람은 35년이란 시간, 헤어지게 되는데…. 사랑을 의심하는 이들에게 확고한 믿음을 주고, 사랑을 신뢰하는 이들에게 신념을 주는, 감동과 매혹의 소설이다.

앨런 튜링의 최후의 방정식 다비드 라게르크란츠 지음 | 조영학 옮김

《밀레니엄》시리즈 4부 작가로 공식 선정된 작가 다비드 라게르크란츠 장편소설
영화 〈이미테이션 게임〉의 앨런 튜링을 둘러싼 미스터리를 밝힌다

한 자택에서 한 남자의 시신이 발견된다. 죽은 남자의 곁에는 수학 방정식으로 가득한 수첩 한 권, 그리고 베어 문 사과 반쪽이 놓여 있었다. 죽은 남자의 이름은 앨런 튜링. 수사가 진행될수록 상부의 간섭과 억압이 강해지고 담당 형사 코렐은 점점 의문을 갖게 된다. 앨런 튜링, 그는 누구인가?

실종된 아이를 찾아주는 직업을 가진 다니에게 열 살짜리 아들을 유괴당한 한 남자의 사건 의뢰 전화가 걸려온다. 아이를 찾으러 간 다니에게 마법 같은 일이 펼쳐진다!

사랑이었던 모든 것

알베르트 에스피노사 지음 | 변선희 옮김

8주간 정신병원에서 지낸 이야기를 통해 '왜 겉으로는 행복해 보이는 사람이 갑자기 무너지는가?', '우리는 왜 스스로에게 이토록 엄격한 것인가?' 하는 물음에 대한 답을 찾아나간다.

내가 미친 8주간의 기록

에바 로만 지음 | 김진아 옮김

순수한 욕망과 관능적인 사랑에 눈뜬 마리아. 고통과 열병을 반복하는 사랑임에도 멈출 수 없는 사랑이 펼쳐진다.

그 여름, 마리아

다니엘라 크리엔 지음 | 이유림 옮김

전쟁을 겪고 미치광이가 되어 돌아와 학대하던 아버지. 그를 향한 분노만 키우던 알트만은 피해자로 살지 않아도 되는 인생의 열쇠를 찾는다!

독일 32주간 베스트셀러!

개 같은 시절

안드레아스 알트만 지음 | 박여명 옮김

책 읽는 여인에게 매료된 예술가들을 다채로운 컬러와 풍성한 질감으로 표현해낸 이야기. 조각난 일곱 가지 이야기가 하나의 그림이 된다!

책 읽는 소녀

케이티 워드 지음 | 고유라 옮김

'아메리칸 드림'을 꿈꾸는 나탈레. 그가 허구로 만든 이름뿐인 갱단 '다이아몬드 도그'가 라디오를 통해 뉴욕 시민들을 단숨에 공포로 몰아넣는다!

다이아몬드 도그 1, 2

루카 디 풀비오 지음 | 천지은 옮김